Martin Wandaller

Butterschmalz und Majonäse

Bibliografische Information der Deutschen Nationalbibliothek:

Die Deutsche Nationalbibliothek verzeichnet diese
Publikation in der Deutschen Nationalbibliografie.
Detaillierte bibliografische Daten sind im Internet
über http://www.d-nb.de abrufbar.

TWENTYSIX – Der Self-Publishing-Verlag
Eine Kooperation zwischen der Verlagsgruppe Ran-
dom House und BOD – Books on Demand

© 2019 Martin Wandaller

Herstellung und Verlag:
BoD – Books on Demand, Norderstedt

ISBN: 9783740714420
Umschlaggestaltung & Layout:
maxzojer.com

Kapitel 1

Im Winter kann einen das Körperfett, über das man verfügt, wärmen, aber Fatso zog es nach unten und fesselte ihn ans eigene Bett.

Sein wirklicher Name lautete Fabio Zorzi, weil seine Großeltern aus Südtirol kamen und italienisch gesprochen hatten, und er nannte sich im Internet Fazo, zusammengesetzt aus den ersten beiden Buchstaben seines Vor- und Nachnamens. Seitdem er aber stetig an Gewicht zugenommen hatte und das über einen Zeitraum von nur 5 Jahren, wurde er von Freunden und Bekannten, mit denen er auf einigen Social Media Plattformen kommunizierte, nur noch Fatso genannt, benannt nach dem dicken Geist im Zeichentrickfilm „Casper, der freundliche Geist", den selbst er kannte, und das, obwohl niemand außer dem Lieferjungen und seiner Pflegerin, Jennifer, die er benötigte, um sich zu waschen, und für andere Dinge, wussten, wie er mittlerweile tatsächlich aussah.

Auf den Fotos im Internet war er drei Jahre jünger und somit auch viel schlanker. Mittlerweile wog er über dreihundert Kilo und drückte eine Mulde in die Matratze, wie sie normalerweise ein Elefant verursachen würde. Natürlich nur, wenn dieser graue Riese in die Wohnung von Fatso gelangen würde.

Zumindest in der Behausung von Fatso würde er sich ungehindert von Raum zu Raum bewegen können, denn die Altbauwohnung war mit Flügeltüren zwischen den Räumen ausgestattet, die, wenn man sie öffnete, genug Platz boten, sodass das Bett von Fatso bequem hindurchpasste.

Das war nötig, denn auch wenn Fatso fast bewegungsunfähig war, sein Bett war es nicht. Er war Erfinder mit einem großen Herzen und einem noch größeren Magen. Eine seiner Erfindungen war sein motorbetriebenes, über eine Fernbedienung steuerbares Bett. Dies hatte er bewerkstelligt, als er erst 120 Kilo gewogen hatte, als hätte er gewusst, dass er es noch brauchen würde. Und tatsächlich, er hatte immer das Gefühl gehabt, dass er weiter in einem Wahnsinnstempo zunehmen würde. Wie lange das so weitergehen würde, wusste er nicht. Würde er jemals ein Endgewicht erreichen?

Sein Gesicht glich mittlerweile einem Gesicht aus Gips oder einer anderen teigigen Masse, denn es verzog keine Miene, wenn er sprach. Natürlich bewegten sich auch seine Gesichtsmuskeln, aber das taten sie unter einer dicken Fettschicht, die jegliche Regung verschluckte.

Im Moment befand er sich in dem Zimmer, in dem er normalerweise schlief. Das tat er meistens hier, obwohl jeder Raum der Wohnung dem anderen auf eine bestimmte Art und Weise glich. Er besaß keine Möbel außer dem Bett, in dem er lag. An den Wänden befanden sich Regalbretter aus Metall, auf denen in unterschiedlicher Höhe unzählige Dinge lagen. Regal neben Regal lagen da alles Sachen, die er für seine Arbeit brauchte. Da lagen Werkzeug und Teile, die wohl in irgendwelchen elektrischen Geräten eingebaut gehörten, und natürlich seine Erfindungen, die er hortete wie einen Schatz.

Wenn er zum Beispiel etwas von einem hohen Regalboden benötigte, konnte er mit seinem Bett an die richtige Stelle fahren, auf der es nur noch in die Höhe gefahren werden musste, um den gewünschten Gegenstand zu erreichen. Sein Oberkörper war dabei aufgerichtet und wurde von unzähligen Kissen gestützt, die die leidvolle Aufgabe hatten, unter ihm zu liegen.

Direkt vor seinem fetten Bauch war auf der rechten Seite am Bettgitter ein Brett angebracht, das er als Arbeitsfläche nutzte oder auch als Unterlage für seine unzähligen Orgien mit heiß dampfender Nahrung, die er immer verschlang, als hätte er schon Monate lang nichts mehr zu sich genommen. Links hatte er das Bettgitter nicht hochgefahren, da es so einfacher war, schwere Gegenstände auf die Arbeitsfläche vor sich zu befördern.

Aber im Moment war es jedoch nicht an der Zeit zu arbeiten. Er sah auf die Uhr an der Wand und stellte fest, dass nun bald Jennifer kommen würde. Diese kam zwei bis drei Mal am Tag und besaß einen eigenen Schlüssel für die die Wohnung. Das hatte sie mit dem Lieferdienst gemeinsam, der Fatso mehrmals am Tag Essen brachte, denn er konnte gar nie genug Nahrung zu sich nehmen. Er aß am Tag mehrere Pizzen, die sein Leibgericht waren, machte aber auch nicht vor Burgern oder Kebab halt oder allen anderen Dingen, die sich auf der Speisekarte des Service befanden.

Natürlich wusste er, dass er sein eigenes Todesurteil fällte, wenn er so weiter aß und zunahm. Aber er konnte einfach nicht anders. In ihm befand sich eine Leere, die durch nichts gefüllt werden konnte, aber immerhin konnte er versuchen, sie mit Nahrung vollzustopfen.

Plötzlich schellte die Türklingel durch die Wohnung und Fatso wusste, dass dies Jennifer war, die sich immer durch die Türglocke ankündigte, bevor sie mit ihrem Schlüssel die Tür aufschloss. Tatsächlich stand auch schon kurz darauf vor ihm die junge Pflegerin, die sechsundzwanzig Jahre alt war und ein Aussehen besaß, das die meisten Männer erregte. Nur nicht Fatso, denn seine Sexualität war praktisch tot. Passend zu seinem Übergewicht litt er nämlich an Diabetes und das hatte zur Folge, dass seine Weichteile praktisch ohne Funktion waren. Er verspürte einfach keine Lust auf Sex und sein Penis wurde nicht mehr steif, was ihn aber nicht störte.

Außerdem käme es sowieso nicht in Frage zu versuchen, Jennifer zu verführen, denn er hatte Vatergefühle, wenn er sie ansah. Sie war vierzehn Jahre jünger als er mit seinen vierzig Jahren und könnte somit seine Tochter sein. Sie hatte lange blonde Haare, die kein bisschen brüchig waren und ihr fast bis zum Gesäß reichten. Das Blond stand im Kontrast zu den giftgrünen Augen, die eine Tiefe besaßen, die ganzen Kreuzfahrtschiffen hätte Platz bieten können.

Wie immer half sie Fatso dabei, sich sein Insulin ins Fettgewebe des Bauches zu spritzen, von dem er mehr als genug besaß. Als dies erledigt war, schaute sie Fatso in die Augen und fragte mit ihrer wohlklingenden Stimme:

„Na, Bärchen, wie viel haben wir denn heute gegessen?"

Fatso zeigte stumm auf die Pizzaschachteln, die sich auf seinem Arbeitsplatz in zwei Türmen stapelten, denn heute hatte er diesen nicht für seine Arbeit benötigt. Heute hatte er nur gegessen und gedöst. Eine wunderbare Mischung, die ihres dazu beitrug, wenn man an Gewicht zulegen wollte.

Wieder war es Jennifer, die etwas sagte.

„Hat Chamberlain bereits gefressen oder soll ich ihn füttern?" Fatso antwortete:

„Der hat mindestens so viel gefressen wie ich, wenngleich sein Mahl gesünder gewesen war als meines!"

Die beiden redeten über den Stachelschwanz-Waran, der Chamberlain hieß und in einem riesigen begehbaren Terrarium auf einem Stein saß und durch die Scheibe seiner Behausung beobachtete, was sich davor abspielte.

Chamberlain war das einzige Lebewesen, mit dem Fatso kommunizierte, während er Essen in sich hineinschaufelte oder Dinge erfand. Bis auf Jennifer, aber die hielt sich immer nur für einen begrenzten Zeitraum mit ihm in der Wohnung auf.

Somit war Chamberlain äußerst wichtig für Fatso, um sich nicht zu allein zu fühlen. Er wollte sich einfach niemandem zeigen. Zu peinlich war ihm seine eigene Schwäche. Jennifer setzte sich neben das Bett von Fatso und zettelte eine Unterhaltung an. Sie fragte ihn:

„Gibt es etwas Neues von der Singlebörse?"

Und dabei sah sie ihn verschmitzt an. Fatso antwortete verlegen:

„Hab´ heute noch nicht hineingesehen!"

Und dabei war es offensichtlich, dass er log, denn Jennifer wusste, dass er fast süchtig danach war, in den Börsen nach einer möglichen Partnerin zu suchen, denn auch er wollte geliebt werden. Wie er das anstelle sollte, wo er doch mit niemandem persönlichen Kontakt aufbaute, wusste er nicht. Wichtig war vor allem, dass diese mögliche Partnerin auf Sex genauso gut wie er verzichten konnte.

Jennifer, die wohl wusste, dass Fatso heute keine Lust hatte, über sein Treiben im Internet zu berichten, schnappte sich die leeren Pizzaschachteln und trug sie zur Eingangstür, um sie später mit nach unten zu nehmen und zu entsorgen. Dann kehrte sie zu Fatso zurück und sah ihn nachdenklich an. Als Fatso sie fragte, was ihr durch den Kopf gehe, antwortete sie barsch, dass ihn das nichts angehe.

Einen Moment, nachdem sie das gesagt hatte, fingen beide zu lachen an, und dabei wurde Fatsos Fettgewebe derart in Wallung gebracht, dass sich die Bewegung wellenförmig über den gesamten Körper ausbreitete. Jennifer hatte noch nie barsch zu ihm gesprochen, weswegen er sofort gewusst hatte, dass sie scherzte. Was sie vorhin gedacht hatte, wusste er allerdings noch immer nicht, und das würde sich heute wohl nicht mehr ändern.

Fatso kannte es zur Genüge, dass Jennifer ab und zu geistig abwesend war. Aber wie er wusste, gingen ihr in diesen Momenten schreckliche Dinge durch den Kopf, denn diese hatten sie schon als Kind heimgesucht. Jennifer hatte eine schwierige Vergangenheit, über die sie mit Fatso gesprochen hatte, nachdem er sie eines Tages danach gefragt hatte. Sie war mit sechs Jahren plötzlich ohne Eltern dagestanden und wurde von da an in einer Pflegefamilie großgezogen. Die genauen Umstände, warum ihre Eltern nicht mehr da gewesen waren, wusste er nicht.

Nur einmal hatte sie angedeutet, dass ihr Vater einen Autounfall gehabt hatte. Was mit der Mutter war, hatte sie ihm nie offenbart, und Fatso hütete sich davor, in ihren Wunden herumzustochern.

Als sie beide sich wieder beruhigt hatten und nicht mehr lachten, schaute Jennifer ihn wieder einmal mit diesem Blick an. Es war der Blick einer jungen Dame, die ihren Vater ansah. Auch diesen Blick hatte sie schon öfters gehabt und er verstärkte nur noch die Vatergefühle, die Fatso ihr gegenüber hegte. Die Verbindung zu ihr, die er in diesem Moment spürte, riss von einem Moment zum anderen ab und Jennifer sagte:

„So, mein Bärchen, für Jennifer ist es nun an der Zeit, nach Hause zu gehen und sich ein heißes Bad zu gönnen. Mal sehen, ob der Wasserstrahl, der aus dem Duschkopf kommt, dabei lieb zu mir ist!"

Dann drehte sie sich um und ging so schnell weg, wie sie zuvor gekommen war. Fatso rief ihr hinterher:

„Und dass du dich ja sauber wäscht. Nicht auszuhalten dein Gestank!"

Und dann hörte er, wie die Eingangstüre ins Schloss fiel. Nun war er wieder alleine mit sich und seinen Gedanken. Er fuhr mit dem Bett in den Raum, in dem Chamberlain lebte. Er hatte vor, die Echse zu beobachten. Der Varanus Acanthurus ist ein Kleinwaran, der eine Gesamtlänge von 65cm erreichen kann. Die Echse von Fatso begleitete ihn nun bereits 10 Jahre und hatte alle Erfolge und Misserfolge von Fatso miterlebt. Sie ernährte sich von Insekten, wobei sie am liebsten Wüstenheuschrecken fraß. Ihr Terrarium vermittelte den Eindruck, als befände man sich vor einer fremden Welt.

Im Moment war Chamberlain damit beschäftigt, unter der Wärmelampe zu liegen und sich aufheizen zu lassen. Fatso schaute seinem Haustier dabei zu, schwirrte aber mit seinem Geist in andere Welten. Er dachte über seine momentane Arbeit nach. Wenn das, was er da erschuf, funktionierte, würde sich die gesamte Welt des Internets ändern, aber so weit wollte er nicht vorausdenken, da er den Aberglauben hegte, dass er es dann eventuell nicht schaffen würde, die Arbeit fertig zu stellen. Fürs Erste war es wichtig, diese zu beenden, was wohl bald der Fall sein dürfte.

Fatso nahm die Fernbedienung des Bettes zur Hand und fuhr mit seinem Bett in die Küche oder wie auch immer man den Raum nennen wollte. In diesem Raum befand sich außer den Regalen an den Wänden ein großer Kühlschrank. Für Fatso war er wohl der Mittelpunkt der Wohnung, denn dieses Haushaltsgerät suchte er öfters auf, als dass er die Abfallprodukte, die während der Verdauung entstanden, wieder ausschied.

Im Moment spürte er ein Verlangen nach einem eiskalten Red Bull, und er öffnete vom Bett aus den Kühlschrank, um sich eines zu schnappen. Da er allerdings schon einmal hier war, konnte er auch gleich den ganzen Sechserpack mitnehmen, denn sein Durst war ebenso riesig, wie es sein Hunger immer war. Er brauchte Nahrung und Getränke im Überfluss.

Trotz des riesigen Angebotes, das sein Kühlschrank bot, fuhr er nun zurück in sein Schlafzimmer, denn wie er vermutete, würde ihn das Red Bull nicht lange wach halten. Viel zu oft konsumierte er dieses Gesöff im Übermaß und war so sehr daran gewöhnt, dass er es wie Wasser trinken konnte und trotzdem tief und fest schlief.

Fatso saß nun im Bett und bereitete sich aufs Schlafen vor, während er einen Energy-Drink nach dem anderen leerte. Als er vier der sechs Dosen vernichtet hatte, verspürte er einen stetig stärker werdenden Harndrang, und er zog die Urinflasche aus der Halterung, die am Bett angebracht war. Zumindest zum Urinieren war sein Penis noch zu gebrauchen. Die Menge Red Bull, die er getrunken und in Urin umgewandelt hatte und nun ausschied, hatte fast dieselbe Farbe wie das Ausgangsprodukt und strömte in die Harnflasche.

Als auch der letzte Urintropfen ausgeschieden war, schob Fatso die Flasche wieder in ihre Halterung und fuhr den Kopfteil des Bettes nach unten, um zu schlafen. Er sah auf seine Uhr und fand Bestätigung für seinen Schlafdrang, denn es war bereits acht Uhr vorbei. Das Terrarium im Wohnzimmer strahlte ein warmes Licht aus, das sogar ins Schlafzimmer drang. Gerade stark genug, um nicht in völliger Finsternis dazuliegen. Manche Menschen benötigen genau das, aber zu diesen gehörte Fatso nicht. Er war froh, wenn er seine Umgebung wenigstens schemenhaft wahrnehmen konnte.
Er lag in diesem Moment auf dem Rücken und dachte nach. Er dachte daran, wie sehr er sich nach einer Partnerin sehnte. Dabei waren seine Vorstellungen von einer Beziehung fast schon naiv und es stellte sich die Frage, ob so eine Partnerin, wie er sie zu finden hoffte, überhaupt auf der Welt existierte. In seiner Vorstellung musste er eine Frau finden, die gerne auf Sex verzichtete, es jedoch liebte, zu kuscheln und den Partner auf eine unschuldige Weise zu liebkosen. Er dachte nun daran, wie nützlich das Internet sein

konnte, wenn man versuchte, eine Nadel im Heuhaufen zu finden, und nichts anderes war die Frau, die er sich vorstellte.

Nun schweiften seine Gedanken zur Entdeckung, die er eben erst im weltweiten Netz gemacht hatte. Dabei handelte es sich wieder einmal um eine Singlebörse, wenngleich sich diese von den anderen unterschied, die Fatso bereits kannte. Diese Singlebörse war speziell für Menschen mit einem Handicap. Zwar offenbarte er sich dort nicht als der, der er in Wirklichkeit war, sondern hatte in seinem Profil wieder die drei Jahre jüngeren Fotos, auf denen er noch selbstständig hatte stehen können, aber zumindest hatte er überhaupt Bilder von sich in seinem Profil, denn die meisten Personen auf dieser Börse zeigten ihr Gesicht nicht. Er fragte sich, ob ihm vielleicht schon jemand geschrieben haben würde, aber das würde er erst am nächsten Tag erfahren, wenn er einen Blick in seinen Laptop werfen würde.

Kapitel 2

Er schloss nun die Augen und versuchte nichts zu denken, und das gelang ihm fast, aber eben nicht ganz. Trotzdem schlief er irgendwann ein und er erwachte erst wieder, als bereits die Sonne durch das Fenster in sein Schlafzimmer fiel. Schlaftrunken versuchte Fatso zu erkennen, was die Digitaluhr an seinem Handgelenk für eine Uhrzeit anzeigte. Er schaffte es, die Zahlen zu entziffern, und stellte fest, dass er heute länger geschlafen hatte als sonst. Er steuerte das Bett gekonnt in die Küche und fuhr es in Höhe der Kaffeemaschine. Wenigstens konnte er so einfache Tätigkeiten wie einen Kaffee zuzubereiten immer noch selbst erledigen.

Er wartete, bis der Kaffee fertig durch die Maschine gelaufen war, und schenkte sich dann Milch aus dem Kühlschrank ein. Anschließend fuhr er mit dem Bett und dem Kaffee ins Wohnzimmer zu Chamberlain. Noch schlief die Echse in einer der Höhlen, die das Terrarium bot, aber bald würde der Spot, der auch für Wärme sorgte angehen und die Echse anlocken.

Fatso schlürfte lautstark, während er Kaffee ins seinen Mund beförderte, und dachte daran, was es heute zu tun gab. Er beschloss, weiter an seiner Erfindung zu arbeiten, aber erst nachdem er einen Blick auf die

Singleseite geworfen haben würde. Er startete den Laptop und schaute dabei zu, wie sich eine eigene Welt vor ihm am Bildschirm aufbaute. In dieser Welt gab es Ordner, die geheim waren, und andere, die öffentlich zugängig waren. Interessant waren aber die versteckten Ordner.

In eben einem solchen versteckte sich die App zur Singlebörse für Menschen mit einem Handicap, und Fatso öffnete sie. Sofort sah er enttäuscht, dass ihn niemand angeschrieben hatte. Er wollte das Programm schon wieder schließen, als er den Entschluss fasste, ehrlich zu sein. Er fing an, sein Profil zu bearbeiten in der Hoffnung, dass er, wenn er völlig ehrlich sein würde, am ehesten die Chance haben würde, jemanden zu finden, der ihn so liebte, wie er war. Er schrieb sich in seiner Beschreibung alles von der Seele, was ihn quälte. Schnell füllte sich sein Profil mit all seinen Gedanken, Träumen und Wünschen. Dann entfernte er noch die Bilder seines jüngeren Ichs, verzichtete aber darauf, aktuelle Fotos von sich hochzuladen. So ehrlich wie sein Profil nun war, sein Aussehen versuchte er immer noch vor anderen zu verstecken.

Nun hatte er genug davon, sich selbst zu offenbaren. Zum ersten Mal hatte er nun auf einer Singlebörse verraten, dass er gut auf Sex verzichten konnte und auch musste. Das engte das Angebot möglicher Partnerinnen stark ein, enthielt aber dennoch die geringe Chance, jemanden, der gleichgesinnt war, kennen zu lernen. Fatso begann nun in den Profilen von Frauen in seiner Nähe herumzustöbern. Die meisten Frauen hatten ein psychisches Handicap, aber plötzlich stieß er auf ein Profilbild, das ein körperliches Gebrechen zeigte. Eine schwarzhaarige Frau in seinem Alter saß darauf in einem Rollstuhl und lächelte, als hätte sie allen Grund dazu. Ihre Haare verschwanden auf dem Bild hinter der Rückenlehne des Rollstuhls, und Fatso konnte nur mutmaßen, wie lang sie waren. Zumindest sah er, dass es sich um glatte Haare handelte. Neben dem Rollstuhl sah man außerdem noch einen Hund. Einen Golden Retriever, der ein Brustgeschirr umgeschnallt hatte und ebenfalls zu lächeln schien, denn er entblößte seine weißen Zahne, während ihm die Zunge aus dem Maul hing.

Fatso jedoch konzentrierte sich auf die Frau. Ihr Lächeln fesselte ihn, und wenn man ihn gefragt hätte, wie seine Traumfrau aussehen würde, hätte er dieses Bild von der unbekannten Schönheit gezeigt. Sie war viel zu schön für ihn, der aussah wie eine fette Qualle.

Plötzlich hatte Fatso einen Gedanken, der ihm unverhofft Hoffnung gab. Wenn die Frau auf dem Foto querschnittsgelähmt war, war es wahrscheinlich, dass sie auch in ihren Genitalien keine Gefühle hatte. Ihr Aussehen und diese Tatsache waren dafür ausschlaggebend, dass er ihr doch eine Nachricht schrieb. Wieder versuchte er von Grund auf ehrlich zu sein und nichts schöner darzustellen, als es wirklich war. Was er sich erhoffte, wusste er selbst nicht, aber er schrieb nun auch alles, was noch nicht in seinem Profil stand.

Einen Moment zögerte er, aber dann schickte er die Nachricht ab und lehnte sich zurück. Wieder betrachtete er das Profilbild von Candy, wie sie sich nannte, und stellte fest, dass es ihn fest im Griff hatte. Er konnte seinen Blick kaum davon lösen. Diese Frau strahlte Stärke aus, indem sie so offen mit ihrem Handicap umging. Fatso war sich sicher, dass sie mehr als genug Nachrichten von einsamen Männern bekam, und schätzte seine Chancen gering ein, eine Antwort zu erhalten.

Er klappte den Laptop zu und beschloss, ihn für eine Weile ruhen zu lassen. Nun war es an der Zeit, sich seiner Arbeit zu widmen. Dazu fuhr er sein Bett neben ein Regal im Wohnzimmer, auf dem sein aktuelles Projekt lag. Es handelte sich dabei um etwas, das aussah wie eine Elektroden-Kappe, wie man sie bei einem Elektro-Enzephalogramm benutzte, und wie auch bei einer solchen hingen Kabel an jeder der Elektroden, die sich zu einem dicken Kabel bündelten und vereint weiter führten, bis sie in einem USB-Stecker endeten. Es fehlten nur noch ein paar Kleinigkeiten, und dann wäre das Teil einsatzbereit.

Während Fatso arbeitete, schaute er immer wieder zu Chamberlain und beobachtete die Echse. Es handelte sich bei seinem Freund um ein extra schönes Exemplar, welches sich hervorragend dazu geeignet hätte, Nachkommen zu züchten.

Die Zeit verging wie im Flug und schon schellte es an der Türe. Das musste sein Essen sein, das er jeden Tag vom Lieferdienst zugestellt bekam. Kurz darauf stand auch schon der Lieferjunge im Raum. Fatso, dessen Magen bereits rumorte, sah gierig zu, wie der Bote 6 Pizzaschachteln vor ihm auf den Arbeitstisch legte. Das war die Menge, die er über den Tag verteilt aß. Natürlich zusätzlich zum Junk-Food, das er sich einverleibte und welches er mit Softdrinks und Energy-Drinks hinunter spülte.

Der Lieferjunge, der eine Aushilfe war, war zum ersten Mal hier und wusste nicht, was er reden sollte, und somit beschränkte sich der Kontakt aufs Geschäftliche. Fatso zahlte die Lieferung, und der Bote, immer noch peinlich berührt beim Anblick von Fatso, war augenscheinlich froh die Wohnung wieder verlassen zu können. Fatso war das nur recht, denn er wollte sich so schnell wie möglich über sein Essen hermachen, was gerade einmal bis zur Mitte des Nachmittags reichen würde. Beim Essen beobachtet zu werden erfüllte ihn mit Scham, denn wie gesagt wusste er, dass er schwach wie ein Neugeborenes war und den Willen eines noch jüngeren Kindes besaß.

Er aß zwei Pizzen direkt hintereinander und stapelte die restlichen vier auf seinen Füßen, die zugedeckt am Bett lagen, als er nun weiterarbeiten wollte. Allerdings zahlte sich das fast nicht aus, weil nun gleich Jennifer erscheinen würde. Wie zum Beweis läutete es auch schon an der Tür, und die junge Pflegerin betrat wie immer mit einem kecken Lächeln bewaffnet das Wohnzimmer.

Nun war es an der Zeit für Fatso, Körperpflege zu betreiben. Jennifer, die ihr Haar wie so oft zu einem Pferdeschwanz geformt hatte, holte alles, was sie für die Wäsche brauchten. Fatso wurde nun bereits drei Jahre auf diese Art im Bett gewaschen, aber eigentlich sehnte er sich nach einer Dusche oder einem Vollbad. Natürlich hätte er einen Lift kaufen oder bauen können, der dies bewerkstelligt hätte, aber sein Bad, war derart klein, dass es keinen Platz zum Rangieren gelassen hätte. Aus diesem Grund kehrte Jennifer nun bewaffnet mit einer Schüssel wieder und stellte diese auf den Tisch vor Fatso. Erst jetzt sagte sie:

„Na, Bärchen, bereit für den Waschgang?"

Fatso, der es liebte, wenn sie ihn Bärchen oder Dickerchen nannte, antwortete, während ein Lächeln seine Lippen umspielte, was aber durch das viele Fett nicht deutlich zu sehen war:

„Du bist der einzige Mensch außer dem Lieferboten, der mich sieht, also hast du auch ein Recht mitzubestimmen, ob ich stinke oder sauber bin! Leg los, bevor ich es mir anders überlege!!!"

Während sie begann, Fatso zu waschen, fragte sie ihn, ob es etwas Neues von der Singlebörse gäbe, und Fatso antwortete:

„Hab heute meine Traumfrau gefunden, nun stellt sich nur noch die Frage, ob sie einem fetten Kerl antworten wird!"

Jennifer runzelte die Stirn und sagte:

„Kommt es denn wirklich immer nur auf Äußerlichkeiten an? Vielleicht hast du Glück, und genau diese Frau ist nicht so oberflächlich wie die meisten anderen. Wenn ich nicht so viel jünger wäre, würde ich dich von der Stelle weg heiraten, mein Dickerchen. Bei dir kann man sich wenigsten anlehnen, ohne dass du sofort abbrichst!"

Dann grinste sie ihn schelmenhaft an, zwinkerte, wie Fatso es von ihr kannte, mit dem linken Auge und begann ihn zu rasieren. Dabei musste sie sich darauf konzentrieren, ihn nicht zu schneiden, weswegen sie es anscheinend vorzog, nicht weiterzureden.

Fatso, der gerade erst gefrühstückt hatte, bekam schon wieder Hunger, und sein Magen knurrte derart laut, dass Jennifer plötzlich zu lachen begann. Dieses Lachen war ansteckend, und Fatso stimmte mit ein. Als sie sich wieder beruhigt hatten, sagte Jennifer, die nun auch mit der Rasur fertig war:

„Ich muss nun leider wieder los. Mich erwartet nun meine Lieblingsklientin, wenn du verstehst, von wem ich rede."

Und tatsächlich wusste Fatso das. Die Frau hieß Marianne Goldblum und war die, die ihr das Leben schwer machte. Wie Fatso schon durch Erzählungen wusste, war die Frau querschnittsgelähmt und konnte dieses Gebrechen nicht akzeptieren. So mies, wie sie sich fühlte, ließ sie genau dieses Unbehagen an allen Menschen aus, die noch gehen konnten. Dennoch war auch sie ein Mensch und Jennifer ließ sich vor ihr, wie

Fatso wusste, nicht anmerken, dass sie eine gewisse Abneigung ihr gegenüber verspürte.

Als Jennifer die Wohnung wieder verlassen hatte, dachte Fatso einen Moment darüber nach, ob denn auch die Frau auf der Singlebörse so war wie die Klientin, deren Name er kannte. Das Lächeln, das sie auf dem Foto zeigte, schien ehrlicher Natur zu sein, aber man konnte ja nie wissen, was sich hinter einem Lächeln verbarg.

Fatso machte sich nun über sein Mittagessen her und verschlang weitere zwei Pizzen. Dieses Mal quetschte er aber zusätzlich noch Majonäse aus einer Tube, die er über die Pizzen verteilte, als wären sie eine Scheibe Toast, die es mit Streichkäse zu beschmieren galt. Er brauchte Kalorien, wenn er nicht wollte, dass ihn sein Magen mit einem fast unerträglichen Hungergefühl marterte, und genau dazu war dieser gnadenlos fähig.

Während er aß, wurde er unruhig, und er stellte sich die Frage, woran dies lag. Hatte es damit zu tun, dass er auf eine Nachricht von Candy wartete? Er beschloss gleich nachzusehen, ob sein Warten bereits belohnt worden war, und er öffnete den Laptop. Und tatsächlich, als er die Singlebörse öffnete, leuchtete eine Nachricht von Candy auf. Ungeduldig öffnete er diese und begann zu lesen.

Schnell wurden seine Hoffnungen und Träume zerstört, denn Candy schrieb, dass sie nur an E-Mail-Freundschaften interessiert sei. Ein Stein rutschte durch Fatsos Kehle und landete dumpf in seinem Magen, obwohl dieser reichlich gefüllt war. Candy hatte es geschafft, ihn mit einem Satz den Tag zu verderben.

„Sorry",

hatte sie am Ende geschrieben. Nicht mehr und nicht weniger und selbst das wurde von den meisten Menschen nur als Floskel verwendet, die nicht unbedingt zu hundert Prozent ernst gemeint war. Wofür sollte sich Candy bei ihm auch entschuldigen? Dafür dass Fatso ihr mit einer anderen Erwartung geschrieben hatte und sie es geschafft hatte, die aufkeimende Hoffnung sofort zu ersticken? Nein, dafür konnte sie nichts. Wenn man ehrlich war, müsste es auch ein sehr großer Zufall sein, wenn man bei der ersten Frau, die man auf einer Singlebörse anschreibt, sofort landet.

Er versuchte sich selbst zu trösten, indem er daran dachte, dass „Handicap Love", so hieß die Singlebörse, noch genug andere Mitglieder besaß, auch wenn er tief im Inneren wusste, dass ihn im Moment niemand anderer interessierte als Candy. Ihr Bild hatte er gesehen und war sofort in dessen Bann gezogen worden. Wie schade, dass sie nicht mehr geschrieben hatte. Zum Beispiel, wie sie sich selbst beschreiben würde. Fatso fasste den Entschluss, ihr trotzdem weiter zu schreiben. Er würde das unter dem Deckmantel des Vorwandes tun, ebenfalls nur an einer E-Mail-Freundschaft interessiert zu sein.

Dazu musste er aber erst wissen, welche E-Mail-Adresse Candy hatte, denn im Moment war sie für ihn nur über die Singlebörse erreichbar. Sie sah aus, wie sie sich nannte, schwärmte Fatso für einen Moment lang. Wie ein süßes Lutschbonbon. Allein der Anblick verriet schon, dass sie zwar schlecht für die Zähne war, aber das Risiko war es wert, noch eine Zahnplombe verpasst zu bekommen.

Fatso begann ihr eine neue Nachricht zu schreiben. Dieses Mal fragte er sie nach ihren Hobbies. Was ihm dieses Wissen jedoch nutzen würde, wusste er nicht. Eigentlich gab er sich als jemand aus, der in der Lage war, seine Freizeit auch außerhalb der Wohnung zu gestalten, wenn er von Hobbies schrieb, die er irgendwann gehabt hatte, als er noch dünner gewesen war. In Wahrheit hielt er sich nur in seinem Bett auf und aß entweder oder er arbeitete an seiner neuen Erfindung.

Zumindest das konnte er von sich behaupten, er war Erfinder, aber würde diese Arbeit in den Augen von Candy auch so sexy sein, wie es Fatso glaubte? Er wohnte im vierten Stock eines Wohnhauses und hatte dieses schon seit Jahren nicht mehr verlassen. Seine Beine konnten das Gewicht des restlichen Körpers einfach nicht mehr tragen. Wenn er je einen Herzinfarkt bekommen würde, und die Chancen dazu standen gut, würde man wohl die Hausmauer aufbrechen müssen, um ihn von der Feuerwehr aus der Wohnung bergen zu lassen. Die Stufen, die im Stiegenhaus nach unten führten, waren zu steil, als dass man ihn einfach durch dieses hätte hinaustragen können.

Eigentlich hätte dieses Wissen reichen müssen, um zu erkennen, wie sinnlos es war, mit Candy über etwas zu schreiben, was doch nicht mehr möglich war. Sie würde ihn nicht einmal besuchen kommen können, wenn dies spruchreif wäre, denn es gab keinen Lift, und sie konnte nicht vier Stockwerke nach oben fliegen. Dennoch schickte er die Nachricht ab und klappte danach den Laptop zu. Herunter fuhr er ihn allerdings nicht, denn so wie es aussah, war es nun an der Zeit, seine neueste Erfindung zu testen. Wenn dieser Test positiv verlaufen würde, hieß das, dass die Virtuell-Reality-Brillen so schnell vom Markt verschwinden würden, wie sie aufgetaucht waren.

Fatso nahm die Kappe zur Hand und drehte und wendete sie in seinen Händen und sah glücklich aus. Das sah man in seinen Augen, denn der Rest des Gesichtes war starr wie eh und je. Vorsichtig, fast schon behutsam steckte er den Stecker in den USB-Port des Laptops. Dann klappte er den Laptop auf und setzte danach die Kappe auf. Ganz von allein erschien eine Tür, die das einzige war, was er auf dem Bildschirm sah. Rund um die Tür, die wohlgemerkt in einem Rahmen eingearbeitet war, herrschte Schwärze. Fatso, der auch das Programm entwickelt hatte, wusste so weit, noch was zu tun war. Er musste durch die Tür gehen. Was ihn dahinter erwarten würde, wusste er nicht. Hinter der Türe lag der sogenannte Desktop, den die künstliche Intelligenz des Computers entwarf und der wohl für jeden Träger der Elektroden-Kappe anders aussah. Je nachdem, was ihm die künstliche Intelligenz des Rechners vorgaukelte. Er musste nun nur die Augen schließen. Als er das tat, sah er nur noch Schwärze. Einen Moment später jedoch stand er vor der besagten Tür und war bereits Teil der Welt im Computer und war bereit, durch diese hindurchzugehen. Nur am Rande fiel ihm auf. dass er rank und schlank und wieder so attraktiv war wie in seiner Jugend. So hatte er seinen Avatar programmiert, und dies schien funktioniert zu haben.

Seltsam, dass er sich selbst in der Schwärze sehen konnte. Damit hatte Fatso nicht gerechnet, aber er ging dennoch zielstrebig auf die Tür zu. Das musste er sich vorstellen, und schon geschah es. Sobald er die Tür öffnen würde, besäße der Computer eine künstliche Intelligenz, also seine eigene, und eine nicht künstliche, also die von Fatso, die miteinander verschmelzen würden, um eine Einheit zu bilden. Er würde in Zusammenarbeit mit dem Computer Bilder und Welten erschaffen rein durch seine Vorstellungskraft, die der Rechner für ihn sichtbar machen würde. Webseiten, Computerspiele, geheime Ordner, Social Media Plattformen etc. Nichts konnte Fatso davon abhalten, diese zu betreten, und er würde dies auch tun, sooft er die Gelegenheit dazu haben würde. Dabei würde er sich auch die Hardware fremder Rechner zunutze machen wie zum Beispiel Webcams, durch die er einen Blick würde werfen können.

Kapitel 3

Sowie Fatso die Tür im Geiste durchdrang, stand er plötzlich in einer fremden Welt. Er drehte sich um, aber die Tür war verschwunden. Er war nun nur noch umgeben von einer Winterlandschaft und vermutlich eisiger Kälte. Diese konnte er, weil nur sein Geist hier war, nicht wahrnehmen, auch wenn er sie sich vorstellen konnte. Der Körper, den er sein Eigen nannte, war nur eine Art Avatar für ihn, der nicht in der Lage war, körperlichen Schmerz oder Kälte sowie Hitze zu empfinden, wie es ein normaler Mensch tat.

Fatso sah sich weiter um. Wie gern hätte er einen Spiegel gehabt, um zu sehen, wie er aussah. Sein Körper war wieder jung und unverbraucht und er brannte darauf, sich an diesem zu ergötzen. Aber nicht im Moment. In diesem Augenblick war etwas anderes wichtig.

Vor ihm existierten nur Schnee, ein einzelner blattloser Baum und ein Hurrikan, der nicht allzu weit weg tobte. Dieser berührte mit der oberen Spitze des Wirbelsturms den weißen, noch mehr Schnee versprechenden Himmel und erdete sich am Winterboden. Dabei riss er Unmengen von Schnee mit sich, der nun ebenfalls gefangen im Hurrikan herumwirbelte.

Da der Hurrikan, der herumtanzte wie Zigaretten-
qualm in einem zugigen Zimmer, das Einzige bis auf
den blattlosen Baum war, was Fatso im grellen Weiß
des Schnees sah, war dies wohl auch das Ziel, das es
anzuvisieren galt.

Er stapfte durch das Weiß und kam dem Hurrikan
immer näher. Als er dort anlangte, lief er direkt auf
dieses Wunder der Natur zu und wurde schon bald
vom Sog erfasst und in den Hurrikan gerissen. Er
wirbelte rasend schnell herum und verlor völlig die
Orientierung. Mit ihm wirbelten unzählige verfärbte
Blätter herum, und ganz langsam gelang es ihm, sein
Taumeln unter Kontrolle zu bringen.

Fast schoss er bereits wie Superman durch die Wind-
ströme und begann sich eines der Blätter zu schnappen, das neben ihm herflog. Dieses sah aus wie ein
Ahornblatt, nur bedeutend größer. Von welcher
Pflanze es stammte, wusste Fatso nicht, wobei er aber
glaubte, dass vielleicht der Baum in der Winterlandschaft der ursprüngliche Träger des Blattes sein
könnte. Aber auch das abgestoßene Blatt für sich allein hatte etwas zu bieten. In dessen Mitte sah man ein
Bild, als wäre das Blatt ein Tablet-Computer. Dieser
Bildschirm auf dem Blatt zeigte eine Art Video. Im
Fall des Blattes, das in Fatsos Händen ruhte, handelte

es sich beim Videoclip um einen Mann, der auf eine Computer-Tastatur einhämmerte. Vom Blickwinkel her konnte man erahnen, dass man gerade durch eine im Computer des Mannes eingebaute Webkamera sah. Fatso berührte nun mit der Hand das Bild auf dem Blatt, als würde er versuchen darüberzuwischen, um zur nächsten Seite zu gelangen. Zu seiner Überraschung wurde er in das Blatt gesaugt. Nun stand er plötzlich in der Welt, über die der Mann zweifellos schrieb. Er musste Schriftsteller sein und arbeitete im Moment an einer neuen Geschichte. Der Welt nach zu urteilen, in der sich Fatso befand, handelte die Geschichte von einem Torero, denn genau solch einer befand sich vor Fatso in einer Arena auf sandigem Boden unter Beobachtung von unzähligen Menschen. Fatso stand direkt neben dem Torero, wurde aber von diesem nicht wahrgenommen. Es war, als wäre Fatso unsichtbar.

Das war neu für Fatso, denn in der wirklichen Welt war er kaum zu übersehen. Vielleicht zwanzig Meter entfernt vor ihnen stand ein Stier, der mit den Klauen scharrte. Laut tosend feuerten die Zuschauer den Torero an. Dieser fing nun an, seinen roten Umhang herumzuwirbeln und zu schwenken, um den Stier auf sich aufmerksam zu machen, was ihm auch gelang.

Der Stier senkte den Kopf und Fatso erwartete, dass ihm gleich Rauch aus den Nasenlöchern schießen würde und seine Augen ein leuchtendes Rot annehmen würden. Sand wurde von den Klauen des Stieres aufgewirbelt, während er auf sie zulief wie der Minotaurus persönlich. Seine Muskelfasern arbeiteten dabei unter seinem schwarzen Fell und zeugten von seiner Stärke, die in dicken Muskelsträngen zum Ausdruck gebracht wurde.

Als der Stier beim Torero ankam, wirbelte dieser zur Seite und der Stier erwischte mit seinen Hörnern nur den Umhang des Stierkämpfers. Der Stier jedoch drehte auf der Stelle um, so schnell, dass der Torero nicht angemessen reagieren konnte. Der Stier erfasste ihn nun mit den Hörnern und wirbelte ihn durch die Luft. Dumpf landete der Torero am Boden und nur mit wenig Abstand zu ihm schnaubte der Stier vor ihm. Langsam schritt er auf den verletzten Torero zu, um ihn eventuell nochmals auf die Hörner zu nehmen. Der Torero verhielt sich, als wäre er tot, und Fatso hoffte, dass dies nicht wirklich der Fall war.
Die Menge in der Manege tobte erschüttert und man hörte deutlich, dass sie Angst um den Torero hatte. Fatso, der für alle unsichtbar war, beugte sich zum

Torero nach unten. Dieser hatte die Augen halb geschlossen und es dauerte einige Sekunden, bis er sie wieder ganz öffnete. Nun schien Fatso von ihm gesehen zu werden. Oder blickte er einfach durch ihn hindurch? Fatso versuchte ihm die Hand zu reichen, damit er ihm beim Aufstehen helfen konnte, aber der Torero nahm sie nicht an. Er schien vorhin doch nur durch ihn hindurch gesehen zu haben.

Plötzlich schien der Stier wieder zu neuem Leben erwacht zu sein, denn er visierte den am Boden liegenden Mann erneut an. Er kam sogleich in Fahrt und steuerte auf den Torero zu. Dieser konnte weiterhin nicht aufstehen, aber eines konnte er. Er konnte seinen Degen ziehen und versuchen, vom Boden aus gegen den Stier zu kämpfen. Schon hatte der Stier ihn erreicht und der Torero sah zweifellos in seinen Augen, dass ihn das Tier nun töten würde.

Als der Stier dazu ansetzte, den Torero mit den Klauen zu zertrampeln, rammte dieser dem Stier seinen Degen in den Leib und traf mitten in dessen Herz. Der Stier war sofort tot, aber er kam genau auf dem Torero zu liegen und erdrückte diesen. Erschrocken sah sich Fatso um. Was nun? Wie kam er wieder aus dieser Geschichte heraus? Er schloss für einen Moment die Augen und ignorierte das entsetzte Brüllen der

Zuschauer. Intuitiv steckte er die Hand in die Tasche seiner Hose und verspürte etwas mit einer glatten Oberfläche. Er zog es aus seiner Tasche und faltete es auseinander. Es handelte sich um das riesige Ahornblatt mit dem belebten Bild auf seiner Oberfläche.

Dieses Mal zeigte es den Hurrikan, der in der Winterlandschaft tobte. Fatso tauchte seine Hand in dieses Bild, und sogleich wurde er wieder in den Hurrikan gesaugt und drehte in diesem seine Runden. Er ließ das Blatt, das nun wieder den Schriftsteller bei seiner Arbeit zeigte, los und dieses wurde erneut vom Wind mitgerissen. Nun war Fatso neugierig, welche Geschichten die anderen Blätter zeigen würden, aber jetzt war nicht der Zeitpunkt, dies zu erkunden. Was nun? Ihm kam in den Sinn, dass der Hurrikan vielleicht auch über ein inneres Auge verfügte, in dem es windstill war.

Mittels seiner mentalen Entschlossenheit bewegte er sich im Wirbelwind auf das Innere des Hurrikans zu, und als er es erreicht hatte, plumpste er einfach aus großer Höhe auf den Boden. Vor ihm stand wieder die Tür, durch die er gekommen war, und Fatso schritt durch diese hindurch. Sofort befand er sich wieder in seinem stark übergewichtigen Körper und schaute sich einen Moment lang verwirrt um. Dann kam er zu

Sinnen und Euphorie stieg in ihm hoch. Seine Erfindung funktionierte. Nun musste er nur noch ein Duplikat davon anfertigen, um testen zu können, ob sie ihren eigentlichen Zweck erfüllte.

Marianne Goldblum war in diesem Moment damit beschäftigt, ihren Hund zu bürsten. Das tat sie, während sie in ihrem Rollstuhl saß, indem sie den Oberkörper ein Stück zur Seite neigte und ihren rechten Arm in Richtung Hund streckte. Der Hund war ihr treuer Begleiter, ein Golden Retriever, der ihr das Leben erleichterte. Wenn ihr zum Beispiel etwas auf den Boden fiel, konnte sie es nicht aufheben, ohne aus dem Rollstuhl zu fallen, aber der Hund konnte es und das tat er auch. Er hatte den schönen Namen „Blümchen", der zum Nachnamen von Marianne passte.
Goldblum und Blümchen waren ein eingespieltes Team, und der Hund, ebenfalls weiblich, war das einzige Lebewesen, dem sie ihre wahren Gefühle zeigte. Menschen gegenüber wirkte sie verschlossen und verbittert, wenn nicht sogar gefühlskalt, aber sie konnte nicht anders. Seit sie den Unfall gehabt hatte, der ihr die Lähmung beschert hatte, war einfach nichts mehr, wie es war, und wenn sie ganz ehrlich war, musste sie zugeben, dass sie wahrscheinlich so geworden war,

weil sie alle gesunden Menschen um ihre Beine, die zu gebrauchen waren, beneidete, und hätte sie die Möglichkeit dazu gehabt, hätte sie sofort mit ihnen getauscht. Wenn sie sich dabei gewehrt hätten, hätte Marianne Gewalt angewendet, soweit es mit ihrer Behinderung möglich wäre. So sehr fehlte ihr die Funktion ihrer Beine.

Nachts träumte sie öfters davon, dass sie wie jeder Mensch laufen konnte, und diese Träume waren es, die sie am liebsten hatte. Sie wusste in diesen Momenten, dass sie träumte, und wenn sie aufzuwachen drohte, kämpfte sie dagegen an, weil sie noch eine Weile das Gefühl haben wollte, normal zu sein. Und das alles nur wegen des Unfalles, den sie gehabt hatte. Noch dazu hatte sie diesen herausgefordert, als sie das getan hatte, was sie nun einmal leider gemacht hatte.

Es war ein Autounfall gewesen, und obwohl sie nicht am Steuer des Wagens gesessen war, traf sie mindestens die gleiche Schuld wie den Fahrer. Der Fahrer war ein hohes Tier gewesen, der sich in der Politik bewegt hatte und um einiges älter gewesen war als sie. Ältere Männer hatten sie immer interessiert, aber dieser Mann war noch dazu verheiratet gewesen, was ihn für sie nur noch interessanter gemacht hatte.

Damals in der besagten Nacht hatte sie es genossen, mit ihm unterwegs zu sein auf dem Weg in ein Hotel, in dem sie sich lieben würden. Irgendwie stand sie darauf, Männer, die in einer fixen Beziehung waren, zu verführen, und Markus, wie der Mann am Steuer hieß, hatte sie mit Leichtigkeit um den Finger gewickelt. Marianne schwelgte noch einen Moment in Erinnerungen und machte dabei ein klägliches Gesicht. Heute wusste sie, dass wahrscheinlich ihr Karma dafür verantwortlich gewesen war, dass sie einen Unfall gehabt hatten. Das und der Umstand, dass sie ihm während der Fahrt einen geblasen hatte.

In dem Moment, in dem er gekommen war, hatte er das Steuer verrissen, und der Wagen hatte die Wand im Tunnel, durch den sie gerade gefahren waren, touchiert. Der Aufprall war heftig gewesen und Markus hatte die Kontrolle über das Vehikel völlig verloren. Dabei hatte sich der Wagen mehrmals überschlagen und war am Dach liegen geblieben. Marianne hatte es durch die Windschutzscheibe geschleudert, aber Markus war, immer noch angeschnallt, bewusstlos auf dem Kopf gestanden, da sein Gurt ihn im Sitz festgehalten hatte. Marianne war erstaunlicherweise bei Bewusstsein gewesen, wenngleich sie ausgesehen hatte, als hätte man sie durch den Schredder geschickt.

Sie hatte an unzähligen Stellen Abschürfungen gehabt und schnell festgestellt, dass sie ihre Beine nicht mehr hatte gebrauchen können. Das war ein Problem gewesen, denn sie hatte ein gutes Stück weit weg gelegen vom Wagen und wollte Markus aus diesem herausziehen.

Aus diesem Grund hatte sie, indem sie ihre Arme gebrauchte, damit begonnen, in Richtung des Wracks zu robben. Dabei hatte sie unsagbare Schmerzen gehabt. Als sie es jedoch geschafft hatte, beim Wagen anzukommen, war das genau rechtzeitig passiert, um mitanzusehen, wie Markus sein Leben verlor. Unter seinem Kopf hatte sich eine Pfütze mit Benzin gefüllt, und seine Haare, die etwas länger waren, waren genau in diese Pfütze gehangen. Plötzlich hatte der Motorraum Feuer gefangen und die Benzinpfütze unter Markus ebenfalls, und auch seine Haare hatten sofort lichterloh gebrannt. Sie hatte gesehen, wie sein Gesicht verkohlt wurde und das Fleisch zu brutzeln begann.

Sofort verdrängte Marianne die schrecklichen Bilder und konzentrierte sich wieder auf Blümchen, die brav neben ihrem Rollstuhl saß. Ihr hing die Zunge aus dem Maul und sie hechelte und das, obwohl es Winter war. Allerdings hatte Marianne die Heizung immer voll aufgedreht, da ihr leicht kalt wurde. Dass sie, was kalte Temperaturen anging, erst seit der Lähmung empfindlich war, war eine der Nebenwirkungen ihres Gebrechens. Womit das zusammenhing, wusste sie nicht, denn andere querschnittsgelähmte Menschen hatten keine Probleme, wenn es kühl war.

Spontan beschloss sie, mit Blümchen eine Runde zu drehen. Sie auf vier Rädern und der Hund auf vier Pfoten. Sie rollte los, um die Jacke anzuziehen, und Blümchen folgte ihr brav. Gott sei Dank lebte sie im Erdgeschoss und konnte barrierefrei nach draußen rollen. Dabei hatte sie die Leine von Blümchen auf dem Schoss liegen, denn der Hund folgte aufs Wort und würde, egal was passierte, bei Marianne bleiben. Er jagte keinen Katzen nach und auch andere Hunde interessierten ihn nur bedingt. Alles in allem war sie wohl der besterzogene Hund der Welt.

Draußen im Freien war Marianne wieder einmal froh, dass sich das Klima verändert hatte. Es lag kein Schnee und es war viel zu warm für diese Jahreszeit. Für Marianne allerdings immer noch zu kalt. Wenn Schnee lag, konnte sie nicht nach draußen fahren, denn der Rollwiderstand der vorderen kleinen Reifen war dann viel zu hoch und es bestand die Gefahr, dass der Rollstuhl kippte. Dann musste Jennifer, ihre Pflegerin, mit dem Hund Gassi gehen.

Während sie über den Bürgersteig rollte, schaute sie beim Gedanken an Jennifer auf die Uhr. Schon bald würde sie an der Türe von Marianne läuten, um sich anzukündigen, und daher musste sie sich mit dem Gassiführen von Blümchen beeilen. Eigentlich war es ihr egal, ob sie rechtzeitig zu Hause sein würde, denn sie hatte keine Probleme damit, Jennifer warten zu lassen. Dieses blonde Miststück, das immer noch laufen konnte und bestimmt gleich verdorben war, wie sie es in ihrer Jugend gewesen war.

Jennifer kam nun schon seit einem halben Jahr zu ihr, und es würde wohl nicht mehr lange dauern, bis auch diese sie im Stich lassen würde. Daran war Marianne nämlich gewöhnt. Bisher hatten sie alle Pflegerinnen im Stich gelassen, weil diese, wie sie von ihrer Chefin wusste, keine Lust hatten, sich weiter mit der bissigen, fast schon bösartigen und unkooperativen querschnittsgelähmten Marianne auseinanderzusetzen. Es grenzte schon fast an ein Wunder, dass Jennifer sie nun schon ein halbes Jahr versorgte, denn so lange hatten es die anderen Pflegerinnen nicht mit ihr ausgehalten.

Männliche Pfleger kamen keine zu ihr, da sie das strikt ablehnte. Sie hatte keine Lust, dass diese ihren immer noch wohlgeformten Körper mit ihren gierigen Augen abtasteten. Da war es besser, sich von Jennifer helfen zu lassen, die selbst einen wohlgeformten Körper besaß und daher weniger Interesse an dem von Marianne hatte. So zumindest vermutete sie.

Blümchen hatte es sich erlaubt, ein paar Meter vor Marianne herzulaufen, und hockte sich auf ein kleines Stück Rasen, um ihr großes Geschäft zu erledigen. Wieder schaute Marianne auf die Uhr und stellte fest, dass sie sich nun wirklich auf den Heimweg machen musste, wenn sie nicht wollte, dass Jennifer wieder ging, und so tragisch es auch war, sie brauchte Jennifer, um sich zu duschen. Schon seltsam, sie hatte sich bereits das Kreuz gebrochen und hatte dennoch Angst davor, dasselbe mit dem Hals zu tun. Vielleicht wäre das das Beste, aber so etwas durfte man ja nicht zugeben, denn dann galt man sofort als wehleidig und undankbar dem Gott gegenüber, der einen auf die Welt befördert hatte.

Gedankenverloren rollte sie über den Gehsteig und Blümchen trottete nun wieder neben ihr her. Sie kam in dem Moment bei ihrer Wohnung an, als gerade Jennifer aus ihrem Dienstwagen stieg. Diese begrüßte

Marianne steif und ohne jegliche Emotion und ging gemeinsam mit ihr in die Wohnung. Dabei sah sie Marianne wieder einmal mit diesem Blick an, der ihr schon des Öfteren an ihr aufgefallen war. Diesen konnte sie nicht so richtig einordnen, denn er konnte vieles bedeuten. Auf alle Fälle war sie sich sicher, dass auch Jennifer nicht begeistert war, sie als Klientin zu haben.

Kapitel 4

Warum nur kam Jennifer schon ein halbes Jahr zu Marianne? Niemand mochte sie. Niemand außer Blümchen. Jennifer mit ihrem perfekten Körper, der noch dazu alle Funktionen erfüllte, die ein solcher erfüllen sollte. Blümchen jedoch liebte Jennifer, also war es möglich, dass sie ihr doch nicht so schlecht gesonnen war, wie Marianne vermutete. Hieß es nicht, dass Hunde am besten wussten, wer ein gutes Herz besaß?

Jennifer alberte einen Moment mit Blümchen herum und widmete sich dann wieder Marianne, die bereits auf dem Weg ins Bad war. Dort angekommen sagte die 26-Jährige zur vierzig Jahre alten Marianne: „Möchten Sie, dass ich Ihnen heute die Haare wasche, oder hat das noch Zeit?" Darauf antwortete Marianne: „Wie soll das noch Zeit haben? Ich möchte ja nicht dieselben Fettsträhnen haben wie Sie!", und dabei sah sie Jennifer ungehalten an. Sie wusste selbst, dass Jennifer keine fetten Haare hatte. Ganz im Gegenteil, sie standen weder in der Länge noch in der Gepflegtheit denen von Marianne in nichts nach, aber es tat gut, sie zu verunsichern, und genau das tat sie. Denn wie es mit jungen Damen so war, ließen sich diese leicht kränken, was genau das war, was Marianne beabsichtigte.

Jennifer hatte blondes Haar, das von der Unschuld einer Prinzessin zeugte, und Marianne hatte die schwarzen Haare einer bösen Stiefmutter.

Wieder bekam Jennifer für einen Moment diesen Blick, der zeigte, dass sie Marianne nicht mochte, und das war auch gut so. Marianne wollte nicht gemocht werden. Was sie wollte, war, anderen Menschen denselben Schmerz zu bereiten, wie sie ihn seit 14 Jahren jeden Tag erfuhr.

Die beiden hantierten eine ganze Weile im Bad herum, bis Marianne geduscht war, sie ihre Haare gewaschen und geföhnt hatte und sie wieder Kleidung trug. Als sie dann im Wohnzimmer waren, fragte sie Jennifer, die während der ganzen Duschzeremonie geschwiegen hatte, ob sie noch etwas für sie tun könne. Das nahm Marianne erneut als Anlass, Jennifer zu kränken, indem sie sagte:

„Mir wäre es recht, wenn Sie meine Wohnung nun wieder verlassen würden! Sie stehen mir im Licht!"

Jennifer, die solche Aussagen schon zur Genüge kannte, drehte einfach um und verließ diese mit einem gekränkten Ausdruck im Gesicht. Das erfüllte Marianne mit einem zufriedenen Gefühl, und sie rollte zum Küchentisch, um einen Blick in ihren Laptop zu werfen. Das tat sie wie jeden Tag um diese Zeit, denn sie hatte einen festen Ablauf in ihren Gewohnheiten. Sie startete das Gerät, während Blümchen am Boden in der Sonne lag und sich von dieser das Fell wärmen ließ. Der Laptop fuhr mit der einer Geschwindigkeit hoch, wie sie nur ein neues Modell bewerkstelligen konnte denn Marianne verfügte immer über ein schnelles Exemplar, weil sie dieses jedes halbe Jahr gegen ein noch neueres austauschte.

Zuerst sah sie kurz bei Facebook hinein. Sie hatte nicht viele Freunde, weswegen ihr die Social Media Plattform nicht viel Neues zu zeigen hatte. Das, was sie zu bieten hatte, langweilte Marianne jedoch, weshalb sie nun in die Singlebörse schaute, in der sie Mitglied war. Und wie immer hatte sie dort wieder mehrere Nachrichten von Männern, die es anscheinend geil machte, jemand anderen im Rollstuhl sitzen zu sehen.

Wieder bekam sie mehrere Angebote für ein Sex-Date, welche sie sofort wieder löschte. Sie war nicht interessiert an Sex. Warum sie überhaupt Mitglied in einer Singlebörse war, wusste sie nicht, denn eigentlich wollte sie allein bleiben mit ihrem Groll, den sie

sie der Menschheit gegenüber hegte. Für sie war das Lesen von Nachrichten nur eine Art Zeitvertreib.

Eine dieser Nachrichten war jedoch anders als die anderen. Ein gewisser Fatso, wie er sich nannte, hatte ihr eine lange Mail geschrieben. In dieser legte er eine Art Lebensbeichte ab und präsentierte sich mit all seinen Fehlern und Schwächen. Mehr oder weniger zeigte er sein Interesse an ihr, aber man hatte dabei das Gefühl, dass er sich selbst nicht mochte. Wie sollte es da jemand anderer tun? Zumindest war Marianne ein klein bisschen geschmeichelt, dass man ihr auf diese ehrliche Art und Weise den Hof machte.

Fatso hatte es verdient, dass sie ihm antwortete. Das tat sie aber auf eine Art und Weise, die fast schon abweisend war mit nur einem kargen Satz. Sie nannte ihm als Grund für ihr Verhalten, dass sie trotzdem nur E-Mail-Freundschaften pflegen wolle und nicht an einer Beziehung interessiert sei. Sie drückte auf „Senden" und lehnte sich danach in ihrem Rollstuhl zurück.

Nun wollte sie ihre E-Mails abrufen und stieg zu diesem Zweck auf der dazu gehörigen Seite ein. Sie überflog in Windeseile die neuen Nachrichten, und bei den meisten handelte es sich um Spam-Nachrichten, die ihr Spam-Filter nicht als solche identifiziert hatte.

Ein Betreff jedoch stach unter allen heraus, denn in diesem stand:

„Du wirst brennen!"

Und Mariannes Herz begann sofort aufgeregt zu pochen, während sie die Nachricht öffnete. Darin war als Anlage ein kurzes Video verpackt, das zum Gruseln war. In diesem war ein als Horror-Clown verkleideter Mensch zu sehen, der in der einen Hand ein Feuerzeug und in der anderen eine Haarspraydose hielt. Der Horrorclown für sich sah schon zum Fürchten aus. Er hatte spitze Zähne und wahnsinnige Augen. Die Augen unter der Maske, die sie nicht sehen konnte, gehörten nicht zur Halloween-Maske, die der Mensch als Verkleidung trug, sie waren aber mit Sicherheit ebenfalls voller Wahnsinn, dessen war sich Marianne sicher.

Im Video stand der Clown in seinen bunten Gewändern im hinteren Teil des Zimmers, das von einer Webkamera gefilmt wurde. Ganz langsam bewegte sich der Clown auf die Kamera zu, und je langsamer er ging, desto bedrohlicher wirkte es. Es erinnerte an einen Tiger, der in einem Käfig auf und ab pirscht. Als der Clown im Video bei der Kamera ankam, zündete er das Feuerzeug an, drückte auf den Düsenkopf, und das Haarspray zündete sofort, weil der Clown das Feuerzeug davorhielt.

Ein dicker Strahl aus Feuer ergoss sich auf die Kamera, bis deren Linse schwarz und getrübt war. Nun konnte sie nur noch hören, wie der Clown wie eine Hexe aus einem Märchen lachte, und dann sagte er mit der zum Lachen passenden Stimme aufgedreht: „Das nächste Mal brennst du! Das wird ein Spaß!"

Und dann hörte man erneut ein schrilles und gleichzeitig gackerndes Lachen, das sowohl zu einer Hexe als auch zu einem Clown passte, und das Video war zu Ende. Nun hatte die Stille ebenfalls etwas Unheimliches. In Mariannes Kopf ging es rund. Wer hatte ihr das Video geschickt, und drohte tatsächlich Gefahr? Sofort dachte sie daran, zur Polizei zu fahren, aber was würde es nutzen? Marianne war sich sicher, dass der Clown dafür gesorgt hatte, dass man die Nachricht nicht zu ihm zurückverfolgen konnte.

Sein Anblick wollte ihr nicht aus dem Kopf gehen. Warum musste es unbedingt ein Clown sein? Sie hatte eine Phobie gegenüber Clownsfratzen, aber wer wusste davon? Das hatte sie niemandem verraten, weil sie selbst wusste, wie kindisch sie war. Auch sie wusste, dass sich hinter dieser Maske ein Mensch verbarg, aber seitdem sie als Zehnjährige einen Horrorfilm mit einem Clown als Bösewicht gesehen hatte, hatte sie eine Heidenangst vor den tollpatschigen Spaßmachern.

Sie beschloss, den Laptop Laptop sein zu lassen, und klappte ihn zu diesem Zwecke zu. Dann rollte sie, immer noch nachdenklich und von einer Gänsehaut überzogen, in die Küche, um etwas zu essen. Sie nahm sich einen Apfel und eine Birne aus der Obstschüssel und begann als Erstes, den Apfel zu essen. Dieser war süß und schmackhaft, aber nicht so sehr wie die Birne, die ihm folgte. Als sie beide Früchte gegessen hatte, rollte sie zurück in Richtung des Wohnzimmers, um etwas fernzusehen.

Dabei hörte sie plötzlich im Flur ein Geräusch, als würde sich jemand gegen die Tür werfen. Sofort stockte ihr der Atem und ihre Alarmglocken läuteten. War das der Clown aus dem Video? Sie blieb stehen und auch Blümchen spitzte die Ohren und schaute neugierig darein.

Plötzlich sah Marianne, wie die Türklinke auf und ab ging, als würde jemand versuchen, die Tür auf diese Weise zu öffnen. Erneut dachte sie daran, die Polizei zu rufen, aber so schnell wie der Spuk begonnen hatte, war er auch wieder zu Ende. Marianne brauchte Bestätigung dafür, dass niemand mehr vor der Tür stand, und rollte zur Eingangstür, um auf den Monitor der Gegensprechanlage zu schauen, der ein Bild von dem lieferte, was vor der Eingangstüre vor sich ging. Erleichtert stellte sie fest, dass niemand vor der Tür stand. Kein Clown, der sie abfackeln wollte.

Auch Blümchen wirkte nun wieder entspannt und lag im Flur und ging ihren eigenen Gedanken nach. „Was sollte das alles?", fragte sich Marianne erneut, während sie nun tatsächlich ins Wohnzimmer rollte, um sich mit dem Programm, das im Flimmerkasten lief, abzulenken. Schon bald stellte sie jedoch fest, dass sie dem Geschehen in diesem Apparat nicht folgen konnte, weil sie immer noch an das Video und den versuchten Einbruch denken musste.

Blümchen saß nun dicht vor Marianne und hatte ihren Kopf auf Mariannes Knie liegen. Wie es aussah, forderte sie Zuwendung, und das tat sie wie immer mit Erfolg, denn Marianne begann gedankenverloren ihren Kopf zu kraulen, was der Hund dankbar über sich ergehen ließ. Dann fasste sie plötzlich den Entschluss, dass sie eine Waffe brauchte. Sie musste etwas zum Schutz haben, und sie fuhr sofort zur Garderobe, wo sie ihre Jacke anzog.

Das war anscheinend das Zeichen für Blümchen, ihren berühmten Freudentanz aufzuführen. Marianne legte sich noch die Leine auf den Schoss, und dann verließen die beiden die Wohnung. Ihr Wunsch war es, zum Waffengeschäft zu rollen, das nicht allzu weit weg war. Blümchen ließ es sich nicht nehmen, auf dem Weg dahin interessiert am Boden zu schnuppern, doch sosehr die Gerüche wohl interessant für sie waren, sie blieb dennoch brav neben Marianne. Sie war eben ein äußerst gut erzogener Hund.

Im Moment schien die Sonne und diese wärmte Marianne den Körper, obwohl die Umgebungstemperatur kalt war. Sie bewegte die Räder des Rollstuhls äußerst schnell und flitzte über den Gehsteig, als wäre sie vor etwas auf der Flucht. War sie das denn etwa wirklich? Auf Grund des hohen Tempos, das sie an den Tag legte, kam sie rasch vorwärts, und schon bald langte sie beim Jagdgeschäft an. Sie rollte in den Laden, der Gott sei Dank ohne Barrieren zu befahren war, und fuhr, ohne sich umzusehen, zum Verkaufstresen.
Dahinter stand ein Mann, der ein Glassauge besaß. Das andere Auge schien gesund zu sein, denn es rollte, ohne dass sich das Glasauge ebenfalls bewegte, in der Augenhöhle umher, was irgendwie unheimlich war. Dennoch schaffte es der Verkäufer, seinen Blick auf Marianne zu fixieren, und fragte sie nuschelnd mit

einem südländischen Akzent, was sie brauche. Marianne, die ihn kaum verstanden hatte, legte den Kopf schief in der Hoffnung, dann die Sprache des Ladenbesitzers zu verstehen, denn er kam eindeutig nicht von hier.

Dennoch erklärte sie ihm in der Hoffnung, dass er sie besser verstehen würde als sie ihn, was sie brauche, denn das war einfach zu erklären. Sie brauchte eine Waffe und das so schnell wie möglich. Handfeuerwaffen kamen also schon einmal nicht in Frage, denn für diese brauchte man einen Waffenschein, den man erst einmal beantragen musste. Der Verkäufer sagte zu Marianne, dass er ihr gleich etwas zeigen würde, und verschwand ohne weitere Worte im Hinterzimmer des Ladens. Daraus kehrte er mit einem Schrotgewehr zurück und legte dieses bestimmt auf den Tresen. Dann sagte er:

„Schrotgewehr gut für Kampf aus der Nähe! Schießt viele Löcher ins Ziel und trifft fast immer!"

Marianne antwortete ihm, dass das genau das sei, was sie benötige. Sie kaufte das Gewehr und auch noch eine Schachtel Munition, und als die Transaktion beendet war, rollte sie zufrieden nach Hause. Das Gewehr hatte sie quer über dem Schoß liegen, was sicher bedrohlich anzusehen war. Man konnte meinen, dass sie zu einem Bürgerkrieg aufrief, auch wenn es keinen erkennbaren Grund für einen solchen gab. Wann immer sie Passanten begegnete, warfen ihr diese statt den mitleidigen Blicken wie sonst fast schon ängstliche Blicke zu. Marianne genoss dieses Gefühl der Macht und rollte weiter, während sie sich gut fühlte. Wenn nun wirklich jemand bei ihr einbrechen würde, konnte dieser mit einer Ladung Schrot rechnen. In ihrem Rollstuhl mit der Waffe auf dem Schoss sitzend rollte sie weiter, als wäre sie ein Panzer, den nichts aufhalten konnte.

Als sie zuhause ankam, öffnete sie die Tür und tat das so leise wie möglich. Wenn sich nun jemand in der Wohnung befände, wollte sie ihn so lautlos wie eine Katze überraschen. Gott sei Dank waren alle Zimmer leer und Marianne rollte zum Küchentisch. Dort legte sie das Gewehr auf die Tischplatte und die Munition gleich daneben. Es war schon ein Gefühl der Überlegenheit, das man hatte, wenn man eine Waffe besaß, und in diesem Moment konnte sie nachvollziehen, warum in Amerika so viele Menschen eine Waffe ihr Eigen nannten.

Sie fuhr nun zu ihrem Laptop und startete diesen. Während sie wartete, dass er hochfuhr, dachte sie darüber nach, ob sie schnell genug die Waffe würde hochreißen können, wenn sie denn tatsächlich vom Horrorclown überfallen wurde. Und was, wenn sie daneben schoss, was aus der Nähe fast unmöglich zu sein schien, aber dennoch, was, wenn? Sie musste alle Eventualitäten abwägen. Wenn sie wirklich nicht träfe, würde sie das Gewehr neu laden müssen. Das kostete Zeit und es bestand die Möglichkeit, dass genau diese Zeit dem Clown dazu verhelfen würde, die Überhand zu erlangen. Außerdem bestand die Möglichkeit, dass auch der Clown bewaffnet war.

Was, wenn er wieder Flammenwerfer spielen würde wie im Video? Marianne wollte nicht brennen. Sofort erinnerte sie sich an den Geruch, der zu riechen war, wenn Fleisch brannte, obwohl dieser nur in ihrer Erinnerung existierte. Für einen kurzen Moment blitzte vor ihren Augen das Bild des brennenden Markus auf, und sie beförderte es sofort aus ihrem Geist an einen Ort, an den sie es sich nicht ansehen musste. Dieser Ort existiert in jedem von uns, denn dieser ist dazu gemacht, Dinge zu verstecken, die zu schlimm sind, um sie näher zu betrachten.

Als der Laptop hochgefahren und einsatzbereit war, öffnete sie die Singlebörse und sah sofort, dass ihr Fatso geschrieben hatte. In der Nachricht war zu lesen, dass er nichts gegen eine E-Mail-Freundschaft habe, und er fragte sie nach ihren Hobbies. Der Kerl war neugierig und anscheinend nicht leicht abzuweisen. Marianne dachte angestrengt nach, ob sie ihm überhaupt antworten sollte, aber seine Hartnäckigkeit imponierte ihr, also begann sie zu schreiben:

>>Nachdem du derart neugierig bist, werde ich dir etwas über mich erzählen. Ich sitze im Rollstuhl und bin querschnittsgelähmt. Das heißt, ich muss dich sofort enttäuschen, falls du daran gedacht hast, mich herumzukriegen, mit dir zu schlafen, denn ich fühle nichts, was abwärts des Bauchnabels liegt. Sollte das nicht der Fall sein, könnte es dich interessieren, dass mein ganzes Leben meiner Hündin Blümchen gewidmet ist. Ich komme all ihren Wünschen nach, denn sie ist das einzige Lebewesen, das mich noch nie enttäuscht hat. Andere Tiere würden das wohl ebenso nicht tun, aber zu diesen fehlt mir der persönliche Draht. Nun zu dir. Ich muss dir sagen, dass du kein bisschen Selbstvertrauen besitzt, was eigentlich ein Grund ist, dir nicht zu schreiben, denn du ziehst einen mit deiner Unsicherheit und Negativität nach unten, und ich will alles, aber nur nicht noch weiter unten sein. Dennoch freut es mich andererseits, dass du mir so ehrlich von deinen Schwächen geschrieben hast. Ehrlichkeit ist das Um und Auf, wenn man ein gutes

Gespräch führen will. Jedoch muss ich dich bitten, nun auch von deinen positiven Eigenschaften zu berichten, denn diese hast du völlig vernachlässigt in deiner Mail. Ich möchte den ganzen Fatso kennen und nicht nur den negativen unsicheren Mann. Was für Hobbies hast denn du? Gruß, Marianne<<

Und dann schickte sie die Nachricht bereits ab. Sie klappte den Laptop zu und musste dennoch an Fatsos Mail denken. Wie lange würde es brauchen, bis er ihr auf die aktuelle Nachricht antworten würde? Was das betraf war Marianne fordernd. Sie bildete sich ein, dass je schneller jemand auf eine Mail antwortete, desto interessierter er an der Kommunikation mit ihr war. Dass jemand einfach anderweitig beschäftigt sein könnte, wollte sie nicht wahrhaben. Sie hatte es verdient, dass ihr Gegenüber nur darauf wartete, von ihr zu hören.

Kapitel 5

Plötzlich ertönte das Signal, das Marianne mitteilte, eine Mail erhalten zu haben. Sofort wurde sie wieder nervös. Dazu hatte sie auch allen Grund, denn die Nachricht stammte wieder vom Horrorclown. Dieses Mal stand er auf der grünen abgenutzten Couch, die auch das letzte Mal zu sehen gewesen war, und gackerte vor sich hin, während er anscheinend Fotos durchblätterte. Dann sprang er unvermittelt auf der Couch umher und warf die Bilder in die Luft. Eines nach dem anderen, nur das letzte Bild bewahrte er in der Hand und sprang damit plötzlich auf den Boden und lief mit tollpatschigen Schritten zur Kamera, um das Foto zu zeigen.

Darauf war Blümchen zu sehen, wie sie in ihrem Korb lag und schlief. Der Clown hielt das Foto einen Moment in die Linse und warf es dann ebenso in die Luft. Plötzlich sagte er mit einer dieses Mal tiefen kratzigen Stimme:

„Hoffentlich frisst dein Hund kein Gift!",

und Marianne verstand diesen Satz als das, was er war. Eine Drohung. Eine Drohung Blümchen gegenüber. Der Gedanke, dass ihr geliebter Hund vergiftet werden könnte, zerriss sie fast innerlich.

Wieder arbeitete ihr Gehirn auf Hochtouren. Wie war der Clown an dieses Foto gelangt, denn sie hatte es sofort wiedererkannt. Dabei handelte es sich um eine Fotographie, die sie selbst aufgenommen hatte. Es war an der Pinwand im Flur gehangen und Marianne fuhr sofort zu dieser und stellte fest, dass tatsächlich mehrere Bilder fehlten. Das war ihr bis jetzt gar nicht aufgefallen.

Nun hatte sie endgültig Angst, denn das hieß, dass der Clown in der Wohnung gewesen war vielleicht während eines Spaziergangs mit Blümchen. Wie war er hier hereingelangt, ohne dabei Spuren zu hinterlassen? Sie fuhr nun zur Terrassentüre, die man zur Seite schieben musste, wenn man ins Freie gelangen wollte, und stellte fest, dass diese wieder einmal unversperrt war. War der Clown durch diese in die Wohnung gelangt? Oder hatte er einen Schlüssel, denn dann kam nur Jennifer in Frage, der Clown zu sein, doch diese war viel zu klein für die Gestalt aus dem Video. Außerdem hatte der Clown eine sehr tiefe Männerstimme gehabt im letzten Video.

Dennoch fasste Marianne den Entschluss, was Jennifer betraf, noch vorsichtiger zu sein. Wie gesagt, manchmal schaute diese sie mit einem Blick an, den sie nicht richtig einordnen konnte. Er machte dann den Eindruck, dass sie an irgendetwas dachte, was sie schmerzte. Waren es die vielen barschen Bemerkungen, die ihr Marianne zumutete? Oder war etwas aus ihrer Vergangenheit schuld daran? Jedenfalls sah Marianne in diesem Blick immer auch etwas Beängstigendes. Aber egal. Sie fasste einen Entschluss und beschloss, diesen sofort in die Tat umzusetzen.

Da es nichts bringen würde, wenn sie Jennifer den Schlüssel wegnehmen würde, weil diese eventuell längst ein Duplikat davon hatte anfertigen lassen, wollte sie nun ein zweites Schloss an der Türe haben, dessen Schlüssel nur sie besitzen würde. Dies war einerseits gefährlich, weil ihr niemand würde helfen können, wenn sie einmal aus dem Rollstuhl fallen oder wenn sie der Schlag treffen würde, aber für den Moment wollte Marianne dieses Risiko eingehen.

Sofort suchte sie in ihrem Handy die Nummer eines Schlüsseldienstes heraus und wählte diese. Nach dem dritten Mal Läuten hob auch schon ein Angestellter des Ladens ab, und Marianne begann sofort, auf diesen einzureden. Sie erklärte ihm, wie dringend sie ein zweites Schloss benötige, weil sie glaube, sie wäre in Gefahr. Der Verkäufer versprach ihr, noch heute einen Monteur zu schicken, der ihren Wunsch in die Tat umsetzen würde, und Marianne, die das bekommen hatte, was sie wollte, verabschiedete sich kühl und reserviert von ihrem Gesprächspartner. So war Marianne seit ihrem Unfall. Selbst wenn man ihr einen Gefallen tat, konnte sie nicht so etwas wie Freude zeigen.

Verdammt, sie wollte stehen und nicht sitzen. Sie wollte laufen und springen. Sie wollte Berge besteigen und Marathons laufen. Sie wollte endlich alles tun, worauf sie so lange verzichtet hatte oder hatte verzichten müssen. Dieser verdammte Unfall!

Sofort entstand in ihrem Kopf wieder das Bild von Markus, wie er lichterloh gebrannt hatte. Er hatte vor Schmerz, weil er zu diesem Zeitpunkt bereits zu Bewusstsein gekommen war, geschrien, und dieser Schrei war unmenschlich und nur schwer zu ertragen gewesen. Dann sprangen ihre Gedanken zum Horrorclown und sie fragte sich, ob sie es tatsächlich ebenso verdient hatte zu brennen.

Einen Moment kroch das Gefühl von Schuld in ihr empor, aber dieses verdrängte sie wieder. Außerdem hatte sie genug gebüßt, denn sie hatte die Funktion der unteren Extremitäten verloren und war an den Rollstuhl gefesselt. Sie ballte die Hand zur Faust, während sie sich fragte, wer der Clown war und was er von ihr wollte. Es gab eine Menge Menschen, die es vielleicht freuen würde, wenn ihr etwas passierte, denn seit ihrem Unfall hatte sie ihr Umfeld mit Missgunst und Neid behandelt. Aber das tat sie aus ihrer Wut über den Verlust der Beine. Warum sie?

Gedankenverloren sah sie auf den Bildschirm des Laptops, während sie weiter an ihr Gebrechen dachte. In diesem Moment hoffte sie abgelenkt zu werden und war sich gar nicht im Klaren darüber, dass sie nur nachsehen wollte, ob ihr Fatso geschrieben hatte. Und sie hatte Glück. Er hatte ihr tatsächlich bereits geschrieben. Sie öffnete die Nachricht und hoffte darauf, dass sie lang war, denn sie hatte keine Lust, erneut an den Clown, Jennifer oder ihren Unfall zu denken. Und tatsächlich, Fatso schrieb erneut ganz ehrlich, was Sache war:

>>Liebe Marianne! Mein richtiger Name ist Fabio Zorzi und ich bin nicht so negativ, wie du zu denken scheinst. Die meiste Zeit bin ich durchaus gut gelaunt und voller Tatendrang. Mein Beruf ist mein Hobby! Ich bin Erfinder und Programmierer und guter Dinge, dass sich das in nächster Zeit nicht ändern wird. Deine Angst, ich könnte Sex von dir wollen, kann ich schmälern, da ich selbst auch keine Lust auf den Akt der Fortpflanzung habe. Ich bin Diabetiker und spüre

wegen der Begleiterscheinungen nichts mehr in meinen Weichteilen. Es gibt so viel mehr als nur Sex. Manche sagen, Sex gehöre zu einer Beziehung, ich aber sage, kein Sex hält sie frisch. Es tut mir leid, dass keine aktuellen Fotos in meinem Profil sind, aber so, wie ich aussehe, möchte ich mich niemandem zeigen. Außerdem finde ich, dass du auf diese Weise den Vorteil hast, mich dir so vorzustellen, wie du mich gerne hättest. Ich besitze übrigens auch ein Haustier. Einen zahmen Stachelschwanz-Waran mit dem Namen Chamberlain. Wie alt ist deine Hündin und welche Tricks hat sie drauf? Ich werde mich jetzt wieder meiner Arbeit widmen, denn meine neueste Erfindung ist bereits fertig, und nun muss ich noch ein Duplikat davon anfertigen. Freue mich schon sehr auf eine Antwort von dir und wünsch dir derweilen eine schöne Zeit! <<

Marianne dachte sich beim letzten Satz, den sie gelesen hatte, dass Fabio, wie sie ihn lieber nannte, gut reden hatte. Er wurde nicht terrorisiert und verfolgt. Während Marianne darauf wartete, dass der Monteur kam, der ihr das Zusatzschloss anbringen würde, schaute sie nachdenklich auf Blümchen, die sich zu ihren Füßen zusammengeringelt hatte und so dreinsah, als wäre sie der ärmste Hund der Welt. Manchmal fragte sich Marianne, was in ihrem Kopf vorging.

Erneut dachte sie daran, was wäre, wenn sie tatsächlich vergiftet würde, und irgendetwas in ihrer Brust, was auch immer es war, schmerzte sie für einen Moment, und es war anzunehmen, dass es ihr kaltes Herz war. Das Herz, das kaum noch hörbar war für sie. Ihre innere Stimme war ihr einhergehend mit dem Unfall abhandengekommen, wenn sie denn jemals existiert hatte. Marianne schüttelte sich plötzlich, als wäre auch sie ein Hund, der gerade aus einem See gesprungen war. Das war wohl der klägliche Versuch, jegliches Gefühl, das sie schmerzte, loszuwerden.

Wieder stellte sie sich die Frage, ob sie zur Polizei gehen sollte, und dachte daran, dass der Clown in ihrer Wohnung gewesen sein musste. Würde die Polizei ihr helfen, oder war dazu noch zu wenig passiert? Plötzlich läutete es an der Tür, und Marianne mutmaßte, dass dies der Monteur sein musste. Der Clown würde sich wohl nicht die Mühe machen zu läuten. Sie rollte lautlos zur Wohnungstür und schaute auf den Monitor der Gegensprechanlage. Er zeigte einen Mann mittleren Alters, der in einem blauen Overall gekleidet dastand und eine Werkzeugkiste in der Hand hielt.

Marianne betätigte den Summer und öffnete ihm somit die Tür. Dann sperrte sie die Wohnungstüre auf und wartete auf den Mann, den sie zuvor am Bildschirm gesehen hatte. Dieser bog auch schon um die Ecke und kam auf sie zu. Er war nicht gerade groß, aber dafür stämmig und untersetzt. Warum auch immer, aber er machte den Eindruck, als besäße er ein freundliches Wesen gepaart mit der Vorliebe für Schnaps, was erklären würde, warum er eine rote Knollennase hatte.

Marianne und der Monteur begrüßten einander und kamen ohne Umschweife darauf zu sprechen, in welcher Höhe das Zusatzschloss angebracht werden sollte. Während der Arbeiter begann, sein Werk zu tun, rollte Marianne zurück ins Wohnzimmer. Blümchen, die sie ganze Zeit verfolgt hatte und es sich auch nicht hatte nehmen lassen, den Mann vom Schlüsseldienst zu begrüßen, trottete hinter ihr her und setzte sich neben sie.

Marianne dachte nun daran, doch zur Polizei zu gehen, aber erst einmal musste das Schloss montiert sein. Auf alle Fälle fasste sie den Entschluss, Blümchen nicht mehr von ihrer Seite weichen zu lassen und ihre Umgebung mit Argusaugen zu beobachten. Sie mochte gar nicht daran denken, wie leicht es war, den

Hund zu vergiften. Wenn der Clown es tatsächlich darauf anlegte, brauchte er nur ein mit Gift präpariertes Stück Fleisch durch eines der Fenster oder die Terrassentür zu werfen, wenn Marianne lüftete. Dann öffnete sie nämlich alle Fenster in der Wohnung, und sie konnte nicht gleichzeitig in jedem Zimmer sein.

Während sie alle möglichen Schreckensszenarien im Kopf durchspielte, verging die Zeit, und schon kam der Monteur ins Zimmer, um zu melden, dass er fertig sei. Er händigte Marianne den Schlüssel zum Schloss aus und Marianne bezahlte ihn. Dann begleitete sie ihn zur Tür und verabschiedete sich von ihm. Der Monteur verließ die Wohnung, und Marianne war wieder allein mit Blümchen.

Zwei Stunden später, es war schon dunkel, fasste sie den Entschluss, nun doch noch die Polizei zu rufen, was sie auch tat. Ihr war klar, dass sie eigentlich zur Wache hätte fahren sollen, was jedoch nicht zu bewerkstelligen war, weil das Präsidium zu weit weg war. Aus diesem Grund erklärte sie der freundlichen Stimme, die sich meldete, nachdem sie die 133 gewählt hatte, dass ein Polizist zu ihr kommen solle und warum, und die Stimme am anderen Ende der Leitung versprach, sofort jemand zu ihr zu schicken.

Nun konnte sie nur noch warten. Sie schaltete den Laptop ein und öffnete vorsorglich schon einmal das E-Mail-Programm. Erneut schaute sie sich das Video an und bekam wieder eine Gänsehaut. Was, wenn die Polizei es nicht schaffen würde, die Nachrichten zurückzuverfolgen? Einen kurzen Moment dachte sie erneut an Jennifer, aber sie war sich nun sicher, dass diese nicht der Clown war. Der Horrorclown war wie gesagt zu groß gewesen. Außerdem liebte Jennifer Blümchen und würde ihr nie etwas antun können, dessen war sich Marianne sicher.

Gerade, als sie daran dachte, dass nun gleich die Polizei da sein würde, hörte sie auch schon, wie jemand an der Tür klopfte. Sie fuhr zur Tür und öffnete diese, weil sie mit der Polizei rechnete. Umso erschrockener war sie, als plötzlich der Horrorclown vor ihr stand.

Dann ging alles ganz schnell. Der Clown warf sie samt dem Rollstuhl um und schloss danach vorsorglich die Türe. Nun war sie dem Clown schutzlos ausgeliefert. Dieser hatte ein langes Messer in der Hand, und mit jedem Schritt, den er machte, während er begann, um sie herumzugehen, schellten die kleinen Glöckchen, die an seinen viel zu großen Clownsschuhen hingen. Er begann zu gackern und das Geräusch steigerte sich zu einem irren Gelächter. Dann sagte der Clown:

„Nun stirbst du!",

und dabei hatte er wieder die tiefe raue Stimme. Er hob das Messer, und gerade als Marianne glaubte, er würde dieses nun auf sie niedersausen lassen, läutete es erneut an der Tür. Das musste die Polizei sein. Marianne nahm allen Mut zusammen und schrie um Hilfe. Blümchen, die ebenfalls völlig überrumpelt gewesen war, fletschte die Zähne und stand neben ihrer Besitzerin, bereit zum Angriff. Das und das Läuten bewog den Clown dazu, die Wohnung fluchtartig durch die Terrassentüre zu verlassen.

Ein paar Sekunden später öffnete auch schon ein Polizeibeamter mit einem Dietrich die Wohnungstüre. Ins Haus war er gelangt, als ein Nachbar dieses im passenden Moment verlassen hatte. Marianne erklärte hektisch die Lage, während Blümchen unablässig bellte, und ein zweiter Polizist lief sofort zur Terrassentüre. Vom Clown jedoch war nichts mehr zu sehen und er konnte praktisch überallhin gelaufen sein. Eine Frage stellte sich Marianne nun unweigerlich. Warum hatte der Clown sie gerade mit einem Messer abschlachten wollen, obwohl er doch im Video damit gedroht hatte, sie zu verbrennen?

Fatso saß in seinem Bett und war äußerst erstaunt. Erstens nahm sich Candy tatsächlich die Zeit, ihm zu schreiben, und zweitens hatte er festgestellt, dass er zehn Kilo leichter war. Das wusste er, weil in seinem Bett unter anderem auch eine Waage eingebaut war, die ständig sein Gewicht kontrollierte. Er wusste mit Sicherheit, dass er vor seinem Besuch im Internet noch 340 Kilo gewogen hatte, und nun wog er nur noch 330 Kilo. Also hatte er richtig vermutet. Die Reise des Geistes war für den verkabelten Körper anstrengend und verbrauchte Unmengen an Kalorien. War das etwa ein weiterer Pluspunkt für seine Erfindung? Man konnte damit, ohne sich anzustrengen, abnehmen, was sicherlich vielen Menschen gefallen würde.

Der eigentliche Zweck der Erfindung konnte erst ausprobiert werden, wenn er noch eine Elektrodenkappe gebaut haben würde. Also werkte er fleißig weiter, und Chamberlain beobachtete ihn dabei mit seinen kleinen Echsenaugen und züngelte mit der Zunge, als wäre er eine Schlange. Tatsächlich hatten Schlangen das mit Waranen gemeinsam. Beide schmeckten die Gerüche mit der Zunge.

Fatso sah auf die Uhr und stellte fest, dass es nun bereits Abend war. Er beschloss, es für heute gut sein zu lassen, und legte seine Arbeit sorgsam in eines der vielen Regale in seiner Wohnung. Natürlich stellte er nicht alles selbst für seine Erfindungen her. Manches übergab er auch ansässigen Firmen in seiner Stadt. Vor allem Computerbauteile oder winzig kleine Komponenten von Bauteilen, die auf eine präzise Art und Weise zu funktionieren hatten, ließ er herstellen.

Für die zweite Elektrodenkappe hatte er bereits alle Bauteile zuhause und musste diese nur noch zusammensetzen. Am meisten hantierte er dabei mit einem Lötkolben herum,, und das Zimmer war ständig mit einem beißenden Geruch von verbranntem Fett erfüllt, das auf der Spitze des Lötkolbens dafür sorgte, dass das Lötzinn besser schmolz, um dann von der Spitze zu tropfen, wie es sein sollte.

Er stellte sich die Frage, ob er nun Candy schreiben sollte, entschied aber, auch das auf morgen zu verschieben. Er war müde und wollte schlafen. Da er nicht ins Bett gehen konnte, weil er sich bereits in diesem befand, schloss er einfach die Augen. Eigentlich hatte er Hunger, was ihn normalerweise davon abhielt zu schlafen, aber heute kämpfte er gegen diesen an. Er war nun zehn Kilo leichter und wollte sich das Gewicht nicht sogleich erneut wieder anfressen. Er dachte nun wieder daran, wie schnell er abgenommen hatte während seines Besuches in der Welt des Computers. Er fand es interessant, dass sein Geist ihm diese Welt als Winterlandschaft präsentiert hatte. Nun brauchte er nur noch jemanden, mit dem er den eigentlich zugedachten Sinn und Zweck der Kappen testen konnte. War es möglich, eine zweite Person, die auch an die Kappe angeschlossen war, in dieser fremden Welt zu treffen? Wenn das funktionierte, waren Internetdienste wie Skype hinfällig. Dann konnte man sich auch in der digitalen Welt mittels eines Avatars mit Freunden treffen. Dies war dazu gedacht, auch weite Entfernungen zwischen Menschen verschwinden zu lassen. Das war auch der Sinn vom ersten Telefon gewesen, aber damals hatte man nur die Stimme seines Gegenübers gehört. Klar konnte man sagen, dass man auch auf Skype die Möglichkeit hatte, sein Gegenüber zu sehen, aber man konnte, wenn alles funktionierte, nicht gemeinsam Welten erforschen, was die Elektrodenkappe bewerkstelligte.

Während Fatso über solche Sachen nachdachte, schlief er auch schon ein. Wie immer träumte er sehr viel, aber wie fast immer würde er sich am nächsten Tag nicht an seine Träume erinnern. Vielleicht war das gut so, denn es war immerhin möglich, dass ihm

sein Unterbewusstsein in der Traumwelt Bilder zeigte, die ihn nicht freuen würden.

Kapitel 6

E r erwachte erst, als es bereits halb acht durch war. Es schien noch keine Sonne, aber der Himmel war bereits in morgendlicher Stimmung verfärbt und wurde zunehmend heller. Fatso wurde ganz langsam munter, während er aus dem Fenster sah. Als er munter genug dazu war, fuhr er in die Küche, um einen Kaffee aufzustellen. Das machte er in dem Bereich, der an eine Küche erinnerte, doch bei weitem nicht so gut ausgestattet war. Dort stand ein Kühlschrank neben einer Spüle, über der ein Brett angebracht war, auf dem sich die Kaffeemaschine befand. Daneben stand noch ein einzelner Schrank, in dem das Geschirr aufbewahrt wurde. Der restliche freie Platz an den Wänden war wie überall in der Wohnung mit Regalen behangen.

Während er an der Kaffeemaschine herumhantierte, knurrte ihm bereits der Magen in einer Lautstärke, die fast schon zum Fürchten klang. Er öffnete nun auch den Kühlschrank und sah sich darin um. Jede Menge Essbares war darin übereinander geschichtet. Er brauchte sich nur zu bedienen, und das tat er auch. Das Tablett in seinen Händen wurde zunehmend mit Wurst, Käse sowie Butter gefüllt, und auch saure

Gurken und Majonäse sowie Semmeln fanden darauf Platz. Alles Dinge, die Jennifer für ihn gekauft hatte.

Als Fatso alles hatte, was er vorerst zur Stillung seines Hungers benötigte, fuhr er mit dem Bett ins Zimmer von Chamberlain, um zu sehen, ob er noch schlief. Die Beleuchtung war noch ausgeschaltet und wurde von Fatsos erster Erfindung gesteuert, die ihm auch wirklich Geld eingebracht hatte. Damals hatte er sich immer darüber geärgert, dass er händisch hatte steuern müssen, wie lang die Beleuchtung und die Wärmequelle im Terrarium eingeschaltet waren. Das hieß, er hatte jeden Tag eine neue Zeit eingeben müssen, um den natürlichen Tag-Nacht-Rhythmus zu steuern, wenn man dabei auch noch die Jahreszeiten simulieren wollte. Dazu hatte man nur den Kontinent auf der Uhr einstellen müssen, und schon erfüllte seine Erfindung ihren Zweck. Den Rest erledigte diese Zeitschaltuhr von selbst und hatte dadurch Anklang gefunden in der Welt der Terrarienbesitzer.

Natürlich war er nicht reich geworden durch diese Erfindung, aber sie war ja auch nicht die einzige Arbeit von ihm, die Geld einbrachte. Auch andere nützliche Dinge waren mit den Jahren entstanden, und mittlerweile konnte er gut von diesem Einkommen leben. Natürlich bezog er auch Pflegegeld, mit dem er Jennifer bezahlte.

Beim Gedanken an Jennifer machte sein Herz einen kleinen Hopser. Sie war wirklich ein Engel und nahm ihn genauso, wie er war, und machte dabei noch den Eindruck, dass sie ihn wirklich mochte. Fatso begann seine Semmeln auseinanderzuschneiden und trug dann im Inneren gut 8 mm dick Butter auf. Dann schichtete er Unmengen an Wurst und Käsescheiben darauf und drückte wieder eine große Menge Majonäse aus der Tube auf den Käse, als ob die Semmel noch nicht genug Kalorien einbringen würde. Dann begann er zu essen. Eine Semmel nach der anderen. Die Essiggurken aß er zu den Semmeln, indem er von ihnen abbiss. Obwohl sein Hunger riesig war, achtete er darauf, gesittet zu essen. Wenn er schon ein Fettklops war, konnte er trotzdem Stil besitzen.

Als er alles verschlungen hatte, rülpste er laut hörbar, was nicht so sehr von Stil zeugte, aber dennoch gut tat. Er brachte das Tablett mit dem leeren Teller in die Küche und schaute aus einem der wenigen Fenster. Hell war es ja gerade nicht in seiner Wohnung, aber das störte ihn nicht. Mehr noch, er betitelte sie liebevoll als seine Denkhöhle.

Und das stimmte auch. Er besaß die Wohnung schon lange Zeit und hatte darin viele seiner Erfindungen zur Welt gebracht. Es war schon seltsam. Er wusste nicht, warum genau er damit gesegnet war, Dinge erfinden zu können, die der Menschheit einen Nutzen einbrachten. Er wusste nicht, was ihm mehr Spaß machte. Das Zusammenbauen und Herstellen von Komponenten oder das Programmieren von Computerprogrammen. Eigentlich war die Antwort auf diese Frage gar nicht so wichtig, denn er vereinte seine Talente, und beide kamen dabei auf ihre Kosten.

Fatso, der nun mit dem Bett wieder vor Chamberlains Terrarium stand, beobachtete erneut, was in diesem Glaskasten vorging. Nämlich genau nichts. Chamberlain schlief und Fatso fasste den Entschluss, den Laptop hochzufahren. Als dies geschehen war, öffnete er umgehend das Programm zur Singlebörse und sah sofort, dass ein roter Punkt neben einem digitalen Kuvert blinkte, was hieß, dass er eine neue Nachricht erhalten hatte.

Sie stammte von Candy und das freute Fatso. Am Foto in Candys Profil konnte er einen Teil ihrer Schönheit sehen, und er liebte schöne Dinge. Candy war zwar kein Ding, aber er hatte trotzdem den Wunsch, auch sie zu besitzen. Aber auf eine unschuldige Art und Weise. Ganz ohne Sex, aber dafür mit einer gehörigen Portion an Kuscheleinheiten. Das würde aber nie passieren, denn er war eine fette Qualle, die in ihrer Wohnung eingesperrt war. Gefesselt ans Bett und doch voller Sehnsucht nach Liebe. Die war aber gar nicht möglich, weil er und Candy sich nie würden treffen können. Die Stufen des Stiegenhauses waren für sie beide unüberwindlich.

Fatso wusste eigentlich gar nicht, warum er Candy durch eine rosarote Brille sah, denn ihre Nachrichten waren kühl und reserviert. Dennoch besaß diese Frau irgendetwas, das es schaffte, ihn mittels eines Profilbildes zu fesseln. Auch diese Nachricht war nicht sehr positiv, denn sie schrieb:

>>Lieber Fabio! Es freut mich nun doch ein bisschen, dass du mir immer so schnell antwortest. Bist du bei allem so schnell ggg? In Bezug auf deine Frage über die Tricks, die Blümchen beherrscht...sie kann Dinge für mich hochheben, die am Boden liegen, oder mir das Handy bringen, wenn ich am Boden liege. Außerdem ist sie eine treue Begleiterin, die für mich durch die Hölle laufen würde, wenn sie mich damit retten könnte. Eigentlich ist sie das einzige Lebewesen, das ich liebe. Sie enttäuscht mich nie und muntert mich

auf, wenn sie merkt, dass ich traurig bin. Und glaube mir, auch ich bin oft traurig. Es ist nicht lustig, die Funktion der Beine zu verlieren und deswegen auf die Hilfe von anderen angewiesen zu sein. Blümchen stellt mir für ihre Hilfe nie eine Rechnung aus. Sie macht alles aus Liebe zu mir, und das ist schön. Mich würde jetzt aber schon interessieren, warum du kein Profilbild hochgeladen hast. Was an deinem Aussehen ist so schrecklich, dass du es mir nicht offenbaren willst? Vielleicht hast du ja Lust, mir beim nächsten Mal etwas von deiner Erfindung zu schreiben. Ich muss sagen, dein Beruf klingt interessant! Nun werde ich mich ins Bad begeben, denn meine Pflegerin wird bald kommen. Wünsch dir einen produktiven Tag und viel Freude bei deiner Arbeit...<<

Fatso las die Nachricht mehrmals durch und stellte dabei erfreut fest, dass Candy sich ein Stück weit zu öffnen begann. Er überlegte einen Moment, ob er ihr gleich zurückschreiben sollte, entschied dann aber, damit zu warten. Auch er bekam bald Besuch von seiner Pflegerin und wollte nicht mitten während des Schreibens der Nachricht gestört werden. Auch die zweite Elektrodenkappe konnte noch warten.

Er fuhr mit dem Bett ins Schlafzimmer und holte Handtuch und Waschlappen aus einem der Regale und außerdem noch ein frisches Nachthemd. Dieses war hinten offen, was es ihm erleichterte, auf der Bettpfanne seine Notdurft zu verrichten. Noch etwas, was er vermisste. Er wollte einfach wieder einmal auf einer Kloschüssel hocken und in diese hineinkacken. Sein WC war natürlich zu klein um mit dem Bett hineinzufahren, weswegen er die volle Bettpfanne immer nur für Jennifer aufheben musste, damit diese sie entleerte. Irgendwie demütigte das Fatso. Bestimmt auch deswegen, weil sie eine Frau war und er sein Image als Charmeur aufrechterhalten wollte. In dieses passte keine Kackwurst, die zum Himmel stank.

Gerade als Fatso alles für den Waschgang seines Körpers vorbereitet hatte, kam auch schon Jennifer. Wie immer machte sie mittels der Türglocke auf sich aufmerksam, und als sie vor Fatso stand, grinste sie ihn wie immer frech an. Dann sagte sie:

„Na, mein Bärchen... Was macht die Arbeit? Hast du sie schon ausprobiert, deine Erfindung, und wenn, auf welcher Pornoseite hast du dich zuerst verlaufen? Nicht dass ich behaupten würde, dass du eine solche mit Absicht besuchen würdest!"

Und dabei grinste sie noch verschmitzter als sonst.

Fatso erzählte Jennifer von seiner ersten Reise ins Internet und ließ dabei kein Detail aus. Als er damit fertig war, lenkte er das Thema auf Candy. Er erzählte Jennifer von deren Mail, und dabei leuchteten seine Augen wie bei einem Teenager, der zum ersten Mal verliebt war. Und das stimmte fast. So geschwärmt wie für Candy hatte er noch für keine andere der Frauen in seinem Leben, die darin spärlich vorgekommen waren.

Er hatte schöne braune Augen, und als er noch dünner gewesen war, hatte er mit Sicherheit Ausstrahlung besessen, mit der er andere Menschen für sich hatte einnehmen können. Diese Ausstrahlung hatte jedoch mit wachsendem Fettanteil in seinem Körper abgenommen. Nun konnte man nur raten, wie er früher einmal ausgesehen hatte. Auch seine Augen wirkten nun viel kleiner, weil sie von Fettmassen umgeben waren.

Jennifer und er schwiegen im Moment, während sie ihm half, sich zu waschen. Den Großteil dieser Arbeit erledigte er selbst, aber die Beine und den Rücken musste sie ihm waschen. Da er einen gewaltigen Körper hatte, dauerte es etwas, bis er fertig war. Jennifer trug die Waschschüssel ins Bad und sagte dann:

„So, mein Bärchen. Nun muss ich zu meiner Lieblingsklientin. Die wartet sicher schon auf mich. Mal sehen, welche Gemeinheiten sie mir heute an den Kopf wirft. Eines kann ich dir versprechen. Irgendwann töte ich diese Frau...!

Und dabei grinste sie und zwinkerte Fatso zu. Dann verließ sie die Wohnung, und Fatso war wieder allein mit Chamberlain. Mittlerweile war die Echse munter, wenngleich sie es aber immer noch vorzog, unter der Wärmelampe zu liegen und sich aufzuheizen. Fatso beschloss nun, Candy zu antworten. Er klappte den Laptop auf und befand sich sofort wieder auf der Seite der Singlebörse. Er begann zu schreiben:

>>Liebe Candy! Es freut mich sehr, dass du dich mittlerweile mir gegenüber öffnest, denn wie du mir bereits geschrieben hast, ist Ehrlichkeit das Um und Auf in einer Beziehung. Denn auch die E-Mail-Freundschaft zu dir ist eine Art von Beziehung. Du willst also mehr über meine Erfindung wissen? Was hältst du davon, wenn wir sie gemeinsam ausprobieren. Sobald ich die zweite Elektrodenkappe fertig habe, könnte ich dir diese per Post schicken und wir gehen damit gemeinsam ins Internet. Aber auf eine Art und Weise, wie du noch nie dort gewesen bist.

Dann hast du einen virtuellen Körper und kannst laufen, und ich denke mir, dass du auf diese Art und Weise ein Verlangen befriedigen kannst, das dich in der realen Welt quält. Dann hast du die Möglichkeit, alles, was im Internet existiert, aus einem neuen Blickwinkel zu sehen. Wenn du mir also so weit vertraust, wäre es nett, wenn du mir deine Adresse schicken könntest, dann sende ich dir das Paket mit meiner Erfindung zu. Allerdings muss ich dich ausdrücklich darum bitten, niemandem von unserem Experiment zu erzählen, weil ich erst das Patent dafür anmelden muss. Das mach ich zwar in den nächsten Tagen, aber zuerst muss ich wissen, ob man sich wirklich im Internet treffen kann. Du hilfst mir also auch. Einstweilen wünsch ich dir einen wunderschönen Tag und verbleibe mit durchaus positiven Gedanken!!!<<

Dann drückte er auf „Senden" und schickte die Nachricht ab. Er ließ die Gelenke seiner Finger knacken und lehnte sich zurück. Wie immer versank er in den Pölstern, die seinen Rücken stützten, und war zufrieden mit sich. Gerade eben war er über seinen Schatten gesprungen und hatte seine Erfindung zum ersten Mal jemandem erklärt. Zwar so, dass man noch immer nicht genau wusste, wie sie funktionierte, aber zumindest hatte er einer anderen Person angetragen, sie zu testen. Beim Gedanken daran fasste er den Entschluss, sofort damit weiterzumachen, die zweite Kappe fertigzustellen. Er fuhr mit dem Bett herum und holte alle Dinge, die er dafür brauchte, aus den Regalen. Selbst Jennifer hatte er noch nicht erzählt, woran genau er da arbeitete.

Als er alles zusammengetragen hatte, stürzte er sich sofort in die Arbeit. Diese lag bereits im letzten Abschnitt, und Fatso lötete, schraubte und fixierte Teil um Teil, und eine gute Stunde später war er fertig. Nun brauchte er nur noch zu testen, ob auch die zweite Kappe funktionierte. Er verräumte das Werkzeug und spürte dabei bereits die Freude, die einem eine gelungene Arbeit beschert. Aber man soll den Tag nicht vor dem Abend loben, weswegen Fatso sofort die Kappe über den USB-Port mit dem Laptop verband. Dann setzte er sie auf und schloss die Augen.

Nach ein paar Sekunden, in denen nichts passierte, erschien in seinem Geist die Türe, die ihn bereits letztens in die Winterlandschaft gebracht hatte. Sie war grün mit einem roten Rahmen. Heute war aber etwas anders. Über der Tür hing ein Neonröhrenschild, auf dem „Enter!" stand und welches in verschiedenen Farbtönen leuchtete. Warum dem so war, wusste

Fatso nicht. Er hatte kein Neonschild gesehen, als er letztens hier gewesen war. Entwickelte sich also auch dieser Bereich in seiner Fantasie weiter, welcher sich mit Bildern, die er im Unterbewusstsein sehen wollte, manifestierte?

Egal. Wie das Schild bereits ankündigte, musste er nun durch das Enterschild durch hinein in die Winterlandschaft. Er ging zur Türe, öffnete diese, schritt durch sie hindurch und stand wieder in der Winterlandschaft. Hier sah alles so aus, wie er es letztens verlassen hatte. Schnee, weißer Schnee und nichts als Schnee, über dessen Oberfläche ein Wirbelsturm wütete. Und doch war etwas anders.

Der kahle Baum, der ebenfalls in der Winterlandschaft stand, trug nun ein einzelnes großes Ahornblatt. Fatso wollte sich das genauer ansehen, und er stapfte durch den Schnee, ohne sich dabei anzustrengen. Als er einige Zeit später beim Baum ankam, sah er sich das Blatt näher an. Auf diesem spielte sich gerade wieder der Film des Schriftstellers ab. Seltsam. War der Baum ein Art Verlauf, wie man ihn in einem Internet-Browser besaß?

Fatso hatte genug fürs Erste und stapfte nun in Richtung des Hurrikans, der vor ihm tobte. Der Wind wurde immer stärker, und dann riss er Fatso mit sich.

Dieser wirbelte nun herum, bis er es schaffte, sich im Flug zu stabilisieren. Er konzentrierte sich wieder darauf, dem Auge des Hurrikans näher zu kommen, und als er das geschafft hatte, plumpste er aus großer Höhe auf den Schnee, der hier ruhte und sich ausnahmsweise nicht in Bewegung befand. Vor ihm stand wieder die Tür, doch dieses Mal stand darüber mit leuchtenden Neonröhren geschrieben: „Escape!" Fatso kam der Aufforderung nach, und er verließ diese Welt wieder und befand sich kurz darauf wieder mit verkabeltem Kopf in seinem Bett.

Nun wusste er, dass auch die zweite Kappe funktionierte. Was er nicht wusste, ob Candy, wenn sie denn die Kappe testen würde, auch die Winterlandschaft sehen würde, denn er wusste, dass das Bild der Landschaft für jeden anders aussehen konnte, weil er es nicht fix programmiert hatte. Jetzt erst dachte er daran, dass Candy ihn möglicherweise für einen Irren hielte, weil er sie nach ihrer Adresse gefragt hatte, als wolle er kommen und sie überfallen. Dabei meinte er es nur gut. Er wollte ihr die Möglichkeit verschaffen, mit einem gesunden Körper, auch wenn dieser nur virtuell war, umherzuwandern.

So wie auch er schlank und rank war, war er sich sicher, dass Candy würde laufen können, denn der Avatar desjenigen, der ihn benutzte, war perfekt und ohne Makel. Er hoffte, dass sie ihn nicht falsch verstanden hatte und ihn nicht für gefährlich hielt.

Fatso begann, an sich zu zweifeln, während er sich im Kopf zurückerinnerte, wie viel schriftliche Konversation er und Candy bis jetzt betrieben hatten.

Eigentlich hatten sie noch nicht sehr viel miteinander geschrieben, und deshalb war es gut möglich, dass sie ihn wirklich für einen Stalker halten könnte. Er würde es sehen. Im Moment war er einfach glücklich, weil er es geschafft hatte, etwas zu produzieren, nach dem viele Menschen lechzten. Kontakt mit anderen Menschen mit einem Erscheinungsbild, das einen von der besten Seite zeigte, ohne dabei das Haus verlassen zu müssen. Keine körperlichen Gebrechen, und selbst die Akne würde verschwinden, wenn auch Teenager ins Internet eintauchen würden. Er konnte es kaum erwarten, die Kappen mit einer anderen Person zu testen, und hoffte darauf, dass diese Person Candy sein würde.

Wenn sie kein Interesse daran haben würde, musste er Jennifer bitten, diesen Part zu übernehmen. Er war sich sicher, dass ihm seine Pflegerin helfen würde, denn wie gesagt, er fühlte sich ihr sehr verbunden.

Kapitel 7

Nun war es bereits Zeit, sich Essen zu bestellen. Er wählte die Nummer seines Lieblingslieferdienstes und bestellte. Wie auch am Tag zuvor orderte er mehrere Pizzen und dann auch noch eine Familienpackung Tiramisu, die er als Nachtisch verspeisen wollte. Wie er nun wusste, verbrauchte der Besuch im Internet viele Kalorien, die er vorsorglich zu sich nehmen musste, denn heute wollte er ausnahmsweise nicht abnehmen.

Auch Candy würde essen müssen, wenn sie die Kappe tatsächlich testen würde, und Fatso stellte sich die Frage, ob sie es schaffen würden, derart viel Nahrung zu sich zu nehmen. Für ihn, dessen Lieblingsbeschäftigung es war zu essen, stellte das kein Problem dar, aber wie würde es sich bei einer zierlichen Frau verhalten?

Er lag eine gute halbe Stunde im Bett und dachte an Candy, als es auch schon an der Tür läutete. Kurz darauf hörte er, wie das Schloss der Wohnungstüre aufgesperrt wurde. Und schon stand der Lieferjunge im Raum. Er kassierte das Geld für die Bestellung und machte sich dann schnell wieder aus dem Staub, weil seine Tour noch nicht beendet war.

Fatso hatte nun vor sich am Tisch dampfende Pizzakartons liegen, und das Wasser lief ihm im Mund zusammen. Das Essen würde ihm guttun, denn auch sein kurzer Testbesuch mit der zweiten Elektrodenkappe hatte erneut große Mengen Energie verbraucht. Wie schon am Vortag erhöhte er die Kalorien der Pizza noch, indem er dick Majonäse auf diese schmierte. Dann begann er, das Fastfood gesittet zu essen, als befände er sich in einem noblen Restaurant.

Wie schon erwähnt besaß Fatso Stil. Er bestand zwar hauptsächlich aus Fett, schaffte es aber, dieses im rechten Licht zu präsentieren. Zumindest den Personen, die ihn real im Bett liegen sahen. Candy würde er sich dennoch nicht zeigen. Er freute sich sogar bereits darauf, für sie wie ein attraktiver Mann auszusehen. Das Internet war ein Segen. Man konnte sich darstellen, wie man wollte, und wenn eine Person einen nicht so nahm, wie man war, konnte man diese einfach aus seinen bestehenden Kontakten löschen. So leicht war es, sich nur mit Menschen zu befassen, die einem wohl gesonnen waren und einem positive Energie brachten. Alle anderen durften sich mit dem Einverständnis von Fatso verziehen.

Er aß eine gute dreiviertel Stunde und fühlte sich nach all den Pizzen immer noch hungrig. Das Tiramisu würde dennoch noch warten müssen, weil er auch später wieder Energie brauchte, denn er wusste schon jetzt, dass er wieder ins Internet gehen würde. Mit oder ohne Candy. Beim Gedanken an Candy klappte er den Laptop auf und war erstaunt, als wieder eine Nachricht von ihr angezeigt wurde. In dieser entschuldigte sie sich, dass sie nicht gleich zurückgeschrieben habe, erklärte aber im selben Moment auch warum.

Ihre Pflegerin war wieder einmal zu spät gekommen, weswegen sie lange im Bad hatte warten müssen. Ärgerlich erklärte sie, dass das nicht zum ersten Mal der Fall gewesen war, und Fatso verstand nicht, wieso das so ein Problem darstellte. Er erkannte erneut, dass Candy die Art eines ungerechten Herrschers an den Tag legte. War sie wirklich nur deshalb so frustriert, weil sie nicht laufen konnte? Würde sich das bessern, wenn sie erst einmal wieder eine gesunde Gestalt darstellte, vorausgesetzt sie ließ sich auf das Experiment ein?

Zu seiner Überraschung stand am Ende der Nachricht ihre Adresse, und Fatso war darüber hocherfreut. Wenn Jennifer das nächste Mal käme, würde er sie bitten, die Kappe in der Post aufzugeben, und schon am nächsten Tag würde das Paket bei Candy ankommen. Nun wusste er auch ihren richtigen Namen: Marianne Goldblum. Welch klangvoller Name. Fatso beschloss, ihr sofort zu schreiben, und sprach sie als Marianne an und nicht als Candy. Er schrieb:

>>Liebe Marianne! Danke, dass du mir deine Adresse und deinen richtigen Namen verraten hast. Ich werde beides in Ehren halten und bis zum bitteren Tod verteidigen, wenn es darauf ankommen sollte ggg. Ich kann dir leider nicht verraten, wie die Welt aussehen wird, die du mit meiner Erfindung betreten wirst, weil das wohl unterschiedlich ausfällt. Ich hoffe aber sehr, dich in dieser virtuellen Welt zu treffen. War unser Kontakt bis jetzt aufs Schreiben beschränkt, so werden wir dann von Angesicht zu Angesicht miteinander verkehren. So zumindest, wenn alles so funktionieren wird, wie ich es mir erhoffe. Melde dich bitte gleich, wenn du das Paket erhalten hast, damit ich dir den Umgang mit der Elektrodenkappe erklären kann! So, nun wünsche ich dir wie immer einen schönen Tag! Ich geh schon einmal auf Entdeckungsreise ins Internet...! <<

Dann klappte Fatso den Laptop zu und lehnte sich zufrieden zurück. Jennifer würde leider erst am nächsten Morgen erneut zu ihm kommen, und so lange würde es warten müssen, bis sie das Paket aufgab. Egal. Er beschloss, sich die Zeit einstweilen mit seiner Erfindung zu versüßen. Unmengen von großen Ahornblättern wirbelten durch den Wintersturm, und es galt, sie alle näher anzusehen. Fatso wusste aber, dass er nie alles sehen würde, das mit dem Hurrikan mitgerissen wurde. Selbst wenn er Tag und Nacht im Internet verbringen würde, war das nicht möglich.

Nachdenklich schaute er ins Terrarium von Chamberlain und er fragte sich, wo er wohl als Nächstes landen würde. Letztens war er in die Geschichte des Schriftstellers eingetaucht, und es hatte ihm gefallen, sie hautnah mit zu erleben. Allerdings wusste er nun auch, dass er dort nichts ausrichten konnte. Er war bloß ein Zuschauer mit einem Backstage-Pass, der ihn in jeden Winkel des Internets sehen ließ. Er stellte sich nun die Frage, ob er zum Beispiel auch Teil eines Videos werden konnte und beschloss, das sofort auszuprobieren, wenn er wieder mit dem Laptop verbunden war.

Zu diesem Zweck riss er sich selbst aus seinen Gedanken und konzentrierte sich wieder auf das Hier und Jetzt. Sein Blick fiel erneut auf den Laptop vor sich und er klappte diesen wieder auf. Dann steckte er das

Kabel in den USB-Port und setzte die Kappe auf. Er schloss die Augen, und kurz darauf sah er die Türe mit dem Neonröhrenschild, welches auch dieses Mal sichtbar war. Auch jetzt lud es ein, die Türe zu öffnen und durch diese zu gehen. Er tat, was das Schild verlangte, und stand wieder in der Winterlandschaft.

Er wusste nun schon, was er zu tun hatte, und stapfte erneut durch den Schnee, der am Boden lag, und den, der ständig weiter vom Himmel fiel. Er wollte zum Hurrikan, jedoch bewegte sich dieser im Moment von ihm weg, weswegen er fast lief, um ihn einzuholen.

Rechts von ihm stand der Baum, der nun ein Blatt trug, und über ihm war der Himmel mit grauweißen Wolken verhangen, die noch mehr Schneefall versprachen. Fatso dachte daran, dass er vielleicht bald Marianne treffen würde, und das beflügelte ihn dazu, noch schneller zu laufen. Er kam nicht außer Atem, weil ein virtueller Körper nicht von Herz und Lunge abhing. Er konnte so schnell laufen, wie er wollte, und begann dennoch nicht zu schwitzen.

Er blieb einen Moment stehen und schaute hinter sich, um festzustellen, dass er Fußspuren im Schnee hinterließ. Das hieß, dass er in diesem Teil der Welt Spuren hinterließ, anders als in der Geschichte des Schriftstellers. Hatte er in der Geschichte des Schriftstellers nur nichts ausrichten können, weil sie auf der Fantasie des Lesers aufbaute? Dabei waren keine Bilder vorgegeben, weil es davon abhing, wer die Geschichte las und welche Vorstellungskraft dieser Leser besaß. Wie würde es aussehen, wenn er sich zum Beispiel auf einer Webseite umsehen würde? Konnte er deren Inhalt dort bewegen oder anfassen, und wurde er dort wahrgenommen? Eine Webseite verfügte über vorgegebene programmierte Bilder und nicht nur über Buchstaben, die aus der Fantasie des Autors heraus Gestalt angenommen hatten.

Kurz dachte er daran, dass die Winterlandschaft hinter der Türe mit dem Neonschild wohl mit dem Desktop eines Computers zu vergleichen war. Hier konnte er umherwandern und weitere Blätter, die die Nutzer im Netz präsentierten, fangen, ansehen und die Welt, die sie zeigten, betreten, und es würde immer eine Überraschung sein, wo er landete.

Er lief und lief durch den Schnee, und endlich kam er bei dem Hurrikan an, der ihn kurz darauf vom Boden abheben ließ und ihn mit sich riss. Nun war er schon geschickter darin, das Taumeln seines Körpers zu vermindern und gezielt durch den Wind zu fliegen. Blätter mit Bildern ohrfeigten ihn von Zeit zu Zeit, und er war froh, dass keine schwereren Gegenstände gegen ihn prallten.

Er riss ein Blatt aus den Fängen des Windes und sah es an. Einen Moment war er sich unsicher, was es zeigte. Er sah einen dicken Mann mit hochrotem Kopf vor seinem Computer sitzen, der seine Hand in der Unterhose stecken hatte, um darin etwas zu bewegen. Was dies war, konnte sich Fatso gut vorstellen, auch wenn er das eigentlich nicht wollte.

Angewidert wollte er das Blatt gerade loslassen, als er noch etwas auf dem Blatt sah. Er hatte einen Schatten wahrgenommen. Einen Schatten, der über den dicken Mann gekrochen war, aber nicht ahnen ließ, welches Lebewesen ihn produzierte. Er sah aus wie ein in die Länge gezogener Schatten eines Huftieres mit langen Hörnern. Diesen Schatten hatte Fatso nur einen Moment gesehen, aber er machte ihn neugierig. Er beschloss, die Welt des Onanierers zu betreten, und steckte zu diesem Zweck die linke Hand ins Bild auf dem Blatt und wurde sogleich zur Gänze hineingesogen.

Er befand sich plötzlich in einer Welt, die ihn an Las Vegas erinnerte. Neonröhrenschild um Neonröhrenschild luden Etablissements, die sich unter den Schildern befanden, ein, diese zu betreten. Welche Angebote diese auch beherbergten, er war sich sicher, dass sie alle mit Sex zu tun hatten. Ausgerechnet Sex, den Fatso mittlerweile schon fast verteufelte. Dennoch ging er langsam die virtuelle Straße entlang, um sich die Läden an ihren Rändern anzusehen.

Sie alle verfügten über Schaufenster, in denen Menschen miteinander Sex hatten. Sie trieben es in allen möglichen Stellungen und erlebten alle möglichen Perversionen, die der Teufel erfunden haben musste. Am meisten schockiert war Fatso allerdings vom zehnten Schaufenster auf der rechten Seite. In diesem hing eine Frau unter einem Esel und wurde von dessen Glied aufgespießt. Die Frau machte nicht den Eindruck, dass ihr das gefiel, was viele Zuschauer wahrscheinlich umso mehr anmachte.

Welche Gäste hier zugegen waren, wusste er nicht, denn er befand sich allein auf der Straße. Keine Autos, keine Fußgänger und niemand, der über ihn wachte. Oder etwa doch? Wieder sah er im Augenwinkel diesen Schatten. Nur war dieser derart in die Länge gezogen, dass er kaum erkennbar war, als würde er in einem ganz steilen Winkel geworfen werden. Dieser Schatten machte Fatso irgendwie Angst. War er nur in der Welt des Fettsacks vor dem Computer zugegen, oder würde ihn Fatso auch noch woanders entdecken? Er wusste nicht, ob dieser gut oder böse oder neutral war. Er wusste nur, dass er Abdrücke im Netz hinterlassen konnte, die einen dazu einluden, sich vorzustellen, von welchem Wesen sie wohl stammten.

Fatso war sich irgendwie sicher, dass der Schatten nichts Gutes zu verheißen hatte, und er beschloss, sofort von hier zu verschwinden. Er zog das Blatt, das sich in seiner Tasche befand, hervor und schlüpfte wieder mitten in den Hurrikan.

Schon wirbelte er durch den Sturm und flog mit dem Kopf voraus, als wäre er Superman. Es fehlte nur noch, dass er dabei seinen rechten Arm ausstrecken würde mit einer zur Faust geballten Hand. Diese bewegte er erst, als er damit ein neues Blatt einfing. Auf diesem sah er einen Jugendlichen vor seinem Computer sitzen, der mit einem Joystick irgendein Spiel darauf steuerte. Fatso fragte sich, ob er denn auch in diese Welt schlüpfen sollte, und nach einigen Sekunden entschied er, genau das zu tun.

Er streckte die Hand ins Bild auf dem Blatt und wurde in die Welt, die sich dahinter verbarg, gesogen. Wie vermutet, befand er sich im Computerspiel des Jungen. Er stand mitten auf einer Straße in einer virtuellen Welt, die jedoch völlig realistisch zu sein schien.

Vor ihm standen mehrere verkeilte Fahrzeuge, die verlassen waren, und neben der verbarrikadierten Straße standen lauter Lagerhallen. Er schien in der Nähe des Meeres zu sein, denn dicker Nebel kroch in Schwaden über die Straße und nahm teilweise die Sicht auf das, was dahinter im Verborgenen lag.

Menschen oder Tiere konnte Fatso nicht sehen, und es herrschte eine Stille, die angsteinflößend war. Plötzlich tat sich etwas. Eines der Tore zu einer Lagerhalle öffnete sich und heraus fuhr ein Transporter, dessen Motorengeräusch irgendwie wütend klang, und der gleich darauf im Nebel verschwand. Ein Mann stand im Tor und betätigte den Schalter, um es wieder zu schließen. Fatso wollte sich unbedingt ansehen, was in dieser Halle war, und er lief über die Straße und schlüpfte gerade noch rechtzeitig unter dem Rolltor hindurch.

Die Halle erinnerte ihn an seine Wohnung, denn auch hier gab es Regale. Nur waren die viel höher und nicht nur an den Wänden, sondern auch in der Mitte des Raums. Zwischen den Regalen führten Wege hindurch, die breit genug waren, um einen Gabelstapler darauf manövrieren zu können. Der Mann, der das Rolltor betätigt hatte, ging in einen Raum, dessen

Wände aus Glas bestanden und von dem aus er die Halle überblicken konnte. Fatso nahm er nicht wahr.

Gerade deshalb schlenderte Fatso völlig ohne einen Hehl daraus zu machen zu einem der Regale, die mitten im Raum standen. In diesem stand Holzkiste neben Holzkiste und alle schienen gut verschlossen zu seien. Fatso war neugierig, was sich in diesen Kisten befand, und er beschloss, eine zu öffnen. Dazu brauchte er aber das richtige Werkzeug. Wie es in Computerspielen so war, fand er auch gleich eines und hob es vom Boden auf. Das Brecheisen hebelte problemlos den Deckel von der Kiste, die Fatso bearbeitete, und dieser sah sofort, dass es sich bei ihrem Inhalt um eine Bombe handelte. Und zwar nicht irgendeine, sondern eine Wasserstoffbombe, denn darauf befand sich das Zeichen, das vor nuklearer Strahlung warnte. Fatso fuhr mit seinen Händen über das Werkzeug des Todes und vermisste es, in diesem Moment das kalte Metall unter den Fingern zu spüren. War dieser Raum etwa ein Lager für unzählige Kriegswerkzeuge?

Fatso verschloss die Kiste wieder und sah sich weiter um. Eigentlich hatte er genug gesehen. Zum Abschluss ging er noch zum kleinen Häuschen mit den Glaswänden, um zu sehen, was der Mann darin trieb. Er saß vor seinem Schreibtisch und schien angestrengt über etwas nachzudenken, das er auf einem Blatt Papier verewigte. Dann sah er auf den vor ihm am Tisch liegenden Revolver, und als wollte er eine Show bieten, nahm er diesen, setzte ihn an seiner Schläfe an und drückte ab. Die Glaswand neben ihm war nun übersät mit Blut und Gehirn, und der Mann lag leblos in seinem Chefsessel.

Fatso betrat den Raum, um zu sehen, was der Mann da geschrieben hatte, und las:

>> Es tut mir leid!!! Ich hätte nie anfangen sollen, Bomben ins Ausland zu verkaufen. Jetzt weiß ich, dass dies ein Fehler war! Aber noch einmal wird mir ein solcher nicht mehr unterlaufen!!! Die letzte Bombe, die ich verkauft habe, wird gegen unser eigenes Land gerichtet werden. Rettet eure Kinder, wenn schon nicht euch selbst!!! <<

Fatso ging zum Schreibtisch, der vor dem Toten stand, und öffnete eine der Laden. Darin gab es nicht viel zu sehen, weshalb Fatso beschloss, die Welt wieder zu verlassen. Er holte das Ahornblatt aus der Tasche und schlüpfte in das Bild des Hurrikans. Schnell arbeitete er sich gegen den Luftstrom nach unten und kämpfte sich ins Auge des Hurrikans vor. Darin angelangt, befand er sich auch dieses Mal vor der Türe, über der „Escape" geschrieben stand. Er ging durch diese hindurch und befand sich augenblicklich wieder in seinem Körper.

Sogleich nahm er die Kappe ab und legte sie beiseite. Nun wusste er, worum es im Computerspiel des Jungen unter anderem ging. Um Waffen, die Terroristen in die Hände fielen und diese dazu befähigten, Großangriffe auf das Land im Spiel zu starten.

Wie Fatso vermutete, gab es in dieser Welt auch einen Helden, der das zu verhindern versuchte. Eine Art James Bond oder so. Egal, Fatso hatte nicht vor, noch einmal ins Spiel einzutauchen. Spiele dienten dem Vertreiben von Langeweile. Da Fatso sich aber nicht langweilte, kam das für ihn nicht in Frage.

Kapitel 8

Fatso sah auf die Uhr und stellte fest, dass mehrere Stunden vergangen waren. Gewicht hatte er keines verloren, was wohl daran lag, dass er vor seinem Besuch im Internet genug gegessen hatte. Dennoch fasste er den Entschluss, weniger zu essen, denn so konnte er abnehmen und das in einem rasanten Tempo. Allerdings wollte er das erst jetzt, denn zuvor hatte ihm der Ansporn gefehlt. Jetzt, wo er durch seinen virtuellen Körper wusste, wie er aussehen konnte, wenn er endlich standhaft blieb und abnahm, hatte er auch die Motivation, die selbstauferlegte Diät durchzuhalten.

Er sah sich um und sein Blick blieb an seiner Echse hängen. Sie machte keinen traurigen Eindruck und das, obwohl sie in einem Glaskasten eingesperrt war. Sofort fiel ihm das Glashäuschen mit dem Toten ein, und er sah noch einmal, aber dieses Mal als Erinnerung, wie das Gehirn des Selbstmörders auf der Glaswand geklebt hatte. Er riss sich selbst aus diesen Gedanken heraus und beschloss nun zu schlafen, weil er müde war. Deswegen schloss er die Augen und konzentrierte sich auf seine Atmung.

Er wurde immer ruhiger und schlief bald darauf ein. Wieder träumte er, würde sich aber danach nicht daran erinnern können. Er schlief und schlief, und das gesteigerte Schlafbedürfnis war wohl durch das Erkunden des Internets hervorgerufen worden. Es war gut, dass er schlief, denn er wusste noch nicht, was in nächster Zeit alles auf ihn zukommen würde.

Marianne war verzweifelt, denn die Polizisten, die die Wohnung gestürmt hatten, hatten den Horrorclown nicht mehr einholen können, und das, obwohl einer von ihnen keine Zeit verloren hatte, dies zu versuchen, nachdem Marianne ihn hektisch dazu aufgefordert hatte. Er kehrte nach einigen Minuten zu Marianne zurück und nahm sich erst jetzt die Zeit, sie zu befragen.

Marianne zeigte den Polizisten beide Videos, und diese waren wie sie der Meinung, dass sie ernstgemeinte Drohungen enthielten. Drohungen, dass sie sterben würde oder auch ihr Hund, was ihrer Meinung nach noch schlimmer war. Wenn sie sterben würde, könnte sie endlich dauerhaft ohne jeglichen Traum schlafen. So zumindest stellte sie sich den Tod vor. Daran, dass diesem eventuell Schmerz und Krankheit vorangehen könnten, daran wollte sie nicht denken.

Was wäre, wenn es tatsächlich ein nächstes Leben gäbe? Würde sie darin wieder laufen können? Wenn sie träumte, funktionierten ihre Beine, was also sprach dagegen, dass sie das auch in der nächsten Welt taten? Immer wieder stellten die Polizisten Fragen zu den Personen, die für den bösartigen Schabernack in Frage kämen, aber Marianne konnte ihnen dazu keine Antwort liefern, denn es kamen zu viele Menschen dafür in Frage. Der Clown musste der Größe und Statur nach zu urteilen ein Mann sein.

Marianne kam sich selbst blöd vor, als sie den Polizisten erzählte, dass sie die Terrassentüre eventuell nicht versperrt hatte, wenngleich sie das der Erinnerung nach sehr wohl getan hatte. Somit kam eigentlich nur Jennifer in Frage, die Tür offengelassen zu haben. Dieses kleine Miststück wäre doch fast für ihren Tod verantwortlich geworden. War es das, was sie vielleicht damit im Sinn gehabt hatte? Arbeitete sie mit dem Clown Hand in Hand? Die Polizisten versprachen, ihre Pflegerin ebenfalls zu verhören, und als sie alle restlichen Fragen geklärt hatten, verließen diese die Wohnung und Marianne schloss hinter ihnen beide Schlösser ab.

Nun war sie etwas beruhigt. Die Maschinerie war nun im Gange und die Polizisten hatten versprochen, öfters mit dem Streifenwagen an ihrem Haus vorbeizufahren und nach dem Rechten zu sehen. Was sollte sie nun tun? Eigentlich hatte sie vor, nun ins Bett zu gehen, wollte aber zuvor nochmals nachsehen, ob ihr Fabio geschrieben hatte. Noch einmal öffnete sie den Laptop und wurde enttäuscht.

Deshalb beschloss sie, sich nun ins Bett zu begeben, und fuhr zu diesem Zweck mit dem Rollstuhl neben dieses. Dann hievte sie sich selbst mit den Armen aus dem Rollstuhl und verfrachtete sich auf den Rand des Bettes, wo sie einen Moment saß, bevor sie sich etwas drehte und dabei ihre Beine nacheinander mit ihren Händen anhob und auf die Matratze legte. Danach legte sie sich als Ganzes hin und deckte sich zu.

Sie schloss die Augen und Blümchen lag neben ihr. Sie wendete autogenes Training an, um einzuschlafen, während draußen ein Horrorclown umherlief. Was wäre passiert, wenn nicht im rechten Moment die Polizei gekommen wäre? Wäre der Missetäter auch geflohen, wenn nur Blümchen die Zähne gefletscht hätte und keine Polizei gekommen wäre? An der Körperhaltung des verkleideten Mannes hatte sie ablesen können, dass er verunsichert gewesen war, als Blümchen die Gefahr erkannt und ihre Besitzerin verteidigt hatte. Für einen Moment hatte er sogar ängstlich gewirkt, kurz bevor er geflohen war. Würde es Blümchen auch beim nächsten Mal schaffen, den Clown zu vertreiben, wenn er wieder auf Marianne losgehen sollte?

Um sich selbst zu beruhigen, dachte sie daran, dass sie dafür gesorgt hatte, an der Türe ein weiteres Schloss zu montieren, was ihr etwas Sicherheit gab. Zuvor hatte sie sich auch noch versichert, dass die Terrassentüre versperrt war, und fühlte sich deshalb noch ein Stück sicherer. Nun kam ihr wieder die Nachricht von Fabio in den Sinn. Sie war über ihren Schatten gesprungen und hatte ihm ihren wahren Namen und ihre Adresse offenbart und war schon neugierig, wie seine Erfindung aussah.

Wie versprochen würde sie sich sofort bei ihm melden, sobald das Paket bei ihr ankommen würde. Leider würde das erst übermorgen der Fall sein, denn seine Pflegerin würde es erst morgen zur Post bringen können. Langsam wirkte das autogene Training und sie wurde immer schwerer. Dennoch hielt sie die Ohren gespitzt darauf konzentriert, ob sie etwas hören konnte, was Gefahr ankündigte. Nach einer Weile hörte sie auch damit auf und allmählich glitt sie in einen von Alpträumen gebeutelten Schlaf. Sie träumte wild durcheinander, aber fast in jedem Traum kam der Horrorclown vor. Einmal erstach er darin sie, einmal Blümchen und manches Mal tötete er sie beide oder aber er kidnappte sie und brachte sie an den Ort, der auch im Video zu sehen gewesen war.

Völlig gerädert erwachte sie um sechs Uhr dreißig und stellte fest, dass es draußen noch dunkel war. Sofort vergewisserte sie sich, dass Blümchen wohlauf war, und als sie ihre Aufmerksamkeit dem Hund widmete sprang, dieser sofort ins Bett und leckte ihr über das Gesicht. Marianne ließ Blümchen gewähren und streichelte über ihre Brust, was der Hund besonders liebte. Danach setzte sie sich auf den Bettrand und stemmte sich mit den Händen auf die Armlehnen des Rollstuhls und verfrachtete ihren Körper mit einem Ruck auf dessen Sitzfläche. Danach rollte sie zufrieden zum Küchentisch, um zu frühstücken.

Sie aß hauptsächlich frisches Obst, das haufenweise in ihrem Kühlschrank lagerte und von dem sie eine Auswahl der reifsten Früchte in einer Obstschale am Tisch präsentierte. Sie begann, verschiedenste Früchte aufzuschneiden und dann gedankenverloren zu essen. Während sie frühstückte, dachte sie wieder an den gestrigen Vorfall. Würde der Clown wiederkommen oder hatte er genug?

Zumindest würde sie ihn nicht mehr in die Wohnung lassen, denn von nun an würde sie immer zuerst durchs Guckloch der Türe schauen, bevor sie diese öffnete. Außerdem besaß das Zusatzschloss einen Bügel, der es erlaubte, die Tür nur ein Stück weit zu öffnen, um zu sehen, wer auf der anderen Seite der Tür stand. Wenn dann jemand versuchen sollte einzudringen, hielt dieser Bügel diesen jemand davon ab. Einen Moment dachte sie darüber nach, wer ihr so schlecht gesonnen war, dass er sie töten wollte. Wie gesagt sie hatte es sich bestimmt schon mit einer ganzen Menge von Menschen verscherzt. Dafür waren ihr Frust und ihr innerer Unfrieden verantwortlich. Wenn sie doch nur laufen könnte.

Fabio hatte ihr geschrieben, dass sie das eventuell in einer anderen Welt könnte, wenn seine Erfindung funktionierte. Ach, wie war sie schon neugierig auf diese neueste Errungenschaft der Technik. Allmählich stieg ihr Interesse an diesem virtuellen Mann. Wie zum Teufel musste er aussehen, dass er sich nicht getraute, sich zu fotografieren und dieses Bild jemand anderem zu zeigen? Er hatte ja nichts zu verlieren.

Natürlich bestand die Möglichkeit, dass ein hochgeladenes Foto von ihm irgendwie ins Internet gelangen und in diesem seine Kreise ziehen würde. So etwas konnte schnell passieren in der virtuellen Welt, wie Marianne wusste, aber daran versuchte sie nicht zu denken.

Als sie fertig gefrühstückt hatte, fuhr sie mit dem Rollstuhl zur Abstellkammer, in der Blümchens Futter lagerte. Sie füllte den Napf auf und sah dabei zu, wie der Hund gierig zu fressen begann. Wenn sie damit fertig war, würde es Zeit für die Morgenrunde sein. Noch war es dunkel, aber der Morgen graute schon. Beim Gedanken daran, ihre Wohnung zu verlassen, wurde ihr etwas bange. Was, wenn der Horrorclown draußen auf sie wartete? Dennoch musste Blümchen hinaus, und diese Verantwortung oblag ihr, also biss sie die Zähne zusammen, nachdem auch Blümchen gefrühstückt hatte, und rollte zuerst ins Schlafzimmer und dann zur Garderobe, um sich anzuziehen.

Dann schaltete sie den Monitor der Außenkamera ein und stellte erleichtert fest, dass zumindest niemand unmittelbar vor der Haustüre auf sie wartete. Sie rief Blümchen, sperrte die Wohnungstüre auf und verließ die schützenden Wände. Sofort sperrte sie die Tür hinter sich zu und rollte Richtung Ausgang.

Als sie dann wirklich im Freien saß, stockte ihr einen Moment der Atem, so kalt war es. Wenn jetzt tatsächlich der Clown hier draußen war, fror er sich mit Sicherheit ebenso den Arsch ab, was Marianne irgendwie freute. Dennoch ließ sie Blümchen nur genau die

Zeit, die sie brauchte, um zu urinieren und den Darm zu entleeren. Ein Spaziergang mit ihr blieb weiter ausständig, aber sie beschloss, diesen Jennifer zu überlassen, wenn sie käme. Das tat sie des Öfteren. denn Blümchen hatte einen Draht zur Pflegerin, warum auch immer.

Jennifer war ein hübsches Miststück, denn sie konnte gehen und sah nebenbei noch gut aus. Vielleicht sogar besser als sie selbst. Was machte sie zu einem besseren Menschen, der es mehr verdient hatte zu laufen? Ihre Figur war wohlgeformt und auch in der Haarlänge und Gepflegtheit stand sie Marianne in diesen nichts nach, auch wenn sie schon das Gegenteil behauptet hatte. Die Beine von Jennifer erinnerten sie daran, wie ihre eigenen einmal ausgesehen hatten. Heute waren ihre Beine regelrechte Zahnstocher, was daher rührte, dass sie sie nicht mehr benutzte. Ihre Muskeln waren verkümmert und dementsprechend dünn waren die unteren Gliedmaßen.

Als Marianne dann in ihrer Wohnung saß, fühlte sie sich wieder bedeutend wohler. Blümchen nahm es ihr nicht übel, dass sie nur kurz draußen gewesen waren, und legte sich neben den Rollstuhl von Marianne. Anscheinend hatte sie vor, ihren Nachtschlaf noch etwas auszudehnen. Marianne öffnete ihr Notebook und startete die Maschinerie. Während sie darauf wartete, dass dieses hochfuhr, machte sie sich bereits Gedanken darüber, was sie vor hatte zu tun. Sie wollte nochmals die Nachrichten von Fabio oder Fatso, wie er sich selbst nannte, lesen. Warum sie das wollte, wusste sie selbst nicht, aber irgendwie gefiel ihr die Art, wie er schrieb.

Er war sich selbst gegenüber gnadenlos ehrlich, was ihr imponierte. Wer derart ehrlich war, musste ein guter Mensch sein. Aber egal, sie würde ihn nie persönlich treffen, und von daher war es egal, ob er ein guter Mensch war. Sie jedoch war kein guter Mensch, fühlte sich aber, als hätte sie die Berechtigung dazu. Wieder dachte sie an seine Erfindung und sie beschloss, ihn etwas genauer zu dieser zu befragen. Sie fing an, ihm eine Nachricht zu schreiben, in der stand:

>> Lieber Fabio! Ich freue mich schon sehr auf das Paket von dir, wenn es denn hält, was du versprochen hast. Noch kann ich das nicht glauben. Weißt du, mir ist schon viel versprochen worden. Eigentlich erwarte ich nichts mehr von meinen Mitmenschen, weil mich diese nur enttäuschen. Die Liebe ist, glaube ich, nur eine Ausrede der Menschen, um zu verstecken, dass es ihnen eigentlich nur um den Sex geht. Die Liebe zu

meinem Hund, die ist rein, und ich habe dennoch nie das Verlangen mit ihm zu schlafen. Eigentlich ist es besser, ohne Partner zu leben, denn dann ist man völlig authentisch, wenn man nur noch das tut, was einem in den Sinn kommt, ohne dabei auf jemand anderen Rücksicht zu nehmen. Seit meinem Unfall vor vierzehn Jahren habe ich keine Beziehung und keinen Sex mehr gehabt. Wie lange ist es bei dir her, dass du eine Freundin hattest? Nicht dass du glaubst, ich hätte Interesse an einer Beziehung mit dir. Aber wenn das stimmt, was du mir versprochen hast, befördert dich das zu meinem Lieblingsmenschen, der mich noch nicht enttäuscht hat, was dich einzigartig machen würde! Ich hoffe, du schreibst bald zurück, denn mir ist langweilig. Gruß Marianne PS: Ich finde, dicke Menschen sind arm, denn sie sind nicht in der Lage, ihr Verlangen nach Nahrung zu zügeln. Aber ich habe Verständnis dafür, denn auch in mir brennt heißes Verlangen. Das Verlangen, zu laufen und zu springen...<<

Marianne schickte die Nachricht ab und fing dann an, sich darauf einzustellen, dass nun bald Jennifer kommen würde. Marianne gehörte in der Tour, die Jennifer bewältigen musste, zu den ersten Patienten, die von ihr betreut wurden, wenngleich sie dennoch nicht immer zur gleichen Zeit kam. Oft musste sie vor Marianne noch ein paar andere Klienten pflegen. Sie fing gerade an damit zu rechnen, dass sie jeden Moment erscheinen würde, aber zugleich war ihr auch bewusst, dass sie oftmals nicht pünktlich war.

Wenn man die Sache nüchtern betrachtete, konnte sie nichts für diese Verspätung, aber in den Augen von Marianne war Jennifer einfach nur hübsch und hatte sonst keine Fähigkeiten oder Talente. Wie gerufen hörte sie plötzlich, dass jemand die Tür aufsperrte, und wie sie wusste, handelte es sich dabei um Jennifer denn niemand sonst besaß einen Schlüssel.

Sofort begann Marianne darüber nachzudenken, wie sie ihre Pflegerin heute beleidigen könnte, vergaß dies aber schnell, als sie sah, dass Jennifer ein Paket in Händen hielt. Ihre Gesichtsfarbe sah heute fahl aus und ihre sonst so vollen Lippen presste sie derart zusammen, dass sie im Moment nur einen Strich darstellten. Sie legte das Paket unwillig vor Marianne und fing dann an zu erklären:

„Das ist das Paket, das normalerweise morgen mit der Post kommen hätte sollen. Wie ich gerade erfahren habe, pflege ich Sie und Ihren neuen E-Mail-Freund

Fabio. Deswegen habe ich mir den Weg zur Post gespart und übergebe das Paket persönlich!"

Als sie fertig geredet hatte, begannen ihre Augenlider zu flattern, so sehr versuchte sie, ihre Mimik unter Kontrolle zu haben und wohlwollend auszusehen. Marianne sah aber sofort, dass es ihr nicht passte, dass Fabio mit ihr befreundet war, warum auch immer.

Sie nahm das Päckchen entgegen und legte es vor sich auf den Tisch. Dann wies sie Jennifer barsch an, mit Blümchen spazieren zu gehen, denn sie war äußerst aufgeregt und wollte in Ruhe den Inhalt ansehen. Als Jennifer und der Hund draußen waren, ordnete sie erst einmal ihre Gedanken. Wie groß war die Wahrscheinlichkeit, dass zwei Menschen, die miteinander schriftlich verkehrten, von ein und derselben Person gepflegt wurden, aber erst jetzt darauf gekommen waren, dass dem so war?

Gierig riss Marianne die Schachtel vor sich auf und entnahm ihr eine Kappe mit vielen Kabeln, die ihrerseits zu den Kontakten führten, die mit der Kopfhaut in Verbindung gebracht wurden. All diese Kabel mündeten in einem USB-Stecker, der dazu gedacht war, die Kabel mit dem Computer zu verbinden. Sie klappte unverzüglich den Laptop auf, um Fabio zu schreiben. Allerdings sah sie sofort, dass er ihr bereits geschrieben hatte. Sie begann zu lesen:

>> Liebe Marianne! Schon lustig, wie klein die Welt ist. Da denkt man, es gibt einen Menschen, der sich außer Reichweite befindet, mit dem man nur schriftlich zu tun hat, um dann zu erfahren, dass einen mit diesem mehr verbindet, als man denkt. Somit habe ich mir das Geld für die Sendung gespart, was mich freut, und du kommst schneller an meine Erfindung, als es eigentlich der Fall gewesen wäre. Nun brennst du sicher darauf zu erfahren, wie sie funktioniert, und ich würde sagen, dass wir das probieren, sobald Jennifer nicht mehr bei dir ist. Wenn das der Fall ist, brauchst du den USB-Stecker nur in den USB-Port stecken und die Augen zu schließen. Die dazugehörige Software installiert sich von selbst, und eine Tür wird dir erscheinen. Geh durch die Türe hindurch, denn hinter dieser erwartet dich eine fremde Welt. Wenn alles so funktioniert, wie ich hoffe, müsstest du mich dann sehen können. Ich werde auf dich warten und freue mich schon darauf, deinem virtuellen Körper die Hand zu schütteln. So, ich begebe mich nun ins Internet...In freudiger Erwartung, Fatso... <<

Kapitel 9

Nun hatte Marianne plötzlich keine Lust mehr, Fabio zu schreiben, denn sie würden sich vielleicht bald von Angesicht zu Angesicht austauschen, zumindest wenn er nicht gelogen hatte. Marianne saß wie auf glühenden Kohlen. Sie verpackte die Kappe vorerst wieder in der Schachtel, weil sie irgendwie nicht wollte, dass Jennifer einen Blick darauf warf. Als endlich die Tür aufgesperrt wurde, stürmte kurz darauf Blümchen ins Zimmer und begrüßte Marianne, als hätten sie sich lange Zeit nicht mehr gesehen. So war Blümchen. Verrückt nach Futter und nach Marianne, wenngleich diese nicht wusste, was sie mehr liebte.

Jennifer kam ebenfalls ins Wohnzimmer und sagte monoton, dass sie nun mit der Körperpflege beginnen könnten. Eine viertel Stunde später, als Marianne wieder gut duftete, verabschiedete sich Jennifer immer noch kühl, und auch ihre Lippen waren immer noch zusammengepresst. Sogar Marianne fiel auf, dass Jennifer irgendetwas zu stören schien. Noch mehr, als sie es bereits von ihr kannte. War es der Kontakt mit Fabio, oder hatte es einen anderen Grund? Egal, ihr würde sich dieses kleine Miststück sicher nicht mitteilen, dazu hatte sie es schon zu oft beleidigt.

Jennifer verließ die Wohnung und sperrte ab, und endlich war Marianne allein mit der Elektrodenkappe. Sie holte diese wieder aus der Schachtel, und ihre Hände zitterten vor Aufregung. Wie angewiesen steckte sie den Stecker in die richtige Öffnung des Laptops, nachdem sie sich die Kappe aufgesetzt hatte. Dann schloss sie die Augen, und einen Moment später sah sie die angekündigte Tür, über der ein Neonreklamenschild hing, auf dem „Enter!" geschrieben stand. Im Moment hatte sie keinen Körper, sondern war lediglich ein Geist. Sie bewegte diesen Geist mittels Willenskraft zur Tür und öffnete diese. Dann schritt sie hindurch, und die Tür hinter ihr verschwand so schnell, wie sie aufgetaucht war.

Sofort sah Marianne, dass sie wieder einen Körper besaß und dass dieser in Bestform war. Sie hatte lange wohl geformte Beine und stand aufrecht auf diesen. Anscheinend war man hier in Bestform, und Gebrechen oder Schönheitsfehler wie in der realen Welt waren hier verschwunden. Sie versuchte zu gehen, und das gelang ihr. Euphorie machte sich in ihr breit, auch wenn diese virtuellen Ursprungs war. Erst jetzt registrierte sie ihre Umgebung. Sie stand mitten in einer staubigen Steppe, über der ein Sturm tobte. Der Sand, der umherflog, nahm ihr die Sicht, aber sie konnte dennoch sehen, dass der Sandsturm von einem riesigen Hurrikan zutage gefördert wurde.

Dennoch sah sie einen Baum, der völlig kahl war. Neben dem Baum stand schemenhaft eine Person, bei der es sich um Fabio handeln musste. Sie machte sich auf den Weg zu ihm und stapfte dabei über den Sand, der sich zu großen Dünen aufschichtete, während ihr der aufgewirbelte Sand ins Gesicht peitschte. Seltsamerweise konnte sie das genauso wenig fühlen, wie sie ihre Beine fühlte. Aber immerhin funktionierten diese wieder.

Der Weg zum Baum war länger als gedacht, aber das machte ihr nichts, weil sie es genoss, aufrecht zu gehen. Abwechselnd beschleunigte und verlangsamte sie ihren Schritt, weil sie mit der Fähigkeit zu gehen spielen wollte. Wenn sie lief, brauchte sie kein bisschen mehr Luft, weil ihr Körper in dieser Welt nicht so funktionierte, wie sie es gewohnt war. Sie war von nichts und niemandem abhängig, und dennoch schritt sie unablässig auf den Baum und vor allem auf Fabio zu.

Als sie endlich dort ankam, stand ein Mann vor ihr, der durchaus attraktiv war und sie angrinste. Er war sportlich gebaut und sein Gesicht machte ihn jünger, als er es wahrscheinlich in Wirklichkeit war. Er sah sie wohlwollend an und streckte ihr seine Hand zum Gruß hin. Förmlich schüttelten sie ihre Hände und fanden erst nach einer guten Minute des Händeschüttelns ihre Sprache. Es war Fatso, der zuerst etwas sagte:

„Na, wie hast du denn hierher gefunden im dichten Schneesturm?"

Marianne antwortete skeptisch:

"Welchen Schneesturm meinst du? Ich sehe hier nichts als Sand!!"

Das bestätigte Fatso in seiner Annahme, dass die Welt hier am Desktop, wie er ihn nannte, für jeden anders aussah, und deshalb fragte er sie interessiert:

„Fegt in deiner Wüste denn auch ein Sturm übers Land?",

worauf Marianne zu ihm sagte:

„Nicht nur! Der Wind reißt Unmengen an Sand mit sich, der gegen mich prallt als käme er von einem Sandstrahler, der mir das Gesicht von den Knochen schneiden will."

Nun sah sich Marianne einen Moment den kahlen Baum an. Er trug kein einziges Blatt und erinnerte an den Winter und den Tod. Marianne fragte:

„Was macht dieser Baum hier? Ist er verendet oder befindet er sich lediglich im Winterschlaf?"

Fatso antwortete ihr:

„Der Baum lebt. Er wird Blätter bekommen, je öfters du im Sandsturm, den du siehst, surfst und in fremde Welten eintauchst. Ich glaube, er ist eine Art Browser-Verlauf, nur eben anders dargestellt. Von da her wundert es mich nicht, dass du ihn völlig kahl siehst. Mein Baum ist derselbe wie dein Baum, trägt aber bereits drei Blätter, weil ich schon hier war und bereits drei Welten betreten habe. Einmal war es die Geschichte eines Schriftstellers, einmal ein Computerspiel und einmal eine Seite, die Pornos und Live-Sex darbietet. Die Pornoseite war fast beängstigend und hatte Ausschnitte der abartigsten Fantasien gezeigt, die manchen Menschen innewohnen Aber ich will dir nicht zu viel verraten. Ich würde sagen, wir laufen nun so lange, bis wir abheben!"

Und schon lief er los in Richtung des Hurrikan, der aus Sand und oder Schnee bestand. Ach, wie froh war sie, dass ihr die kleinen Körner nicht in den Augen wehtaten. Es hatte Vorteile, als virtueller Körper zu existieren. Sofort machte sie sich daran, ihm nachzulaufen, holte ihn aber erst ein, als sie bereits vom Wind emporgetragen wurden, immer höher in einem Wirbel aus Sand und großen Ahornblättern. Schon flogen sie durch den Sturm, wobei Fatso weniger taumelte als sie. Es wirkte fast, als wäre er Superman. Er flog gekonnt neben Marianne und brüllte laut, um den Sturm zu übertönen:

„Fang eines der Blätter, die umherfliegen! Du wirst sofort sehen, warum! Wenn du willst, tauch deine Hand ins Geschehen darauf, aber erst nachdem du mir deine Hand zum Festhalten gegeben hast. Du wirst sehen, was das bewirkt!"

Marianne tat, wie es ihr von Fatso aufgetragen worden war, und fing eines der Blätter, das neben ihr in Reichweite war, und sah es an. Erstaunt stellte sie fest, dass auf dessen Oberfläche ein Film lief, als wäre das Blatt ein Fernseher. Sie sah eine Frau, die leicht bekleidet in Dessous verpackt auf die Tastatur eines Computers einhackte, was bei jedem Tippen ein Klacken erzeugte, welches von ihren langen künstlichen Fingernägeln herrührte.

Immer wieder posierte sie in verschiedenen Stellungen, die allesamt erotisch angehaucht waren, und Marianne konnte sich vorstellen, was sie trieb. Sie musste eines der Models sein, die im Internet mit sexgierigen Männern chattete, wobei ihr die Männer auftrugen, wie sie zu posieren hatte, während die Bilder live zu ihnen übertragen wurden. Natürlich mussten die

Männer für diesen Service zahlen, das verstand sich von selbst.

Angewidert wollte sie das Blatt gerade loslassen, als ein Schatten über dessen Oberfläche kroch. Nur einen Moment sah sie etwas Schwarzes, das ein Schatten von etwas Lebendigem sein konnte. Fast hätte sie darin ein Gesicht erkannt. Der Schatten hatte für einen Moment wie eine verzerrtes Tier ausgesehen. Sie hatte lange Hörner gesehen, so zumindest glaubte sie das. Allerdings konnte dieses Bild auch aus ihrer Fantasie stammen, dessen war sie sich bewusst.

Endlich ließ sie das Blatt los und schickte es erneut in den Wirbelsturm. Stattdessen fing sie ein anderes Blatt, auf dem eine Frau zu sehen war, die kochte und dies filmte. Auch in diese Welt wollte Marianne nicht eintauchen. Erneut ließ sie das Blatt los und wollte gerade ein neues fangen, als ihr eines ins Gesicht klatschte und dort verharrte. Ärgerlich zog sie es von ihrem Gesicht und betrachtete es. Darauf zu sehen war ein Mann, der spielte. Das erkannte sie am Kontroller, den er in der Hand hielt.

Fast schon manisch drückte er die verschiedenen Knöpfe und tat dies in einer Geschwindigkeit, die beachtlich war. Nun war Marianne neugierig, welches Spiel er spielte, und sie sah Fatso fragend an. Dieser ergriff wieder das Wort, welches er wieder schrie, um gehört zu werden:

„Nimm meine Hand und dann tauch die freie ins Bild ein!"

Marianne gab ihm die Hand, mit der sie auch das Blatt hielt, und tat dies nun gemeinsam mit Fatso. Dann tauchte sie die Hand ins Bild und wurde samt Fatso hineingesogen. Plötzlich standen sie in einer digitalen Welt, die von Unmengen an Zombies heimgesucht wurde. Überall krochen sie langsam wie Schnecken über das dunkle Gras, das ihre Knöchel umschmeichelte.

Der Zombie, der geradewegs auf Fatso zukam, hatte seine eigenen Lippen gefressen, und nun sah man das irre Blecken seiner Zähne, die schneeweiß waren und mit denen er Löcher in die Luft zu beißen schien. Seine Arme waren knochig und seine Finger lang und dünn. Das Schlimmste aber waren seine Augen. Sie waren mit einem weißen Film überzogen, und Marianne fragte sich, ob der Zombie überhaupt etwas sehen konnte. Sie und Fatso sah er Gott sei Dank nicht, denn er torkelte dicht an ihnen vorüber.

Nicht weit von ihnen entfernt stand ein Mann, der wohl die Spielfigur in diesem Spiel darstellte. Er sah aus, als hätte Rambo noch aufgerüstet, und auch seine

Kleidung war dieser Filmrolle nicht unähnlich. Diagonal über seine Brust verliefen Patronengurte, die sich am Brustbein überkreuzten. Er hatte Camouflagehosen an und trug ein grünes T-Shirt. Sein Gesicht war markant, und in seinem Mundwinkel hing eine Zigarre, die unnatürlich dichte Rauchschwaden emportanzen ließ.

Alles in allem wirkte der Spiel-Avatar gefährlich wie Chuck Norris in seinen wildesten Zeiten. Mittlerweile stand Marianne völlig entspannt da, und immer wieder gingen Zombies direkt neben ihr vorbei, ohne dass diese sie angriffen. Der Spiel-Avatar nahm nun eine Handgranate vom Gürtel, der seine Hose oben hielt, und zog den Sicherungsstift. Dann warf er sie ausgerechnet vor Marianne und Fatso, was beide erschrocken zurückweichen ließ. Blitzschnell hob Fatso die Granate auf und warf sie in hohem Bogen weit weg. Die Granate explodierte kurz darauf, und Splitter zerfetzten den Nachthimmel. Nun wusste Fatso, dass er auch hier in diesem Spiel in der Lage war, den Spielverlauf zu beeinflussen.

Fatso und Marianne hatten genug gesehen, und Fatso fragte sie, ob sie bereit sei, das Spiel wieder zu verlassen, was sie bejahte.

„Greif in deine Tasche und hol heraus, was sich in ihr befindet!"

Darüber erstaunt, dass sich tatsächlich etwas in der Tasche befand, hielt sie kurz darauf ein Ahornblatt in der Hand, auf dem der Trichter des Hurrikan zu sehen war. So viel verstand sie nun schon von der Welt, dass sie wusste, was zu tun war. Sie ergriff die Hand von Fabio, steckte die andere ins Bild auf dem Blatt und wurde sogleich in den Hurrikan gesogen.

Nun war sie wieder schutzlos dem Wind ausgeliefert, doch ihre Frisur hielt, während sie taumelte und mit den Gliedmaßen ruderte. Ganz langsam fing sie sich jedoch, und nun machte es bereits einen weit professionelleren Eindruck, wie sie durch den Wind schoss.

Fabio, der sich nicht weit weg befand, schrie sie an:

„Hast du fürs Erste genug, oder willst du dir noch eine Welt ansehen?",

worauf Marianne schrie:

„Wenn ich schon einmal Beine habe, möchte ich auch damit umherlaufen!"

Und schon konzentrierte sie sich wieder auf die umherfliegenden Blätter. Plötzlich fiel ihr etwas ein. Wie sie schon verstanden hatte, sah man auf den Blättern nicht die Welt, die sie beherbergten, sondern den Nutzer, der die Welt entweder erschaffen hatte oder aber auch besuchte. Sie stellte sich nun die Frage, ob von ihr auch ein Ahornblatt bestand, und wobei würde es sie zeigen? Etwa wie sie frustriert im Internet surfte auf der Suche nach Menschen, die sie so akzeptierten, wie sie war. Ein Krüppel, der auf die Hilfe von anderen angewiesen war?

Eigentlich stimmte das nicht, denn sie lebte großteils eigenständig. Wieder dachte sie an das Blatt, das sie zeigen würde. Sie fing an, sich zu konzentrieren, und versuchte, an nichts anderes als dieses Blatt denken. In Gedanken nannte sie immer wieder ihren eigenen Namen, und siehe da, ein Ahornblatt verfing sich in ihren Haaren, die nun ebenfalls im Wind umherpeitschten und ihren festen Halt von zuvor verloren hatten. Sie befreite das Blatt daraus und stellte erfreut fest, dass sie wirklich das Blatt mit ihrem Abbild in Händen hielt.

Sie saß vor dem Laptop und schaute auf dessen Bildschirm. Was nun? Sollte sie es wagen, ihre eigene Welt zu betreten? Was würde sie über sie verraten? Blitzschnell überlegte sie, dass es vielleicht nicht klug war, die Welt zu betreten, wenn Fabio dabei war, denn was wäre, wenn sie etwas zeigen würde, was sie lieber niemandem offenbaren wollte? Viel gab es da nicht, aber das eine oder andere eben schon.

Sie ließ das Blatt wieder los und sah im letzten Moment wieder diesen Schatten auf dem Bild. Fabio schaute sie erstaunt an.

„Warum hast du das getan? Ich wäre sehr interessiert daran, was du vor dem Computer treibst!"

Marianne wäre jetzt normalerweise peinlich berührt gewesen, aber sie konterte bestimmt:

„Wenn das Blatt wirklich zeigt, was wir vor dem Computer treiben, möchte ich das zum jetzigen Zeitpunkt noch nicht mit dir teilen! Vielleicht sollten wir uns einmal dein Blatt ansehen! Wenn es wirklich zeigt, was wir am meisten vor dem Laptop tun, wird es dich wohl beim Essen zeigen!"

Nun war Fabio anscheinend gekränkt, denn er wandte das Gesicht von ihr ab, während sie weiter durch den Hurrikan fetzten. Es dauerte gut eine Minute, bis Fabio zu ihr sagte:

„Du wirst feststellen, dass man stark abnimmt, solange man im Internet ist. Da du nicht so fett bist wie ich, ist es wohl besser, nun wieder nach Hause zurückzukehren. Iss am besten Pizza mit etwas sehr Fettem wie Knoblauchöl oder etwas dergleichen darauf, um nicht zu dünn zu werden. Wie du vorher bereits so charmant angedeutet hast, sollte ich das vielleicht nicht tun!"

Dann nahm er sie bei der Hand und kämpfte sich mit ihr zum Auge des Hurrikans vor. Sie plumpsten aus einiger Höhe auf den Boden, und vor ihnen stand die Tür, über der nun „Escape!" zu lesen war. Fabio ging durch die Türe, schloss diese aber hinter sich. Nun war er weg, und Marianne war alleine. Stimmte es, dass ihr Gefahr drohte, wenn sie nicht nach Hause zurückkehren würde, um zu essen? Zu gern hätte sie sich angesehen, was hinter den Bildern auf dem Ahornblatt, das sie zeigte, steckte. Welche Welt würde sie betreten. Würde man sie dabei sehen, wie sie Blümchen den Stock warf, oder würde man sehen, wie sie sich die Augen rausheulte, weil es niemanden gab, der sie mochte.

Was würde man noch sehen in dieser Welt? Dinge aus ihrer Vergangenheit? Oder was noch schlimmer wäre, Videos, die sie zeigen würden, bevor sie den Unfall gehabt hatte? Vor dem Unfall war sie noch ein Stück selbstsüchtiger gewesen als jetzt. Nein, der Besuch ihrer eigenen Welt musste warten. Sie kam in Bewegung und öffnete die Tür unter der Neonröhrenreklame und schritt hindurch.

Kapitel 10

Sofort befand sie sich wieder in ihrem materiellen Körper, der mit nutzlosen Beinen gesegnet war. Sie dachte daran zurück, wie sie gerade zuvor gelaufen war, und das erfüllte sie mit einem wohligen Gefühl, welches gepaart mit Hunger auftrat. Sie fühlte sich zehn Kilo leichter, was bestätigen würde, was ihr Fabio prophezeit hatte. Blümchen schien erstaunlicherweise nicht hungrig zu sein, denn als Marianne zum Kühlschrank rollte, machte sie keine Anstalten, ihr dorthin zu folgen. Aber Marianne musste ihrem Körper Kalorien zu führen. Das war nicht wirklich leicht, denn in ihrem Kühlschrank gab es vor allem Obst und Gemüse, weil sie immer auf ihre Linie achtete. Sie beschloss, sich eine Pizza zu bestellen, was sie schon Jahre nicht mehr getan hatte. Aber würde diese ausreichen, um sie wieder zu Kräften kommen zu lassen?

Sie wählte die Nummer des Lieferdienstes und gab beim Mann am anderen Ende der Leitung ihre Bestellung auf. Sie wollte es ausnutzen, dass sie kalorienreich essen musste, und sie bestellte sich zur Pizza auch noch einen Mohren im Hemd, einen kleinen Schokokuchen, der warm mit Schokosauce und Schlagobers serviert wurde, und eine 1,5 Literflasche

Cola. Wohlgemerkt das mit Zucker versetzte Cola und nicht das Light-Produkt.

Als dies erledigt war, legte sie auf und freute sich auf das Essen. Ihre Arme waren völlig dünn, und auch der Rest des Körpers war dünner, und die Knochen standen heraus, nur ihre Beine sahen gleich schmächtig wie vor dem Besuch im Internet aus, weil sie kein Fettgewebe besaßen und die Muskeln nicht weiter abbauen konnten.

Sie lehnte sich im Rollstuhl zurück und dachte nach. Natürlich kam ihr wieder das Blatt mit ihrem Ich in den Sinn, und sie wusste insgeheim, was sie diesbezüglich unternehmen würde. Sie würde ohne Fabio ins Internet eintauchen, um sich zu vergewissern, was hinter dem Bild, welches sie vor dem Laptop zeigte, auf sie wartete. Aber zuerst musste sie essen.

Plötzlich fiel ihr wieder der Schatten ein, den sie gesehen hatte. Er hatte tatsächlich die Umrisse eines Tieres gezeigt, auch wenn er zeitweise aus Rauch bestanden und dabei diese Form etwas verloren hatte. Sie hatte ihn nicht lange gesehen, deshalb war sie sich nicht sicher, ob er tatsächlich zu einem Tier gehörte. Das Verlangen in ihr, die unentdeckte Welt zu erforschen, wuchs, und sie wusste jetzt schon, dass sie diese so oft wie möglich betreten würde. Und zwar wirklich betreten mit ihren eigenen funktionstüchtigen Beinen.

Die Zeit verging, und schon läutete es an der Tür. Das musste der Lieferjunge sein, und das war gut, denn sie fühlte sich völlig entkräftet und schwach. Als er kurz danach vor ihrer Tür stand, zahlte sie, und gerade als sie wieder rücklings mit dem Essen auf dem Schoss in die Wohnung rollen wollte, fragte sie der Lieferjunge: „Ist alles in Ordnung mit Ihnen? Sie sehen aus, als würden sie gleich umkippen. Soll ich einen Arzt rufen?"

Marianne war fast erfreut, dass sich nun doch jemand um sie sorgte, und sie entgegnete:

„Danke, das ist nicht nötig. Ich muss nur etwas essen!"

Der Lieferjunge sah sie einen Moment nachdenklich an und griff dann in seine Tasche, in der sich die Pizzen befanden. Er holte noch einen Karton heraus und gab ihn Marianne, und dann sagte er:

„Die geht aufs Haus. War eine Scherzbestellung, und ich habe sie nicht zustellen können. Die Pizza würde sonst nur weggeworfen werden, und sie können etwas zu beißen vertragen!"

Dabei grinste er sie an und verabschiedete sich dann von ihr. Als er weg war, rollte sie endgültig zurück in die Wohnung und fuhr ohne Umwege zum Esstisch.

Dort öffnete sie den ersten Pizzakarton und machte sich über die in handliche Achteln geschnittene dampfende Köstlichkeit her. Aber erst nachdem sie auch noch Butterschmalz, denn Knoblauchöl besaß sie nicht, auf die Pizza klatschte, um sie noch ergiebiger zu machen, wie es ihr Fabio geraten hatte, aß sie wie ein Schwein, aber sie konnte nicht anders. Ihr Körper verlangte nach Kalorien und das schnell. Nur ganz langsam drosselte sie das Tempo, in dem sie aß, während ihr Magen allmählich meldete, dass er voll war. Er war es nicht gewohnt, dass sie so viel aß, denn wie erwähnt aß sie sonst vor allem Gemüse und Obst, das zum Großteil aus Flüssigkeit bestand.

Beim Gedanken an Flüssigkeit merkte sie, dass die stark gesalzene Pizza Durst verursacht hatte, und sie öffnete die Flasche Cola. Sie trank in wenigen Zügen Massen von dem klebrigen Gesöff und rülpste danach laut. So kannte sie sich nicht, aber das Verlangen ihres Körpers musste befriedigt werden. Dazu gehörte aber auch das Aufstoßen von Kohlensäure.

Sie lehnte sich zurück und allmählich kam wieder Leben in ihren Körper. Sie fühlte sich bedeutend besser. Nun wusste sie, dass sie keinesfalls zu lang im Internet verweilen durfte. Neben ihr saß Blümchen in der Hoffnung, dass sie auch etwas zu essen bekommen würde, und Marianne schob ihr gedankenverloren einen Happen der zweiten Pizza zu.

Was sollte sie nun tun? Um ins Internet zurückkehren zu können, musste sie später zuerst noch den Rest der zweiten Pizza essen und den Mohren im Hemd ebenso. Sie beschloss einstweilen Fabio zu schreiben. Denn sie hatte sich mit Fabio in der anderen Welt kaum unterhalten, und sie hatte das Gefühl, dass sie das nachholen musste. Deshalb öffnete sie den Laptop, der ebenfalls auf dem Tisch lag und immer noch mit der Elektrodenkappe verbunden war. Erst jetzt zog sie den Stecker. Dann öffnete sie die Singlebörse und begann sich ihm mitzuteilen:

>>Lieber Fabio! Danke, danke, danke!!! Du hast mir nicht zu viel versprochen. Da wir nicht gerade viel miteinander gesprochen haben, möchte ich nun, dass du mir ein paar Fragen beantwortest. Was geschieht, wenn man zu lange im Internet ist? Kann man dann verhungern, und was passiert mit dem virtuellen Körper, wenn der richtige Körper von einem stirbt? Bleibt dann der Geist bestehen und ist im Internet gefangen, dazu verdammt, ewig umherzuwandern? Nicht dass ich es verschmähen würde umherzuwandern, aber da gibt es noch Blümchen, um die ich mich kümmern

muss. Außerdem wollte ich dich fragen, ob du schon einmal einen Schatten gesehen hast, der über das Bild im Blatt wandert. Ich meine bei einem deiner letzten Besuche im Internet. Mir war heute, als hätte ich einen gesehen. Der Schatten eines Tieres, wenn ich mich nicht irre. Kann einem auch Gefahr drohen im Internet? Das nächste Mal, wenn wir in der Internetwelt sind, möchte ich mich mehr mit dir unterhalten. Ich bin neugierig auf das Genie, das die Kappe erfunden hat. Wünsch dir derweilen einen schönen Tag und freue mich schon auf eine Nachricht von dir... Deine dankbare Marianne <<

Dann schickte sie die Nachricht ab und lehnte sich erneut in ihrem Rollstuhl zurück. Plötzlich machte der Laptop das Geräusch, das er von sich gab, wenn sie eine Mail erhielt. Sofort begann ihr Herz wild zu pochen. Kam sie etwa erneut vom Horrorclown? Mit zitternden Fingern öffnete sie die Nachricht und wurde in ihrer Befürchtung bestätigt. Der Clown sprang im Video erneut auf der grünen zerschlissenen Couch umher und lachte wieder gackernd. Wie auch neulich sprang er plötzlich auf die Webcam zu und sagte wieder mit tiefer kratziger Stimme:

„Du wirst brennen! Brennen, wie es auch er getan hat! Ich weiß alles von dir, und ich beobachte dich weiter!"

Fatso, wie er sich immer noch lieber nannte, saß halb aufgerichtet im Bett, und vor ihm lagen die Elektrodenkappe und sein Laptop. Im Moment befand er sich im Zimmer mit dem Terrarium und wartete auf Jennifer. Er hatte gut geschlafen und war nun wieder voller Tatendrang. Als Erstes wollte er aber Marianne schreiben, und zu diesem Zweck klappte er seinen Laptop auf und öffnete die Singlebörse. Schon seltsam, er hatte sich bereits mit Marianne gemeinsam im Internet befunden, wusste aber nicht einmal ihre E-Mail-Adresse.
Eigentlich konnten sie sich nun im Internet persönlich unterhalten, aber dazu mussten sie erst einen Zeitpunkt festlegen. Er begann zu schreiben

>> Liebe Marianne! Du kannst dir nicht vorstellen, wie sehr ich unser Treffen genossen habe, und es war besonders interessant für mich zu hören, wie deine Welt aussieht. Nun weiß ich auch, dass der Hurrikan ein Element ist, das jedem erscheint genauso wie der kahle Baum. Du wirst sehen, bei unserem nächsten Treffen wird er bereits ein paar wenige Blätter haben.

Ich glaube, die Welt mit dem Schnee- bzw. Sandsturm ist mit einem Desktop am Computer zu vergleichen. Wie gesagt, der Baum stellt wohl eine Art
Browserverlauf da und der Hurrikan eine große
Suchmaschine. Mehr weiß ich noch nicht. Was ich
aber weiß, ist, dass es sehr viel Energie braucht, wie
ich dir schon gesagt habe. Ich finde es immer noch
schade, dass ich nicht dein persönliches Blatt ansehen
durfte, und ich frage mich, warum das so ist. Welche
Angst hast du? Wie zum Teufel hast du es geschafft,
dieses Blatt zu fangen? Hast du einfach intensiv daran
gedacht, denn dann würde das heißen, dass du ein
User bist, der in der Lage ist, das richtige Wort in der
imaginären Suchzeile einzutippen und Welten gezielt
nur durch deine Gedanken herzurufen. Das muss ich
auch lernen. So, jetzt werde ich mich fertig machen,
denn gleich wird Jennifer hier sein. Danach, wenn sie
auch bei dir war, könnten wir uns wieder im Internet
treffen. Vorausgesetzt du hast Lust dazu, wessen ich
mir eigentlich sicher bin. Bis später...dein Fabio..<<

Nun war Fatso wieder in Gedanken versunken. Warum faszinierte ihn die querschnittsgelähmte Marianne so? Eigentlich war sie immer wieder kalt in ihren
Nachrichten. Als sie sich gestern getroffen hatten,

war das anders gewesen. Hieß das, dass ihre Laune tatsächlich mit der Fähigkeit zu gehen zusammenhing? Wenn dem so war, würde sie wohl am besten all ihre Zeit im Internet verbringen und nur in ihren Körper zurückkehren, wenn sie essen musste, und das musste sie, das war gewiss.

Mitten in diesen Gedanken versunken hörte er plötzlich, wie es an der Tür klingelte. Das war Jennifer, welche kurz darauf auch wirklich im Raum stand. Etwas war aber anders. Sie lächelte nicht und hatte ihr Gesicht zu einer Maske des Schweigens verzogen. Reserviert sagte sie zu Fatso, dass sie schnell die Waschschüssel holen würde, nannte ihn aber nicht wie sonst gut gelaunt „Dickerchen". Was war los? Als sie mit der vollen Waschschüssel in den Händen aus dem Bad kam, änderte sich ihre Mimik. Nun schaute sie ihn an, als hätte er etwas getan, was sie nie von ihm erwartet hätte, und plötzlich sprudelte es aus ihr heraus:

„Und hat es dir Spaß gemacht, dich mit meiner Peinigerin zu treffen? Warum musst du ausgerechnet die Person aussuchen, die mich regelmäßig quält und mir das Leben schwer macht? Und dann teilst du auch noch deine Erfindung mit ihr. Was macht Marianne Goldblum so interessant für dich? Ich hätte nie ge-

dacht, dass ausgerechnet sie deine Internetbekannt-
schaft ist. Dieses kalte Monster!"

Dann fing sie jämmerlich zu weinen an. Immer hefti-
ger flossen ihr die Tränen über die Wangen, und das
brach Fatso fast das Herz. Wie gesagt, er hatte Vatergefühle für sie, denn vom Alter her konnte das stimmen. Fatso legte seine Hand auf ihre und wirkte beru-
higend auf sie ein. Nun versuchte er, Marianne in
Schutz zu nehmen, denn gestern im Internet war sie
nett gewesen.

Er versuchte Jennifer zu erklären, dass sie nur wegen
ihrer Querschnittslähmung so übel gelaunt war und
dass man da etwas Verständnis haben musste. Je mehr
er versuchte, Marianne sympathischer für Jennifer zu
machen, desto trotziger wurde ihr Blick. Sie wusch
gerade seine Beine, als er einen Entschluss fasste. Er
würde noch eine Elektrodenkappe herstellen, damit
auch Jennifer sehen konnte, wie Marianne mit Beinen,
die funktionierten, war. Davon sagte er ihr aber
nichts, weil sie im Moment sowieso alles abblockte,
was mit Marianne zu tun hatte.

Material war noch genügend vorhanden, und deswegen war er ausnahmsweise froh, als Jennifer wieder
ging. Hin zu Marianne, wie er nun wusste. Als er gestern die Kappe in der Schachtel mit dem Namen und

der Adresse von Marianne Goldblum an Jennifer ausgehändigt hatte, hatte Fabio gesehen, dass dieser Name etwas in Jennifer auslöste, das einem Schock gleich kam, als sie ihn gelesen hatte. Sie hatte ausgesehen wie jemand, der den tragischen Tod eines geliebten Menschen hatte mit ansehen müssen.

Aus diesem Grund stellte sich Fatso die Frage, was besser war. Zuerst die Internetwelt zu besuchen oder zuvor die dritte Elektrodenkappe zu bauen? Da er nun gut nach AXE Duschgel duftete, konnte er sich selbst besser riechen, und gut gelaunt fasste er den Entschluss, bereits jetzt ohne Marianne in die Internetwelt zu schlüpfen. Er wollte versuchen, wie er Blätter gezielt rufen konnte.

Als er sich wieder im Schneesturm befand, ging er zielstrebig auf den Hurrikan zu, bis er abhob. Er fing sich schnell und flog nun wieder stabil wie ein Superheld. Er begann intensiv in Gedanken seinen Namen zu nennen, und siehe da, plötzlich klatschte ihm ein Blatt ins Gesicht, das dort verharrte. Er zog es ab wie die Schutzfolie von einem neuen Handy und schaute auf dessen Bild. Wie vermutet zeigte es ihn beim Essen, während er am Laptop arbeitete. Darin hatte Marianne also schon einmal recht gehabt. Mit der freien

Hand tauchte er in das Bild ein und wurde sogleich als Ganzes hineingesogen.

Er befand sich unverzüglich in einem hell erleuchteten Raum, dessen Wände aus Licht zu bestehen schienen. An den Wänden des Raums lebten Bilder. Jedes von ihnen zeigte jeweils eine Erfindung, die von Fatso stammte. Auf einem dieser Bilder sah er sich selbst, wie er die Elektrodenkappe aufhatte, und das hieß, dass der Raum bereits auf den neuesten Stand gebracht worden war. Fatso begann auf dem leuchtenden Boden umherzugehen, und in diesem Licht fiel ihm plötzlich auf, dass sein virtueller Körper durchscheinend war und nicht so blickdicht wie sein menschlicher Körper. Eigentlich war das egal, aber als er Marianne gestern getroffen hatte, war diese durchaus fest und nicht durchsichtig gewesen. Allerdings war es im Computerspiel mit den Zombies Nacht gewesen, und somit hatte sich nicht die Möglichkeit geboten, durchleuchtet zu werden.

Fatso überlegte, was er nun tun sollte. Sollte er versuchen, in eines der Bilder auf den Wänden zu schlüpfen, und wenn, in welches? Er entschied spontan, in das Bild seiner ersten Erfindung einzutauchen. Die Zeitschaltuhr für Terrarien. Er bewegte sich auf das Bild zu und tauchte dann seine rechte Hand hinein.

Sofort wurde er hineingesogen, und nun entstanden in dem erneut hellerleuchteten Raum, um den es sich handelte, immer mehr Bilder auf den Wänden. Es mussten hunderte, wenn nicht tausende sein.

Jedes Bild zeigte, wo seine Zeitschaltuhr die Beleuchtung regelte. Er sah Terrarien über Terrarien und teilweise auch die Tiere, die in ihnen lebten. Der Raum begann plötzlich, sich in die Länge zu ziehen, und sofort erschienen weitere Bilder auf den Wänden. Was sollte er nun tun? Er entschied, dass er vorerst genug gesehen hatte, und holte aus seiner Tasche das Ahornblatt, auf dem man den Hurrikan wüten sehen konnte. Er schlüpfte in das Bild und befand sich wieder im Hurrikan.

Zumindest wusste er jetzt, wie man Blätter herbeirief, deren Welt man gezielt besuchen wollte. Sofort kam ihm der Gedanke, dass er nun eigentlich das Blatt mit Mariannes Bild darauf rufen konnte, aber er entschied, dass das unfair wäre. Sie hatte das Blatt vor ihm verborgen, und diesen Wunsch wollte er respektieren. Vielleicht würde sie es ihm bald von allein zeigen, wenn sie dazu bereit war.

In der Zwischenzeit musste er akzeptieren, dass er nicht alles von ihr kannte. Er wurde durch den Wind gewirbelt, jedoch nie aus dem Hurrikan geschleudert.

Fürs Erste hatte er genug von dieser Welt und er kämpfte sich ins Auge des Hurrikans vor, in dem die Tür auf ihn wartete, die ihn wieder in seinen fetten Körper führen würde.

Kapitel 11

Gesagt getan, und einen Moment später lag er wieder in seinem Bett und nahm die Elektrodenkappe vom Kopf. Er kontrollierte sein Gewicht mit der eingebauten Waage seines Bettes und stellte fest, dass er dieses Mal über zehn Kilo abgenommen hatte, was ihn freute. Er beschloss, seinem Bedürfnis nach Nahrung nicht nachzukommen, denn wie er ja gestern beschlossen hatte, wollte er abnehmen.

Sogleich kam ihm die Antwort, was der Grund für diesen Entschluss war. Er war zu fett, um seine Wohnung zu verlassen, und was, wenn er das würde tun wollen? Sein Verlies zu verlassen, war die einzige Chance, Marianne jemals persönlich in der richtigen Welt zu treffen. Warum er überhaupt daran dachte, war ihm ein Rätsel. Außerdem wollte er, wenn er sie jemals treffen würde, schlank sein. Er wollte ihr einfach zeigen, dass er ein willensstarker Mann war und nicht einer, der jedem Trieb sofort nachgab. Und dazu gehörte nun einmal das Essen. Das Essen und seine Sexualität, die praktisch nicht mehr vorhanden war, wie bereits erwähnt.

Fatso kämpfte gegen die Leere in seinem Magen an und öffnete, statt diesen zu füllen, die Singlebörse und sah sofort, dass er eine Nachricht erhalten hatte. Natürlich stammte sie von Marianne, und er begann neugierig zu lesen.

>>Lieber Fabio! Jennifer ist bereits wieder weg, und das ist auch gut so. Heute hat sie mich derart grob angegriffen, dass es bereits unangenehm für mich war. Ihre Augen sind hasserfüllt gewesen, was mir direkt Angst gemacht hat. Sag mir, ist das die Rache dafür, dass ich sie verbal auch schon grob behandelt habe? Ich weiß nicht, was ich jetzt tun soll. Soll ich sie melden? Ich weiß, du magst sie, aber das heute ist direkt unheimlich gewesen. Ich weiß wirklich nicht, ob ich sicher bin, wenn sie da ist. Selbst Blümchen hat sich heute nicht von ihr streicheln lassen, sondern hat es vorgezogen, in ihrem Korb liegen zu bleiben. Seltsam! Ich bin schon neugierig, was morgen ist, wenn sie wieder kommt. Auf alle Fälle habe ich verstanden, dass ich Menschen verletze, wenn ich sie grob behandle, und habe mir vorgenommen, dies in Zukunft zu unterlassen. Nun habe ich Lust, wieder die Elektrodenkappe aufzusetzen und zu surfen. Ich bitte dich, erst etwas später nachzukommen, weil ich mein eigenes Blatt besuchen möchte und erst schauen muss, ob denn auch für deine Augen geeignet ist, was sich darin befindet. Es kann nämlich sein, dass es etwas zu

Tage fördert, wofür ich mich sehr schäme. Ich würde sagen, du kommst in einer halben Stunde nach, und wir treffen uns wie gestern beim kahlen Baum! <<

Fatso schaute auf die Uhrzeit, wann er die Nachricht erhalten hatte, was erst fünf Minuten zurücklag. Das hieß, in 25 Minuten konnte er Marianne ins Internet folgen. Er entschied, inzwischen die Zeit zu nutzen und alles für den Bau der dritten Elektrodenkappe herzurichten. Er fuhr mit dem Bett von Regal zu Regal und sammelte alles ein, was er benötigte.

Als er damit fertig war, sah er auf die Uhr und stellte fest, dass die 25 Minuten bereits vergangen waren. Deswegen stöpselte er die Elektrodenkappe wieder ein und setzte sie sich auf den Kopf. Dann schloss er die Augen und betrat die Winterlandschaft.

Der Schneesturm tobte und Fatso sah seine Hände an. Hier waren sie nicht durchscheinend wie in der Welt hinter seinem persönlichen Blatt. Er sah zum kahlen Baum, der sich fast hinter den Schneeflocken versteckte und kaum zu erkennen war. Neben dem Baum erkannte er die Silhouette von Marianne, denn wer sonst befand sich in dieser Welt? Fatso begann, durch den Schnee loszustapfen und kämpfte dabei gegen den Wind an, den er heute irgendwie leicht auf seinem

Gesicht spüren konnte. Ganz sanft und keineswegs so stark, wie es eigentlich der Fall sein sollte. Dennoch kam er bei Marianne an.

Was er sah, war nicht besonders schön. Sie hatte die Augen erschrocken aufgerissen und schien durch ihn hindurchzuschauen. Erst nach dreißig Sekunden beutelte sie plötzlich den Kopf, als würde sie versuchen, etwas aus dem Geist zu schütteln, das sie quälte. Sie sah Fatso mit einem Ausdruck des Entsetzens an, und Fatso konnte nur vermuten, dass der Grund dafür das war, was sie hinter ihrem persönlichen Blatt gesehen hatte. Was sollte er nun tun?

Seine Intuition verlangte danach, Marianne zu stützen und ihr beizustehen. Was aber nicht gerade eine gute Idee war, weil sie sich erst seit kurzem kannten. Stattdessen sagte er vorsichtig:

„Was ist los, Marianne? Ist etwas passiert?"

Wieder bekam sie diesen Blick, als hätte sie gerade erfahren, dass der Weltuntergang kurz bevorstünde. Sie schwieg und kaute auf ihrer Unterlippe herum, und dann sagte sie doch etwas:

„Es tut mir leid! Ich habe gerade ein schreckliches Video von mir gesehen, von dem ich gedacht habe, dass es schon längst nicht mehr existiert. Jetzt bin ich dementsprechend schockiert, dass es all die Jahre im

Internet überlebt hat. Ich bitte dich inständig darum, dass du nie mein Ahornblatt besuchst. Auch dich würde schockieren, was es dir zeigt!"

Fatso hatte richtig vermutet, und demnach war es gut, dass er es unterlassen hatte, früher das Blatt von Marianne aufzurufen. Dennoch war er neugierig. Die Neugier wuchs stetig mit jedem Gedanken daran, was das Blatt wohl zeigen mochte. Er schob diese Gedanken beiseite und lächelte Marianne an.

Plötzlich fiel ihm etwas an ihr auf. Sie hatte zugenommen. Wie war das möglich? Hatte sie derart viel gegessen, dass sie trotz ihres früheren Besuches hier Gewicht zugelegt hatte? Das musste er genauer wissen, und er fragte sie, wie er selbst aussehe. Marianne sah ihn gedankenverloren an und sagte nach einer Weile:

„Du bist etwas dicker geworden!"

Das war das, was er befürchtet hatte. Anscheinend nahm der virtuelle Körper das zu, was der richtige Leib abnahm. Das war interessant. Programmiert hatte er seinen Avatar mit Idealgewicht sowie auch den Avatar von Marianne. Normalerweise sollte das der Fall sein, denn wie er vermutete, würde er sein Gewicht nicht spüren. Er dachte kurz daran, ob sein virtueller Körper denn bald 250 Kilo wiegen würde, und er stellte sich zwangsläufig die Frage, ob er dann noch würde gehen können.

Nun sah er wieder Marianne an, die immer noch nicht ganz sie selbst war. Er entschied, diese neueste Erkenntnis für sich zu behalten, und sagte stattdessen:

„Na, hast du nun Lust zu surfen? Ich glaube, du musst auf andere Gedanken gebracht werden!"

Marianne antwortete mit immer noch zittriger Stimme:

„O.k., aber lass uns nie davon sprechen, was ich gesehen habe! Das soll für immer in mir verborgen bleiben!"

Dann stapfte sie, ohne weitere Zeit zu verlieren, los in Richtung des Hurrikans. Fatso folgte ihr, wenngleich sie sich durch Sand und er sich durch Schnee kämpfen musste. Während des Gehens legte er sich die Hand auf die Augen und stellte fest, dass dadurch Dunkelheit herrschte. Keine durchscheinende Hand, die zumindest einen Teil des Lichts durchließ. Er war bereits gespannt, ob er in der Welt hinter den Ahornblättern transparent sein würde. Das wäre eine weitere Erklärung dafür, warum er z.B. nicht vom Torero in der Geschichte des Schriftstellers wahrgenommen worden war.

Es war Marianne, die als Erste vom Hurrikan mitgerissen wurde, aber bereits einen Augenblick später folgte ihr Fatso. Wie immer wurden sie emporgetragen, und die Schneeflocken, die ebenfalls in der Welt von Fatso mitgerissen wurden, peitschten ihm ins Gesicht. Seltsam war, dass diese ihn wieder nur ganz leicht im Gesicht kitzelten. Entwickelte sein Avatar nun auch noch Gefühle? Jedenfalls juckten ihm jetzt auch die Augen, wenn man das schwache Gefühl bereits so benennen wollte.

Er überließ es Marianne, ein Blatt aus dem Wind zu fischen, denn er wollte heute alles so machen, wie sie es wollte, denn er war ein Gentleman erster Klasse. Marianne ritt den Wind, als hätte sie nie etwas anderes getan. Als sie ein Blatt in Händen hielt, schaute sie auf dessen Bild und sah plötzlich wieder sehr nachdenklich aus. Fatso flog ganz nah zu ihr hin, um sich trotz der Lautstärke des Sturmes zu unterhalten, und fragte sie erneut, was los sei. Marianne sagte:

„Nichts ist los. Ich habe nur gerade erneut etwas gesehen, das ich auch in meinem persönlichen Blatt gesehen habe. Einen Schatten! Einen Schatten, der aussieht, als würde er von einem Tier geworfen werden. Ich glaube es hat Hörner!"

Als Fatso das hörte, begann sein Herz schneller zu pochen. Also hatte nicht nur er diesen Schatten bemerkt. Er erinnerte sich zurück an die Straße mit den Live-Sex-Darbietungen in den Schaufenstern, die links und rechts davon angereiht waren. Das behielt er allerdings vorerst für sich, denn er wollte Marianne keineswegs ängstigen. Stattdessen fing nun er ein Blatt und schaute, was es darbot. Wieder sah er, wie ein Mann vor dem Computer saß und onanierte. Er hatte eine Kuhmaske auf, die bestimmt aus einem Scherzartikel-Laden stammte. Die Kuh sah lieblich aus mit freundlichen Augen und leckte sich mit ihrer Zunge über ihre rosa Nase.

Und da war er wieder. Der Schatten, der nur für einen Moment sichtbar war. Vor welcher Website der Kuhmann onanierte, konnte er nur raten, aber er war sich sicher, dass sie mit Sex zu tun hatte. Er stellte sich nun unweigerlich die Frage, ob der Schatten immer dann auftauchte, wenn es sich bei der Ahornblatt-Seite um eine Sexseite handelte. Dem musste er nachgehen.

Bevor er das tat, fragte er aber Marianne, ob sie nicht lieber nach Hause switchen wolle, weil er nicht wisse, was sich in dieser Welt verberge, die er gleich besuchen würde. Vom Schatten sagte er nichts. Marianne sagte zu ihm:

„Natürlich komme ich mit! Ich will alles erfahren, egal worum es sich handelt!"

Das nahm Fatso so hin, und er reichte ihr, während sie durch den Wind schossen, die Hand. Er tauchte seine und ihre Hand in das Ahornblatt, und sie befanden sich sogleich in einer düsteren Ecke des Internets. Sie standen in einem Kellergang, der an einer verschlossenen Tür vorbeiführte, die ihrerseits ein verschlossenes Glasguckloch besaß. Der Gang verlief weiter um eine Ecke über eine Treppe nach oben zu einer weiteren Tür. Der Boden und die Wände des Ganges bestanden aus Beton und waren vor lauter Schmutz fleckig, und die Ecken säumten nicht nur Spinnennetze, sondern auch Kameras.

Er legte seinen Zeigefinger auf die Lippen, um Marianne zu signalisieren, dass sie nun keinesfalls sprechen durfte. Auch wenn er von den Personen im Ahornblatt noch nie wahrgenommen worden war, konnte es gut sein, dass der Schatten sie wahrnehmen würde. Der Schatten, den er beim Betrachten des Blattes gesehen hatte.

Plötzlich fiel ihm auf, dass am Boden ein Schuhabdruck zu sehen war, der aussah, als würde er von einem großen Mann stammen. Nun wollte Fatso aber wissen, was sich hinter der Türe befand. Er schaute durch das Guckloch und war sofort entsetzt. Was er dort sah brach ihm regelrecht das Herz. Das Innere des Raumes war dreckig und schimmelig wie auch der Gang, und von der Decke baumelte nur eine Glühbirne, die es kaum schaffte, den Raum zu erhellen.

Trotzdem sah er, dass am Boden eine schmutzige Matratze lag, auf der ein Kind saß, welches ebenfalls vor Dreck strotzte. Es hatte die Beine angezogen und seine Arme um diese geschlungen. Es konnte kaum älter als drei Jahre alt sein und wippte in einem fort vor und zurück. Seine Augen waren leer und seine Lippen bewegten sich. Es redete irgendetwas, was Fatso wegen der geschlossenen Tür nicht hören konnte.

Sofort schob er den Riegel zurück, der die Tür versperrt hielt, und öffnete die Tür. Dann betrat er zusammen mit Marianne den Raum. Das Kind nahm sie nicht wahr und hörte auch nicht auf, vor sich hin zu murmeln. Fatso verstand die verwaschene Sprache. Es stammelte in einem fort:

„Die Muh! Die Muh kommt!"

Fatso ging langsam zum Mädchen, wie er es erst jetzt mit Sicherheit sagen konnte, und hockte sich vor dieses. Er wollte es beruhigen, aber das Mädchen nahm ihn nicht wahr. Er war einzig und allein ein stiller Beobachter. Wieder hielt er sich die Hand vor Augen, und selbst das schwache Licht der einzelnen Glühbirne schaffte es, seine Hand zu durchdringen. Nahm ihn das Mädchen deswegen nicht wahr? War er durchscheinend und unsichtbar für das Kind?

Fatso versuchte, es in Schutz zu nehmen und es zu umarmen, aber seine Arme glitten durch das Mädchen durch, als wäre er lediglich ein Geist, was wohl irgendwie stimmte. Mariannes Geist hockte nun ebenfalls neben ihm und war nicht minder schockiert über das, was sich ihr darbot. Sie redete ebenfalls auf das kleine Mädchen ein, aber auch sie wurde nicht wahrgenommen.

Plötzlich hörte Fatso etwas. Eine Tür öffnete und schloss sich wieder. Fatso bekam Panik, und er schloss die Türe, die aus dem Raum mit dem Mädchen führte. Warum konnte er die Tür bewegen, das Mädchen jedoch nicht umarmen? Immerhin konnte er Marianne die Hand geben. Er verstand die Welt nicht mehr. Außerdem erwartete er voller Spannung, wer hier gleich erscheinen würde. Hoffentlich würde dieser Jemand sie auch nicht sehen.

Und schon öffnete sich die Tür. Allerdings nicht mit Vorsicht, sondern sie wurde derart heftig aufgerissen, dass sie außen mit einem lauten Knall gegen die Wand flog. Und da stand er. Der Mann mit der lustigen Kuhmaske. War er „die Muh", von der das Mädchen geredet hatte? Jetzt erst fiel Fatso auf, dass auch hier in den oberen Ecken des Raumes Kameras angebracht waren. Was würden sie gleich filmen?

Der Mann mit der Maske ging bedrohlich auf das Mädchen zu, und als er bei ihm ankam, ohrfeigte er es erst einmal grundlos. Dann schubste er es brutal auf die Matratze und legte sich auf es. Fatso war außer sich, und er versuchte nun seinerseits, den Kuhmann zu treten und vom Mädchen herunterzureißen, was ihm aber nicht gelang. Gott sei Dank holte der Maskierte nicht sein Glied heraus, sondern vollführte nur Trockensexübungen, die für das Mädchen mit Sicherheit nicht minder schlimm waren.

Fatso konnte nicht weiter zusehen, und er stürmte aus dem Raum. Er wollte etwas gegen das, was im Kellerraum geschah, unternehmen, wusste aber nicht, was. Er war machtlos. Marianne folgte nun ebenfalls aus dem Raum und Fatso zog das Ahornblatt mit dem Hurrikan aus seiner Tasche. Er und Marianne schlüpften hinein und befanden sich sofort wieder im gewaltigen Hurrikan. Fatso konnte nicht anders. Sein virtueller Körper weinte. Seltsam, er konnte nun fast spüren, wie die Tränen über seine Wangen kullerten. Auch den Wind konnte er wieder ganz leicht auf seiner Haut spüren, und die Schneeflocken stachen auf seine Augäpfel ein. Er musste hier hinaus und gab Marianne das Zeichen, ihm zu folgen. Er musste wissen, ob Marianne, die ebenfalls weinte, ebenso empfand. Wenn das jetzt so weiterging, würde er bald als Avatar gleich empfinden wie sein menschlicher Körper.

Marianne und er beruhigten sich allmählich wieder, und Fatso fasste den unwiderruflichen Entschluss, dass er etwas tun würde. Was, wusste er noch nicht. Wie konnte er herausfinden, wo sich der Keller mit dem Mädchen und dem Kuhmann befand? Und warum tauchte auf jedem Ahornblatt, das Unzucht zeigte, der Schatten auf? Eigentlich konnte er bereits ahnen, was Marianne auf ihrem persönlichen Blatt vorgefunden hatte. Es musste ebenfalls ein Sex-Video oder dergleichen sein, denn wie er nun bereits verstanden hatte, wurden diese vom Schatten markiert. Was war der Schatten für ein Wesen? Kennzeichnete es tatsächlich jede Seite, in der es um Sex ging?

Er beschloss, so viele dieser Seiten wie möglich zu besuchen, um diese Theorie zu bestätigen.

Nun standen sie beide im Hurrikan vor der Türe, die aus dieser Welt führte, und Fatso sah Marianne an. Das Gewicht, das ihr Avatar zugelegt hatte, stand ihr gut. Marianne schaute ihm in die Augen und sagte:

„Fürs Erste habe ich genug von hier. Wir müssen das Mädchen in der realen Welt befreien. Irgendwo steckt es in diesem Kellerverlies, und es ist ein richtiger Mann, der sie quält. Fabio, was können wir nur tun? Ich verschwinde jetzt. Wir lesen uns…"

Und dann ging sie durch die Türe, ohne eine Antwort seinerseits abzuwarten. Fatso folgte ihr, landete aber in seinem eigenen Körper in seiner eigenen Wohnung.

Kapitel 12

In seinem Kopf ging es rund. Von so etwas Schrecklichem wie zuvor war er noch nie Zeuge geworden. Das verdreckte Mädchen hatte bitterlich geweint. Er überlegte und überlegte, wie er ausfindig machen konnte, wo sich der Keller befand. Vielleicht konnte ihm eine seiner Erfindungen weiterhelfen. Er musste den Computer des Kuhmanns ausfindig machen, denn dann würde er auch wissen, wo das Mädchen gefangen war. Er ging nämlich davon aus, dass sich beides am gleichen Ort befand.

Eine seiner Erfindungen war ein Programm, das es schaffte, den Weg, den eine Datei genommen hatte, bis zu ihrem Ursprung zurückzuverfolgen. Dieses Programm hatte er eigentlich erfunden, um Urheberrechte zurückverfolgen zu können, aber es würde auch in diesem Fall nützlich sein. Hauptsächlich hatte er es an Universitäten verkauft, die Wert darauf legten, Plagiate von Doktorarbeiten zu entlarven. Eigentlich sollte dieses Programm genau diesen Zweck erfüllen. Es entlarvte jede Person, die Zeuge dieser Seite geworden war, schrittweise rückwärts in der umgekehrten Reihenfolge. Das hieß, wer zuletzt diese Seite gesehen hatte, wurde nun als Erstes angezeigt.

Aber er brauchte einen Anfangspunkt, und dessen Namen oder Ort musste er irgendwie herausfinden.

Das Problem war, dass er so schier endlos in die Computer von Männern eindringen musste, um sie dabei zu ertappen, wie sie sich pädophile Videos ansahen. Kameras gab es ja genug im Keller des Kuhmannes. Wer war der Kuhmann? Er war auf alle Fälle riesig und wirkte äußerst bedrohlich. Er durfte gar nicht versuchen, durch die Augen des kleinen Mädchens zu sehen. Für sie musste der Mann ein Monster sein. Ein Kuhmonster, vor dem man Angst haben musste.

Fatso sah sich um. Auf dem Beistelltisch vor ihm befanden sich immer noch die Komponenten, die er benötigte, um eine dritte Elektrodenkappe zu fertigen. Diese würde er dann an Jennifer verleihen, damit sie Marianne mit seinen Augen betrachten konnte. Die Marianne, die sanft war und ein Lächeln im Gesicht trug, welches Eis zum Schmelzen bringen konnte, wenn sie umherlief. Wie Fatso nun wusste, hatte sie sich sehr wohl über ihre Launen Gedanken gemacht und erkannt, dass man seine Mitmenschen nicht so grob behandeln durfte.

Mit Jennifer hatte sie es sich eindeutig verscherzt, und es gab wohl genügend andere Menschen, die ebenso über sie dachten. Fatso aber schwärmte von ihr. Gut, er hatte sie erst persönlich kennen gelernt, als sie die Funktion ihrer Beine wiedererlangt hatte. In der Welt, die sichtbar wurde, wenn man seine Erfindung am Kopf hatte.

Wieder dachte er daran zurück, was er gerade erlebt hatte. Die Bilder drängten sich ihm auf, als würden sie böswillig versuchen, ihn wahnsinnig zu machen. Beim Thema Erfindung fiel ihm wieder das Programm ein, das den Weg von Dateien zurückverfolgte. Das Problem war, dass er ja keine Dateinamen sah, wenn er ein Blatt besuchte. Er sah nur, was auf der namenlosen Website getrieben wurde, und vor allem, wer es dort zuletzt getrieben hatte. Wie konnte er sein Programm in diese Welt mitnehmen, um einen Anfangspunkt zu haben für seine Verfolgungsjagd, die er bald führen würde?

Dazu hatte er einen Einfall. Er würde einfach versuchen, sein Programm auf ein mobiles Laufwerk zu speichern und dieses in der Tasche mitzunehmen, wenn er die Internetwelt besuchen würde. Ob das gelingen würde, wusste er nicht und auch nicht, was er damit anfangen würde, wenn er erst einmal dort war. Aber er war neugierig, welche Form das Programm in der Internetwelt annehmen würde.

Gesagt, getan. Er speicherte das Programm auf ein mobiles Laufwerk und legte es zu den Materialien auf den Beistelltisch. Was sollte er nun als Erstes tun? Am Programm stand, die Kappe zusammenzubauen, zu versuchen, das Programm in die Welt jenseits der Türe mit dem Neonröhren-Schild zu schleusen, und natürlich musste er Marianne schreiben. Sie mussten darüber reden, was sie erlebt hatten, denn sonst würden sie wahnsinnig werden.

Fatso bemerkte, dass er einen riesigen Hunger hatte, aber er kämpfte weiter gegen das Gefühl an. Es hatte klick gemacht, und er hatte erkannt, dass er abnehmen musste. Statt zu essen, öffnete er das Programm der Singlebörse und fing an, Marianne eine Nachricht zu schreiben. In dieser stand:

>> Liebe Marianne! Es tut mir leid, was du im Keller mit dem Verlies gesehen hast. Ich überlege gerade fieberhaft, wie ich all die Schweine enttarnen kann, die sich solche Videos reinziehen. Sie trifft genauso viel Schuld am Schmerz des Mädchens wie den Kuhmann selbst. Dazu habe ich bereits eine Idee, die ich wohl umsetzen werde, wenn ich diese Nachricht fertig geschrieben habe. Das allerdings werde ich allein tun, weil ich finde, dass du dich erst einmal erholen musst

von dem, was wir erlebt haben. Ich verspreche dir hoch und heilig, dass alle Männer, die das Video des Kuhmannes heruntergeladen haben, dafür büßen werden. Meine Erfindung wird sie auffinden, und dann übergebe ich die Beweise der Polizei. Jeder wird bluten, wirklich jeder. Ich weiß, es muss dir ungewohnt sein, mich so zu erleben, aber es gibt Dinge, die sogar mich aufregen. Wenn alles gut geht, findet meine Erfindung die Quelle, also den Kuhmann selbst. Dann kann eine Spezialeinheit der Polizei das Haus stürmen, in dem im Keller dieses kleine Mädchen lebt, und es befreien. Vielleicht wird der Kuhmann im Gefecht erschossen werden, aber im Moment weiß ich leider nicht einmal, auf welchem Kontinent er sich befindet, denn die Quelle des Videos könnte faktisch überall auf der Erde sein. So, jetzt muss ich meine Worte in die Tat umsetzen. Wir hören uns!!! :-) dein Fatso! <<

Fatso fuhr nun mit dem Bett zu einem der Regale und holte das Laufwerk. Dieses steckte er an seinem Laptop an und fing an, sein Programm zu öffnen und daraufzuladen. Es war sehr umfangreich, und es dauerte eine Weile, bis es fertig hochgeladen war, und Fatso hatte Zeit nachzudenken. Er persönlich konnte keinen der Kinderschänder ohrfeigen, auch wenn sie danach bettelten. Aber er würde sie hoffentlich allesamt entlarven.

Als das Laden des Programmes erledigt war, trennte Fatso das Laufwerk vom Laptop und ließ es in der Tasche seines Nachthemdes verschwinden. Dann setzte er sich die Elektrodenkappe auf und schloss die Augen. Er ging durch die Tür und stand sofort im dichten Schneetreiben, das sich hinter ihr verbarg. Er griff in seine Tasche und stellte fest, dass dort kein Laufwerk war. Dafür stand vor ihm im Schnee ein Rauhaardackel, der ihn anbellte und mit seinem Schwanz wedelte.

War er etwa das Laufwerk? Was seltsam war, dass er trotz der Schneemassen nicht einsank und in der weißen Pracht verschwand. Fatsos Füße sanken auch nicht ein, und er fragte sich nun, was er tun sollte. Er lief zum kahlen Baum und pflückte das Blatt mit dem Kuhmann darauf, und der Dackel saß vor ihm, als wäre er sein Besitzer. Fatso hielt das Blatt unter die Nase des Hundes. Der Dackel schnüffelte daran und lief dann los und wackelte dabei mit seinem Hinterteil. Ein sogenannter Wackeldackel also, der ihm somit die Entscheidung abnahm, was er tun sollte.

Er steckte das Ahornblatt ein und lief dann hinter dem Hund her, der direkt auf den Hurrikan zusteuerte. Der Schnee begann, plötzlich die Augen von Fatso zu blenden, und die Schneeflocken stachen auf seiner Haut im nackten Gesicht. Das konnte er hier nun noch deutlicher spüren als bei seinem letzten Besuch, der noch nicht lange her war.

Irgendwann begannen die Windböen, den Dackel zu erfassen und ihn in die Fänge des Hurrikans zu treiben. Fatso hob erst etwas später ab, konnte den Hund jedoch verfolgen. Er flog ein gutes Stück über ihm und schnüffelte, was das Zeug hielt. Dabei hatte er seine Nase im Wind erhoben und sog jeden Geruch ein, den nur der Hund wahrnehmen konnte, denn Fatso roch überhaupt nichts.

Plötzlich fiel Fatso auf, dass sein Arm an Umfang zugelegt hatte. Auch sein Bauch und seine Beine waren dicker. Was ging hier vor sich? Gerade als er noch im Bett gelegen war, hatte er festgestellt, dass er wieder zehn Kilo leichter war. Der Dackel ruderte mit seinen Stummelbeinchen und sein Schwanz wedelte unentwegt. Fatso glaubte nun zu wissen, wie er vorgehen musste. Er flog zum Dackel und nahm diesen in den Arm. Dann holte er das Kuhmann-Blatt hervor und tauchte samt Hund hinein.

Wieder befand er sich sofort im düsteren Kellergang. Er stellte den Dackel auf die Beine und beobachtete, was er nun tun würde. Dieser begann, emsig am Boden zu schnüffeln, und kam anscheinend schnell zu einem Ergebnis, denn er bellte Fatso aufgeregt an und klang dabei hell wie eine Glocke, die läutete. Erst jetzt getraute sich Fatso, durch das Guckloch der Verliestüre zu schauen.

Wie auch beim letzten Mal hockte das Mädchen mit angezogenen Beinen auf der Matratze und wippte seinen Oberkörper vor und zurück. War es denn schon wahnsinnig geworden? Fatso öffnete die Türe, was vom Mädchen jedoch wieder nicht wahrgenommen wurde. Der Dackel lief sofort zum Mädchen hin, schnüffelte an ihm und leckte ihm dann hektisch über das Gesicht. Und siehe da, die Augen des Mädchens klarten etwas auf, und für einen Moment sah es aus wie ein normales Mädchen, wenn man einmal vom Dreck absah, der auf ihm klebte.

Warum konnte sie den Dackel wahrnehmen? Vielleicht weil er als Computerprogramm mehr mit ihm gemeinsam hatte als Fatso und das Mädchen. Fatso war ein durchsichtiger Avatar und keine Datei. Das Mädchen war eine Videodatei, wenn man es so ausdrücken mochte, auch wenn sie in dieser Welt von

Fatso ebenfalls als reales Wesen zu existieren schien. Wenn der Dackel vom Mädchen wahrgenommen wurde, vielleicht konnte dieser ihm dann helfen.

Seine Zähne waren nicht gerade schmächtig, aber der Kuhmann war im Gegensatz zum Hund riesig. Wieder bellte der Dackel, und Fatso hörte, wie sich die Tür am oberen Ende des Ganges öffnete und schloss. Hatte der Kuhmann den Dackel gehört? Sofort begann Fatsos Herz in der Brust zu pochen, was er nun spüren konnte. Mit jedem Besuch hier mehr und mehr. Schon stand der Kuhmann in der Türe. Er hatte einen Vibrator in der Hand und wirkte damit bedrohlich. So fühlte anscheinend auch der Dackel, denn er knurrte, was das Zeug hielt, und ging auf den Kuhmann los.

Er biss ihn in die Wade, und während er das tat, riss er ihm ein Stück Stoff aus seiner Hose. Er schnupperte auch an ihm, während er das tat, aber er hatte dazu nur kurz Zeit. Dann ging alles ganz schnell. Der Kuhmann flüchtete verstört samt Vibrator in der Hand über die Treppe nach oben, und Fatso wollte nun ebenfalls flüchten und hob den Dackel auf, der nun wieder bei ihm stand, und stieg ins Ahornblatt mit dem Hurrikan. Er wurde regelrecht hineingesogen und sah sofort, dass der Dackel ebenfalls ein gutes Stück über ihm vom Wind getragen wurde.

Warum hatte der Kuhmann Fatso nicht gesehen, wie auch das Mädchen es nicht getan hatte? Fatso flog nun zum Dackel hin und klemmte ihn sich unter den Arm. Dann steuerte er direkt ins Auge des Hurrikans. Als er in der windstillen Zone stand, betrat er samt Dackel die Welt hinter der Türe. Fatso befand sich sofort wieder in seinem Körper und hatte das Laufwerk mit dem Programm in der Hand. Sein Atem ging schneller als sonst, und er konnte es kaum erwarten anzusehen, was auf dem Laufwerk zu sehen sein würde. Zu diesem Zweck steckte er es erneut am Laptop an, und siehe da, auf dem Laufwerk befanden sich nun drei Dateien. Einmal handelte es sich um sein Programm und einmal um eine Webseiten-Adresse sowie zwei Namen. Die Webseiten-Adresse musste das Stück Stoff sein, das der Dackel aus der Hose des Kuhmannes gerissen hatte, und war wohl die Adresse, die die Perversen eingeben mussten, um Zeuge der Freveltaten im Keller zu werden. Der erste Name bei dem es sich lediglich um einen Nickname, also einen erfundenen Spitznamen handelte sollte zu dem User gehören, der zuletzt diese pädophile Seite besucht hatte. Und wie Fatso aufgeregt entdeckte, enthielt das Laufwerk auch einen wirklichen Mädchennamen. Er lautete Franziska Wohlfurt. Das musste das Mädchen sein, das auf der Matratze im Keller hockte und darauf wartete, dass es jemand rettete.

Der Dackel hatte an ihr geschnuppert und somit den Namen der Geisel identifiziert. So arbeitete anscheinend sein Programm. Allerdings hatte der Hund auch am Kuhmann geschnüffelt, hatte aber dabei nicht seinen wahren Namen erkannt. Vielleicht hatte er dazu zu wenig Zeit gehabt, oder aber der Kuhmann war geschützt durch eine programmierte Mauer. Aber zumindest hatte Fatso nun den Startpunkt der Jagd gefunden. Sofort öffnete Fatso die Webseiten-Adresse und siehe da, es war tatsächlich die Seite, die die Schandtaten des Kuhmannes zeigte. Nun musste er wieder in den Hurrikan in der Winterwelt, um das Ahornblatt, das zum Kuhmann gehörte, herbeizurufen. Dann brauchte er den Spanner dahinter nur kurz mit einem GPS-Signal zu versehen, was danach zur Folge haben würde, dass es als Ahornblatt am kahlen Baum hängen und preisgeben würde, wo sich der Computer des Spanners befand. So konnte Fatso die Adressen und Wege der Kinderschänder Schritt für Schritt verfolgen und überprüfen, bis der Moment kam, an dem er sie an die Polizei weiterreichen würde. Aber erst, wenn die letzten Koordinaten ausfindig gemacht werden würden, und das konnte noch dauern. Er musste nun eigentlich nur das Programm weiter arbeiten lassen, und es würde in einem wiederkehrenden Intervall Spitznamen für Spitznamen zurückverfolgen und ausspucken denn Fatso war sich sicher dass es sich auch bei den restlichen Namen lediglich um Spitznamen handeln würde.

So würde er die Blätter eines nach dem anderen am Baum wachsen lassen, die dann auch mit den Koordinaten der Computer der Spanner versehen sein würden. Schneller würde das aber gehen, wenn ihm Marianne dabei helfen würde. Er beschloss, sie mit einzubauen auf der Jagd nach Pädophilen, und freute sich darüber, dass diese nun bald enttarnt sein würden.

Fatso konnte nicht abschätzen, um wie viele Namen es sich dabei handelte, und er würde geduldig sein müssen, auch wenn er vermutete, dass dies nur ein kleiner ausgewählter Kreis an Personen war, weil der Kuhmann mit Sicherheit nicht verpfiffen werden wollte. Je mehr Leute die Seite kannten, umso höher war das Risiko, irgendwann gefasst zu werden. Noch war die Seite gut getarnt und der Polizei gänzlich unbekannt, aber das würde sich bald ändern. So zumindest hoffte Fatso.

Marianne las gerade die Nachricht, die ihr Fabio soeben geschickt hatte. Sie war immer noch außer sich deswegen, was sie gerade eben gesehen hatten, und zwischendurch kamen ihr die Tränen, so sehr schmerzte sie die Erinnerung an diese Gräueltat. Der Kuhmann gehörte kastriert und noch Schlimmeres.

Sie schrieb Fabio und fragte, was dieser gerade trieb. Er hatte ihr von dem Programm erzählt, welches Internetuser ausfindig machte, und auch gesagt, dass er dieses gleich testen würde. Was erlebte er gerade in der anderen Welt? Sie hatte von dieser fürs Erste genug. Zuerst hatte sie gesehen, was sich hinter ihrem eigenen Blatt verbarg, und dann war sie Zeuge einer Gräueltat geworden und hatte nichts gegen diese unternehmen können. Sie hielt die Spannung nicht mehr aus und beendete die Nachricht mit den Worten:

>> Deine erschütterte Marianne! <<

Sie hatte ihn alles gefragt, was sie gerade interessierte, und wartete nun auf eine Antwort seinerseits. Immer wieder schaute sie nach, ob sie eine Nachricht erhalten hatte, wurde aber jedes Mal enttäuscht. Die übliche Zeit, in der er sonst zurückschrieb, war schon vorüber, und allmählich machte sich Marianne Sorgen. Langsam wurde es Abend, und sie hatte noch immer nichts von ihm gehört. Dennoch begann sie damit, sich bettfertig zu machen.

Kapitel 13

Als sie aus dem Badezimmer heraus in den Flur rollte, hörte sie etwas. Es rührte nicht von der Haustüre her, sondern von der Glasschiebetüre im Wohnzimmer, die in den Garten führte. Wo war ihre verdammte Schrotflinte? Genau, diese lag nun bei der Garderobe, um unliebsame Besucher zu empfangen. Mariannes Herz schlug wild. Sie hatte es unterlassen, das neueste Video vom Horrorclown der Polizei zu übergeben, weil ihr Wunsch, selbst etwas zu unternehmen, immer stärker wurde. Die Polizei hatte es bisher nicht geschafft, die Videos, die ihr Marianne gegeben hatte, zu ihrem Ursprung zurückzuverfolgen, und sie glaubte immer weniger daran, dass ihr die Polizei helfen konnte.

Plötzlich hörte sie wieder dieses Geräusch. Es war ein Quietschen, als würde jemand die Scheibe putzen. Schnurstracks rollte sie aus dem Bad zur Garderobe und holte die Flinte. Dann rollte sie ins Wohnzimmer und sah sofort, woher der Ursprung des Geräusches kam. Der Horrorclown stand vor der Glasschiebetür und hatte seine Hände auf das Glas gepresst. Er trug dieses Mal keine weißen Handschuhe und wischte mit den nackten Händen,, die eindeutig die eines Mannes waren am Glas herum, als wolle er die Scheibe ohne

Putzlappen säubern oder als würde er versuchen, die Glasscheibe mittels Magie einfach zu passieren, als würde sie durchlässig sein wie die Oberfläche von Wasser. Zwischendurch rüttelte er an der Klinke der Tür. Zwischen den Zähnen hatte er ein Messer klemmen, welches aber kleiner war als jenes, das er bei seinem letzten Besuch mitgehabt hatte.

Er hinterließ Spuren des Fettes seiner Haut, und die Scheibe quietschte dabei. Marianne stand nun drei Meter von der Türe entfernt und hob die Flinte. Sie zielte damit auf den Kopf des Clowns, was diesen aber nicht zu kümmern schien. Ganz langsam wurden seine Wischbewegungen jedoch langsamer, und plötzlich lief er doch los und sprang über den Gartenzaun, als hätte er eingesehen, dass es besser war zu verschwinden, bevor es Marianne einfiel, ihn einfach abzuknallen wie einen räudigen Hund. Dann war er verschwunden und nur die Schleifspuren seiner fettigen Finger hafteten noch am Glas der Türe.

Ob die Polizei wohl etwas mit ihnen anfangen konnte? Das konnte sie nur, wenn in der Vergangenheit Fingerabrücke von demjenigen genommen worden waren, der unter dem Clownkostüm steckte. Was, wenn der Clown bis jetzt ein unbescholtener Bürger war? Dennoch fasste sie den Entschluss, die neuerliche Erscheinung des Clowns zu melden. Allerdings musste das bis morgen warten. Ihr Herzschlag normalisierte sich, und sie konnte langsam wieder an etwas anderes als den Clown denken. Um sich abzulenken, schaute sie nach, ob ihr Fabio mittlerweile geschrieben hatte. Endlich zeigte das Fähnchen an, dass sie Post erhalten hatte, und diese stammte von Fabio. Sie begann zu lesen:

>> Liebe Marianne! Nun bin ich wieder zurück in meiner Wohnung und äußerst froh darüber. Wir haben im Internet nun einen neuen Freund. Ein Rauhaardackel, der in der wirklichen Welt ein Laufwerk ist, auf dem das Programm gespeichert ist, das ich erfunden habe. Klar könnten wir das Programm einfach seine Arbeit tun lassen, aber dann hätten wir nur die Namen der Spanner, die sich an den schrecklichen Bildern aus dem Keller ergötzen. Um sie alle dingfest zu machen, benötigen wir aber auch die Koordinaten der Computer der Spanner denn wo sich diese befinden sind wohl auch ihre Besitzer nicht weit weg. Das schafft mein Programm nicht. Diese können nur wir ausfindig machen, indem wir die Welten hinter den Ahornblättern betreten. Ich muss noch einen Weg finden, die User mit einer Markierung zu versehen,

durch die man sie ausfindig machen kann. Wenn ich das schaffe, können wir anfangen, alle User zu markieren. Dabei werde ich wohl deine Hilfe brauchen. Zuerst habe ich gedacht, dass wir getrennt voneinander agieren sollten, aber nun bin ich mir sicher, dass es besser ist zusammenzuarbeiten. Zu groß ist das Risiko, dass etwas schiefgeht und dann keiner vor Ort ist, der einem helfen kann. Ich bin sehr müde und werde nun schlafen gehen. Wir lesen uns morgen, und auch einem Treffen im Internet steht nichts im Weg. Wünsche dir, dass dich kein Albtraum plagt und dass du friedlich und erholsam schlafen kannst! Bis morgen, dein Fabio! <<

Nun war Marianne beruhigt. Sie war neugierig, was der morgige Tag bringen würde, und auch auf den Rauhaardackel freute sie sich. Nun war es aber an der Zeit zu schlafen. Sie rollte zu ihrem Bett, wuchtete sich selbst darauf und legte sich hin, nachdem sie auch ihre Beine ins Bett befördert hatte. Dann schloss sie die Augen, und es dauerte nicht lange, bis sie einschlief.
Entgegen den Wünschen von Fabio befand sie sich jedoch in einem unruhigen Schlaf, und als sie zu träumen begann, handelte es sich dabei leider um ei-

nen Albtraum. In ihrem Traum stand sie mit ihrem Rollstuhl auf einer finsteren Straße. Gut zehn Meter vor ihr stand der Horrorclown. Die Reißzähne seiner Maske sahen schauerlich aus, und in der rechten Hand hielt er einen Vorschlaghammer. Ganz langsam bewegte er sich auf Marianne zu und ließ dabei den Kopf des Hammers über den Boden schleifen. Jetzt erst registrierte Marianne, dass auch Blümchen neben ihr saß und knurrte. Auf der anderen Seite des Rollstuhls stand Jennifer und schaute schuldbewusst.

Plötzlich ging Blümchen auf den Clown los. Dieser schwang einmal seinen Hammer und traf Blümchen in die Seite. Der Hund jaulte vor Schmerz auf und zog sich zurück. Plötzlich sagte Jennifer mit flehender Stimme zum Clown:

„Es reicht! Wir sind fertig. Hör auf!"

Dann wachte Marianne aus diesem Albtraum auf und schaute sich für einen Moment schlaftrunken um. Alles war normal. Draußen war es noch finster, und Blümchen lag gesund und munter in ihrem Korb. Was wollte ihr ihr Unterbewusstsein mit diesem Traum sagen? Es hatte so gewirkt, als würde Jennifer den Clown kennen. Was, wenn sie das wirklich tat?

Marianne stellte sich die Frage, was sie nun zu so früher Stunde anfangen sollte. Sie beschloss, ihrem Körper Kalorien zuzuführen, um für einen längeren Besuch im Internet gewappnet zu sein. Sie fasste den Entschluss, sich fürs Erste allein dorthin zu begeben, um wieder in ihr persönliches Blatt einzutauchen. Der Zeitpunkt dafür war perfekt, denn Fabio schlief bestimmt noch. Hastig aß sie Stück für Stück von der Pizza, die noch übrig war. Wie auch gestern kleisterte sie die Mahlzeit mit Butterschmalz zu, was besser schmeckte, als man es sich vorstellt.

Als die Pizza vertilgt war, startete sie ihren Laptop und setzte die Elektrodenkappe auf. Sie schloss die Augen und wanderte durch die Türe in den Sandsturm. Ihr fiel auf, dass sie nun ganz leicht spüren konnte, wie die Sandkörner auf ihr Gesicht prasselten. Auch in den Augen fühlte sie etwas, und sie beschloss, bei ihrem nächsten Besuch eine Taucherbrille aufzusetzen. Auch einen Schnorchel würde sie benutzen, über dessen Öffnung ein Tuch gespannt sein würde, um die Luft, die sie einatmete, vom Sand zu befreien. Diese Idee gefiel ihr, aber dieses Mal musste sie noch auf diese Utensilien verzichten. Langsam kam sie in Bewegung und lief über die Sanddünen hin zum Baum. Als sie dort ankam, rieben und juckten ihre Augen fast schon unerträglich. Sie schaute sich die Blätter, die er trug, an und fand schnell ihr persönliches Blatt. Sie zupfte es vom Baum und beobachtete es. Wieder flog für einen Moment ein Schatten übers Bild. Hatte sie nicht bereits genug gesehen? Warum wollte sie sich mit einem neuerlichen Besuch quälen.

Wenn sie ehrlich war, hatte sie am Programm von Fabio, das in der Internetwelt ein Dackel war, mehr Interesse, als sie zugeben wollte. Das Video von ihrem Unfall musste endlich aus dem Internet verschwinden. Wenn der Dackel die Spitznamen der User der pädophilen Seite ausfindig machen konnte, vielleicht war er dann auch in der Lage, alle Besitzer des Videos ausfindig zu machen, das sie kurz vor ihrem Unfall zeigte. Es handelte sich dabei um ein Sexvideo.
Wie gern hätte sie den Dackel von Fabio auf die Suche geschickt, um alle Videos von ihr zu finden. Würde es dann eine Möglichkeit geben, sie aus dem Internet zu entfernen? Das musste sie Fabio fragen, aber dann würde dieser Bescheid wissen, dass sie kurz vor ihrem Unfall Unzucht getrieben hatte, und das war ihr peinlich. Eigentlich war sie schuld daran, dass Markus Wagen die Tunnelwand touchiert hatte. Sie hatte ihm während der Fahrt einen geblasen, was dafür gesorgt hatte, dass er das Lenkrad verrissen hatte in dem

Moment, in dem er gekommen war. Somit traf sie die größte Schuld an seinem Tod.

Das Ganze war nun 14 Jahre her. Das Tragische war, dass auf dem Armaturenbrett eine Dashcam angebracht gewesen war, die das Innere des Wagen gefilmt hatte und nicht das Äußere. Als Marianne beim Aufprall aus dem Windschutzfenster geschleudert worden war, hatte sie die Dashcam mitgerissen. So waren ihre Aufzeichnungen erhalten geblieben und nicht verbrannt. Vor Gericht hatte man sie damit konfrontiert, und alle, die im Gerichtssaal gesessen waren, hatten gesehen, wie sie Oralsex praktizierte. Auch die Frau von Markus. Das hatte diese endgültig um den Verstand gebracht, und sie war schreiend aus dem Saal gelaufen, um dann völlig zusammenzuklappen.

Marianne wusste, dass diese danach eine lange Zeit in einer Nervenklinik gelegen war. Deren sechsjährige Tochter war einstweilen in einer Pflegefamilie untergebracht worden. Oh Gott. Wieder fühlte sie die Reue, die sie völlig ausfüllte. Was hatte sie nur verbrochen? Sie hatte eine Familie zerstört und war sogar schuld am Tod eines Menschen. Wie es passiert war, dass dieses schlimme Video den Weg ins Internet gefunden hatte, wusste sie nicht. Auch nicht, wie viele Personen es mittlerweile gesehen hatten.

Langsam trug sie sich mit dem Gedanken, sich Fabio doch zu öffnen. Er war der einzige Mensch, dem sie es zutraute, dass er ihr helfen konnte. Nein, es hatte keinen Sinn, sich nochmals alles anzusehen, und sie ließ das Blatt los, welches sofort vom Wind davongetragen wurde. Leider würde es nicht für immer verschwunden sein. Der Hurrikan würde es früher oder später erfassen, und das Blatt würde am Baum nachwachsen. Dennoch hatte sie keine Lust, von hier zu verschwinden, und deshalb begann sie, ohne Ziel im Sand herumzustapfen. Sie sah keinen Horizont, und in der Welt, in der sie sich befand, schien es keine natürlichen Grenzen zu geben.

Plötzlich sah sie etwas am Boden. Quer vor ihr verliefen im Sand Spuren, die von einem Büffel oder etwas dergleichen verursacht worden waren. War sie hier etwa nicht allein? Zum ersten Mal war sie sich unsicher, ob ihr hier Gefahr drohte. Sie hatte gedacht, sie wäre hier allein auf ihrem Desktop. Was, wenn die Spuren von einer Kuh stammten? Der Schatten auf den Bildern konnte gut und gern von einer Kuh oder einem Stier verursacht worden sein. Sie fasste den Entschluss, in ihren Körper zurückzukehren, und als das der Fall war, war sie deswegen dankbar und froh.

Sie lehnte sich in ihrem Stuhl zurück und verschränkte die Hände hinter dem Kopf. Fabio hatte ihr geschrieben, dass er die Welt nur noch zusammen mit ihr betreten wolle. Eigentlich gefiel ihr dieser Gedanke, aber da gab es immer noch das Video von ihr, um das sie sich kümmern mussten. Fürs Erste war es aber wichtig, dass sie den Kuhmann ausfindig machten, damit die Polizei ihn überwältigen und auch das Mädchen befreien konnte.

Marianne dachte unweigerlich an den schlechten Zustand der Kleinen, der noch mehr dazu drängte, sie zu finden. Sie wusste nicht, wie lange ein derart junges Mädchen solche Qualen ertrug. Wenn sie an den Mann, der ihr das antat, dachte, wurde ihr schlecht und ihre Hände begannen vor Wut zu zittern, während auch ihr Mund bebte.

Schnell drängte sie die Bilder aus ihrem Bewusstsein, und sie lenkte sich ab, indem sie an Jennifer dachte. Eigentlich sollte sie bereits bald hier sein. In der Zwischenzeit warf sie einen Blick auf ihren Laptop, und siehe da, das Fähnchen wehte und zeigte eine Nachricht an. Sie stammte von Fabio, und er schrieb:

>> Liebe Marianne! Ich bin etwas verwirrt, weil Jennifer noch immer nicht hier ist. Ich weiß nicht, ob ihr

etwas passiert ist, oder ob sie von einem Zwischenfall aufgehalten worden ist. Was soll ich nun tun? Soll ich in der Zentrale anrufen und dort nachfragen?

Juhu, gerade hat es an der Tür geläutet. Das muss Jennifer sein. Treffen wir uns in zwei Stunden beim Baum dann erzähl ich dir alles. Ich muss nun... Bye-bye, dein Fabio! <<

Marianne war fast enttäuscht, dass die Nachricht so kurz war, aber zumindest wusste sie nun, dass sie sich darauf einstellen musste, Jennifer würde auch zu ihr später kommen. Sie wartete und wartete, aber irgendwann läutete es auch an ihrer Türe. Nun war Marianne gespannt, wie Jennifer heute gelaunt sein würde.

Als sie vor ihrem Bett stand, schaute Marianne in ihre kalten Augen. Die hatte sie anscheinend wirklich nur bei Marianne, denn Fabio hatte ihr da etwas anderes berichtet. Wie auch gestern kniff sie die Lippen zusammen, sodass diese jegliche Farbe verloren und aussahen wie eine dünne Linie. Mit eiserner Miene ging sie ins Bad und kam mit einer Schüssel Wasser zurück. Dieses dampfte und kleine Wassertropfen hingen auf der Stirn von Jennifer fest. Wortlos stellte sie das Gefäß auf den Beistelltisch und begann mit der

Waschung der Beine und des Intimbereichs. Da Marianne einen Katheter hatte, musste auch der Eingang in die Harnröhre desinfiziert werden. Stuhlgang hatte sie überhaupt keinen, weswegen Jennifer ihr oft einen Einlauf verpasste. Das waren Dinge, die sie niemandem erzählte, nicht einmal Fabio.

Als sie gewaschen war, startete Marianne einen Versuch und sagte:

„Jennifer, ich wollte dir nur sagen, dass es mir leid tut, wie ich dich behandelt habe. Ich habe verstanden, dass du mir nur helfen willst und das nicht verdient hast. Meinst du, es wäre möglich, dass du mir verzeihst und wir einen Neuanfang starten?"

Was dem folgte, traf sie völlig unerwartet. Jennifer legte ihre Maske nun völlig ab. Sie schrie derart laut, dass es in den Ohren schmerzte:

„Du dreckige Schlampe! Du glaubst wohl wirklich, dass es reicht, wenn du dich entschuldigst? Nein, dafür ist es zu spät. Bald erhältst du die Rechnung für alles!"

Dann klatschte sie den Waschlappen demonstrativ in die Waschschüssel, schnappte sich die Elektrodenkappe und stampfte wutentbrannt aus der Wohnung. Mariannes Herz pumpte rasend schnell Blut durch ihre Gefäße. Sie musste Fabio sofort alles erzählen. Sie begann zu schreiben:

>> Lieber Fabio! Ich bin verzweifelt! Jennifer ist heute endgültig ausgerastet, nachdem ich mich für mein Verhalten ihr gegenüber entschuldigt habe. Damit kann ich leben, aber womit ich nicht leben kann, ist die Tatsache, dass sie die Elektrodenkappe mitgenommen hat. Ich bin verzweifelt! Meinst du, du kannst eine neue Kappe bauen? Bitte, bitte, bitte, ich will nicht wieder an den Rollstuhl gefesselt sein! Ich hoffe, du schreibst mir bald, denn treffen können wir uns vorerst nicht! <<

Als sie die Nachricht abgeschickt hatte, dachte sie daran, wie Jennifer ihr vorhin gedroht hatte. War sie wirklich so gefährlich, wie sie sich gab? Was sollte Marianne nun tun? Sie beschloss, um sich abzulenken, alles für ihren nächsten Besuch im Sandsturm herzurichten, auch wenn dieser in unbestimmte Ferne gerückt war, und erinnerte sich sogleich daran, dass sie zu diesem Zweck erst die Taucherbrille und den Schnorchel suchen musste.
Diese hatte sie auch nach ihrem Unfall behalten, weil sie sie an schönere Zeiten erinnerten. Sie hatte sie

gekauft, als sie mit Markus eine Woche in Jamaica verbracht hatte. Seiner Frau hatte er damals gesagt, er wäre geschäftlich in Wien. Wie schön war es gewesen, die Unterwasserwelten zu beobachten. Bunte Fische und Korallen, die auf dem Riff wuchsen.

Sie erinnerte sich, obwohl sie nun schon über vierzehn Jahre in der Abstellkammer lagen, in welcher Schachtel sich die Tauchutensilien befanden. Zu diesem Zweck hievte sie sich vom Bett in den Rollstuhl und fuhr zur Abstellkammer. Schnell wurde sie fündig und holte nun ein Stück Leintuch und stülpte es über die Öffnung des Schnorchels. Dieses fixierte sie, indem sie einen Gummiring um den Schnorchel spannte, und war mit ihrer Arbeit zufrieden. Wie schade, dass sie diese Erfindung nicht gleich in der Welt des Internets einsetzen konnte. Sie hoffte und betete, dass Fabio eine neue Kappe bauen konnte, und das schnell. Inzwischen musste sie sich aber wieder mit dem schriftlichen Verkehr zufrieden geben. In diesem Sinne warf sie einen Blick in den Laptop und wurde belohnt. Fabio hatte ihr bereits zurückgeschrieben.

>> Liebe Marianne! Ich weiß nicht, was mit Jennifer los ist. Eigentlich war ich gestern unter anderem damit beschäftigt, auch ihr eine Kappe zu bauen, damit

sie selbst würde erleben können, was für ein Mensch du bist, wenn du laufen kannst. Von daher wird es nicht sehr lange dauern, bis die Kappe fertig ist. Ich werde es fürs Erste auch unterlassen, ins Internet einzutauchen. Somit sollte ich in der Lage sein, die Kappe noch heute fertigzustellen. Dann schick ich sie dir sofort. Um das zu bewerkstelligen, werden wir beide eine Pizza bei meinem Lieblings-Lieferdienst bestellen. Ich kenne den Lieferjungen, und er wird dir sicher die Kappe mitbringen, nachdem er bei mir gewesen ist. Dann hast du sie noch heute oder spätestens morgen, falls ich nur langsam vorankommen sollte. So, nun fange ich an zu arbeiten und wünsche dir eine ereignisarme Zeit! <<

Kapitel 14

Marianne entspannte sich etwas und dachte nun daran, dass Jennifer keine Runde mit Blümchen gedreht hatte, weswegen sie beschloss, dies sofort nachzuholen. Blümchen lag immer noch in ihrem Korb und hatte es nicht eilig, zum Frauchen zu laufen, das sie anleinen wollte. Ganz langsam trottete sie auf Marianne zu, als wäre sie bereits hundert Jahre alt.

Als die beiden es doch noch ins Freie schafften, atmete Marianne die kalte Luft bewusst ein. Blümchen war damit beschäftigt, ausgiebig zu urinieren, und Marianne beobachtete sie. Als sie auch ihr großes Geschäft erledigt hatte, waren die beiden bereits ein paar hundert Meter von zuhause entfernt, und allmählich machte sich Marianne Sorgen darüber, ob der Clown sie beobachtete.

Sie rollte nun wieder zurück in Richtung ihres Hauseinganges, aber je näher sie ihm kam, desto mehr hatte sie das Gefühl, dass sie beobachtet wurde. Das veranlasste sie, schneller und schneller zu fahren, und Blümchen lief mit wehenden Ohren neben ihr her. Wieder schlug ihr das Herz bis zum Hals. Bei der Türe angekommen, fingerte sie hektisch mit dem Schlüssel herum mit dem Ziel, ihn ins Schlüsselloch zu stecken.

Als ihr das endlich gelang, riss sie die Türe auf und stürmte mit Blümchen in die Wohnung und sperrte hinter ihnen sofort doppelt ab. Erst als das erledigt war, beruhigte sie sich. Was nun? Sie hatte vorhin Angst empfunden und war immer noch voller Adrenalin. Irgendetwas musste sie tun, und sie beschloss nun, die Polizei zu rufen wegen des Vorfalls mit dem Clown an der Schiebetür und fragte sich, ob die Polizisten sie rügen würden, weil sie sie erst jetzt rief und nicht gleich nach dem Vorfall.

Vielleicht würden sie einen brauchbaren Fingerabdruck finden. Zu diesem Zweck holte sie die Visitenkarte, die ihr der Polizist von neulich gegeben hatte, und wählte seine Nummer. Es läutete drei Mal, dann meldete sich seine vertraute Stimme. Marianne schilderte ihr Anliegen, und der Polizist versprach, gleich zu ihr zu kommen. Egon Burgherr hieß der Mann, wie sie es ebenfalls auf der Karte lesen konnte. Die Minuten zogen sich, aber Marianne weigerte sich, etwas anderes zu tun, als still auf den Polizisten zu warten.

Erst als eine Dreiviertelstunde vergangen war, läutete es plötzlich an der Tür. Marianne rollte zur Eingangstüre und sah auf dem Bildschirm der Überwachungskamera, wie der Polizist, den sie bereits kannte, vor der Tür stand. Sie öffnete erleichtert beide Schlösser und ließ den Mann herein. Er trug ein sympathisches Lächeln im Gesicht, auch wenn er Marianne sofort anlastete, unvernünftig zu sein, so wie sie es befürchtete hatte, weil sie ihn erst heute gerufen hatte.

Der Polizist überprüfte die Scheibe nach Fingerabdrücken, indem er mit einem Pinsel ein Pulver auf der Scheibe auftrug. Und siehe da, er wurde tatsächlich fündig. Nun stellte sich nur noch die Frage, ob die Fingerabdrücke in der Datenbank des Polizeicomputers gespeichert waren. Die beiden redeten eine Weile über den letzten Vorfall mit dem Clown, und dann erst fragte Marianne, ob sie denn schon etwas über die Videos herausgefunden hatten. Das hatten sie leider nicht, und der Polizist versprach, sich sofort zu melden, wenn sich dies ändern sollte.

Dann verabschiedeten sie sich voneinander, und der Polizist verließ die Wohnung. Nun war Marianne wieder mit Blümchen allein. Erst jetzt spürte sie, wie eng sie ihre Wohnung im Gegensatz zum Internet empfand. Darin gab es eigentlich keine Grenzen. Hier schon. Jeder Lebensraum war eingezäunt und abgesperrt und trennte einen somit von der Außenwelt. Auch diese war riesig, aber Marianne konnte sich in ihr nur mit dem Rollstuhl fortbewegen, was ihre

Reichweite deutlich einschränkte. Ach, wie sehr schmerzte sie der Verlust der Kappe.

Sie wollte nun aber etwas anderes denken und vertrieb sich die Zeit, indem sie online pokerte, was sie gerne tat. Zwischendurch schmierte sie sich immer wieder ein Brot mit Butterschmalz und aß dieses hastig. So verging die Zeit, und es wurde langsam Abend. Später Abend, um genau zu sein. Nun war es an der Zeit, noch eine Runde mit Blümchen zu drehen. Zu diesem Zweck zog Marianne ihre Jacke an und rief Blümchen.

Dann verließ sie die Wohnung und stand im Finsteren. Sie sah lauter Schatten und nur alle paar Meter stand eine Laterne, die die Schatten erst zutage förderte. Marianne durfte gar nicht nachdenken, was sich in den finsteren Bereichen alles verbergen konnte. Am meisten Angst hatte sie natürlich vor dem Horrorclown.

Aus diesem Grund war sie froh, als sie wieder ohne Zwischenfälle in ihrer Wohnung stand. Es war bereits acht Uhr, und eigentlich würde sie um diese Zeit ans Schlafen denken, aber heute war dem nicht so. Sie fuhr zum Laptop und klappte diesen auf. Wieder hatte sie eine Nachricht von Fabio bekommen, die gerade erst hereingekommen war. In der Nachricht stand:

>>Liebe Marianne! Ich kann dich beruhigen, denn die Kappe ist fertig. Ich habe den ganzen Tag geschuftet und habe meine eigene Bestzeit um ein Vielfaches unterboten. Vor fünf Minuten habe ich bereits beim Lieferdienst angerufen, um meinen Plan in die Tat umzusetzen. Sobald der Lieferjunge bei mir ist, gebe ich ihm eine Schachtel mit der Kappe darin und ein saftiges Trinkgeld, und dann bringt er das Paket inklusive Pizza zu dir. Schade, dass ich erst jetzt auf diese Idee gekommen bin, denn sonst würde Jennifer gar nicht wissen, dass du auch eine Kappe besitzt. Was sie nun mit ihrem Diebesgut anfangen will, weiß ich nicht, aber da ich ihr einmal am Rande erklärt habe, wie die Kappe funktioniert, werden wir in Zukunft im Internet immer damit rechnen müssen, dass sie plötzlich auftaucht. So, nun hoffen wir, dass alles klappt wie geplant, und ich wünsche dir einen guten Appetit. Ich hoffe, du magst es scharf. Dein Fabio, der ständig in Gedanken bei dir ist...! <<

Gerade als Marianne schon dachte, der Lieferjunge würde nicht mehr kommen, läutete es an der Tür. Das musste er sein. Gespannt fuhr sie zur Gegensprechanlage und sah auf dem Monitor einen Mann mit Pizzaschachtel und einer anderen Schachtel in der Hand. Marianne betätigte den Summer, und als er in der Türe stand, stellte sie fest, dass Fabio beim selben Lieferdienst bestellt hatte, wie auch sie es gestern getan hatte. Sofort erkannte sie den jungen Mann wieder, und zum ersten Mal seit langem musste sie grinsen.

Natürlich hatte auch der Lieferjunge sie wieder erkannt, und er sagte:

„Guten Abend! Wie ich sehe, hat die Extrapizza von gestern ihre Wirkung getan. Sie sehen heute viel gesünder aus. Ich wünsche Ihnen einen schönen Abend!" Dann zwinkerte er ihr zu und machte sich davon, um weitere Kunden zu beliefern. Marianne riss die Schachtel auf und holte die Kappe hervor. Nun war sie wieder glücklich. Allerdings musste sie erst testen, ob die Kappe funktionierte, denn sie wusste nicht, ob Fabio die Zeit dazu gehabt hatte. Eigentlich sagte ihr die Vernunft, sie solle bis morgen damit warten, wieder ins Internet zu switchen, aber ihre Neugier war größer.

Sie fuhr mit der neuen Kappe zum Laptop und steckte sie an der üblichen Stelle an. Vor ihr lagen außerdem die Taucherbrille und der modifizierte Schnorchel. Als Erstes setzte sie die Elektrodenkappe auf und dann die Brille mit dem Schnorchel. An den Stellen, an denen das Gummiband der Brille auf die Kontakte der Elektrodenkappe drückte, verspürte sie einen unangenehmen Schmerz, der dazu führen würde, dass sie Kopfweh bekommen würde, wie sie befürchtete. Aber egal. Sie überlegte kurz, ob sie zuerst noch etwas von der Pizza essen sollte, entschied dann aber, dass sie genug gegessen hatte, um für eine ganze Weile im Internet bleiben zu können.

Sie schloss die Augen unter der Taucherbrille und ging durch die Türe. Sofort stand sie in der Steppe, in der pausenlos der Sturm wütete. Erfreut stellte sie fest, dass ihre kleine Erfindung immer noch an ihrem Kopf befestigt war und ihren Dienst tat. Sie bekam keinen Sand mehr in die Augen und auch nicht in ihren Mund oder die oberen Atemwege. An das Bild, das sie dabei bot, durfte sie nicht denken. Ein Taucher in der Wüste.

Sie fragte sich, was sie nun tun sollte, denn das, was sie zu erledigen gehabt hatte, war bereits erfolgt. Sie wusste nun, dass die Kappe funktionierte. Trotzdem entschloss sie sich, zum Baum zu wandern. Sie setzte sich in Bewegung und hielt direkt auf den Baum zu.

Als sie dort angekommen war, warf sie einen Blick auf die Blätter, die er trug, und sah sich wieder ihr persönliches Blatt an. Hineinzutauchen unterließ sie aber, und sie wollte gerade wieder gehen, als ihr erneut Spuren im Sand auffielen. Sie führten rund um den Baum und kamen aus der Richtung, in der auch der Hurrikan wütete, und stammten wie auch letztens von einem großen Tier. Welches Tier lebte hier? Am Muster der Spuren erkannte sie jedoch zweifellos, dass das Tier ein Büffel oder ein Pferd oder dergleichen sein musste.

Wo hielt sich dieses Tier im Moment auf? War es hier in der Nähe getarnt vom umherfliegenden Sand, der einem die Sicht nahm. Irgendetwas in Marianne schrie, dass sie verschwinden solle, und sie kam diesem Befehl nach. Sie begann, auf den Hurrikan zuzulaufen und wurde dabei immer schneller. Auch heute spürte sie den Sand und den Wind im Gesicht und zwar noch intensiver als bei ihrem letzten Besuch, und sie war froh, dass sie die Brille und den Schnorchel trug.

Als sie von den Winden emporgetragen wurde, tauchte sie in den Strudel des Hurrikans ein und bewegte sich in Richtung seines Auges, indem sie intensiv daran dachte. Als sie in der windstillen Zone stand, schaute sie sich nochmals um. Hier gab es keine Spuren im Sand, und Marianne beschloss, dass sie fürs

Erste genug von hier hatte. Sie wollte schlafen, und als sie die Hand nach dem Türknauf ausstreckte, fiel ihr auf, dass sie dicker war als sonst. Sie hatte zugenommen und das nicht wenig. Auch Fabio war dicker gewesen, als sie ihn zuletzt im Vergleich zu seiner Erscheinung bei ihrem ersten Treffen hier gesehen hatte.

Sie ging nun endgültig durch die „Escape"-Türe und befand sich gleich wieder zuhause in ihrem Körper. Erst jetzt dachte sie daran, dass sie Glück gehabt hatte, Jennifer nicht angetroffen zu haben, denn sie wusste nicht, was diese mit der Kappe anfangen wollte. Morgen würde Marianne im Büro anrufen und melden, dass keine Jennifer gekommen war, um sie zu pflegen. Das sollte in der Zentrale zwar bereits bekannt sein, weil bestimmt auch andere Klienten angerufen haben würden, um dies zu melden, aber sie brauchte jemanden, der zu ihr kam und die Aufgaben von Jennifer übernahm.

Dass Jennifer sie bestohlen hatte, würde sie Fabio zuliebe nicht melden. Warum auch immer, aber Jennifer war für ihn tatsächlich wie eine Tochter, so viel hatte sie bereits mitbekommen. Sie war sich sicher, dass er sie vermissen würde. Aber vielleicht würden sie sie schneller als erhofft im Internet treffen. Klarerweise musste sie erst alles testen, was in der Welt des Internets wie funktionierte, aber die jungen Leute von heute fanden so etwas schnell heraus, und Jennifer war trotz allem ein kluges Mädchen, auch wenn sie sich Marianne gegenüber immer verschlossen gezeigt hatte. Und daran war sie schuld. Hätte sie das Mädchen nicht wie Dreck behandelt, hätte sie auch nicht derart überstürzt gehandelt.

Egal, Marianne stellte fest, dass sie bereits sehr müde war, und beschloss, nun doch schlafen zu gehen. Sie begab sich zu diesem Zweck ins Bett, und Blümchen legte sich neben sie auf den Boden. Nun lag sie im Dunkeln, und es wurde sogar noch dunkler, als sie ihre Augen schloss und einschlief. Erst als es sechs Uhr morgens war, wachte sie auf. Immer noch verschlafen fuhr sie die Rückenlehne des Bettes hoch und sah sich um. Es war immer noch dunkel, was sie dem Winter zu verdanken hatte, und sie blieb noch eine ganze Weile so sitzen, bis sie sich aus dem Bett in den Rollstuhl wuchtete.

Blümchen begrüßte sie schwanzwedelnd, und Marianne kraulte sie hinterm Ohr. Der Hund sah sie mit einem Blick an, der Bände sprach. Marianne sah ihm an, dass er hungrig war, und füllte seinen Futternapf mit Trockenfutter. Während der Hund fraß, schob sie die

Pizza von gestern ins Rohr, um diese zu wärmen, denn dann würde das Butterschmalz, das sie daraufkleistern würde, zerrinnen wie Butter auf heißem Toast.

Gesagt, getan, und schon konnte sie zu essen beginnen. Der Geschmack der Pizza war trotz Butterschmalz gut, und Marianne schob sich Stück für Stück in den Mund und schlang sie hinunter. Durch das Butterschmalz rutschte die italienische Köstlichkeit noch schneller in den Magen, was es einfacher machte, in kurzer Zeit große Mengen zu verschlingen. Als sie auch das letzte Stück gegessen hatte, stellte sie fest, dass ihr nun der Mund von den Pfefferoni brannte, und sie fasste den Entschluss, etwas zu trinken. Dann vertrieb sie sich die Zeit mit dem Kreuzworträtsel der Zeitung von gestern.

Sowie es neun Uhr war, wählte sie die Nummer des Büros der mobilen Pflege, die sie betreute. Wie vermutet wussten sie dort bereits Bescheid, dass Jennifer verschwunden war, und man versprach ihr, bald würde jemand ersatzweise zu ihr kommen. Gedankenverloren rollte sie zur Toilette und leerte dort den Beutel mit dem Urin aus, weil dieser bereits zum Bersten voll war. Das war etwas, das normalerweise Jennifer machte.

Als sie damit fertig war, läutete es an der Tür. Das musste die Vertretung von Jennifer sein. Während sie zur Tür rollte, um diese zu öffnen, drängte sich ihr der Gedanke auf, dass der Jemand vor der Tür auch der Horrorclown sein konnte. Aber warum sollte er sich die Mühe machen zu läuten? Er brauchte nur die Glastür, die zur Terrasse führte, einzuschlagen und sich so Zutritt zur Wohnung zu verschaffen, auch wenn dieses Vorgehen Lärm erzeugen würde. Allerdings glaubte sie irgendwie nicht, dass er dies tun würde, denn dazu hatte er auch letztens die Möglichkeit gehabt und es nicht getan. Allerdings wusste Marianne nicht, wie es ausgesehen hätte, wenn sie nicht mit der Schrotflinte auf ihn gezielt hätte.

Wie angenommen stand jedoch ein Mann in Weiß vor der Türe mit einem T-Shirt, auf das das Logo des Pflegedienstes gedruckt war. Marianne betätigte den Summer und ließ den Mann herein. Er stellte sich als Klaus vor, und Marianne unterließ es, ihm zu sagen, wie albern sie diesen Namen fand, warum auch immer. Die beiden begaben sich ins Bad, und als Marianne wieder wohlduftend herausrollte, war es bereits dreiviertel zehn Uhr. Nun musste sie aber wirklich nachschauen, ob Fabio ihr geschrieben hatte. Der Mann, den man Klaus nannte, verabschiedete sich mit den Worten:

„Wenn ich wieder komme, wissen wir hoffentlich, was mit Jennifer los ist. Sie ist immer noch verschollen, und niemand weiß, wo sie ist. Höchstwahrscheinlich ist sie bei ihrem Freund, aber wo der wohnt, ist auch unbekannt. Na gut, wir werden sehen... Ich hoffe, wir hören bald von ihr, und wenn es auch nur deswegen ist, weil sie sich krank meldet. Nun muss ich leider weiter!"

Dann verschwand er aus der Wohnung, und sie war wieder mit Blümchen allein. Sofort startete sie den Laptop, denn das hatte sie heute noch nicht getan. Sofort sah sie, dass sie eine neue Nachricht erhalten hatte. Es war wie immer Fabio, der schrieb:

>> Liebe Marianne! Was sagst du zum Pfleger Klaus? Ist dieser Mann nicht ein Koloss. Er hat mich im Bett herumgerollt, als würde ich nur siebzig Kilo wiegen. Damit hat Jennifer immer so ihre Probleme gehabt, was nicht verwunderlich ist. Ich weiß, du magst sie nicht, aber mir fehlt sie. Niemand, der mich Dickerchen nennt, und auch niemand, der dabei so verschmitzt lächelt, wie sie es immer getan hat. Kannst du mir den Gefallen tun und mich stattdessen anlä-

cheln, wenn wir uns im Internet sehen? Ich würde sagen, wir treffen uns um zehn beim Baum. In freudiger Erwartung, dein Fabio! <<

Kapitel 15

Nun war Marianne aufgeregt. Was würde sie heute dort erwarten? Sie dachte an den Dackel, von dem Fabio gesprochen hatte, und stellte sich sofort wieder die Frage, ob er auch in der Lage war, das schmutzige Video aufzuspüren, und ob Fabio es dann aus dem Internet würde löschen können. Das war etwas, das sie mit Fabio besprechen würde, was aber auch hieß, dass sie ihm das Recht einräumen musste, ihr Blatt zu besuchen.

Eigentlich war eh schon alles egal. Fabio würde sie hoffentlich nicht für das Video verurteilen. Sie war jung und dumm gewesen. Das, gepaart mit ihrer Versautheit, die sie damals noch besessen hatte, war der Grund dafür, warum sie sich oft selbst nicht ansehen konnte. Was würde Fabio von ihr denken? Sie würde es bald wissen, denn es war bereits 9:50 Uhr. Langsam und gedankenverloren machte sie sich bereit, das Internet zu betreten.

Als es Punkt zehn war, schloss sie die Augen unter der Brille und betrat den Desktop. Wie war das möglich? Sie spürte den Wind noch mehr als zuletzt. Mit dem Baum als Ziel vor Augen ging sie los, und der Sturm tobte. Es war bewölkt, und der Himmel sah nicht so aus, als würde er das bald ändern.

Als sie beim Baum ankam, stellte sie fest, dass Fabio noch nicht hier war. Sie sah sich um und bemerkte, dass der Wind alle Spuren im Sand verweht hatte. Weder ihre Fußabdrücke noch die Spuren von Hufen waren zu sehen. Schade, sie hätte die Spuren gerne Fabio gezeigt, wenn auch er diese sehen würde können im Schnee, der auf seinem Desktop lag.

Dann sah sie plötzlich, wie sich eine Silhouette langsam näherte. Es war ein Mann mit einem Tier an seiner Seite, das nur ein kleiner Hund sein konnte, weswegen es sich nur um Fabio und den Dackel handeln konnte. Sie kamen immer näher, und als sie bei Marianne ankamen, grinste er sie frech an, während sie der Dackel abschnüffelte und ableckte, und er sagte:

"Na du? Bist du schon lange hier? Welches Meer hoffst du hier vorzufinden oder warum deine Maskerade?"

Marianne musste nun auch grinsen und schenkte ihm, wie er sie darum gebeten hatte, ein Lächeln, das der Ersatz für das Lächeln von Jennifer sein sollte. Sie antwortete ihm:

„Bin gerade erst gekommen. Die Brille und der Schnorchel sind dazu da, mich vor dem Sandsturm zu schützen. Das kann ich dir nur empfehlen. Übrigens wirst du langsam so dick, als befändest du dich in einer Ehe, in der für dein leibliches Wohl gut gesorgt wird. Du hast zugenommen. Aber auch ich. Werden wir nun beide immer fetter, wenn wir hier sind? Wie sieht dein richtiger Körper aus? Entwickeln wir uns etwa immer mehr zu dem, was wir in der realen Welt sind? Aber dann müsste ich zaundürre Beine haben. Wenn du auch weiter zunimmst, weiß ich wohl bald, wie du wirklich aussiehst!"

Sie dachte einen Moment daran, ihm nun von ihrem persönlichen Blatt zu erzählen, unterließ dies jedoch. Sie hatten vorerst Wichtigeres zu tun. Als hätte sie ihre Gedanken in seinen Kopf projiziert, sagte Fabio:

„Wie gesagt, der Dackel ist das mobile Laufwerk mit meiner Software, die Dateien und Menschen aufspürt, welches beschlossen hat, in dieser Welt auf diese Art und Weise aufzutreten. Ich habe schon fast damit gerechnet, dass es für dich anders aussehen würde. So wie unser Desktop unterschiedlich aussieht.

Der Dackel müsste nun bereits viele Spitznamen aufgespürt haben. Was mich fürs Erste aber mehr interessiert, ist das Ahornblatt hinter dem Namen Franziska Wohlfurt. Deswegen will ich nun mit dir in den Hurrikan eintauchen, um ihren Namen zu rufen. Mal sehen, welches Blatt dieser zu Tage fördert, und ob es uns verrät, wohin das Mädchen eigentlich gehört!"

Marianne, die den Namen des Mädchens zum ersten Mal von Fabio gehört hatte, dachte angestrengt nach. Sie hatte den Namen schon einmal gehört. Wenn das Mädchen wirklich entführt worden war und nicht vielleicht die Tochter des Kuhmannes war, konnte es gut und gern möglich sein, dass sie in den Medien erwähnt worden war. Sie zerbrach sich den Kopf, aber es wollte ihr nicht einfallen, was sich jedoch bald ändern würde.

Fatso stellte fest, dass auch Marianne deutlich dicker war als zuletzt, und auch, dass ihr das nichts von ihrer Schönheit nahm. Er musste seinen Blick von ihr losreißen, denn er wollte nun mit ihr in die Winde des Hurrikans eintauchen. Zu diesem Zweck lief er los und stellte fest, dass ihm Marianne in einem Abstand folgte, als wolle sie versuchen, ihn in den Arsch zu beißen, wie es der Dackel so brav beim Kuhmann getan hatte. Der Hund lief vor und zurück und bellte hoch, was man sogar trotz dem Rauschen des Windes wahrnehmen konnte. Ein paar Minuten später hoben sie alle ab und kämpften sich durch den Luftstrom, der in einer Spirale nach oben führte.

Fatso gab Marianne das Zeichen, näher zu ihm zu fliegen, und als sie nahe genug war, um ihn zu verstehen, brüllte er:

„Marianne, es kann sein, dass wir gleich Schreckliches erleben werden. Ich weiß nicht, was es mit dem Namen auf sich hat, aber wenn er wirklich zum Mädchen im Video gehört, kann es gut sein, dass das Blatt Bilder zeigt, die herzzerreißend sind. Wenn wir im Blatt sind, achte bitte darauf, ob ich auch in dieser Kulisse dicker geworden bin und ob mein Avatar weniger durchscheinend ist!"

Fatso schrie nun den Namen Franziska Wohlfurt in den Wind, und sofort klatschte ihm erneut ein großes Ahornblatt ins Gesicht. Er nahm es in seine rechte Hand und schaute, was das Bild darauf zeigte. Er sah, wie ein kleines Mädchen, das zweifellos jenes war, das auf der schmutzigen Matratze gesessen war, als sie es zuletzt gesehen hatten, in einem Kinderzimmer auf dem Boden saß und mit einer Puppe spielte. Das Fenster war geöffnet und es schien die Sonne. Das Zimmer befand sich im Erdgeschoss, und das Fenster zeigte einen liebevoll gepflegten grünen Garten davor.

Plötzlich erschien ein sehr großer Mann am Fenster. Er trug die Maske, die Fatso bereits von der pädophilen Seite kannte, und auch dieses Mal war es grotesk, die fröhlichen Augen der Kuh zu betrachten. Der Mann mit der Maske sagte mit drolliger Stimme zum Mädchen, es solle herkommen. Das Mädchen, dem die Maske gefiel, kam wirklich ans Fenster. Dann endete das Video auf dem Blatt.

Fatso schaute Marianne an, und auch sie schien entsetzt zu sein. Der Dackel flog mit wehenden Ohren vor Fatso und bellte noch immer. Nun war es an der Zeit herauszufinden, woher das Mädchen stammte. Zu diesem Zweck fing er den Dackel und klemmte ihn sich unter den Arm. Dann gab er Marianne die Hand und tauchte mit ihr ins Bild mit dem Video darauf. Sofort wurden sie hineingesogen. Sie befanden sich nun in einem Büro der Polizei, und es war Nacht.

Warum Fatso wusste, dass sie sich in einer Polizeiwache befanden, konnte er nicht sagen. Mitten im Raum standen zwei Schreibtische, Rückseite an Rückseite. Ein Schreibtisch war aufgeräumt, und auf dem anderen herrschte Chaos. Fatso interessierte sich für den Tisch, auf dem alles unaufgeräumt herumlag. Unter anderem lag darauf eine Akte. Darauf stand der Name, den Fatso zuvor in den Wind gebrüllt hatte. Fatso öffnete diese, und Marianne sah ihm dabei über die Schulter. Das Deckblatt nannte den Namen und das Geburtsdatum des Mädchens sowie die Sozialversicherungsnummer und noch andere Daten. Was ihm sofort ins Auge stach, war der Wohnort des Mädchens, welches ebenfalls in seiner Heimatstadt lebte.

Fatso blätterte weiter, und die Akte offenbarte nun ein Fahndungsfoto des Mädchens, welches es dabei zeigte, wie es auf einer Schaukel saß und lachte. Auf dem Foto hatte die Kleine noch Leben in den Augen, was sich, wie er wusste, geändert hatte. Bestürzt blätterte er weiter und nun förderte die Akte Zeitungsberichte zu Tage, die allesamt von Franzi, wie ihre Eltern sie nannten, handelten.

Fatso begann, einen der Artikel zu lesen. Im Groben zusammengefasst stand darin das, was sie zuvor gesehen hatten. Die kleine Franzi war am helllichten Tag aus ihrem Kinderzimmer entführt worden, und die Polizei war ratlos. Der Entführer hatte nicht die geringste Spur hinterlassen, was aufzeigte, dass es sich um einen Profi handeln musste. Nun fiel Fatso das Datum des Zeitungsberichtes auf. Laut diesem musste die Entführung bereits drei Monate zurückliegen.

Er überflog den nächsten Artikel, der ebenfalls ausgeschnitten in der Akte klebte, stellte aber schnell fest, dass darin nichts anderes zu lesen war. Außer vielleicht, dass der Polizeichef persönlich versprach, alles zu tun, um den Fall aufzuklären. Was sollte er auch anderes sagen, wo der Fall doch im Rampenlicht der Presse stand?

Nun fand Fatso einen Appell der Eltern, den sie an den Entführer richteten. Mit herzzerreißenden Worten flehten sie ihn darin an, ihre Franzi freizugeben, und Fatso musste mitten im Brief aufhören zu lesen, weil ihm die Tränen in die Augen stiegen. Auch Marianne sah völlig aufgelöst aus. Jetzt erst fiel Fatso auf, dass sie hier im Blatt nicht zugenommen hatte, jedoch weniger durscheinend war als bei ihrem letzten Besuch eines Blattes. Er musste sich ablenken und schaute nun stattdessen auf den Dackel. Gedankenverloren sagte er zu Marianne:

„Lass uns von hier verschwinden und schauen, was das Blatt mit dem Spitznamen, den der Dackel oder das Laufwerk zuerst ausgespuckt hat, verrät!"

Er fischte das Blatt mit dem Hurrikan aus seiner Tasche, und er Marianne und der Hund tauchten in dieses ein. Sofort flogen sie wieder durch den Wind. Fatso beneidete Marianne nun um ihre Brille und den Schnorchel, den sie wieder aufgesetzt hatte, und beschloss, nächstes Mal ebenfalls gerüstet zu sein. Die Schneeflocken stachen mit den scharfen Eiskristallen im Gesicht, und er holte den Zettel heraus, auf dem der erste Spitzname stand, den das Programm ausfindig gemacht hatte.

Schnell schaute er nach, ob er denn den GPS-Sender immer noch eingesteckt hatte, und stellte erleichtert fest, dass dem immer noch so war. Wie würde der Sender in den Geschichten der Blätter aussehen? Er würde es gleich wissen, und er schrie den Spitznamen, den der Dackel herausgefunden hatte, in den Wind. Wieder flog ihm ein Blatt ins Gesicht und verharrte dort. Es zeigte ebenfalls einen Mann mit einer aufgesetzten Kuhmaske, wenngleich diese auch anders aussah als die des Kuhmannes, der das Mädchen in seiner Gewalt hatte. Diese Maske zeigte wohl einen Stier, denn der Paarhufer hatte eine mit einem Ring gepiercte Schnauze, wie es bei Stieren üblich ist. Dass es nicht derselbe Mann war, wusste Fatso, weil der Mann, den dieses Blatt zeigte, eine andere Haarfarbe und auch eine andere Statur hatte. Im Vergleich zum Kuhmann, der schlank war, war er regelrecht fett, aber mit Sicherheit nicht weniger verdorben, denn auch er onanierte vor seinem Computer. Angewidert betraten sie trotzdem seine Welt und befanden sich unverzüglich im Keller beim Mädchen.

Der kleine dicke Mann mit der Stiermaske onanierte in einer Ecke des Raums und starrte das Mädchen an, welches wieder wippend auf der schmutzigen Matratze saß. Fatso und Marianne wurden vorerst ebenso wenig von ihm wahrgenommen wie der Dackel. Dieser war gerade wieder damit beschäftigt, das Mädchen abzulecken, als Bewegung in den Mann kam. Er ging bedrohlich auf Franzi zu, und diese schaute durch ihn hindurch, als bestände er lediglich aus Luft.

Fatso wollte nicht herausfinden, was der Spanner vorhatte, und er stellte sich zwischen ihn und Franzi. Je näher der Mann kam, desto mehr hatte Fatso das Gefühl, dass er für den Pädophilen nun allmählich sichtbar wurde. Von einem Moment zum anderen machte er kehrt, schlug einen Haken und lief durch die Tür, die in den Kellergang führte.

Fatso, Marianne und der Hund liefen ihm nach. Der Mann hastete die Treppe hinauf und verschwand durch die Tür, die sie bis dato noch nie passiert hatten. Heute war das anders, denn als Fatso am Türknauf drehte, stellte er fest, dass sie sich öffnen ließ. Bevor er sie ganz öffnete, schaute er noch einmal nach, ob Marianne direkt hinter ihm war, und dann betrat er das, was hinter der Tür lag.

Sofort standen sie auf einer Wiese auf einem Hügel im Hochsommer. Von hier aus sah er unzählige andere Hügel, und über diesen war der Himmel strahlend blau angestrichen und bis auf ein paar Schäfchenwolken fast zur Gänze wolkenlos. Ein Stück weit entfernt stand ein Bulle und fixierte sie mit seinem stechenden Blick. Das musste der Spanner sein, der zuvor durch die Türe gerannt war. Das konnte Fatso zwar nur vermuten, aber er war hier das einzige Lebewesen. Jetzt erst fiel Fatso auf, dass dem tatsächlich so war. Keine Biene, die umherschwirrte, und kein einziger Vogel am Himmel. Er, Marianne und der Dackel gegen den Bullen mit den langen Hörnern, so sollte es wohl sein.

Sofort griff Fatso in seine Tasche, um den Sender herauszuholen, und stellte fest, dass er in dieser Form nicht mehr existierte. Dafür holte er eine Art Nietzange und eine Ohrmarke heraus, wie sie zum Markieren von Kühen verwendet wird. Es war offensichtlich, was er zu tun hatte. Er musste den Stier auf diese Art markieren, um den Standort seines Rechners herauszufinden. Wie er das anstellen sollte, war ihm ein Rätsel.

Ratlos zeigte er Marianne die Zange und die Marke und flüsterte ihr zu, dass sie den Stier nun fangen mussten, um ihm ein Loch durch den Knorpel im Ohr zu stanzen. Ganz langsam setzten sie sich in Bewegung und schlichen auf den Paarhufer zu. Je näher sie dem Stier kamen, umso röter begannen seine Augen zu leuchten, als beständen sie aus LEDs, und plötzlich kringelte Rauch aus seiner Nase.

Der Dackel tat nun etwas, mit dem niemand gerechnet hatte. Er stürmte auf den Bullen zu und verbiss sich in eines seiner Beine. Der Bulle versuchte, ihn zu treten oder zu zerstampfen, schaffte das aber nicht. Und dann veränderte er seine Form und wurde zum Spanner mit der Stiermaske. Nun sah er die beiden völlig real vor sich, was ihn dazu veranlasste, loszulaufen. Fatso zögerte keinen Moment und nahm sofort die Verfolgung auf. Auch Marianne lief hinter ihm her, und der Dackel überholte ihn sogar.

Als der kleine Hund erneut beim Spanner ankam, biss er ihm herzhaft in die Wade und ließ diese nicht mehr los. Der Mann kam ins Straucheln und landete der Länge nach auf seiner Nase. Das wollte Fatso ausnutzen, und er setzte zu einem Hechtsprung an und landete auf dem Mann mit der Maske. Dieser begann sich unter ihm zu winden, aber Fatso hielt ihn zwischen seinen Schenkeln, als würde er ihn reiten.

Nun war auch Marianne bei ihnen, und sie packte die Arme des Mannes und drehte sie ihm auf den Rücken, was ihr nur gelang, weil Fatso ihr dabei half. Sie kniete sich jetzt auf ihn, und Fatso machte sich daran, ihm die Marke, die für Kühe oder Schweine gedacht war, ins Ohr zu stanzen. Der Mann unter der Maske schrie auf, und im selben Moment riss Fatso ihm die Stiermaske vom Gesicht.

Nun wusste er, wie er darunter aussah. Er hatte ein fettes Gesicht und ein Doppelkinn, und er lächelte, ohne jedoch so auszusehen, als ob es ein ehrliches Lächeln wäre. Vielmehr handelte es sich um ein Lächeln, das auch jede Schlange hatte, bevor sie zubiss. Ein Lächeln, das einem das Blut in den Adern gefrieren lässt. Der Dackel verbiss sich nun in sein anderes Ohr und zerrte daran, weswegen der Mann erneut aufschrie.

Plötzlich fand er ungeahnte Kräfte und schaffte es, Fatso und Marianne von sich zu werfen. Auch der Dackel ließ ihn los, und der Mann rappelte sich auf und lief. Fatso tauschte einen Blick mit Marianne aus und blieb, wo er war. Sie hatten erledigt, was es zu erledigen gegeben hatte. Jetzt konnte er nur hoffen, dass sie nun in der realen Welt wissen würden, wo der Standort seines Computers war. Dafür würde hoffentlich die Ohrmarke sorgen.

Fürs Erste wollte Fatso einfach nur weg von hier, und er holte das Blatt mit dem Hurrikan heraus. Sie alle tauchten ein und flogen nun wieder durch den Strudel aus Winden. Dann kämpften sie sich ins Innere des Hurrikans und standen kurz danach vor der „Escape"-Türe. Fatso hatte einen triumphierenden Gesichtsausdruck, und Marianne sah ebenso aus. Sogar der Dackel sprang herum und bellte voller Freude. Nun musste Fatso nur noch überprüfen, ob er tatsächlich die Koordinaten des Computers des Mannes hatte, aber das konnte er erst, wenn er wieder zuhause war. Aus diesem Grund sagte er nun zu Marianne:

„Lass uns von hier abhauen!"

Dann öffnete er die Türe und ging dieses Mal als Erster durch sie hindurch.

Kapitel 16

Sofort befand er sich wieder in seinem fetten Körper und sah sich um. Er lag im Bett im Zimmer von Chamberlain, und er griff sofort in seine Tasche. Der GPS Sender war weg. Das musste heißen, dass er nun tatsächlich im Ohr des Bullenmannes steckte, und es galt nun, sofort zu überprüfen, ob sein Standort auf Fatsos Laptop angezeigt wurde. Er öffnete wieder das Programm, das er selbst erfunden hatte, und siehe da, die Koordinaten vom Rechner des Pädophilen blinkten rot am Bildschirm. Auch dieser Bastard wohnte in seiner Stadt. Außerdem fand er nun einen neuen Namen am Bildschirm vor, der zuvor noch nicht da gewesen war. Wieder ein Spitzname. Anscheinend spuckte das Programm immer nur einen Namen aus, was es hinfällig machte, sich die Arbeit mit Marianne zu teilen. Und wie er es zuvor erlebt hatte, konnte es von Vorteil sein, zu zweit die Verfolgung aufzunehmen.

Nun interessierte ihn der zweite Spitzname, und er wollte bald in die virtuelle Welt zurückkehren, um diesen in den Wind zu brüllen. Allerdings musste er warten, bis Marianne genug gegessen hatte, denn bei ihr bestand durchaus die Gefahr, dass sie vom Fleisch fiel.

Er kontrollierte nun beim Gedanken an Marianne sein eigenes Gewicht und stellte wie erwartet fest, dass er leichter geworden war. Er hatte gleich 14 Kilo verloren. Eigentlich konnte er sich nun etwas zu essen gönnen, aber er verkniff sich dieses Verlangen und rollte stattdessen mit dem Bett zu Chamberlain. Dieser hatte ihm dabei zugesehen, wie er die dritte Elektrodenkappe gebaut hatte, und lag nun faul auf einem Felsen, der von einem Spot angestrahlt wurde.

Fatso sah auf die Uhr. Kein Wunder, dass er hungrig war. Es war schon 12 Uhr, und das war normalerweise einer der Zeitpunkte am Tag, zu denen er Unmengen von Nahrung hinunterschlang. Nun war er neugierig, ob Marianne bereits gegessen hatte und bereit war, erneut in die virtuelle Welt einzutauchen. Er beschloss ihr zu schreiben, sobald er einen neuen GPS-Sender eingesteckt haben würde. Gesagt, getan, er holte einen aus dem Regal und steckte ihn ein. Der Grund, warum er so viele GPS-Sender hatte, war, dass er auch schon an einem System gearbeitet hatte, das es möglich machte, Opfer unter den Schneemassen einer Lawine zu orten. So etwas gab es zwar schon längere Zeit, aber Fatsos System war das einzige, das auch die Vitalfunktionen des Opfers überwachte und diese an die Retter schickte. Wenn mehrere Personen verschüttet waren, konnte man so nach Dringlichkeit einen nach dem anderen bergen. Das konnte Leben retten.

Er fuhr nun mit dem neuen Sender mitten in den Raum und sah sich um. So viele Dinge, die er erfunden hatte, und er war keineswegs reich. Gedankenverloren öffnete er die Singlebörse und begann zu schreiben:

>> Liebe Marianne! Ich muss dir ein fettes Lob aussprechen. Wie du mir zuvor geholfen hast, den Bullenmann zu fixieren, ist regelrecht sagenhaft gewesen. Ich glaube, ohne dich hätte ich es nicht geschafft, die Marke zu platzieren. Aus diesem Grund möchte ich dir mitteilen, dass wir doch nicht getrennt vorgehen werden, sondern uns immer zusammen mit dem Dackel an die Verfolgung der einzelnen Männer machen werden. Außerdem habe ich festgestellt, dass mein Programm sowieso immer nur einen Namen ausspuckt, und zwar immer denjenigen, der als Nächstes verfolgt werden muss. Ich hoffe auch, dass uns der Dackel in den anderen Welten erhalten bleibt, denn ich habe mich an sein Gebell gewöhnt. Auch er ist für den Erfolg mitverantwortlich, weil er auf den Bullenmann zugelaufen ist und sich in ihn verbissen hat. Ich

hoffe, du isst genug. Noch hast du Zeit dafür, denn ich würde sagen, dass wir uns erst in einer Stunde beim Baum treffen. Außer du brauchst eine längere Verschnaufpause, aber wie du weißt, drängt die Zeit. Franzi steht kurz davor, wahnsinnig zu werden, wenn das nicht bereits geschehen ist. Mir wird ganz schlecht, wenn ich daran denke, was dieses Kind wohl schon erlebt hat. Und Schuld daran ist nur der Sexualtrieb. Wenn du wüsstest, wie froh ich bin, dass ich auf Sex keinen Wert lege. Man lebt viel freier, wenn man nicht ständig auf den nächsten Sexualakt hofft. Eine große Schuld hat auch das Internet. Früher konnte sich Pornografie nicht so schnell verbreiten, wie es heute der Fall ist. „Der Streichelzoo"! Das ist der Name der Kinderschänder-Seite, die in meiner nächsten Nähe betrieben wird. Ist das nicht pervers? So, nun werde ich mich etwas ausruhen, und dann in einer Stunde sehen wir uns bereits wieder. Iss, so viel du kannst! Dein Fabio <<

Dann klappte er den Laptop zu und lehnte sich zurück. Er hatte das Gefühl, als würde er immer weiter in den Pölstern, die seinen Rücken stützten, einsinken und genoss dieses Gefühl. Sosehr er seinen Körper auch entspannte, sein Geist blieb hellwach. Wen würden sie vorfinden, wenn sie den nächsten Spitznamen in den Wind schrien? Würde auch dieser Mann eine Maske tragen? Fatso konnte nur mutmaßen, ob auch dieser seinen Rechner in Villago stehen haben würde. Wie viele Männer besuchten „den Streichelzoo", und würde es ihnen gelingen, jeden zu entlarven? Fragen über Fragen.

Für einen Moment versuchte er, an nichts zu denken, aber, das wollte ihm nicht gelingen. Er konzentrierte sich auf sein verfettetes Herz und auch seine Atmung und versuchte, beides zu beruhigen. Wenn er schon nichts aß, musste er sich wenigstens ausruhen, um neue Kräfte zu sammeln. Er öffnete erst nach gut 30 Minuten erneut seine Augen und schaute auf die Uhr. Ob Marianne wohl schon zurückgeschrieben haben würde? Und tatsächlich, ein Fähnchen zeigte den Erhalt von Post an. Er öffnete die Nachricht und begann zu lesen:

>> Lieber Fabio! Ich bin ganz deiner Meinung, und wir müssen uns tatsächlich beeilen. Ich habe gerade ein Brathähnchen mit Butterschmalz verdrückt, das mir der Lieferdienst gebracht hat. Zusammen mit Pommes frites war das ein köstliches Mahl gewesen. Ich genieße es direkt, einmal andersrum auf mein Ge-

wicht zu achten und essen zu können, so viel ich will. Du hast keine Ahnung, wie nervig es ist, ständig Kalorien im Kopf zusammenzuzählen. Aber so ist das nun einmal als Frau. Selbst wenn man querschnittsgelähmt ist wie ich. Was mich aber so wie auch dich beschäftigt, ist, ob wir am sogenannten Desktop in der virtuellen Welt immer fetter werden. Der Bullenmann hat uns im Keller wahrgenommen, was wirklich daran liegen dürfte, dass unser Körper fester wird. Irgendwann werden wir vielleicht nicht mehr durchscheinend sein. Heißt das, dass das Internet uns verschlucken wird? Das könnte ein Manko bei deiner Erfindung sein. Wie hast du das Programm überhaupt programmiert? Wusstest du, welche Welt sich auftun würde? Das kannst du mir gleich persönlich verraten denn es ist bereits an der Zeit, uns beim Baum zu treffen. In diesem Sinne, bis gleich! Deine Marianne! <<

Fatso schloss die Singlebörse und setzte sich stattdessen die Elektrodenkappe und die Schutzbrille auf, die er ebenfalls mit den GPS-Sender aus dem Regal geholt hatte. Auch ein Halstuch hatte er mitgenommen, welches er sich nun bis über die Nase zog. Dann schloss er die Augen und ging durch die Türe, die erschien.

Er stand im Schneesturm und fühlte nun sogar die eisigen Temperaturen. Das Halstuch und die Brille taten ihren Dienst, und er fing an, loszuwandern. Zusammen mit dem Dackel, der auch wieder an seiner Seite war. Er schaute beiläufig seinen Unterarm an. Dieser war schon wieder dicker. Bald würde er Wurstfinger bekommen, was etwas war, dem er nicht entgegenfieberte.

Er lief auf den Baum zu, und ganz langsam sah er Marianne, die bereits auf ihn wartete. Er beschleunigte seine Schritte und stellte fest, dass es ihn heute erstmals anstrengte, durch den Schnee zu stapfen. War es Marianne auf dem Weg zum Baum ebenso ergangen? Auch das Laufen über Dünen durch Sand war anstrengend, so viel war sicher. Der Dackel hatte kein Problem mit seiner Kondition und kam als Erster bei Marianne an.

Als auch Fatso vor Marianne stand, zeigte ihm diese sofort das neue Blatt, welches am Baum gewachsen war. Es zeigte den Bullenmann, wie er am Weidehügel wie versteinert dastand. War diese Landschaft etwa der Desktop-Hintergrund, der am Bildschirm des Bullenmannes eingerichtet war? Wenn dem so war, war Fatso schon neugierig, was sie in der nächsten Welt erwarten würde. Mariannes Finger zitterten, als sie auch noch auf das Blatt mit dem Mädchen deutete. Dieses saß wieder im Kinderzimmer, aus dem es entführt worden war, aber es schaute dieses Mal nicht glücklich aus. Die Tränen kullerten über seine Wangen, und alles in allem sah es verzweifelt aus.

Dieser Anblick brach Fatso erneut das Herz, wie es schon öfters der Fall gewesen war. Aber dieses Mal nicht, weil er unglücklich verliebt war, sondern weil jemand anderer unglücklich war. Ein kleines Mädchen, dem man die Welt ganz langsam und behutsam zeigen musste. Eine Welt, in der die Liebe regierte und in der es keine Gräueltaten gab.

Auch Marianne sah äußerst unglücklich aus, und wenn er sie genau betrachtete, stellte er fest, dass auch sie wieder dicker geworden war. Sie trug nun schon Hosengröße 42, und auch ihr Gesicht wurde immer voller. Fatso schrie nun gegen den Wind an: „Lass uns in den Hurrikan eintauchen! Wir reden später, wenn wir wieder aus der Welt des nächsten Spanners draußen sind!"

Marianne nickte mit dem Kopf, und schon begannen sie loszuwandern. Er durch Schnee und sie durch Sand. Und beide begleitete der Dackel auf ihrem Weg. Als sie endlich beim Hurrikan ankamen, war es wieder der Dackel, der zuerst abhob. Kein Wunder, denn er war um ein Vielfaches leichter als sie. Aber bereits kurz darauf folgten ihm Fatso und Marianne. Sie schnellten durch den Wirbelwind wie eine Forelle durch einen Gebirgsbach und holten den Dackel ein. Fatso klemmte ihn sich unter den Arm und lehnte sich an Marianne, die neben ihm flog. Dann rief er den Spitznamen des nächsten Kinderschänders und fing das Ahornblatt, das herbeiflog, geschickt mit der freien Hand. Während sie flogen, schaute er an, was es zeigte, und auch Marianne starrte darauf. Es zeigte erneut einen nackten Mann, der vor seinem Computer onanierte, und dieser trug ebenfalls eine Faschingsmaske. Und zwar das Gesicht eines Hausschweines. Auch diese Maske sah freundlich aus, was nicht zu dem Mann passte, der sie trug.

Nun war Fatso neugierig, was sie in seiner Welt erwarten würde. Er schaute Marianne ins Gesicht, um die Bestätigung zu erhalten, dass sie zum Eintauchen ins Blatt bereit waren. Marianne sah entschlossen aus, und aus diesem Grund tauchte er gemeinsam mit ihr und dem Dackel hinein.

Wieder befanden sie sich in dem Keller, in dem das Mädchen gefangen gehalten wurde. Dieses Mal aber im Gang, und die Türe zum Raum mit dem Mädchen war geschlossen. Fatso schaute durch das Guckloch der Türe. Wie immer machte Franzi den Eindruck, als wäre irgendetwas in ihrem Inneren zerborsten. In einem anderen Eck als letztes Mal saß am Boden ein nackter Mann, der die Schweinemaske aufhatte und onanierte. Er beobachtete das Mädchen und labte sich an dessen Schmerz.

Sofort wurde Fatso wütend und fasste den Entschluss, sofort zu handeln. Er bereitete Marianne kurz darauf vor, den Raum zu stürmen, und zählte lautlos mit seinen Fingern bis drei. Bei drei riss er die Türe auf und stürmte den Raum. Im ersten Moment schien das Schwein sie nicht zu bemerken, aber als Fatso zu ihm hinlief, um ihm einen digitalen Kinnhaken zu verpassen, kam Leben in den Mann. Er war völlig nackt und versuchte, vor Fatso davonzulaufen. Dabei sprang er über Franzi und hastete danach die Kellertreppe nach oben. Fatso, Marianne und der Dackel nahmen die Verfolgung auf. Der Mann mit der Schweinemaske riss nun die obere Türe auf und lief in die Welt, die sich dahinter verbarg.

Als sie ihm in diese folgten, standen sie plötzlich in einer Schlammwelt, in der es nur ein paar verbrannte kahle Bäume gab. Eine Moorlandschaft, in der der gesamte Boden nur aus Morast bestand. Sie alle sanken darin ein, und vor allem der Dackel hatte Probleme, nicht zur Gänze vom Schlamm verschluckt zu werden. Schnell hob ihn Fatso hoch und klemmte ihn sich unter den Arm. Dieses Mal mussten sie also anders vorgehen als beim letzten Mal. Der Mann mit der Maske war nun wirklich ein Schwein, welches sich in der braunen Masse wälzte.

Fatso und Marianne stapften, so schnell es ging, durch den Schlamm unerbittlich auf das Schwein zu, während der Schlamm an ihren Beinen zog und versuchte, ihnen die Schuhe auszuziehen. Fatso schaute nach, ob er den Sender in der Tasche hatte, und stellte fest, dass dieser nun wieder eine Zange und eine Ohrmarke war. Das Schwein hatte sie registriert, so viel bekam Fatso mit, denn es hatte, aufgehört, sich im Dreck zu wälzen, und stand nun angriffslustig da.

Auch das Schwein hatte nun rot leuchtende Augen. Fatso musste es schaffen, ihm so nahe zu kommen, dass der Dackel es beißen konnte. Dann würde es seine tierische Form verlieren und wieder ein Mann mit einer Tiermaske sein. Zumindest wenn dieser Ablauf der gleiche wie letztes Mal war. Dieser verdammte Schlamm. Er zog weiter an Fatsos Füßen und ließ ihn nur ganz langsam vorwärtskommen. Seltsamerweise machte das Schwein keine Anstalten, einen Fluchtversuch zu unternehmen. Im Gegenteil. Es stand immer

bockiger da, und nun kam Rauch aus seinen Nasenlöchern.

Plötzlich machte es jedoch unvermittelt doch kehrt
und stapfte durch den Schlamm. Es wollte nun doch
flüchten. Oder wollte es Fatso und Marianne nur weiter in die Moorlandschaft führen? Fatso war nur zwei
Meter hinter ihm, und er nahm seine Chance war. Er
packte den Dackel und warf ihn dem Schwein hinterher. Das machte er nur, weil der Dackel ein virtueller
Körper war und sich nicht wehtun konnte. Er flog
und flog weit genug, um dem Schwein so nahe zu
kommen, dass er dieses mit seinen Zähnen am hinteren Bein packen konnte.

Sofort verwandelte es sich in den Mann mit der
Schweinemaske. Nun war Fatso an der Reihe zu handeln. Der Dackel hatte den Mann am Bein gepackt
und erschwerte dadurch dessen Flucht. Endlich war
Fatso dem Pädophilen nahe genug, um sich auf ihn zu
werfen. Er machte einen Hechtsprung und schaffte es,
den Mann in den Schlamm zu werfen. Auch dieses Mal
half ihm Marianne dabei, ihn zu fixieren, und Fatso
schaffte es, ein Loch in sein Ohr zu stanzen und ihm
eine Marke zu verpassen.

Auch dieser Kinderschänder schrie kurz auf. Nun
hatten sie erledigt, was zu erledigen war. Außer einer

228

Sache. Er riss dem Mann die Maske vom Gesicht und prägte sich dieses ein, wie er es auch beim Bullenmann getan hatte. Dann zog er aus der Tasche das Ahornblatt, das sie in den Hurrikan führte.

Als sie alle kurz darauf im Sturm umherflogen, war Fatso erleichtert. Sie hatten es geschafft. Sie hatten den nächsten Spanner entlarvt. Langsam bewegten sie sich auf das Auge des Hurrikans zu und standen bald vor der „Escape"-Türe. Nun hatten sie Zeit, sich zu unterhalten. Wie auch beim Bullenmann verspürte Fatso den Triumph eines Sieges. Er schaute Marianne ins Gesicht, und diese wirkte nicht minder zufrieden als er. Der Dackel stand am Boden und bellte, und Fatso war der Erste, der etwas sagte:
„So, das wäre erledigt. Es ist mir eine Freude, mit dir zu arbeiten! Weißt du, ich frage mich, welches Tier uns hinter dem nächsten Spitznamen erwartet, denn eines ist sicher, der Streichelzoo beherbergt viele Tiere. „Streichelzoo", was für ein Name. Mir wird schlecht, wenn ich daran denke, wer in diesem Zoo gestreichelt wird. Weißt du, jedes, Mal, wenn ich nach unserem Treffen wieder zuhause bin, dauert es keine halbe Stunde, und es fehlt mir, mit dir zu kommunizieren. Ob nun mit gesprochenen oder geschriebenen

Worten. Es tut mir leid, dass du mitansehen musst, wie ich immer fetter werde. Aber geteiltes Leid ist halbes Leid, denn auch du hast schon ordentlich zuge-legt. Zu deiner Frage...Ich weiß nicht, ob wir ins Un-ermessliche fetter werden, aber es könnte tatsächlich der Fall sein. Wenn dem so ist, wirst du bald sehen, wie ich wirklich aussehe, und ich werde wissen, wie du aussehen könntest!"

Kapitel 17

Fatso grinste Marianne nun an und wartete darauf, dass sie etwas entgegnete. Das tat sie aber nicht. Dafür sah sie äußerst nachdenklich aus. Stieß ihr etwas sauer auf, was er gesagt hatte? Und wenn, war es der Teil, dass sie ihm fehlte, wenn er allein zu Hause war? Oder lag der Grund darin, dass er sie darauf aufmerksam gemacht hatte, dass auch sie zunahm? Wie er wusste, waren Frauen da eigen. Plötzlich sagte Marianne doch etwas:

„Weißt du, wenn ich ehrlich bin, freue ich mich immer sehr darauf, dich im Internet zu treffen. Es ist seltsam, aber es ist schon lange her, dass ich so etwas wie reine Freude empfunden habe und noch dazu ein Mann der Grund dafür ist. Versteh mich nicht falsch, ich bin nicht verliebt in dich, aber dennoch besitzt du einen hohen Stellenwert in meinem Leben, und ich bin neugierig, was wir noch alles zusammen erleben werden. Ach ja, da wäre noch etwas. Ich wollte dich fragen, ob es deinem Programm auch gelingen würde, ein Video von mir aufzuspüren und auf allen Rechnern zu löschen, auf denen es gespeichert ist. Weißt du, es gibt ein Video von mir, auf das ich nicht stolz bin. Es hat unter anderem mit meinem Unfall zu tun, kurz nachdem ich etwas getan habe, was der Auslöser für genau diesen war. Vielleicht zeige ich es dir einfach, vorausgesetzt du bist bereit dafür, Zeuge von etwas Schmutzigem zu werden!"

Dann schaute sie verlegen auf den Boden, und Fatso war nun neugierig. Natürlich wollte er ihr Blatt sehen, und es ehrte ihn, dass sie sich ihm offenbarte. Er schaute sie freundlich an und sagte:

"Ich glaube, mein Programm ist dazu in der Lage. Aber lass uns erst einmal sehen, worum es sich bei dem Video handelt. Willst du das gleich mit mir erledigen? Dann hast du es hinter dir. Ich meine, wo wir schon einmal hier sind..."

Und dann grinste er sie erneut an. Aber nicht so, als wolle er sich über sie lustig machen, sondern als wolle er Zuversicht in ihr wecken. Sein freundliches Gesicht tat ihre Wirkung, denn obwohl Marianne auf den Boden schaute, sagte sie:

„O.k., dann bring ich es hinter mich. Ich hoffe, du siehst mich danach nicht mit anderen Augen. Weißt du, du wirst gleich Zeuge davon werden, wie ich mich schuldig mache, dass jemand meinetwegen stirbt! Du ahnst nicht, wie sehr mich diese Erinnerung quält. Stell dir vor, es gibt ein Video von dir, das deine schlimmste Gräueltat immer und immer wieder abspielt. Ich weiß nicht, wie oft es angesehen wurde, aber eine Zeit lang war es der Renner im Internet. So, nun lass es uns hinter uns bringen!"

Dann nahm Fatso sie bei der Hand, und in der anderen hielt er den Dackel, den er sich unter den Arm geklemmt hatte. Dann bewegten sie sich weiter zum Rand des Auges im Hurrikan und wurden wieder vom Wind erfasst und in seinen Strudel eingesogen. Sofort peitschte sie der Wind immer weiter nach oben, und Fatso fragte sich schon, wie weit Marianne noch fliegen wollte, als diese ihren eigenen Namen in den Wind schrie.

Ein Blatt legte sich sofort über ihr Gesicht, und sie fischte es mit den Fingern ihrer rechten Hand herunter und sah gedankenverloren auf dessen Oberfläche. Dies dauerte nur kurz, aber dann gab sie es entschlossen an Fatso weiter. Dieser nahm es fast ehrfurchtsvoll entgegen und schaute auf das, was Marianne so quälte, dass sie es sogar jemand anderem zeigte, aber nur weil er vielleicht in der Lage war, es verschwinden zu lassen.

Fatso sah, wie sie vor ihrem Computer saß und schrieb. Das konnte schon einmal nicht das sein, wofür sie sich schämte. Fatso sah, wie Marianne sich sammelte, und sie schaute Fatso noch einmal in die Augen. Sie schienen sagen zu wollen:

„Bitte, verurteil mich nicht!"

Dann tauchte sie ihre Hand in das Blatt, und sie Fatso und der Dackel wurden hineingesogen. Fatso sah nun das, was Marianne gemeint hatte. Er sah, wie sie, noch bedeutend jünger, einem Mann während einer Autofahrt einen blies. Das dauerte ungefähr drei Minuten, in denen der Mann lustvoll stöhnte. Und dann, von einer Sekunde zur anderen, wurde sie gegen das Armaturenbrett geschleudert und dann aus der Windschutzscheibe.

Nun sah er, wie Marianne Zeuge davon wurde, wie es im Wagen zu brennen begann und der Fahrer ebenfalls. Er sah, wie sie versuchte, ihm zu helfen, was ihr aber nicht gelang. Das war nun also das, wofür sie sich so sehr schämte. Fatso hatte genug gesehen, und er gab Marianne das Zeichen, wieder von hier zu verschwinden. Diese war erleichtert, dass sie nun ihr Geheimnis mit jemandem teilte, und sie alle stiegen wieder in das Blatt ein, das in den Hurrikan führte.

Als sie ein paar Minuten später erneut in seinem Auge vor der „Escape"-Tür standen, schaute Fatso ihr direkt in die Augen und sagte:

„Ich verurteile dich nicht wegen dem, was du getan hast. Jeder von uns war schon unaufmerksam beim Autofahren. Es hätte genauso gut sein können, dass der Mann aus dem Video am Radio herumgefingert hätte und dadurch so abgelenkt worden wäre, dass er den Unfall dadurch verursacht hätte!"

Marianne taten seine beruhigenden Worte gut, und plötzlich begann sie zu heulen. Aber nicht, weil sie traurig war, wie sie sagte, sondern weil sie so erleichtert war, jemandem das Video gezeigt zu haben, der es vielleicht endgültig verschwinden lassen konnte. Fatso nahm all seinen Mut zusammen und legte ihr seine Hand auf die Schulter. Marianne lächelte gleichzeitig, während ihr die Tränen über die Wangen liefen. Fatso sagte nun doch noch etwas:

„Ich glaube, ich kann dir helfen. Dazu muss ich das Schnüffelprogramm zwar etwas modifizieren, aber ich glaube, dann könnte es funktionieren. Weißt du, wie das Video überhaupt den Weg ins Netz gefunden hat? Denn ich vermute, dass du es nicht dort hochgeladen hast."

Marianne, die nun aufgehört hatte zu weinen, antwortete ihm:

„Das weiß ich selbst nicht. Eigentlich war es nur vor Gericht verwendet worden, um meine Mitschuld zu beweisen. Du hast keine Ahnung, wie schlimm das war. Der Mann, dem ich einen geblasen habe, hieß Markus, und im Gerichtssaal ist seine Frau gesessen und hat plötzlich stürmisch den Saal verlassen, als das Video ihren Mann gezeigt hatte, der vor Verzückung die Augen verdreht und schwer geatmet und gestöhnt hatte. Danach hatte sie einen Zusammenbruch und ist in einer Nervenklinik gelandet. Soviel ich weiß, ist sie nie mehr die Gleiche geworden. Es hat sie derart schlimm erwischt, dass ihre Tochter in einer Pflegefamilie untergebracht worden ist. Das verdammte Video ist plötzlich unter dem Namen "Schlampe bläst ihn, bis es kracht" im Internet aufgetaucht und alle haben meine Schuld gesehen. Ich habe nicht nur Markus getötet, sondern auch eine Familie zerstört. Verstehst du nun, warum ich mich so sehr für das schäme, was ich getan habe, und möchte, dass dieses Zeugnis davon für immer vernichtet wird?"

Fatso schaute sie kurz nachdenklich an, sagte dann aber:

"Natürlich verstehe ich dich. Ich hoffe, dass ich dir helfen kann. Unter Umständen muss ich dem Programm noch Komponenten hinzufügen, die in der Lage sind, das Video nicht nur aufzuspüren, sondern auch von fremden Rechnern zu löschen. Allerdings weiß ich nicht, ob es nicht weiterhin als Blatt am Baum existiert, aber zu diesem hast ja nur du Zutritt. Es völlig zu löschen könnte schwierig werden, aber zumindest können wir es vor fremden Augen verstecken."

Dann schaute er sie ermutigend an, und sie getraute sich wieder, ihm in die Augen zu sehen.

Nun war es aber an der Zeit, nach Hause zurückzukehren, denn zumindest Marianne musste erneut essen. Sie waren länger hier gewesen als geplant, und das kostete sie beide einige Kilo. Er sagte zu Marianne:

„Lass uns nun heimgehen. Du kannst essen und dich ausruhen, und ich werde versuchen, das Programm zu bearbeiten, damit es unsrem Zweck gerecht wird. Außerdem bin ich bereits neugierig, welcher Spitzname nun auf dem Laufwerk gespeichert ist."

Marianne zeigte sich einverstanden und ging als Erste durch die Türe, die wieder in ihren Körper führte. Als Fatso das ebenfalls tat, landete er in seinem noch immer fetten Körper. Sowie er wieder in diesem steckte, fühlte er, dass sein Hunger erneut gewachsen war. Er entschied trotzdem, standhaft zu bleiben und nichts zu essen. Warum auch immer, aber er musste abnehmen, und so leicht wie jetzt würde ihm das nie wieder fallen.

Gedankenverloren holte er das Laufwerk aus seiner Tasche, das nun kein Dackel mehr war, und steckte es an seinem Laptop an. Kurz darauf sah er schon den neuen Spitznamen am Bildschirm. Er prägte ihn sich ein und bedauerte erneut, dass das Laufwerk nicht gleich mehrere Namen ausspuckte, wie er anfangs vermutet hatte. Egal, sie würden sich von Tier zu Tier vortasten, denn Tiere waren sie alle, die Pädophilen in seiner Nähe. Wenn er daran dachte, wie nah sie waren, wurde ihm fast schlecht. Das brachte alle Kinder in seiner Stadt in Gefahr.

Er dachte nun darüber nach, dass es ja noch viel mehr Pädophile im Internet gab, die zwar nicht Mitglied des „Streichelzoos" waren, aber nicht minder pervers als die, die Fatso und Marianne jagten. Wie konnte man jeden Pädophilen auf der Welt entlarven? Was das betraf, war er leider ratlos, aber zumindest konnten sie etwas in ihrem unmittelbaren Wirkungsbereich tun. Schon bald würden sie den nächsten Perversen jagen, aber das musste bis morgen warten, denn Fatso war müde.

Marianne saß nun wieder in ihrem Rollstuhl und war unheimlich erleichtert. Jetzt kannte Fatso das Video von ihr, und sie hatte keine Millisekunde lang so etwas wie Ekel oder Anklage in seinem Blick gesehen. Hoffentlich würde er etwas dagegen unternehmen können. Sie schaute auf die Uhr und widmete sich wieder Blümchen, die vor ihr saß. Sie hatten die letzte Runde des Tages noch vor sich, und Marianne fasste den Entschluss, diese heute früher als sonst zu drehen.

Als könnte Blümchen Gedanken lesen, begann sie vor Freude auf und ab zu tänzeln, während sie mit ihrem Schwanz wedelte, als wollte sie lästige Fliegen verscheuchen. Marianne rollte zur Garderobe und zog sich ihre Jacke an. Dann leinte sie Blümchen an und rollte zur Eingangstür. Sie wollte die Türe gerade aufsperren, als es ihr plötzlich mulmig zumute wurde, weswegen sie den Bildschirm der Gegensprechanlage einschaltete. Die Kamera draußen zeigte in Schwarzweiß, dass sich zumindest niemand in unmittelbarer Umgebung vor der Eingangstüre befand. Sie sammelte allen Mut, der ihr zur Verfügung stand, und öffnete die Wohnungstüre.

Dann, als sie auf dem Weg nach draußen war, war wieder diese Angst da. Was, wenn sich jemand hinter einem der Büsche oder Bäume versteckte? Dieses Thema beschäftigte sie nicht zum ersten Mal, und wie auch letztens kam sie zu dem Schluss, dass sie trotzdem hinausmusste. Blümchen hatte ein Recht darauf, sich zu erleichtern, und war so wohl erzogen, dass sie dies nicht auf dem Stück Rasen hinter der Terrassentüre tat.

Dennoch rollte Marianne irgendwie getrieben über den Gehsteig und schaute sich ständig völlig paranoid um. Leider begegnete sie keinem Passanten, und sie stellte fest, dass sie völlig allein auf weiter Flur war. Niemand, der ihr helfen konnte, wenn der Horrorclown auftauchte. Blümchen ließ sich ausgerechnet heute viel Zeit mit ihrem Geschäft, und Marianne wurde mit jeder Sekunde, die verstrich, immer nervöser.

Als sie endlich wieder auf dem Rückweg waren, rollte sie wieder so schnell, wie es ihre Arme zuließen, und dann passierte das, wovor sie Angst gehabt hatte. Der Horrorclown sprang hinter einem Baum hervor. Marianne stoppte sofort den Rollstuhl und ihr Herz hämmerte wie verrückt. Heute hatte der Clown wie in ihrem Traum einen Vorschlaghammer dabei.

Was sollte sie nun tun? Etwa in die Gegenrichtung davonfahren. Das war sinnlos, denn die Statur des Clowns verriet, dass er sportlich war. Es wäre ein Leichtes für ihn, sie einzuholen. Und was dann? Würde er sie mit dem Vorschlaghammer erschlagen? Eigentlich hatte er ihr versprochen, dass sie brennen würde, aber das eine schloss das andere ja nicht aus.

Er konnte sie mit Benzin übergießen, anzünden und erschlagen, wenngleich sie auch keinen Benzinkanister in seiner Hand sah. Hieß das, dass ihr keine Gefahr drohte?

Nun begann der Clown plötzlich, langsam auf sie zuzugehen. Schritt für Schritt, und dabei ließ er den Hammerkopf über den Boden schleifen, was das einzige Geräusch verursachte, das sie hören konnte. Marianne begann, langsam rückwärts zu rollen, aber der Platz für ihre Flucht war begrenzt, weil der Gehsteig kurz vor einer Hauseinfahrt endete, und dann müsste sie rückwärts über dessen Kante rollen, was sie definitiv zu Sturz bringen würde. Nein, sie musste sich etwas anderes einfallen lassen, aber was?

Sie tat das Einzige, was sie tun konnte. Sie ging zum Angriff über. So schnell sie konnte, rollte sie auf den Clown zu, der völlig überrascht einen Schritt rückwärts machte. Er hob gerade den schweren Vorschlaghammer hoch um sie gebührend zu empfangen aber Marianne war schneller. Sie krachte samt Rollstuhl in den Clown und fiel gemeinsam mit ihm zu Boden. Dieser fing sofort an, sich aus diesem Kuddelmuddel zu befreien, und kam wieder auf die Beine.

Damit hätte sie rechnen müssen, denn sie war gelähmt und er nicht. Er hob gerade erneut den Hammer hoch über den Kopf, bereit, ihn auf sie niedersausen zu lassen, als das passierte, womit er anscheinend nicht gerechnet hatte. Blümchen, die bis jetzt völlig unscheinbar gewesen war, erkannte, dass sich ihr Frauchen in Gefahr befand.

Sie sprang am Clown hoch und grub ihre Zähne in seinen Unterarm. Sie war nicht gerade leicht, und der Clown kam wieder zu Fall. Blümchen ließ seinen Arm los und verbiss sich stattdessen in das Bein, das versuchte, sie zu treten. Der Clown schrie vor Schmerz auf, und nun ließ er seine Fäuste auf den Hund herabregnen. Blümchen winselte und zog sich zurück. Der Kampf, den sie sich mit dem Clown geliefert hatte, hatte Marianne die Zeit gegeben, sich weiter zurückzurobben. Weg vom Clown und dem Hammer. Was sollte sie nur tun? Sie lag am Boden, und ihr Rollstuhl war auch umgekippt, und sie hatte keine Zeit, diesen aufzustellen, um sich wieder hineinzusetzen.

Dann kam ihre Rettung. Ein Polizeistreifenwagen, dessen Insassen Marianne kannte. Wie versprochen fuhr der Wagen hier entlang, um nach dem Rechten zu sehen, wie es ihr Egon, der freundliche Polizist, versprochen hatte. Dem Clown war der Wagen ebenfalls sofort aufgefallen, und nun war er es, der die Flucht antrat. Er machte sich so schnell aus dem

Staub, wie es sein schmerzendes Bein zuließ. Blümchen hatte ihn mit voller Kraft gebissen, und ihre Zähne waren spitz. Der Clown hetzte um die Häuserecken und verschwand in der Dunkelheit.

Der Polizeiwagen blieb stehen, und Egon riss die Fahrertür auf. Er setzte kurz dazu an, dem Clown nachzulaufen, erkannte aber, dass dies sinnlos war. Er war über alle Berge. Schon wieder. Stattdessen half er Marianne in den Rollstuhl, und der andere Polizist nahm die Leine von Blümchen in die Hand, damit der Hund nicht davonlaufen konnte. Dass diese das niemals tun würde, wusste er nicht.

Jetzt erst sah Marianne, dass Egon, der freundliche Polizist, nun den Vorschlaghammer inspizierte, den der Clown zurückgelassen hatte, und er sagte mit seiner tiefen, aber angenehmen Stimme zu Marianne:

„Tut mir leid, dass es dem Clown erneut gelungen ist, vor uns zu flüchten. Aber heute hat er einen Fehler begangen, indem er den Hammer zurückgelassen hat. Vielleicht finden wir Fingerabdrücke auf dem Schaft, denn zu unserem Glück besteht er aus glattem Kunststoff und nicht aus Holz wie die meisten Stiele. Die fettigen Schleifspuren seiner Finger auf Ihrer Terrassentüre haben leider zu keinem Ergebnis geführt, aber ich hoffe, dass wir dieses Mal mehr Glück haben.

So, nun aber hinein ins Warme, sonst erkälten Sie sich. Ich werde Sie begleiten!"

Kapitel 18

Marianne war froh, dass der Polizist mitkam. Erst jetzt hatte sich ihr Herzschlag wieder normalisiert. Sie ließ es zu, dass Egon sie schob, und verschränkte ihre Arme in ihrem Schoß.

Als sie wieder in der warmen Wohnung waren, saß Marianne beim Esstisch und die zwei Polizisten ihr gegenüber. Sie hatte ihnen heißen Tee gebrüht, welchen sie nun in Minischlucken tranken, um sich nicht die Zunge oder die Lippen zu verbrennen. Der Partner von Egon Burgherr war ganz anders als Egon. Er sah sich gelangweilt in der Wohnung um und schien irgendwie abwesend zu sein. Ganz anders Egon. Dieser schaute Marianne freundlich an und hörte sich ihre Geschichte an.

Der Polizist hatte Verständnis dafür, dass Marianne nicht mehr ins Freie wollte, und sagte:

„Normalerweise ist das nicht meine Aufgabe. Aber bei Ihnen mach ich da eine Ausnahme. Wenn Sie wollen, komme ich dreimal am Tag vorbei, um mit Blümchen eine Runde zu drehen. Wie man sieht, mag sie mich!"

Damit hatte er Recht, denn der Hund saß vor ihm und hatte seine Schnauze auf seinem Knie liegen. Von so viel Nettigkeit war Marianne völlig überwältigt, und sie sagte zum Polizisten:

„Dafür wäre ich Ihnen unendlich dankbar, auch wenn trotzdem die Gefahr besteht, dass sich der Clown Zutritt zu meiner Wohnung verschafft. Ich glaube nämlich, dass er nicht ruhen wird, bis er mich endlich in seiner Gewalt hat. Wenn ich nur wüsste, wieso dieser Mann hinter mir her ist. Wer hegt mir gegenüber einen derartigen Groll, dass er mich ängstigen und noch Schlimmeres will. Ich gebe zu, ich habe sicherlich vielen Menschen Unrecht getan, indem ich sie nicht menschenwürdig behandelt habe, aber Sie müssen wissen, dass es nicht leicht ist, querschnittsgelähmt zu sein. Man wird anders behandelt. Entweder sehen die Menschen einen mitleidig an oder strahlen aus, dass sie nicht mit behinderten Menschen in Zusammenhang gebracht werden wollen, und ignorieren einen. Aber ich habe meine Schuld erkannt und bin dabei, mich zu ändern!"

Der Polizist schien sie zu verstehen, und er gab ihr das Gefühl, dass sie kein bisschen weniger wert war als unbeeinträchtigte Menschen. Sein Partner jedoch war weiter abwesend und schien sich in keiner Weise für die Geschichte von Marianne zu interessieren. Die Polizisten blieben gut eine Stunde und verabschiedeten sich dann von Marianne, aber nicht ohne ihr zu versprechen, weiterhin an ihrer Wohnung vorbeizu-

fahren und nach dem Rechten zu sehen. Dann verließen sie ihre Behausung, und Marianne sperrte doppelt
und dreifach hinter ihnen ab.

Nun war es schon zehn Uhr und normalerweise schlief
sie um diese Zeit bereits, aber heute war sie viel zu
aufgedreht, um zu schlafen. Nachdenklich sah sie zur
Glasschiebetüre der Veranda. Wie leicht konnte man
diese einschlagen? Im Moment verfluchte sie es, im
Erdgeschoss zu wohnen. Um sich abzulenken, warf sie
einen Blick in den Laptop. Sie schaute nach, ob ihr
Fabio geschrieben hatte, aber das hatte er nicht getan.
Fast enttäuscht wollte sie den Laptop gerade wieder
schließen, als dessen Bildschirm anzeigte, dass sie eine
E-Mail erhalten hatte. Hatte ihr der Clown ein Video
geschickt? Ihre Finger zitterten, während sie die
Nachricht öffnete, und tatsächlich, es handelte sich
um eine Nachricht vom Clown. Dieser saß auf der
grünen Couch und hatte ein Bein über das andere
geschlagen. Seine Hände ruhten ebenfalls überkreuzt
auf seinen Beinen, und er machte irgendwie einen
gesitteten Eindruck. Was sollte diese Geste? Er war
doch keine adelige Frau.

Irgendwie schien er schmächtiger zu sein als sonst,
oder wirkte das nur so, weil er nicht aufgedreht umher sprang und sich kaprizierte. Es verging eine gute

Minute, in der der Clown völlig regungslos dasaß und dann mit der gewohnten dekadenten Stimme zu reden begann, die eigentlich nicht zu einem Clown passte: „Du und dein Hund, Ihr werdet es beide büßen, mich angegriffen zu haben. Ihr werdet beide brennen! Heute habt Ihr Glück gehabt, aber das wird sich bald ändern!"

Dann endete das Video. Was war los mit dem Clown? Warum war er so befremdlich dagesessen? Er hatte gewirkt, als wäre er Gast einer Teegesellschaft. War er auch kleiner gewesen als sonst? Seltsamerweise war seine Stimme dieselbe gewesen wie auch sonst, auch wenn die Gestalt den Eindruck vermittelte, es handle sich bei ihr um eine Frau. Dennoch hatte er ihr erneut gedroht, und sie würde auch dieses Video dem freundlichen Polizisten zukommen lassen. Für heute hatte sie genug. Sie wollte nur noch schlafen, denn allmählich wurde sie doch müde.

Später, als sie im Bett lag, hatte sie nur einen Gedanken. Vielleicht brauchte sie doch einen Freund. Ein Partner, der mit ihr zusammenlebte und sie beschützen konnte, wie es soeben Egon Burgherr getan hatte. Ein seltsamer Name. Aber er passte. Der Burgherr war wohl eine Art Ritter, der sie beschützte wie die holde Jungfrau, eingesperrt in einen Turm. Aber sie war nicht eingesperrt. Sie hatte freien Zutritt zum Internet und konnte sich seit kurzem in diesem bewegen, wie es ihr zuvor nie möglich gewesen wäre.

Ganz langsam glitt sie in einen sanften Schlaf und begann zu träumen. Sie stand im Schlamm, wie sie es heute in der Welt des Schweines getan hatte, und die Sau stand ein paar Meter vor ihr. Die Augen des Tieres leuchteten rot, und Rauch drang aus dessen Nase. Dann begann es mit Bocksprüngen auf Marianne zuzuspringen und warf sich auf sie. Im Traum konnte sie plötzlich ihre Beine nicht mehr gebrauchen, wie es auch in der realen Welt der Fall war. Das Schwein biss sie, und sie konnte den Schmerz, obwohl es ein Traum war, fühlen.

Und dann kam plötzlich der Polizist Egon Burgherr und zögerte keine Sekunde. Er schoss mit seiner Pistole in den Kopf des Schweines, und dieses fiel leblos zu Seite. Dann wechselte die Kulisse, und sie stand in der Sandwüste, die den Desktop in ihrem Computer darstellte. Heute war sie nicht allein hier. Vor sich sah sie wieder die Spuren des Tieres, die sie hier bereits einmal entdeckt hatte. Sie sah sich um, aber der vom Wind aufgepeitschte Sand nahm ihr jegliche Sicht. Und plötzlich hörte sie das Tier. Sie hörte ein lang gezogenes „Muuuuuh", auch wenn dieses so klang, als stammte es von einem Geist. Es klang irgendwie klagend. Handelte es sich um eine Kuh? Oder schlimmer, um einen Stier? Wieder erklang das „Muuuh", und dieses Mal war es näher als zuletzt.

Plötzlich erschien am Boden vor Marianne der Schatten des gehörnten Tieres und verschwand kurz darauf wieder. Dann wachte sie auf. Verwirrt sah sie sich um, und sie konnte in ihrer Erinnerung immer noch das „Muuuh" hören. Der Schatten, der schon öfters über ein Ahornblatt gekrochen war, gehörte anscheinend zu einer Kuh, was zu den Hörnern passte, die Marianne schon zu erkennen geglaubt hatte. Aber warum ausgerechnet eine Kuh?

Eigentlich implizierte sie nichts Böses mit einer Kuh. Mit einem Stier schon eher. Sollte der Schatten zu einem Stier gehören, war die Gefahr größer, von ihm auf die Hörner genommen zu werden. Stiere konnten garstige Viecher sein. Wieder stellte sie sich die Frage, warum jedes Mal, wenn eine Welt der Ahornblätter Sex beinhaltete, dieser Schatten darüber kroch. Selbst bei ihrem persönlichen Blatt war das der Fall gewesen. Was, wenn er es war, der die Verbindung zu besagten Ahornblättern erst herstellte?

Eigentlich hatte sie gedacht, diese Aufgabe übernähme der Hurrikan. Aber eigentlich konnte der Hurrikan wirklich die Suchmaschine darstellen, und der Schatten machte nichts anderes, als weitere Optionen anzuzeigen, die man wählen konnte, um dann eine gesicherte Verbindung zu diesen Seiten herzustellen, die nicht zurückverfolgt werden konnte. Dass diese alle mit schmutziger Pornographie zu tun hatten, war fast klar. Dazu musste der Schatten aber wissen, was den User genau anturnte. Konnte er einem in die Seele schauen, und wenn, was würde er alles in diesem grazilen Objekt vorfinden, das direkt von Gott stammte, sich aber teilweise benahm, als hätte es der Teufel persönlich erschaffen. Eigentlich war eine Seele aber rein. Was war es dann, das einen dazu verleitete, sich Sexseiten im Internet anzusehen?

Die Antwort schien tatsächlich „der Trieb" zu sein. Aber warum leben manche Menschen liebevolle Sexualität aus, und andere wiederum sind nur dann zufrieden, wenn der Sex schmutzig und pervers ist? Wer hatte die Sexualität erschaffen? Der Teufel oder Gott? So viel war klar, ohne Fortpflanzung wäre die Menschheit schon längst ausgestorben. Aber musste man diese immer weitertreiben, bis sie ihre eigentliche Reinheit verlöre? Vielleicht sollte die Menschheit sich von diesem Trieb befreien. Sie selbst lebte ganz gut ohne Sex, und er fehlte ihr eigentlich kaum. Ihre

Vagina verlangte schon lang nicht mehr nach einem Stück Fleisch, und alles in allem war sie zufrieden.

Was ihr aber fehlte, war das Kuscheln nach dem Sex, auch wenn sie sich das nach ihren Unfall nicht eingestanden hatte. So lange lebte sie schon alleine mit ihrem Verlangen. Natürlich lernte sie Männer im Internet kennen, aber bei fast allen hatte sie gemerkt, dass sie eigentlich von ihr nur Sex wollten. Sie interessierte nicht der Mensch hinter den Möpsen, sondern sie stellten sich, während sie Süßholz raspelten, nur vor, in welcher Stellung sie sie nun am liebsten durchbürsten würden. Darauf konnte Marianne verzichten.

Sie schaute auf die Uhr und stellte fest, dass es bereits sieben Uhr war, und sie beschloss, nun zu frühstücken. Sie musste viel essen, denn untertags würde sie wohl erneut ins Netz eintauchen und wollte das so lange wie möglich tun. Aus diesem Grund hievte sie sich in den Rollstuhl und fuhr zur Küchenzeile. Dort stellte sie Kaffee auf und öffnete dann die Kühlschranktür. Das Bild, das er bot, war erbärmlich. Nur Obst und Gemüse. Die Pizza hatte sie schon zur Gänze vertilgt, aber Vollkornbrot war noch da. Sie nahm es heraus und schnitt es in Scheiben. Dann nahm sie noch den Tiegel mit Butterschmalz und fuhr, bewaffnet mit einem Buttermesser, zum Esstisch. Sie aß Brot für Brot, und auf jedem einzelnen war dick Butterschmalz verschmiert. Allmählich gewöhnte sie sich daran, Fett zu essen. Wenn sie daran zurückdachte, wie figurbewusst sie gelebt hatte und wie sehr sie nun versuchte auseinanderzugehen, musste sie direkt schmunzeln.

Als sie fertig gegessen hatte, rief sie Blümchen herbei und gab ihr den letzten Bissen vom letzten Fettbrot. Blümchen kaute kurz, als wollte sie genießen, was den Weg in ihr Maul gefunden hatte, und schluckte dann hinunter. Was sollte Marianne nun tun? Die Frage erledigte sich von selbst, denn es läutete an der Tür. War das Egon Burgherr, der sein Versprechen einlösen wollte und hier war, um eine Runde mit Blümchen zu drehen? Oder war es der Clown, der mit ihr frühstücken wollte?

Beunruhigt rollte sie zur Wohnungstüre und schaute auf den Monitor der Gegensprechanlage. Gott sei Dank, es war der Polizist. Er hatte zwar seine Kappe abgenommen, aber Marianne erkannte ihn trotzdem sofort. Sie öffnete die Türe und wartete, und schon kam der Polizist um die Ecke zu ihr und begrüßte erst Blümchen und dann Marianne. Sein Kollege war nicht da und saß wohl im Streifenwagen vor dem Haus, wie immer völlig desinteressiert daran, was sich im Inneren abspielte.

Als könnte Egon Gedanken lesen, sagte er zu Marianne:

„Mein Kollege ist draußen im Streifenwagen und behält die Umgebung im Auge. Ich dreh jetzt wie versprochen eine Runde mit Blümchen!"

Dann zwinkerte er ihr zu und verließ mit dem mittlerweile angeleinten Hund die Wohnung. Marianne war äußerst froh, dass er ihr diese Bürde abnahm, und sie öffnete gedankenverloren den Laptop. Warum war der Polizist so nett zu ihr? Wollte er etwas von ihr? Vielleicht sollte sie ihm sagen, dass ihr Interesse im Moment einem anderen Mann galt. Einem gewichtigen Mann. Bei diesem Gedanken musste sie grinsen.

Als sie die Singlebörse öffnete, sah sie sofort, dass sie Post erhalten hatte. Es war Fabio, der schrieb:

>> Guten Morgen, liebe Marianne! Ich wollte dir nur mitteilen, dass ich die ganze Nacht gearbeitet habe und jetzt ein wenig schlafen werde. Aber ich habe gute Nachrichten. Ich habe es geschafft, meinem Programm ein paar Viren beizumengen die das Video von dir auf sämtlichen Rechnern löschen dürften. Wie lange das dauern wird, weiß ich aber nicht. Es könnte

gut und gern möglich sein, dass es ein paar Tage dauern wird, bis es wirklich zur Gänze aus dem Internet verschwunden ist. Aber wir werden sehen. So, nun wünsche ich dir einen schönen Tag und mir selbst eine gute Nacht. Ich melde mich, wenn ich wieder munter bin! <<

Marianne war nun fast enttäuscht, dass ein Treffen mit Fabio noch warten musste. Aber es freute sie, die gute Nachricht zu lesen, dass ihr Video vielleicht bald aus dem Netz verschwunden sein würde. Sie klappte den Laptop zu und lehnte sich zurück.

Es vergingen keine fünf Minuten, in denen Stille herrschte, als auch schon der Polizist mit Blümchen zurückkam. Er leinte sie ab und setzte sich dann zu Marianne an den Esstisch. Dort faltete er seine Hände auf der Platte des Glastisches und begann zu reden:

„So, nun habe ich Zeit, Sie auf den neuesten Stand der Dinge zu bringen. Es ist uns tatsächlich gelungen, vom Stiel des Hammers einen Fingerabdruck zu nehmen, der bereits in unserer Datenbank bekannt ist. Er gehört zu einem gewissen Alexander Domino, besser bekannt als „Alex, der Stein". Das ist die gute Nachricht. Die schlechte Nachricht ist, dass wir nicht wissen, wo sein momentaner Aufenthaltsort ist. Was man so hört, lebte er mit einer Frau zusammen, aber deren Aufenthaltsort ist uns auch nicht bekannt. Geschweige denn ein Name. Uns bleibt nichts anderes übrig, als zu hoffen, dass uns der Clown ins Netz läuft, wenn er wieder versucht, sie zu ängstigen oder Schlimmeres. Sagt Ihnen der Name Alexander Domino etwas?"

Marianne dachte scharf nach, kam aber zum Schluss, dass sie diesen Namen noch nie gehört hatte. Deswegen sagte sie zum Polizisten:

„Es tut mir leid! Der Name sagt mir nichts. Heißt das, dass der Irre mich jederzeit erneut überfallen kann?"

Egon Burgherr konnte sie diesbezüglich beruhigen und sagte:

„Keine Sorge! Mein Kollege und ich bieten Ihnen ab jetzt Personenschutz. Wir werden den ganzen Tag vor Ihrem Haus stehen und den Eingang überwachen. Außerdem gebe ich Ihnen ein Funkgerät, mit dem Sie uns rufen können, sollte sich „Alex, der Stein" an Ihrer Verandatüre zu schaffen machen. Aber ich denke, allein der Polizeiwagen vor Ihrem Haus wird ihn davon abhalten!"

Der Inhalt und die tiefe Stimme, mit der er diesen übermittelte, hörten sich gut an und schafften es, Marianne etwas zu beruhigen. Sie bot dem Polizisten an, dass er gerne untertags vorbeikommen könne, wenn er einen Kaffee haben oder die Toilette aufsuchen wollte. Wie nett sie plötzlich sein konnte. Aber der Polizist hatte sie nun schon zweimal gerettet, und Marianne hatte es ihm zu verdanken, dass sie nicht von einem Hammer erschlagen worden war. Oder hatte der Vorschlaghammer nur der Einschüchterung gedient, denn wie sie wusste, wollte sie der Clown eigentlich brennen sehen. Warum nur?

Sie kannte diesen Mann nicht. Nun sagte der Polizist zu ihr: „So, nun gehe ich zu meinem Kollegen, bevor dieser noch vor Langeweile auf blöde Gedanken kommt. Es tut mir übrigens leid, dass er immer so abweisend auf sie wirkt, wie ich vermute. Er ist erst kürzlich mit der Polizeischule fertig geworden und fühlt sich nun wie ein Gott. Eigentlich ist er noch feucht hinter den Ohren. Ich komme zu Mittag, um eine Runde mit Blümchen zu drehen!"

Dann verschwand er aus der Wohnung, aber erst nachdem ihm Marianne noch einen Schlüssel gegeben hatte, der in der Lage war, Haus- und Wohnungstüre zu öffnen. Dann sperrte sie hinter ihm ab und zog ihren eigenen Schlüssel ab, damit Egon aufsperren konnte, wenn dies notwendig wäre. Schon seltsam, wie er gerade über seinen Kollegen gesprochen hatte. Anscheinend vertraute er ihr als Mensch, denn normalerweise hatte man seinen Kollegen immer in Schutz zu nehmen, denn alles andere war unprofessionell. Vielleicht hatte er sie darauf aufmerksam machen wollen, dass sie sich lieber an ihn wendete, wenn es ein Problem gab.

Eventuell wollte er sie schützen. Aber warum? Warum war er so freundlich zu ihr? Lag das nur daran, weil sie ihren Mitmenschen nun auch freundlicher begegnete? Was sollte sie nun tun? Fabio schlief, und ihr fiel die Decke auf den Kopf, weswegen sie den Entschluss fasste, ohne Fabio ins Netz zu gehen. Sie holte die Elektrodenkappe, die sie vor den Polizisten vorsorglich versteckt gehabt hatte, steckte sie ein und setzte sie sich auf. Dann setzte sie auch noch die Taucherbrille mit dem Schnorchel auf und schloss die Augen.

Egon Burgherr durfte sie nicht derart drapiert vorfinden, denn er wäre dann unweigerlich neugierig geworden, was es mit der Kappe auf sich hatte. Gott sei Dank kam Klaus heute nicht zu ihr, weil sie ihm gestern mitgeteilt hatte, dass sie heute alleine zurechtkommen würde. Irgendwie mochte sie es nicht sonderlich, von einem Mann gewaschen zu werden, und das, obwohl Pfleger Klaus wie ein großer Teddybär war.

Sie verweilte einen Moment vor der Türe mit der Aufschrift „Enter" und ging dann resoluten Schrittes durch die Türe. Wie auch sonst wütete sofort ein Sandsturm um sie herum. Sie sah sich um. Weit konnte sie nicht sehen, denn der umherfliegende Sand nahm ihr die Sicht. Dennoch konnte sie schemenhaft den fast kahlen Baum sehen und bewegte sich zielstrebig auf diesen zu. Sie wanderte über Sanddünen, und auch diesmal kam ihr ihre Erfindung zugute.

Kapitel 19

Als sie endlich beim Baum ankam, stellte sie fest, dass er Blätterzuwachs erhalten hatte. Sie sah den „Schwein-Mann", und auf dem Blatt standen nun auch die erhofften Koordinaten die sie zum Computer des Kinderschänders führen würden. Wie viele Männer beherbergte dieser Kreis der Pädophilen? Egal, sie würden sie alle entlarven und der Polizei übergeben. Was sollte sie nun tun? Sollte sie nun in den Hurrikan eintauchen? Was sollte sie in diesem suchen oder besser gesagt herbeirufen? Sie ging los und steuerte nun zielstrebig auf den Hurrikan zu. Wenn sie sich umdrehte, schien der Baum bereits einen Kilometer weit entfernt zu sein, obwohl sie gerade erst losgegangen war.

Als sie beim Hurrikan ankam, hob sie wie auch sonst ab. Plötzlich betrachtete sie bewusst ihren Arm. Ihr virtueller Körper hatte weiter zugenommen. Dennoch empfand sie keine Scham, anders als sie es als dünne Marianne befürchtet hatte. Sie stand nun zu ihrem Gewicht, denn wie ihr Fabio gesagt hatte, hatte er den Verdacht, dass mehr Gewicht hieß, dass sie in den Ahornblättern weniger durscheinend waren und vielleicht mit den Personen, also vor allem Franzi, in Kontakt würden treten können.

Marianne flog durch den Wind und Ahornblätter rauschten an ihr vorbei und hüllten sie ein. Marianne hatte nun eine Idee. Sie schrie den Namen Fabio Zorzi in den Wind und fing sein Blatt geschickt auf, noch bevor es ihr ins Gesicht klatschen konnte. Auf der Oberfläche sah sie Fabio, wie er vor seinem Computer saß und arbeitete. Sie zögerte einen Moment und tauchte dann in das Blatt ein. Sofort sah sie das, wovon ihr Fabio berichtete hatte, als er sein persönliches Blatt begutachtet hatte. Sie stand in einem großen Raum, der aus Licht zu bestehen schien. An den Wänden strahlten Bilder, die von seinem Erfinderreichtum zeugten. Interessiert sah sie sich die Bilder an und wusste bei den meisten nicht, um welche Erfindung es sich handelte. Doch eine der Erfindungen stach ihr besonders ins Auge. Das musste die erste sein, die Fabio jemals umgesetzt hatte. Es handelte sich um die Zeitschaltuhr, die Jahreszeiten, Wetterschwankungen und den Tag-Nacht-Rhythmus perfekt simulierte.

Marianne ging an der leuchtenden Wand entlang weiter, und je weiter sie ging, desto weiter begann der Raum, sich in die Länge zu ziehen. Nun kam sie zu einer Erfindung, die eigentlich keine war. Auf dem Bild auf der Wand war ein Tagebuch zu sehen, das

Fatso anscheinend mit der Hand geschrieben und zu einem anderen Zeitpunkt eingescannt hatte, um es ebenfalls in einer digitalisierten Form zu besitzen.

Wie von Geisterhand wurden die Seiten des Tagebuches umgeblättert und zeigten Bilder von ausgewählten Episoden aus Fabios Leben. Das erste bewegte Bild, das sie sah, zeigte Fabio im Alter von ungefähr zehn Jahren. Zu diesem Zeitpunkt war er bereits dicker gewesen als die meisten seiner Mitschüler. Marianne konnte sehen und hören, was sich an einem unbestimmten Tag von damals abgespielt hatte. Kinder liefen hinter Fabio her und warfen Steine nach ihm. Dabei schrien sie:

„Fetti, Fetti, großes Schwein, passt in sein Gewand nicht rein!"

Fabio lief keuchend von ihnen weg und war im Gesicht purpurrot angelaufen. Ob dies vor Anstrengung, weil er laufen musste, der Fall war, oder weil ihn die Situation demütigte, wusste sie nicht. Einer der Steine traf ihn hart auf dem Hinterkopf, und Fabio ging zu Boden. Die Kinder stellten sich um ihn herum und begannen, auf ihn einzutreten. Marianne war erschüttert. Sie waren noch so jung und doch schon so verdorben.

Das nächste Bild zeigte Fabio im Alter von dreizehn. Er saß mit einer Gruppe anderer Jugendlicher im Kreis, und in ihrer Mitte lag eine leere grüne Weinflasche. Marianne schloss daher sofort daraus, dass hier Flaschendrehen gespielt wurde. Eigentlich sollte sie sich freuen, dass es Fabio geschafft hatte, doch noch akzeptiert zu werden, aber irgendetwas stimmt nicht bei dem, was sie sah. Sie hatte nicht das Gefühl, dass die anderen Jugendlichen Fabio mochten.

Immer wieder erntete er kritische Blicke, wenn diese nicht sogar abwertend waren. Fabio schien nicht zu merken, dass etwas faul war, denn er glänzte wie ein neuer Euro. Er lächelte und schien ganz versessen darauf zu sein, mit den anderen zu spielen. Ein Junge gab der Flasche einen Stoß, so dass sich diese im Kreis zu drehen begann, und sagte währenddessen:

„Das nächste Mädchen, das die Flasche erwählt, küsst Fetti auf den Mund!"

Sofort lief das dreizehnjährige Ich von Fabio rot an. Als die Flasche stehen blieb, zeigte sie auf ein blondes Mädchen. Dieses lief ebenfalls rot an und begann sofort lautstark zu lamentieren, dass sie lieber ein Schwein küssen würde als Fetti. Der Junge, der die Flasche gedreht hatte, machte sie darauf aufmerksam, dass die Spielregeln besagten, sie habe dem Wunsch der Flasche nachzukommen. Angewidert stand sie trotzig auf und ging zu Fabio hin. Dort angekommen beugte sie sich widerwillig vor und küsste ihn flüchtig auf den Mund.

Nun war sie es, die erneut rot anlief, aber sie hatte ihre Pflicht nicht zur Zufriedenheit des Jungen erledigt, denn er sagte:

„So ein kurzer Kuss zählt nicht. Ich will einen Kuss mit geöffneten Lippen sehen, der mindestens fünf Sekunden andauert!"

Wieder protestierte das Mädchen, aber so waren nun einmal die Spielregeln. Fabio machte nicht mehr den Eindruck, als wäre er stolz, bei den anderen mitspielen zu dürfen. Er schien sich zu schämen. Mariannes Herz blutete bei diesem Anblick. Das Mädchen im Video beugte sich erneut zu Fabio hinunter und küsste ihn, wie es die Regeln verlangten. Aber nach drei Sekunden wandte sie sich abrupt von ihm ab und schrie:

„Ihhh. Der stinkt ja aus dem Maul wie eine Kuh aus dem Arsch!"

Das war der Moment, in dem Fabios Stimmung endgültig kippte. Er sprang auf und lief weinend aus dem Zimmer. Die anderen lachten, und Marianne verstand, dass dieses Lachen für ihn so schmerzhaft sein musste, als würden Messer in sein Fleisch schneiden. Sie sah nun die nächste Seite des Tagebuches, die sich zeigen wollte, und traf plötzlich auf ein Bild, das Fabio zeigte, wie er ungefähr sechzehn war. Dieses Mal saß er mit einem Mädchen in einem kitschig angehauchten Zimmer und lachte und scherzte mit ihr. War sie etwa seine Freundin? Fabio hatte weiter zugenommen und war nun um einiges dicker als mit dreizehn. Marianne konnte sehen, dass Fabio in dieses Mädchen verliebt war. Man musste blind sein, um das nicht zu bemerken. Er himmelte sie an, und sie erzählte ihm selbstverliebt:

„Und dann hat Janette zu mir gesagt, dass mein Haar viel schöner sei als das von Almut. Sie hat gemeint, es wäre ein Wunder, wenn ich mit diesem Haar nicht zum Abschlussball eingeladen werden würde. Ich hoffe so, dass mich Daniel einlädt. Hast du gesehen, wie knackig er in seinen Shorts aussieht? Er hat so einen schönen Körper. Erst letzte Nacht hab ich von ihm geträumt. Weißt du schon, ob du zum Ball gehst, und wenn, mit wem? Ich bin so froh, dass du mein Freund bist. Best friends forever!"

Dann warf sie ihm einen Kuss zu und redete unentwegt weiter. Dass Fabio plötzlich traurig war, sah sie nicht. Marianne verstand, warum er das war. Er war in das Mädchen verliebt und wollte mit ihm auf den Ball gehen und mit niemandem anderen. Marianne schmökerte weiter im Tagebuch, und allmählich fühlte sie ihr schlechtes Gewissen, derart in Fabios Leben herumzuschnüffeln.

Dennoch konnte sie nicht anders, als sich auch das nächste Bild anzusehen. Auf diesem hatte sich sein Leben bereits geändert. Er war darauf zwar noch dicker, aber er schien um einiges glücklicher zu sein. Er blätterte darauf in Kontoauszügen und wurde von diesen nicht gerügt, sondern gelobt, weil er bereits mit seinen ersten Erfindungen so viel verdient hatte. Er musste auf diesem Bild um die zwanzig sein.

Plötzlich trat eine Frau hinter Fabio und schaute ihm über die Schulter. Als sie die Kontoauszüge sah, begannen ihre Augen zu leuchten, und sie sagte zu ihm: „Schön, dass du unsere Kontobewegungen im Auge behältst. Vielleicht ist das der richtige Zeitpunkt, dich zu fragen, ob du mir das neue Kleid von Armani kaufst. Weißt du, Das würde mir so gut passen. Ich weiß, ich hab dich diesen Monat schon einiges gekostet, aber ich zahl es dir im Schlafzimmer zurück, und du willst doch, dass deine Maus gut aussieht. Oder etwa nicht?"

Dann endete das Video, kurz nachdem man noch sah, wie Fabios Augen trotz des Geldes, das er besaß, traurig wurden. Anscheinend wusste er, dass die Blondine aus dem Video mit ihm nur zusammen war, weil sie sein Geld wollte. Marianne war erneut erschüttert. Sie selbst war zwar auch ein Miststück gewesen, aber das Geld von anderen war ihr immer egal gewesen.

Marianne hatte genug gesehen. Wie sie nun wusste, war Fabio immer nur ausgenutzt, beschimpft und gedemütigt worden, und es war ein Wunder, dass er dennoch der Mann geworden war, den er heute darstellte. Klar wusste sie noch immer nicht, wie dick er nun wirklich war. Aber war das eigentlich wichtig? Er hatte ein gutes Herz, war großzügig, und gerade wegen seines Gewichtes stellte er einen Fels in der Brandung dar.

Marianne wollte nun weg von hier. Sie hatte genug herumspioniert und wusste nun, dass auch Fabio es nicht immer leicht gehabt hatte. Er hatte eine andere Art von Behinderung. Eine, die er sich angefressen hatte. Aber was konnte er dafür, dass sein Hunger riesig war? Marianne holte das Blatt aus ihrer Tasche, auf dem der Hurrikan wütete, und tauchte zurück in den Luftstrudel. Dieser verband die Erde mit dem Himmel und transportierte Gegenstände, die normalerweise auf dem Boden zuhause waren, in immer größere Höhen. Sie selbst ließ sich auch vom Wind tragen und genoss das Gefühl der Freiheit. Das hatte sie nur Fabio zu verdanken. Wie sollte sie ihm das nur jemals vergelten?

Plötzlich kam ihr ein Gedanke. Ihr Körper verspürte nun bereits Gefühle, wenn sie sich hier bewegte. Wie würde es sich wohl anfühlen, Fabio zu küssen? Würden sie verschmelzen? Zwei virtuelle Körper, die sich zu einem verbanden? Vielleicht sollte sie das ausprobieren, denn sie war sich sicher, dass Fabio nicht wie eine Kuh aus dem Arsch stank, wie es das Mädchen aus dem Tagebuch behauptet hatte. Schon seltsam, dass sie solche Gedanken hatte. Nun wollte sie aber wirklich nach Hause, und zu diesem Zweck bewegte sie sich auf das Auge des Hurrikans zu.

Als sie darin am Boden stand, schaute sie einen Moment die Türe an, die vor ihr verschlossen war. Nur die rote Türe, eingefasst in einem grünen Rahmen, stand völlig alleine ohne dazugehörige Mauer da, und das Neonröhrenschild leuchtete darüber. Marianne öffnete die Türe und ging hindurch.

Sofort befand sie sich wieder in ihrem Körper und saß vor ihrem Laptop. Sie nahm die Kappe ab und schaute sich um. Blümchen lag vor ihr und schlief, und als sie zum Fenster rollte, um hinauszusehen, sah sie wie versprochen den Streifenwagen, dessen Besatzung vor ihrem Haus Ausschau nach dem Clown hielt. Beruhigt rollte sie wieder zum Esstisch und schaute nach, ob Fabio bereits geschrieben hatte oder ob er noch schlief. Enttäuscht stellte sie fest, dass er anscheinend noch immer schlief, und sie fasste den Entschluss, wieder zu essen.

Erneut schmierte sie sich Brote mit Butterschmalz, und damit das Ganze auch gesund genannt werden konnte, streute sie Schnittlauch darüber. Dann begann sie hastig zu essen. Nun würde wohl bald der Polizist auftauchen, um erneut mit Blümchen Gassi zu gehen. Wieder stellte sie sich die Frage, ob der Polizist mehr von ihr wollte als nur ihre Dankbarkeit, weil er Blümchen ausführte und sie vor dem Horrorclown zu beschützen versuchte. Er war ja wirklich nett, aber ihr Herz schlug mittlerweile für jemand anderen. Es war Fabio, der sie interessierte, und das hatte noch zugenommen, als sie vorhin die Ausschnitte aus seinem Leben gesehen hatte. Sie wollte ihn weder demütigen noch wollte sie sein Geld. Sie hatte erkannt, was für ein gutes Herz er hatte, und das zählte mehr als Aussehen oder Reichtum.

Plötzlich läutete es an der Tür. Das musste Egon sein. Marianne rollte in den Vorraum und öffnete die Wohnungstüre. Es war tatsächlich Egon, der Polizist, und Marianne lächelte ihn an. Wann hatte sie in dieser Welt zum letzten Mal gelächelt? Sie wusste es nicht. Der Polizist kam in die Wohnung und schenkte Marianne nun seinerseits ein breites Lächeln. Während er Blümchen anleinte, sagte er zu Marianne:

„Sollte es in meiner Abwesenheit ein Problem geben, rufen sie mit dem Funkgerät meinen Kollegen. Ich bin mir fast sicher, dass er dann zur Hilfe eilt. Also zumindest fast sicher!"

Dann grinste er sie an und verließ samt Blümchen die Wohnung. Nun war Marianne wieder allein. Würde der Streifenwagen den Clown tatsächlich davon abhalten, ihr einen Besuch abzustatten? Jetzt war sie sich fast sicher, dass der Clown im letzten Video jemand anderer gewesen war. Nur die Stimme war dieselbe gewesen wie auch sonst. Vielleicht hatte sie Play-back gesprochen. Der Clown im Video hatte den Mund geöffnet und geschlossen, als würde er sprechen und als käme die Stimme von ihm, hatte das aber nicht immer völlig synchron geschafft. Zumindest wusste sie jetzt, dass zwei Personen versuchten, sie zu terrorisieren. Das würde sie Egon gleich mitteilen, wenn er mit Blümchen zurückkehrte. Konnte etwa doch Jennifer hinter den gemeinen Anschlägen stecken? Was, wenn sie jemanden beauftragt hatte, den Clown zu spielen? Wenn das der Fall war, was hatte sie dann vor? War sie wirklich gefährlich, oder riss sie die Klappe nur weit auf.

Sie war gespannt, was Fabio zu dem Thema sagen würde, denn er war leider immer noch von Jennifers gutem Herz überzeugt. Aber das musste warten, bis er wieder munter war. Sie konnte es kaum erwarten, ihn im Netz wiederzusehen. Fabio, der Mann, dessen Bauch groß war, aber dessen Herz noch größer war.

Fatso wachte erst gegen Mittag auf, und der Prozess des Wachwerdens dauerte noch länger als sonst. Als er halbwegs bei Sinnen war, fiel ihm sofort Marianne ein, und er verspürte fast so etwas wie ein schlechtes Gewissen, weil er so lange geschlafen hatte. Marianne war bestimmt neugierig, was er ihr zum Thema Programm erzählen würde, das in der Lage war, ihre Vergangenheit aus dem Internet zu löschen. Er hatte die ganze Nacht durchgearbeitet, und deshalb war es kein Wunder, dass er nun hatte schlafen müssen.

Nun aber war es an der Zeit, sich mit ihr im Internet zu treffen, und zu diesem Zweck öffnete er die Singlebörse und begann, Marianne zu schreiben:

>> Liebe Marianne! Ich komme sofort zum Punkt. Ich habe es, glaube ich zumindest, geschafft, das Programm insoweit zu verändern, dass es nun in der Lage ist, ausgewählte Dateien zu löschen. Ich habe seine Funktionalität noch nicht erkundet, weil ich mir gedacht habe, dass du da vielleicht dabei sein willst. Es ist jetzt knapp 13 Uhr. Treffen wir uns um 14 Uhr beim Baum? Dann erzähl ich dir die Details, wie das Programm arbeitet. Voller Vorfreude, dein Fabio! <<

Dann schickte er die Nachricht ab und fuhr mit dem Bett zum Terrarium. Chamberlain war bereits aktiv und wanderte auf der Suche nach leckeren Wüstenheuschrecken umher. Dabei fiel Fatso ein, dass er Pfleger Klaus bitten musste, ihm diese mitzubringen. Das tat normalerweise Jennifer. Was war nur los mit der kleinen Jennifer? War sie etwa doch nicht so unschuldig, wie er es glauben mochte? Was wollte sie mit der Elektrodenkappe anfangen? Hatte sie schon herausgefunden, wie sie funktionierte?

Eigentlich war die Handhabung nicht schwer, und Jennifer war klug. Er stellte sich die Frage, wie der Desktop wohl für Jennifer aussah. Würde er Schnee oder Sand oder eine völlig andere Kulisse darbieten? Und würde auch sie den Schatten auf einigen der Blätter wahrnehmen? Der Schatten stellte Fatso immer noch vor ein Rätsel. Wer warf ihn, und was hatte er zu bedeuten? War er wirklich dazu da, um eine gesicherte Verbindung zu passenden Seiten, die ein User herzustellen versuchte, und handelten diese Seiten wirklich alle von Sex? Er konnte nur mutmaßen, was er bedeutete, aber er war sich fast schon sicher, dass er eventuell einen Weg finden musste, den Schatten zu zerstören.

Kapitel 20

Wie es mit Schatten aber nun einmal so war, musste er den Körper, der ihn warf, verschwinden lassen. Marianne hatte ihm von den Spuren im Sand erzählt. Lebte der Paarhufer auf dem Desktop, und warum hatte er ihn noch nie gesehen? Er nahm sich vor, beim nächsten Besuch im Internet Ausschau nach ihm zu halten. Für den Moment allerdings würde er sich nur dem Einschleusen seines modifizierten Programmes widmen. Er war gespannt, welche Form es annehmen würde. Würde es auch als Tier auftreten wie der Dackel? Gespeichert hatte er diese Form des Programms auf einer mobilen Festplatte. Sollte es seine Funktion tatsächlich erfüllen, freute er sich jetzt schon auf das Gesicht von Marianne, wenn sie dieses Päckchen nicht mehr würde tragen müssen.

Eigentlich hatte sie ihm einen Gefallen getan, als sie ihn gefragt hatte, ob sein Programm denn auch auf diese Art und Weise arbeiten könne. Nur durch sie war er auf die Idee gekommen, dieses zu erfinden. Mittlerweile existierten schon von den meisten Menschen Fußabdrücke im Netz, die sie eigentlich lieber nicht hinterlassen hätten. Mit seinem Programm konnten diese verwischt werden. Stellte etwa der

Schatten diese Fußabdrücke dar? Fürs Erste wollte er sich aber nur um die Kappe kümmern, was ihre Vermarktung betraf. Und um das tun zu können, musste er sie noch ausgiebig testen, um etwaige Fehler zu beheben.

Fatso sah nun auf die Uhr. Er hatte immer noch Zeit bis zu seinem Treffen mit Marianne, aber das war auch gut so, denn er hatte vor, bereits vor ihr ins Netz zu gehen. Er wollte nachsehen, ob auch bei seinem Baum Spuren von dem gehörnten Vieh zu finden waren, und wenn, wohin sie führten. Er setzte nun die Elektrodenkappe und die Schutzbrille auf und band sich das Halstuch um, das ihn vor den scharfen Eiskristallen schützen würde. Dann schloss er die Augen und ging durch die Türe.

Sofort befand er sich im dichten Schneetreiben und war dankbar für die Brille und das Halstuch, das er sich bis über die Nase gezogen hatte. Vor ihm im Schnee stand der Dackel und bellte, und am Himmel konnte Fatso nun einen Vogel kreisen sehen, bei dem es sich zweifellos um einen Raubvogel handelte. War dieser etwa die Festplatte mit dem neuen Programm?

Fatso fing an, mit dem Dackel loszuwandern. Sein Körper war noch fetter als zuletzt, und langsam konnte er dieses Gewicht fühlen. Es fiel ihm bei weitem nicht mehr so leicht, durch den Schnee zu stapfen wie zu Anfang in dieser Welt, aber er kämpfte sich weiter vorwärts. Dennoch dachte er kurz darüber nach, ob er bald zu fett sein würde, um hier auf dem Desktop überhaupt gehen zu können. Was, wenn er so dick würde, dass er erst wieder gefesselt sein würde? Dann würde er nur wie ein gestrandeter Wal hier im Schnee liegen können.

Auch Marianne hatte ordentlich zugelegt. Aber wie gesagt, es stand ihr. Zwar erfüllte sie schon längst nicht mehr das Idealgewicht, wie der Body-Maß-Index es einem vorschreibt, aber sie besaß dieses Strahlen, und Fatso fragte sich, ob sie dieses in der realen Welt auch besaß.

Als er endlich beim Baum ankam, musste er sich erst einmal in den Schnee setzten, so sehr hatte ihn seine kleine Wanderung angestrengt. Während er saß, sah er sich den Boden rund um den Baum an. Fürs Erste konnte er darin keine Abdrücke sehen. Das hieß, außer seinen eigenen und denen des Dackels. Marianne hatte aber davon gesprochen, dass in ihrer Welt Spuren rund um den Baum zu finden gewesen waren. Vielleicht gab es die Spuren aber nur in Mariannes Welt, weil nur von ihr ein Sexvideo im Netz existierte. Dennoch rappelte er sich vom Boden auf und begann, nun auch weiter weg vom Baum zu suchen. Das war allerdings ein unnützes Unterfangen, weil der Schnee schon längst jede Spur verschluckt hatte, die eventuell einmal existiert hatte.

Als er den Baum nur mehr schemenhaft wahrnehmen konnte, machte er sich zu diesem auf den Rückweg. Auch jetzt strengte es ihn beim Gehen an. Er schaute wieder zum Himmel, der mit grauweißen Schneewolken überzogen war, und hielt Ausschau nach dem Vogel. Dieser kreiste immer noch im Sturm. Fatso fragte sich, wie er mit diesem Geschöpf in Kontakt treten konnte. Gedankenverloren fasste er in die Tasche, in die er die Festplatte gesteckt hatte, und fand darin etwas vor, das nicht Fatso hineingepackt hatte. Er zog es heraus und sah, dass es sich um eine Pfeife handelte. Nun war klar, was er zu tun hatte. Er blies mit aufgeblähten Pausbacken hinein, und ein gellender Pfiff ertönte. Dieser wurde sofort vom Vogel erwidert, nicht minder schrill als der aus der Pfeife. Dann stürzte er sich vom Himmel herab.

Fatso rechnete fast schon damit, dass er ungebremst auf den Boden knallen würde, doch auf den letzten paar Metern seines Flugs drosselte er die Geschwindigkeit geschickt und flatterte nun um Fatsos Kopf herum. Immer wieder streifte er dabei mit seinen gewaltigen Schwingen das Gesicht von Fatso, was dieser deutlich spüren konnte. Er streckte seinen Arm nun vom Körper ab, was er einmal im Fernsehen in einem Bericht, der von Falknern und ihren Vögeln gehandelt hatte, gesehen hatte. Wie auch in der Reportage kam der Vogel auf seinem Arm zu sitzen. Er war ziemlich schwer, denn es handelte sich bei ihm um einen Weiß-kopf-Seeadler, der das Wappentier der Amerikaner ist.

Fatso streichelte mit der freien Hand über den Kopf des Tieres, und der Dackel sprang aufgeregt herum und bellte. In der Ferne konnte er einen Menschen sehen, der auf sie zusteuerte. Das musste Marianne sein. Er freute sich bereits darauf, ihr den wunder-schönen Vogel zu zeigen, auch wenn er nicht wusste, welche Funktionen er wie erfüllte. Fatso hoffte, dass der Vogel dann im Hurrikan damit beginnen würde, Blätter aus dem Wind zu fischen, die Mariannes Schandtat gespeichert hatten. Dann konnten sie hof-fentlich dabei zusehen, wie er diese endgültig elimi-nierte, wenn er tatsächlich dazu in der Lage sein wür-de.

Auch Marianne hatte anscheinend mehr damit zu kämpfen, ihr Gewicht zu bewegen, denn sie kam nicht so schnell bei ihm an, wie er es gewohnt war. Als sie dann aber vor ihm stand, staunte sie nicht schlecht über den tierischen Zuwachs. Auch sie war wieder fetter, aber das hielt sie nicht davon ab, den Adler ebenfalls am Kopf zu kraulen. Erst dann sah sie Fabio in die Augen. Ihre Lippen umspielte ein schüchternes Lächeln, und ihre Augen blitzten, als beständen sie aus lauter Sternen, die einem am Nachthimmel den Weg deuten konnten.

Fabio war von ihnen völlig verzaubert. Was passierte gerade? Noch bevor er die Situation weiter analysieren konnte, handelte der virtuelle Körper von Marianne. Ganz langsam bewegte sich ihr Gesicht auf das von Fatso zu, und dann küsste sie ihn. In Fatso erschuf das ein Feuerwerk von Gefühlen, und seine Knie wurden weich. Es war kein anregender Kuss, der bei normalen Pärchen eventuell zu Sex führen würde, sondern der Kuss eines jungen Mädchens, das sich zum ersten Mal wirklich verliebt hatte.

Als der Moment zu Ende ging und sich ihre Lippen wieder von den seinen trennten, schauten sie sich tief in die Augen. In Fatsos Bauch flatterten Zitronenfalter umher, und seine Knie hatten die Standhaftigkeit eines zugekifften Jugendlichen. Der Adler kreiste nun wieder über ihnen, und der Dackel saß vor den beiden und sah sie erwartungsvoll an. Es war Fatso, der zu sprechen begann:

„Marianne, ich weiß nicht, was dieser Kuss zu bedeuten hat. Ich befürchte, dass du das Gefühl hast, du müsstest mich küssen, weil ich dir geholfen habe. Nicht dass ich den Kuss nicht genossen habe, aber die Erfahrung hat mich gelehrt, dass ich nicht jemand bin, den man gerne küsst!"

Marianne bekam einen entsetzten Gesichtsausdruck, und sie stammelte:

„Was denkst du von mir? Ich tue nur das, was mein Herz mir sagt. Und zuvor hat es geflüstert, ich solle dich küssen. Versteh mich nicht falsch. Ich meine es ehrlich mit dir, denn wenn ich dich ansehe, kribbelt mein Bauch, als wäre er mit einer Ameisenkolonie gefüllt. Fabio, ich glaube, ich habe mich in dich verliebt. Du bist der erste Mann, bei dem ich nicht das Gefühl habe, dass er nur meinen Körper begehrt, und das tut so unendlich gut!"

Das änderte alles. Der Sturm, der um sie herumpfiff, tobte nun auch in Fatso. Es war ein Sturm der Freude. Er nahm Marianne bei den Händen und küsste sie noch einmal. Nur um sicher zu gehen, ob es stimmte, was sie zuvor gesagt hatte, denn sein Leben hatte ihn gelehrt, dass man nicht immer auf Worte vertrauen durfte, auch wenn er eigentlich wusste, dass Marianne ihn nicht anlog und auch nie anlügen würde.

Auch dieser Kuss entfachte erneut ein Feuerwerk der Gefühle in Fatso, und als er endete, sah er Marianne in die Augen und sagte:

„Lass uns nun in den Hurrikan eintauchen, bevor meine Beine ihren Dienst völlig versagen. Weißt du, auch ich empfinde mehr für dich, als du vielleicht glaubst. Allerdings werde ich dir über meine Gefühle lieber schreiben, denn im Moment ist es mir noch peinlich, übers Verliebtsein zu sprechen."

Dann machte er sich auf den Weg zum Hurrikan. Der Adler schoss durch den Wind, und bald darauf wurde auch der Hund von den Sturmböen erwischt.

Als auch Fatso und Marianne abhoben, konzentrierte sich er wieder völlig auf das, was er zu tun vorhatte. Er flog durch den Windstrudel und rief Mariannes Namen. Er fing das Blatt mit ihrer Schandtat geschickt aus dem Wind und schaute darauf. Wieder sah er für einen Moment den Schatten. Doch so schnell, wie er aufgetaucht war, war er auch wieder verschwunden. Nun schob er sich das Mundstück der Pfeife in den Mund und stieß einen gellenden Pfiff aus. Der Adler kam angeflogen und flatterte mit seinen gewaltigen Schwingen vor seinem Gesicht. Dann nahm er auf Fatsos Arm Platz, der weiterhin durch den Wind schnellte, als wäre auch er ein Adler oder zumindest ein Kolibri.

Fatso hielt das Ahornblatt vor das Gesicht des Raubvogels. Dieser hatte sofort Interesse am Blatt und nahm es in eine seiner Klauen. Dann begann er, langsam das Blatt in Stücke zu zerreißen und anschließend zu fressen. Eigentlich war er Fleischfresser, aber das zählte in dieser Welt anscheinend nicht. Es dauerte eine Weile, aber dann war das Blatt verschwunden. Jetzt hob der Adler wieder ab und flog erneut durch den Wind. Was neu war, dass er anfing, Blätter herauszufischen und zu zerstören. Das dauerte zwar immer eine Weile, aber er ließ nicht ab von diesem Unterfangen. Wenn alles glatt ging, holte er nur die Blätter aus dem Wind, die Mariannes Video gespeichert hatten. Es würde zwar dauern, aber irgendwann würden dann alle Blätter mit dem Video gefressen sein. So zumindest vermutete es Fatso.

Er und Marianne beobachteten den Adler eine Weile, kamen dann aber zum Vorhaben zurück, weswegen sie ebenfalls hergekommen waren. Sie mussten sich nun wieder auf die Rettung von Franzi konzentrieren. Dazu mussten sie aber mit Sicherheit noch viele Tiere im Streichelzoo aus dem Verkehr ziehen. Fatso war vorhin so geistesgegenwärtig gewesen, sich den neuen Spitznamen, den sein Programm ausgespuckt hatte, zu merken, und er rief nun genau diesen in den Wind.

Ein großes Ahornblatt klatschte ihm ins Gesicht. Das ging so schnell, dass er es nicht schaffte, es zu fangen. Nun gut, eigentlich hatte es sein Gesicht geschafft, dieses zu fangen. Er hielt das Blatt vor sich, um zu sehen, was darauf spielte. Wie gewohnt sah er einen nackten Mann, der vor einem Computer onanierte. Auch dieser hatte eine Tiermaske auf. Es handelte sich dabei um den Kopf einer Katze, die sich wie auch die Kuhmaske des Inhabers dieser Seite sich über Nase und Lippen leckte.

Marianne, die direkt neben Fatso herflog, musste ihre Augen von diesem Geschehen angewidert abwenden. Fatso konnte nur allzu gut verstehen, warum. Dennoch musste sie auch in diese Welt eintauchen, wenn sie Franzi tatsächlich von ihren Qualen erlösen wollten. Fatso fischte den Dackel aus dem Wind und klemmte ihn sich unter den Arm. Dann tauchten er und Marianne gemeinsam ihre Hände in das Blatt, das den Katzenmann zeigte, und wurden samt Dackel hineingesogen, während der Adler weiter im Hurrikan seinen Dienst verrichtete.

Fatso und Marianne standen wie schon die Male davor vor der verschlossenen Kellertür mit dem Guckloch. Abwechselnd sahen die beiden durch dieses Loch. Der Katzenmann hockte vor Franzi auf dem Boden und onanierte. Franzi sah dem Geschehen abwesend zu und schien sich in anderen Sphären zu befinden. Fatso ekelte, was er sah, und dann wuchs erneut Wut in ihm. Er riss die Türe auf und stürmte samt Dackel in den Raum.

Zuerst nahm der Katzenmann sie nicht wahr, was sich änderte, als sie ihm näher kamen. Er sprang auf, und sein erigiertes Glied stand steif wie ein Fahnenmast da. Er versuchte, an Fatso vorbeizulaufen, doch in der Türe stand Marianne. Der Katzenmann fühlte sich eindeutig in die Ecke gedrängt. Fatso wartete fast schon, darauf dass der Katzenmann nun zu pfauchen beginnen würde, aber er tat etwas anderes. Er nahm Anlauf und stieß Marianne einfach um, als bestände sie nur aus Papier. Anscheinend hatte sie noch nicht genug gegessen um auf dieser Ebene etwas gegen die Pädophilen ausrichten zu können.

Wie auch letztens lief der Spanner die Treppen nach oben und stieß die Tür auf. Fatso wusste, was zu tun war, und nahm samt Dackel seine Verfolgung auf. Auch Marianne heftete sich an Fatsos Fersen, und beide liefen durch die geöffnete Kellertür. Sie wurden in eine Welt ausgespuckt, die sie nicht kannten. Es handelte sich um ein Industriegebiet, und sie standen nun alle in einer Sackgasse.

Fatso konnte gerade noch sehen, wie eine Katze an einem Fenstersims entlang lief und in der Fabrik, oder was auch immer das Gebäude darstellte, verschwand.

Dieses Mal sollten sie es anscheinend nicht so leicht haben, das Tier zu markieren, denn dazu mussten sie es erst einmal fangen. Was blieb ihnen also anderes übrig, als ebenfalls in die Fabrik einzudringen? Fatso sagte zu Marianne:

„Nun haben wir den Salat. Wie sollen wir die Katze in diesem riesigen Gebäude finden? Ich hoffe, du hast keine Angst vor dunklen Gassen. Ich glaube, die Fabrik ist alt und schon längst verlassen, und darin gibt es sicher hunderte von Plätzen, die einer Katze als Versteck dienen können. Bevor wir uns aber darüber Gedanken machen sollten, müssen wir zuerst einen Eingang finden!"

Dann marschierte Fatso los heraus aus der Sackgasse auf die größere Straße, die vorne an der Fabrik vorbeiführte. Es war Nacht, und der Mond schien und zeigte dabei seinen wohlgenährten Leib. Anscheinend war hier bald Vollmond, und der Mond durfte sich noch eine Weile fett fressen.

Die Straße, die an ihnen vorbeiführte, bot Platz für zwei Spuren, die aneinander vorbeiführten. Was seltsam war, niemand befand sich auf dieser Straße. Kein Taxi, kein Bus und auch keine Autos von Privatpersonen. Außerdem war es hier still. So still, dass Fatso ein ungutes Gefühl bekam. Sie sollten so schnell wie möglich von hier verschwinden. Dazu mussten sie aber erst die Katze finden.

Zu seiner Freude stellte er fest, dass die Türe, die Eintritt in die Fabrik gewährte, offen stand. Er sagte zu Marianne:

„O.k., anscheinend haben wir Glück. Bist du bereit, in die Fabrik zu gehen und die Katze zu suchen?"

Marianne antwortete entschlossen:

„Klar bin ich bereit. Ich freu mich schon darauf, wenn sie der Dackel findet, denn ich glaube, das wird er tun. Vergiss nicht, Hunde haben eine gute Spürnase!"

Der Dackel saß erwartungsvoll vor den beiden und sprang erst auf, als sie die Treppe, die zur Tür führten, erklommen. Es war der Hund, der als Erstes durch den Türspalt schlüpfte. Erst nach ihm gingen Fatso und Marianne durch die Tür.

Wie vermutetet handelte es sich um eine Art Lagerhalle oder Fabrik. Maschinen standen zwar keine mehr herum, aber an den Decken waren immer noch Ketten aufgehängt, und die eine oder andere Palette aus Holz lag auch noch auf dem Boden. Auch in der Halle herrschte völlige Stille. Von der Katze fehlte jedoch jede Spur, aber der Dackel schnüffelte wie wild herum, was mutmaßen ließ, dass er tatsächlich mehr riechen konnte als Fatso und Marianne.

Der virtuelle Hund hatte anscheinend eine Spur wahrgenommen, denn er begann plötzlich ganz hoch zu bellen. Er wollte auf die Jagd gehen. Auf die Jagd nach einer leckeren Katze, die er beißen konnte. Fatso griff in seine Tasche und spürte darin die Zange und die Ohrmarke, die ebenfalls für die Katze bestimmt war. Dann begann er dem Hund nachzulaufen, der es nun eilig hatte. Auch Marianne folgte ihnen, und ihr Weg führte über eine Eisenstiege, die an der Wand entlang nach oben reichte, wo sich eine Zwischenebene mit Büros befand, wie Fatso vermutete. Der Dackel lief in einem Mordstempo und wackelte dabei aufgeregt mit seinem Hintern.

Als sie alle oben angekommen waren, stand der Hund vor einer verschlossenen Tür und konnte nicht weiter. Fatso versuchte, ob man die Türe öffnen konnte, was aber nicht möglich war. In der oberen Hälfte der Tür war eine Scheibe eingelassen, die den Blick ins Innere gewährte. Sie mussten diese Scheibe einschlagen, um hineinzugelangen. Wie sie das anstellen sollten, wusste Fatso nicht. Er dachte einen Moment lang nach und sah sich um.

Unten, wo die Treppe wieder in die Fabrikhalle führte, hatte er etwas gesehen, das ihm nun weiterhelfen konnte. Er sagte zu Marianne, dass sie einen Moment hier warten solle, da er gleich wieder zurückkommen werde. Dann lief er die Treppe hinunter. Unten angekommen inspizierte er sofort den Gegenstand, den er zuvor im Augenwinkel wahrgenommen hatte. Es handelte sich um eine Sackkarre, die eigentlich dazu da war, schwere Schachteln zu transportieren. Diese eignete sich dazu, die Scheibe einzuschlagen, indem man die Karre als Rammbock verwendete.

Er trug sie hoch und war dankbar dafür, dass er in diesem Teil des Internets keine Anstrengung verspürte. Mit Leichtigkeit bugsierte er die Karre nach oben, und Marianne wartete schon gespannt auf ihn. Fatso stellte die Sackkarre ab und sagte:

„Lass uns die Türe aus dem Weg schaffen. Ich glaube, damit müsste es gehen!"

Kapitel 21

Marianne und er hoben nun die Karre hoch und liefen das kurze Stück am oberen Absatz der Treppe auf die Türe, die im Weg war, zu. Dann ließen sie die Karre mit voller Wucht gegen das Glas der Türe knallen. Sofort zerbarst dieses. Allerdings handelte es sich aber um Sicherheitsglas, weswegen es nicht direkt zu Boden regnete, sondern im Rahmen verblieb. Nun war das Glas aber nicht mehr stabil, und es würde ein Leichtes sein, es endgültig aus der Fassung zu schlagen.

Erneut nahmen sie Anlauf und ließen die Karre wieder mit voller Wucht gegen das Glas knallen. Dieses Mal wurde das zersprungene Glas endgültig samt Drahtgeflecht aus der Tür gerissen und flog in das Büro auf der anderen Seite der Tür. Fatso griff durch die Öffnung und legte auf der anderen Seite der Tür den Riegel um. Was für ein Glück, dass man keinen Schlüssel für die Türe benötigte.

Nun ließ sie sich problemlos öffnen. Sofort stürmte er mit Marianne und dem Dackel in das Büro und ließ zu, dass der Hund ihn dabei überholte. Wieder schnüffelte er wie wild am Boden herum. Der Raum, in dem sie sich befanden, war groß genug, um mehrere Schreibtische zu beherbergen, aber von solchen fehlte jede

Spur. Auf der anderen Seite des Raums führte eine Türe in einen weiteren Raum, aber auch diese war geschlossen, wenngleich sie auch nicht abgesperrt war. Fatso öffnete dem Dackel die Tür, und dieser sprang sofort in den Raum.

Sie hatten ihr Ziel erreicht. Sie befanden sich nun in einem Art Lagerraum, in dem wohl eigentlich Akten und dergleichen aufbewahrt wurden. Es standen leere Regale herum, und der Anblick erinnerte Fatso an seine Wohnung. Ganz hoch oben auf einem Regal saß die Katze mit leuchtend roten Augen, während sich Rauch aus ihrer Nase kräuselte und pfauchte. Sie sah aus wie eine fette Hauskatze, und anscheinend, wie sollte es auch anders sein, handelte es sich um ein besonders biestiges Exemplar. Wie sie hier hereingelangt war, war Fatso ein Rätsel. Konnte sie wie ein Geist durch Wände gehen, oder hatte sie ein Schlupfloch gefunden, das hierher führte?

Fatso handelte schnell. Er nahm den Dackel unter den Arm, und dann zog er einen Hocker herbei, der ebenfalls im Raum stand. Dann stellte er sich auf den Hocker und setzte den Hund auf das gleiche Regal, an dessen Ende die Katze hockte. Sofort lief der Hund zu ihr und wollte sie beißen. Dieses Tier aus dem Streichelzoo wusste sich aber zu wehren. Sie pfauchte und teilte Prankenhiebe aus, die den Dackel schmerzvoll auf der Schnauze trafen. Immer wieder heulte der Hund auf, aber dann schaffte er das, wozu er gemacht worden war. Er verbiss sich im Bein der Katze und ließ sie nicht mehr los, obwohl sie ihn weiterhin mit ihren Krallen bearbeitete.

Dann plötzlich veränderte sich ihre Gestalt, und sie wurde wieder zu dem nackten Mann mit der Katzenmaske am Kopf. Der Hund ließ ihn nun los, denn er hatte alles erreicht, was er brauchte. Mit seinem Biss hatte er ihn gezwungen, seine wahre Gestalt anzunehmen. Nun waren Fatso und Marianne an der Reihe zu handeln. Fatso ließ zu, dass der Katzenmann vom Regal sprang, um weiteren Bissen seitens des Dackels zu entfliehen, aber unten vor dem Regal wartete schon Fatso auf ihn.

Er warf sich auf den Katzenmann, und Marianne tat es ihm gleich. Nun herrschte kurze Zeit ein Kampf zwischen den Dreien, aber schon bald gelang es ihnen, den nackten Katzenmann am Boden zu fixieren. Sofort griff Fatso in seine Tasche und holte die Zange samt Marke heraus. Geschickt stanzte er dem Pädophilen die Marke ins Ohr und war froh, als dies erledigt war. Nun konnten sie den Nackten einfach ziehen lassen, denn sie hatten alles erreicht, was sie wollten, aber bevor sie das taten, musste Fatso noch wissen, wie der Mann unter der Maske aussah. Er riss sie ihm vom Kopf und schaute in ein Gesicht des Entsetzens. Er prägte sich das Bild ein, und dann stieg er von ihm herunter.

Der Katzenmann rappelte sich sofort auf und lief schnurstracks aus dem Lagerraum, aber keiner von ihnen machte sich die Mühe, ihm zu folgen. Fatso hob den Dackel vom Regal, der nun wieder freudig bellte. Auch Marianne schien glücklich zu sein, denn sie grinste selig. Sie waren ihrem Ziel nun wieder ein Stück nähergekommen. Nun würden auf dem Blatt des Katzenmannes die Koordinaten dessen Computers zu sehen sein, und sie war schon neugierig, welchen Spitznamen das Programm als Nächstes ausspucken würde. Egal, sie würden auch diesen Pädophilen enttarnen.

Fatso holte das Blatt aus der Tasche, das den Hurrikan zeigte, und sie alle tauchten in dieses Bild ein. Sofort flogen sie wieder durch die Urgewalt, die der Wind darstellte. Der Dackel unter Fatsos Arm wedelte, und sie alle machten sich auf in das Innere des Hurrikans. Dort in seinem Auge konnten sie schleunigst nach Hause zurückkehren, denn Fatso hatte

Sorge, dass Marianne sonst vom Fleisch fallen würde, wenn sie nicht schnell etwas Kalorienreiches aß.

Unten vor der Tür drückte Marianne Fatso einen zaghaften Kuss auf den Mund, und Fatso spürte es sofort wieder. Er war verliebt, und wie es aussah, traf das auch auf Marianne zu. Aber etwas dabei bereitete ihm Sorge. Sie wusste nicht, wie fett er in der realen Welt war, aber über dieses Problem wollte er ein anderes Mal nachdenken. Vielleicht würde er ihr doch noch ein aktuelles Foto von sich zukommen lassen. Nur um zu sehen, ob sie auch in diesen Fatso verliebt sein würde.

Allerdings nahm er rasant ab. Also welches Foto würde schon länger als einen Tag aktuell sein? Noch einmal küsste er Marianne, und sie hielten sich dabei an den Händen und schauten sich tief in die Augen. Als sie einander losließen, sagte Marianne zu Fatso:

„Ich küsse dich, obwohl ich nicht einmal deine Telefonnummer kenne, geschweige denn deine Adresse. Findest du nicht, dass es an der Zeit ist, mir diese Informationen zu geben? Vielleicht schickst du mir diese über die Singlebörse, dann können wir auch miteinander telefonieren!" Erst jetzt fiel Fatso ein, dass Marianne Recht hatte. Sie hatten noch nicht die Zeit dazu gefunden, sich die Telefonnummer des anderen aufzuschreiben.

Nun war es aber wirklich Zeit, von hier zu verschwinden, und Fatso sagte zu Marianne:

„Klar, machen wir. Aber nun lass uns fürs Erste von hier abhauen. Ich freu mich aber schon jetzt darauf, dich wiederzusehen!"

Dann sah er dabei zu, wie sich Marianne endgültig von ihm löste und durch die grüne Tür ging. Fatso schritt nun ebenfalls mit dem Dackel unter dem Arm durch die Türe und befand sich sofort wieder in seinem Körper. Augenblicklich stellte er fest, dass er wieder mächtig abgenommen hatte, was zur Folge hatte, dass seine Haut anfing, lose herabzuhängen. Im Prinzip sah er schlimmer aus als in der Zeit, in der er 350 Kilo gewogen hatte. Er kontrollierte sein Gewicht und stellte fest, dass er bereits unter250 Kilo wog. Also hatte er bereits ein bisschen über hundert Kilo abgenommen. Wenn er das jemandem erzählte, würde ihm dieser jemand nicht glauben. Hundert Kilo in so kurzer Zeit zu verlieren, gehörte fast im Guinness-Buch der Rekorde verewigt.

Fatso rollte mit dem Bett in die Küche und überlegte, ob er etwas essen sollte. Etwas Gesundes mit wenigen Kalorien. Das Problem war, dass sich so etwas nicht in seinem Kühlschrank befand, also fuhr er mit dem Bett zurück ins Zimmer, in dem das Terrarium von Chamberlain stand, und ignorierte seinen Hunger. Er dachte nun daran zurück, was sie gerade erlebt hatten. Er und Marianne waren ein gutes Team. Wieder ein triebgesteuertes Tier, das entlarvt worden war. Zu Fatsos Glück hatte er ein fotographisches Gedächtnis und wusste genau, wie die Männer aussahen, denen er die Maske vom Gesicht gerissen hatte.

Nun dachte er an den Adler, der hoffentlich seinen Dienst tun würde. Dieser segelte im Moment wohl in der Internetwelt und fraß zerkleinerte Blätter. War der Vogel in Gefahr? Was, wenn der Schatten hinter ihm her sein würde oder gar das Tier, das den Schatten warf? Der Schatten stellte ihn immer noch vor ein Rätsel. Allerdings glaubte er mittlerweile tatsächlich, dass der Schatten die Fußabdrücke im Netz darstellte, die mit Sex zu tun hatten und die man nicht so einfach von dort entfernen konnte. Außer man war Erfinder und entwickelte ein solches Programm, das dazu in der Lage war. Aber er wollte den Tag nicht vor dem Abend loben.

Was sollte er nun tun? Es dauerte noch Stunden, bis es Zeit war, schlafen zu gehen. Aus diesem Grund fing er an, Marianne zu schreiben. Er schrieb:

>> Liebste Marianne! Als wir uns heute geküsst haben, ist etwas in mir zu Bruch gegangen. Und zwar die unwiderrufliche Gewissheit, dass es für mich keine Frau auf der Welt gibt, die mich so liebt, wie ich bin. Zwar weißt du immer noch nicht, wie ich in der realen Welt aussehe, aber glaube mir, das ist im Moment noch besser so. Ich nehme zwar massiv ab, aber dafür hängt nun meine Haut lose herab wie ein nasser Sack. Bis zu meinem Idealgewicht, wie ich es habe, wenn wir Pädophile jagen, ist es noch ein weiter Weg. Aber glaube mir, dieses Mal schaffe ich es. Ich hab das Zeug dazu, konsequent an mir zu arbeiten, auch wenn ich das bisher unterlassen habe. In mir hat ein Loch existiert, das ich nur mit fettem Essen stopfen konnte. Nun ist dieses Loch aber anderweitig ausgefüllt, und zwar mit dem Kribbeln, das ich in mir spüre, wenn ich an dich denke oder live vor dir stehe. In diesen Momenten versagen meine Beine fast ihren Dienst. Ich hoffe, es geht dir genauso. Ach ja, im Anhang findest du eine Visitenkarte von mir. Nun wünsche ich dir einen guten Appetit. Iss, so viel du kannst. In Liebe, dein Fabio! <<

Dann schickte er die Nachricht ab und lehnte sich zurück. Er schaute immer wieder auf die Uhr und stellte sich die Frage, was er tun sollte. Und dann fiel ihm etwas ein, das ihm einen weiteren Nutzen bringen würde. Er wog nun wie gesagt viel weniger, und vielleicht konnte er seine Beine bereits wieder gebrauchen. Er dachte kurz darüber nach, was passierte, wenn das nicht der Fall sein würde, fasste aber den Entschluss, dieses Risiko einzugehen. Gekonnt steuerte er das Bett neben eine Regalwand, so dass zwischen Bett und Regalen eine Enge von gut einem Meter entstand. Fatso hob nun seine Beine und drehte sich, was anstrengend war, als Ganzes im Bett, so dass seine unteren Extremitäten jetzt aus dem Bett hingen. Das Ganze forderte ihn sehr, aber er schaffte es, sich an den Bettrand zu setzen und seine Beine vom Rand herabbaumeln zu lassen.

Er atmete tief durch, und dann ließ er seinen Allerwertesten vom Bettrand rutschen, so dass er auf seinen Beinen zu stehen kam. Mit einer Hand hielt er sich an der Regalwand fest, und die andere umklammerte das Bettgestell seines Elektroflitzers. Zwar nahm er seinen Beinen so noch einiges Gewicht ab, das sie tragen mussten, aber ganz langsam ließ er das volle Gewicht auf diese einwirken. Er hatte es geschafft, er konnte stehen. Der nächste Schritt war herauszufinden, ob er denn auch gehen konnte. Er probierte das aus, indem er einen Schritt vor den anderen setzte, und er bewegte sich weiter am Bett entlang, ließ dieses jedoch nicht los. Nur die Regalwand hatte er bereits losgelassen.

Mit jedem Schritt wuchs Euphorie in ihm heran, gleichzeitig merkte er aber, wie seine Beine, weil sie untrainiert waren, schwächer wurden. Es war besser, sich wieder hinzulegen. Er ging das Stück, das er gegangen war, zurück und setzte sich gerade noch rechtzeitig auf den Rand der Matratze, bevor seine Beine endgültig ihren Dienst versagten. Er atmete tief durch und legte sich dann wieder ins Bett. Sofort fasste er den Entschluss, das Bett wieder zu verlassen, denn vielleicht würde er bald eigenständig auf die Toilette gehen können. Er wollte endlich wieder in eine richtige Toilette scheißen. Eine, die die stinkende Materie einfach hinunterspülte, und nicht die ganze Wohnung damit verpestete.

Dazu musste er aber trainieren. Außerdem nahm er sich vor, Pfleger Klaus darum zu bitten, ihm einen Rollator zu besorgen. Das konnte dieser tun, wenn er die Heuschrecken für Chamberlain holte, denn gleich neben der Tierhandlung befand sich ein Sanitätshaus, das solche Produkte führte. Er würde damit jeden Tag ein paar Schritte mehr machen, bis seine Beine wieder stark würden. Irgendwann, so hoffte er, würde er dann zu Marianne gehen können, aber bis dorthin war es noch ein weiter Weg.

Was Pfleger Klaus davon halten würde, dass er kontinuierlich und massiv abnahm, wusste er nicht. Nun dachte er wieder an die Internetwelt. Warum gab es um Mariannes Baum herum Fußabdrücke und bei seinem Baum nicht? Es musste einfach stimmen, dass der Kuhschatten und der Körper, der ihn warf, Marianne verfolgten, weil von ihr das besagte Video bestand. Würde der Paarhufer aus ihrer Welt verschwinden, wenn der Adler auch das letzte Blatt eliminiert haben würde? Man wird es sehen, dachte sich Fatso, aber er war guter Dinge, was das betraf. Er war es gewohnt, dass seine Erfindungen funktionierten.

Kapitel 22

Plötzlich nahm er von einer Sekunde zur anderen wahr, wie leise es eigentlich in seiner Wohnung war, und in diesem Moment fand er es schade, dass der Dackel in der realen Welt lediglich ein Laufwerk war. Wenn er wieder würde gehen können, konnte er sich ja vielleicht einen Hund zulegen. Oder er füllte die Stille, indem er mit Marianne kommunizierte. Gemeinsam in einer Wohnung, die ihnen beiden gleichermaßen gehörte. Das waren Tagträumereien, aber diese gehörten ebenso zum Verliebtsein wie der Rest.

Er fragte sich, ob es Marianne tatsächlich gleich ging, denn das Ganze war so plötzlich und ohne jegliche Vorwarnung passiert, und er konnte sein Glück immer noch nicht fassen. Dafür hatte er in seinem Leben zu viele negative Erlebnisse gehabt. Deswegen hatte er sich jahrelang nur mit dem Erfinden neuer Gegenstände beschäftigt. Wieder schaute er auf die Uhr. Die Zeit kroch langsam wie eine Schnecke dahin, und Fatso war es langweilig. Er beschloss nachzusehen, ob ihm Marianne vielleicht schon zurückgeschrieben hatte. Er klappte den Laptop auf und stellte fest, dass sie das tatsächlich bereits getan hatte.

>> Liebster Fabio! Danke, dass du mir deine persönlichen Daten geschickt hast. In Anhang dieser Nachricht stehen auch die meinen. Ich freu mich bereits darauf, mit dir zu telefonieren, aber das Schreiben von Nachrichten möchte ich dennoch beibehalten. Ich liebe es, von dir zu lesen. Deine Worte sind immer so voller Gefühl, wie ich es von Männern eigentlich nicht gewöhnt bin. Vielleicht wird man gefühlvoller, wenn die eigene Libido abnimmt. Dass du mir nicht das Gefühl gibst, du wärst nur auf meinen Körper scharf, bedeutet mir viel. Dennoch will ich dir gefallen, aber eben auf andere Art und Weise. Bei dir spüre ich, dass du mir direkt in die Seele blicken kannst. Du nimmst mich so wahr, wie ich bin, und gibst mir nicht das Gefühl, dass ich etwas an mir ändern muss! Mir ergeht es ebenso. Ich liebe deine Seele, denn nur diese lebt ewig. Schönheit ist vergänglich. Wenn du irgendetwas an dir ändern willst, mach das bitte nur, weil du dir selbst besser gefallen willst, denn ich liebe dich, wie du bist. Im Moment sitze ich im Rollstuhl und stopfe mich mit Essen voll, alles garniert mit einer dicken Schicht Butterschmalz. Vielleicht solltest du aber auch wieder einmal etwas essen, denn sonst wirst du zu schwach, um Kinderschänder zu jagen. Franzi braucht uns, und deswegen würde ich sagen, dass wir

uns gleich morgen in der Früh, nachdem Pfleger Klaus bei uns gewesen ist, wieder im Internet treffen. Wir müssen uns beeilen, Fabio. Das spüre ich mit jeder Faser meines Körpers. Schade, dass das Programm von dir immer nur einen Namen ausspuckt. Aber dem müssen wir uns fügen. Hast du schon nachgesehen, wie der neue Spitzname lautet? So, nun wünsche ich dir noch ein paar schöne Stunden, bis du schlafen gehst. Erhol dich gut, ich werde es mit Sicherheit auch tun! Liebe Grüße, deine Marianne! PS: Bitte lass nicht zu, dass auch deine Persönlichkeit abnimmt! <<

Erfreut klappte Fatso den Laptop zu. Marianne schaffte es auch, ihn mit Worten zu verzaubern. Er dachte nun darüber nach, wie er ihr eine Freude machen könnte. Sollte er ihr irgendetwas kaufen? Nein, so war sie nicht. Sie legte keinen Wert darauf, dass man sie beschenkte, dessen war er sich sicher. Aus diesem Grund beschloss er, sie aus seiner Erinnerung heraus zu malen. Ja, er konnte auch zeichnen und das ziemlich gut, wobei ihm sein fotographisches Gedächtnis dabei zugutekam. Er malte sie mit dem Gesichtsausdruck, den sie gehabt hatte, nachdem sie ihn geküsst hatte. Dieser Blick war so rein und voller Liebe gewesen.

Als er nach vier Stunden mit dem Bild fertig war, rief ihn bereits die Traumwelt. Er legte die Zeichnung beiseite und fuhr den Kopfteil des Bettes nach unten. Ganz flach lag er natürlich nicht, weil unter seinem massigen Rücken Polster übereinandergeschichtet waren. Er schloss die Augen, wie er es auch tat, wenn er die Elektrodenkappe aufhatte, aber anstelle einer Winterlandschaft, die er betrat, glitt er langsam in die Welt, in der seine Träume lebten. Er schlief ein, und ein seltsamer Traum bemächtigte sich seines schlafenden Geistes. Er stand wieder in dem Industriegebiet, in dem sie die Katze gejagt hatten. Er war hier völlig allein. Kein Dackel und keine Marianne, die ihm den Rücken stärkten. Er sah sich um. Anders als bei seinem Besuch hier vor ein paar Stunden befand sich der Mond erst am Anfang eines immer wiederkehrenden Zyklus, in dem er entweder zu oder abnahm. Nur die Straßenlaternen erhellten das Industriegebiet, und dafür war Fatso äußerst dankbar. Er stand einfach nur da, und nichts passierte, aber dennoch hatte er das Gefühl, dass er nicht alleine hier war.

Plötzlich hörte er im Traum wieder dieses langgezogene schaurige „Muuuh", und dann verschwand plötzlich der Traum, und er befand sich eingehüllt in traumloser Schwärze, bis der Morgen graute.

Marianne wachte am Morgen auf und brauchte einen Moment, bis sie sich daran gewöhnt hatte, nicht mehr zu träumen. Die Nacht war turbulent gewesen, denn ein Traum hatte den nächsten gejagt, und ein jeder war noch verrückter gewesen als sein Vorgänger. Wenn sie nun versuchte, das Puzzle der Bilder, die sie gesehen hatte, zu einem Ganzen zusammenzufügen, kam sie zu keinem befriedigenden Ergebnis, und je länger sie wach war, umso mehr verschwammen die Bilder in ihrer Erinnerung.

Sie schaute auf die Uhr. Noch zwei Stunden, bis der Pfleger zu ihr kommen würde. Heute hatte sie ihn wieder geordert, weil sie dringend duschen musste. Viel mehr noch als eine Dusche benötigte sie es aber, Fabio wiederzusehen. Gestern hatte sie ihn geküsst, und das nicht nur einmal. Wie es dazu gekommen war, wusste sie nicht. Sie hatte in seine Augen gesehen, und plötzlich war sie wie verzaubert gewesen, und sie hatte ihn einfach küssen müssen. Nun stellte sie sich die Frage, wie man sich derart plötzlich und schnell verlieben konnte, denn genau das war passiert. Wenn sie an ihn dachte, vibrierte sie fast, und ein Kribbeln im Bauch tat sein Übriges dazu, dass sie weiterhin verzaubert blieb.

Ganz selbstkritisch hinterfragte sie dennoch, was sie selbst betraf, ob sie sich vielleicht nur einbildete, verliebt zu sein, und sie eigentlich nur dem armen Fabio einen Gefallen hatte tun wollen, aber bei diesem Gedanken musste sie auflachen. Zu eindeutig waren die Signale, die ihr ihr Körper zusandte, und sie musste einfach nur auf diese vertrauen, womit sie immer ihre Schwierigkeiten gehabt hatte. Ob Fabio wohl ebenso wach war?

Sie hielt es nicht mehr aus, von ihm getrennt zu sein, weswegen sie beschloss, ihn anzurufen, um wenigstens seine Stimme zu hören, denn immerhin hatte er ihr erzählt, dass er meistens sehr früh aufwachte. Seine Nummer hatte sie bereits in ihrem Handy gespeichert, und sie nahm dieses zu Hand und tätigte den Anruf. Ein Freizeichen erklang in der Leitung, und Marianne wartete bereits ungeduldig darauf, dass Fabio abnehmen würde.

Als das eintrat, war sie einen Moment sprachlos. Dann aber sagte sie zu ihm:

„Guten Morgen, mein Großer! Tut mir leid, dass ich dich schon um diese Uhrzeit anrufe, aber ich musste einfach deine Stimme hören. Wenn du mit mir redest, wandern mir wohlige Schauer über den Rücken, und das ist ein Gefühl, das man immer wieder haben will. Wie lange bist du schon auf?"

Fatso antwortete:

„Schon eine ganze Weile, und übrigens darfst du mich auch mitten in der Nacht anrufen, wenn du ein Problem hast, denn auch ich liebe deine Stimme!"

Das hörte Marianne gern und sie konterte:

„Gut zu wissen! Das nächste Mal ruf ich dich um drei in der Früh an!"

Und dabei kicherte sie. Fabio sagte nun gutgelaunt:

„Mach nur. Du wirst sehen, ich bin auch in der Nacht ein guter Zuhörer. Das liegt mir, wurde mir bereits gesagt. Aber was für ein Problem solltest du mitten in der Nacht haben, das sofort gelöst werden muss?"

Marianne dachte kurz nach uns sagte dann:

„Ich weiß nicht. Wenn zum Beispiel der Clown auftaucht, kann ich dir zumindest noch sagen, dass ich gleich sterben werde und dass es eine Freude war, mit dir zusammen zu sein. Dann kann ich guten Gewissens abtreten!"

Sofort entgegnete Fatso mit ärgerlicher Stimme:

„Das darfst du nicht einmal denken. Wie du mir gesagt hast, steht eine Polizeistreife vor dem Haus, und der Clown getraut sich bestimmt nicht in die Nähe deiner Tür! Apropos, war bereits der Polizist bei dir, um mit Blümchen seine Runde zu drehen?"

Erst jetzt dachte Marianne an die Polizisten. Wann würde Egon Burgherr läuten? Noch machte Blümchen einen müden Eindruck und hatte anscheinend noch nicht den Drang, sich zu erleichtern. Dennoch rollte Marianne mit dem Rollstuhl zum Fenster, das eigentlich Sicht auf den Polizeiwagen bieten sollte, aber da stand kein Wagen. Ganz leicht nervös sagte sie nun zu Fabio:

„Im Moment sehe ich keinen Polizeiwagen. Wahrscheinlich sind sie zu einem dringenden Einsatz gerufen worden. Aber warum auch sollte der Clown ausgerechnet jetzt kommen? Ich glaube, das würde er in der Nacht tun, wenn er mich im Bett erwischen würde ohne jegliche Chance, mich gegen ihn zu wehren, denn was sollte ich schon tun, wenn ich flachliege?"

Fatso sagte darauf: „Du könntest deinen Bluthund zu Hilfe rufen. Wäre ein toller Anblick zuzusehen, wie dein Hund einen Clown in den Arsch beißt!"

Dann nach einer kurzen Pause sagte er:

„Bei mir hat es gerade geläutet! Das muss Pfleger Klaus sein. Ich würde sagen, wir treffen uns in drei Stunden im Internet. Freu mich schon darauf, deinen virtuellen Körper zu sehen. Ach, wie gerne würde ich dich in der realen Welt sehen! Nun muss ich aber auflegen. Freu mich auf dich! Kuss!"

Dann beendete er das Gespräch. Nun war es wieder still in der Wohnung. Blümchen rührte sich noch immer nicht, und Marianne war es langweilig. Nun gut, wenn Klaus jetzt bereits bei Fabio war, hieß das, dass es nicht mehr lange brauchen würde, bis er auch auf ihrer Türmatte stehen würde.

Bis sie sich mit Fabio im Internet treffen würde, dauerte es noch eine ganze Weile. In ihrer Verzweiflung fing sie an, die Zeitung von gestern durchzublättern. Plötzlich erstarrte sie förmlich, und der Grund dafür war ein Foto. Über dem Bild stand die Schlagzeile: „Polizist rettet Jungen das Leben!"

Darunter am Bild war der Freund und Helfer abgebildet, bei dem es sich zweifellos um den Mann handelte, der gestern als Katze vor ihnen geflohen war. Marianne konnte es nicht glauben. Also war auch ein Polizist an den Freveltaten beteiligt, die im Netz zu sehen waren. Das änderte alles. Sie mussten aufpassen, wem sie am Ende die Daten aushändigen würden, die den

Streichelzoo betrafen. Was, wenn der Polizist alle Beweise vernichtete, denn genau das würde er tun. Die Möglichkeit dazu hätte er sicher, denn er hatte Zugriff auf alle Polizeicomputer und die Asservatenkammer.

Hektisch begann sie, den Artikel zu lesen. Darin ging es im Großen und Ganzen darum, dass ein Polizist einen sechsjährigen Jungen gerettet hatte, der im Eis eines Sees eingebrochen war. Dazu hatte er sich selbst aufs Eis gewagt und es geschafft, den Buben an Land zu bringen. Auf dem Bild sah man das Kind, eingewickelt in eine Decke, und daneben stand der Kinderschänder. Marianne wurde fast schlecht, wenn sie daran dachte, was er wohl mit dem Jungen getrieben hätte, wenn es niemand jemals erfahren hätte. Und nun wurde dieser Mann auch noch gelobt. Der Mann, der es schaffte zu onanieren, wo nur menschliches Leid zu sehen war.

War es vielleicht geschickt, mit Egon Burgherr zu sprechen? Vielleicht sollten sie sich ihm bereits jetzt anvertrauen, denn er machte einen ehrlichen Eindruck. Aber würde er ihr glauben? Nein, sie brauchten noch mehr Beweise. Sie mussten damit warten, die Bombe platzen zu lassen, bis auch der letzte Mann, also der Inhaber des Streichelzoos, entlarvt sein würde. Aber dann ..., aber dann konnte Egon ihnen vielleicht helfen.

Plötzlich läutete es an der Tür. War das der Polizist, an den sie eben gedacht hatte? Sie rollte zur Wohnungstüre und sah auf den Bildschirm der Außenkamera. Tatsächlich es war der Polizist. Mit neuem Mut öffnete sie die Türe und ließ ihn herein. Er fing sofort an, sich zu entschuldigen:

„Es tut mir äußerst leid, dass ich erst jetzt komme. Auf der Umfahrung hat es einen schrecklichen Unfall gegeben, und jeder verfügbare Polizist wurde dorthin beordert. Ich verspreche, dass wir uns nun wieder unserer Aufgabe widmen. Als Erstes werde ich aber mit Blümchen eine Runde drehen!"

Er nahm die Leine vom Haken, und das war das Zeichen für Blümchen, aufzustehen und zu ihm zu laufen. Das tat sie mit wedelndem Schwanz, als wäre er ein Propeller, der sie gleich würde abheben lassen.

Während der Polizist mit dem Hund draußen war, fasste sie den Entschluss, ihn nach seinem gefeierten Kollegen zu fragen. Vielleicht konnte sie in Erfahrung bringen, wie viele Freunde er unter seinen Kollegen hatte und wie Egon über ihn dachte. War er wirklich so ein Held oder nur ein unentdeckter Straftäter, der selbst wahrscheinlich nicht einmal Gewissensbisse hatte, ein Kind zu beobachten, wie es Qualen erduldete, die nicht menschlichen Ursprungs waren, sondern ihr von Monstern zugefügt wurden.

Nach einer guten halben Stunde kehrte der gute Polizist mit Blümchen zurück und hatte ganz rote Backen. Anscheinend war es draußen kalt, was sie nur mutmaßen konnte, weil sie sich selbst noch nicht vor die Türe getraut hatte. Welchen Grund hatte sie auch dazu? Der Beamte setzte sich nun zum Tisch und war anscheinend redselig. Er sagte zu Marianne:

„Vielleicht darf ich Ihr Angebot von gestern annehmen, eine Tasse Kaffee zu trinken. Mein Kollege trinkt keinen Kaffee. Ich bin mir nicht einmal sicher, ob er überhaupt trinkt und isst, denn dabei beobachtet habe ich ihn noch nie!"

Und dann lachte er herzhaft. Marianne sagte zu ihm:

„Vielleicht ernährt er sich von Licht. Es gibt vergeistigte Wesen, die behaupten, genau das zu tun. Also vermute ich, dass er eine Art Topfpflanze ist!"

Dann lachte auch sie, und es tat gut, so fröhlich zu sein. Während der Polizist an der Tasse mit dem schwarzen Gebräu nippte, deutete Marianne auf das Foto auf der Zeitung und sagte ganz beiläufig:

„Kennen Sie diesen Mann, der der Retter des Jungen war?"

Sofort schien sie wahrzunehmen, wie sich die Mimik des Polizisten verfinsterte. Aber eben nur einen Moment, dann hatte er sich wieder unter Kontrolle. Er sagte, als hätte sie ihn bei etwas ertappt:

„Es gibt Polizisten, die im Rampenlicht stehen, und es gibt jene, die die Arbeit erledigen. Dieser Polizist sucht sich seine Einsätze genau aus. Tut mir leid, dass ich bereits über einen weiteren Kollegen schimpfe, aber sie können mich sicher verstehen. Ich für meinen Teil weiß, dass ich jede Aufgabe in Angriff nehme, egal, wie unangenehm sie auch ist, und auch wenn deren Erledigung nicht auf das Titelblatt der Zeitung führt!"

Marianne fühlte sich fast geehrt, dass er so ehrlich zu ihr sprach. Wieder stellte sie sich die Frage, warum er das tat, und wieder einmal vermutete sie, dass ihm irgendetwas an ihr gefiel. Deswegen sagte sie:

„Zu mir können Sie ehrlich sein. Ich schweige wie ein Grab. Außer wenn ich mit meinem Freund telefoniere. Da kann ich die Klappe einfach nicht halten!"

Das hatte sie nicht ohne Grund gesagt. Sie wollte, dass sich der Polizist keine falschen Hoffnungen machte, aber in seinem Gesichtsausdruck war nichts zu lesen. Er sah keineswegs enttäuscht aus, aber auch nicht erfreut. Als hätte er ihre Gedanken gelesen, sagte nun der Polizist seinerseits:

„Da geht es Ihnen gleich wie mir und meiner Frau. Da mein Kollege nicht viel redet, vertreibe ich mir die Zeit damit, mit ihr zu telefonieren und über Gott und die Welt zu palavern!"

Nun war Marianne erfreut. Es ging dem Polizisten also wirklich nicht um irgendetwas Körperliches, zu dem sie auch nicht bereit gewesen wäre, auch wenn es Fabio nicht gäbe. Als der freundliche Polizist ausgetrunken hatte, sagte er:

„So, nun geh ich wieder hinaus in den Wagen. Wenn irgendetwas ist, haben Sie ja das Funkgerät, und ich empfehle, auch das Schrotgewehr in Reichweite zu haben!"

Dann war er bereits wieder draußen. Marianne schaute auf die Uhr. Nun würde gleich Pfleger Klaus hier sein. Eigentlich sollte er schon da sein. Wie bestellt läutete es erneut an der Tür. Einen Augenblick später stand auch schon der Hüne Klaus vor ihr, und eine halbe Stunde später kamen die beiden aus dem Bad, und Marianne roch wieder frisch geduscht.

Während Klaus in der Kurve eintrug, was genau er heute getan hatte, fragte ihn Marianne beiläufig:

„Gibt es etwas Neues von Jennifer? Hat man sie schon ausfindig gemacht?"

Sofort schaute dieser vom Pflegebericht auf und sagte:

„Nein, leider nicht! Sie ist nun schon ein Jahr bei der Firma und war immer verlässlich. Sie gibt uns allen ein Rätsel auf, das gelöst werden will. Es passt nicht zu ihr, sich einfach aus dem Staub zu machen!" Dann widmete er sich wieder dem Bericht.

Als er fertig war, verabschiedete er sich und verließ, weil noch eine Menge Arbeit auf ihn wartete, rasch die Wohnung. Nun war Marianne wieder allein, was aber nichts ausmachte, weil es nun bereits Zeit war, ins Internet zugehen, um ihren Geliebten zu treffen. Zwar war sie noch etwas früh dran, aber das machte nichts. So konnte sie sich auf die Suche nach Spuren im Sand machen. Spuren, die von einem Tier stammten. Warum hatte sie es plötzlich mit lauter Tieren zu tun? Tiere, die eigentlich gut waren, aber im Internet als Monster auftraten. Wahrscheinlich hatte Fabio Recht, und nur auf ihrem Desktop existierten die Spuren. Was, wenn das Tier genau hier lebte und auch gleichzeitig den Schatten produzierte, der auf so vielen Blättern sichtbar wurde. Die Welt, die den Desktop darstellte, war groß, denn Marianne hatte ihrerseits noch kein Ende gefunden. Klar konnte sie nicht weit sehen wegen des Sandsturmes, aber sie spürte irgendwie, dass die Welt hier riesig war. Immerhin beherbergte sie einen Hurrikan und die restliche Welt, die Fabio erschaffen hatte.

Kapitel 23

Gedankenverloren setzte sie alle Utensilien auf, die sie für ihren Besuch im Internet brauchte. Dazu gehörten auch der Schnorchel und die Taucherbrille. Was sie noch nicht wusste, dass diese Utensilien bald einen anderen Zweck haben würden. Sie schloss die Augen und ging durch die grüne Tür und befand sich wieder im Sandsturm. Sofort begann sie damit, gegen diesen anzukämpfen und durch den Sand zu stapfen. und je näher sie dem Baum kam. desto deutlicher sah sie. dass jemand genau unter den Ästen von diesem stand und anscheinend auf sie wartete. War Fabio auch zu früh hier?

Beim Gedanken daran, dass sie diesen gleich sehen würde, beschleunigte sie ihre Schritte, um so schnell wie möglich bei ihm zu sein. Doch je näher sie der Person kam, desto weniger glaubte sie daran, dass es sich um Fabio handelte, denn dafür war dieser Mensch zu klein und zu schmächtig. Den Adler konnte sie im Moment nicht sehen. Trotzdem lief sie weiter und wurde dabei immer unruhiger. Die Logik verriet ihr, wer diese Person war. Es konnte sich nur um Jennifer handeln, denn nur sie besaß auch eine Elektrodenkappe. Hatte sie schon herausgefunden, wo sich der Ausgang befand und wie man die Blätter nutzte? Sie war jetzt noch gut fünfzig Meter von ihr entfernt, aber die Gestalt flüchtete nicht. Im Gegenteil, sie stand breitbeinig da, wie es unüblich war für eine Frau, und nun war ihr Marianne nah genug, um sie zu erkennen. Es war Jennifer. Sofort begann ihr Herz stärker zu pochen, und etwas sagte ihr, dass sie Reißaus nehmen sollte. Das tat sie aber nicht, denn sie musste sich Jennifer stellen.

Als sie beim Baum ankam, war es Jennifer, die sofort zu reden begann:

„Also kannst du Schlampe hier tatsächlich laufen. Dir ist aber schon klar, dass ich dennoch schneller bin als du. Hast ja ordentlich zugelegt. Aber die Taucherbrille und der Schnorchel passen zu dir. Durch sie kommt deine Schönheit richtig zur Geltung. Das Lustige ist, dass auch ich dieses Taucherzubehör für dich gekauft habe, um es aufzusetzen, bevor du stirbst. Aber auf diesen Spaß musst du noch etwas warten!"

Marianne wollte etwas entgegnen, aber dazu musste sie sich erst beruhigen. Nun drohte ihr Jennifer nicht mehr subtil, sondern ganz offen. Verdammt, wo blieb Fabio? Nachdem sie ihre Atmung auf ein gesundes Maß reduziert hatte, sagte sie zu Jennifer:

„Jennifer, es tut mir unendlich leid, wie ich dich behandelt habe. Mir ist klar dass du sauer auf mich bist, aber du willst doch sicher nicht den Tod eines Menschen verantworten. Ich kann nicht mehr tun, als mich zu entschuldigen. Aber wenn du tun solltest, was du vorhast, wird die Polizei dahinter kommen. Glaub mir, das tut sie meistens. Willst du dir wirklich dein Leben versauen?"

Jennifer antwortete:

„Die Polizei ist mir egal. Und auch ob ich geschnappt werde oder nicht. Es war das Beste, was ich tun konnte, die Erfindung von meinem Lieblingsdickerchen zu klauen. Ich war nun schon ein paar Mal hier und habe, glaube ich, kapiert, wie sie funktioniert. Auch dass man schrecklich abnimmt, wenn man hier ist. Gott sei Dank habe ich Hilfe. Mein Körper wird von jemandem bewacht, und durch eine Magensonde werde ich stets mit Flüssignahrung versorgt. Du siehst also, ich kann hier bleiben, solange ich will, und ich kann dich auch jagen, solange ich will. Glaubst du wirklich, ich bin sauer, weil du mich abwertend behandelt hast? Das ist nur der Tropfen auf dem heißen Stein. Den eigentlichen Grund für meinen Hass werde ich dir erst dann erzählen, wenn du kurz davor bist zu sterben. Du sollst dieses Wissen in dein Grab mitnehmen. Aber keine Angst, ein Teil von dir wird weiterbestehen. Nämlich ein Video, das dokumentiert, wie du aus dem

Leben trittst. Es gibt sicher viele Perverse, die so etwas sehen wollen. Die gibt es immer! So, mehr verrate ich dir aber nicht. Sieh nur, da vorne kommt bereits Fabio. Das heißt, für mich ist es an der Zeit zu verschwinden. Leb wohl, oder sollte ich sagen, bis bald?!"

Dann lief sie in einem Wahnsinnstempo in Richtung des Hurrikans. Als Fabio samt dem wedelnden Dackel ein paar Minuten später bei ihr ankam, fragte er sofort:

„War das Jennifer? Oh mein Gott! Was wollte sie von dir? Hast du dich bei ihr entschuldigt, wie du es vorgehabt hast?"

Anstatt ihm zu antworten, warf sie sich an seinen Hals und schluchzte auf. Dann flüsterte sie ihm ins Ohr:

„Dafür ist es anscheinend bereits zu spät gewesen. Sie will meinen Tod sehen und wird nicht aufgeben, bis sie es geschafft hat, mich zu töten. Fabio, du hättest sie reden hören sollen. Sie ist voller Hass mir gegenüber, und ich weiß immer noch nicht, warum!"

Sie küsste ihn nun auf den Mund und ließ ihn weiterhin nicht los. Fabio schwieg einen Moment und sagte dann zu ihr:

„Vielleicht gelingt es mir, sie umzustimmen. Ich glaube, mich mag sie, und eventuell nimmt sie einen Rat von mir an. Den Rat, sich von allem Hass zu befreien, um leicht wie eine Feder zu werden. Hoffentlich treffe ich sie bald. Du wirst schon sehen, auf mich wird sie hören. Bist du nach diesem Erlebnis dennoch bereit, auf die Jagd zu gehen? Auf dem Laufwerk ist ein neuer Spitzname verzeichnet. Was sagst du? Sollen wir ihn finden und enttarnen?"

Marianne war immer noch außer sich, aber was getan werden musste, musste eben getan werden. Entschlossen ließ sie Fabio nun los sah ihm ins Gesicht und sagte:

„Lass uns loslegen!"

Dann lief sie demonstrativ mit entschlossenen Schritten los. Der Dackel lief voraus, und der Adler kreiste nun über ihnen, als würde er gerade Pause machen. Hatte er schon viele Blätter eliminiert? Sie wusste es nicht, und im Moment zählten auch andere Dinge. Viel wichtiger war, dass sie der Befreiung von Franzi näher kamen. Das mussten sie schaffen, dann konnte sie guten Gewissens sterben.

Fabio, der schon öfters hier im Internet gewesen war, war dicker als Marianne, und deswegen sah man ihm an, dass das Stapfen durch den Schnee für ihn anstrengender war als das Laufen für sie durch den Sand. Je näher sie dem Hurrikan kamen, desto mehr strengte sie ihre Augen an. Sie hoffte aus irgendeinem

Grund, Jennifer einzuholen. Vielleicht würde sie wirklich auf Fabio hören. Was war der Grund für ihren Hass? Wenn alles so kam, wie Jennifer es prophezeit hatte, würde sie es bald wissen.

Nun hob der Dackel, der vor ihnen, lief bereits ab, und sie und Fabio folgten ihm einen Moment später. Der Adler befand sich nun wieder mit ihnen im Sturm und segelte geschickt durch die tobenden Winde. Auch heute fing er Blätter aus dem Strudel aus Luft heraus und eliminierte diese, indem er sie zerriss und fraß. Das war aber nicht der Grund, warum sie hier waren. Fabio schrie den neuen Spitznamen in den Wind und wartete darauf, dass dessen Blatt angeflogen kam. Geschickt fischte er es aus dem Wind. Dann nahm er den Dackel unter den Arm und hielt das Blatt vor sich und Marianne.

Beiden tauchten die Hände ins Bild und befanden sich unverzüglich im Keller vor der Tür mit dem Guckloch. Fabio sah Marianne einen Moment in die Augen und holte dann tief Luft. Er schaute durch das Loch, bereits darauf gefasst, Schreckliches zu sehen. Und so war es auch. Der Raum bot erneut ein Bild des Grauens. Diesmal stand ein Mann mit einer Dachsmaske hinter Franzi und onanierte. Von all dem schien Franzi nichts mitzubekommen. Sie saß mit angewinkelten

Beinen da und war damit beschäftigt, sich in Trance zu wippen. Auch heute waren ihre Augen leer, und es erweckte den Eindruck, als befände sich ihr Geist irgendwo, nur nicht hier. Das war gut so. Er flüsterte nun zu Marianne:

„Er ist da drinnen. Gleich öffne ich die Tür, und dann bringen wir ihn dazu, über die Kellertreppe zu flüchten. Dann sollte alles so klappen wie immer!"

Er zählte mit den Fingern lautlos bis drei, und dann riss er die Türe auf. Dieses Mal erkannte sie der Wichser gleich und sprang erschrocken zur Seite, weg von Franzi. Dann wich er zurück, und Fabio und Marianne folgten ihm. Sie drängten ihn immer mehr in die Nähe der Wand und gaben dem Dachsmann so das Gefühl, dass sie ihn in diesem Raum erwischen wollten.

Von einem Moment auf den anderen sprang er auf sie zu und lief einfach zwischen ihnen durch. Das gelang ihm nur, weil sie es zuließen. Der Dackel nahm als Erster die Verfolgung auf, und Fabio und Marianne folgten ihm unverzüglich. Sie polterten über die Treppe, und der Dachsmann riss die Kellertüre auf. Dann verschwand er in der Welt, die dahinter existierte.

Marianne und Fabio folgten ihm in diese, und auch der Dackel stürmte durch die Türe. Augenblicklich befanden sie sich am Rande eines Waldes. Vor dem Wald gab es mehrere grasbewachsene Hügel, und in diesen gab es dutzende Löcher, die wer weiß wohin führten. Stammten diese vom Dachs? Sie konnten gerade noch sehen, wie er in einem dieser verschwand. Wie Marianne in einer Tierdoku gesehen hatte, waren die unterirdischen Reiche der Dachse teils riesig. Wie sollten sie ihn nur fangen? Dann, einen Augenblick später, sah sie, wie dies gelingen konnte. Der Dackel folgte dem Dachs in seinen Bau, wozu Dackel eigentlich auch gezüchtet waren. Aber dieser Dackel war lediglich ein Laufwerk und besaß kein Wissen über das Leben von Dackeln. Nun hörten sie und Fabio, dass der Dackel den Dachs anscheinend gestellt hatte, und kurz darauf klangen gedämpfte Laute eines Kampfes aus dem Loch. Sie hörten den Dackel kurz aufheulen, und ein paar Augenblicke später sprang der Dachs aus einem anderen Loch im Hügel und lief weiter hinauf.

Plötzlich schoss auch der Dackel aus dem Loch und nahm erneut dessen Verfolgung auf. Er lief dem Dachs nach, der wieder in einem anderen Loch verschwand. Der Dackel spurtete erneut hinterher, und beide waren wieder vom Erdboden verschluckt. Wie konnten sie dem Hund nur helfen? Marianne und Fabio erklommen nun ebenfalls den Hügel in der Hoffnung, dass der Dachs direkt vor ihnen aus einem Loch springen würde und sie ihn in diesem Moment abfangen konnten. Dem war aber nicht so.

Der Dachs sprang nun aus einem Loch, das weit weg war, und der Dackel folgte ihm. Gerade als der Dachs erneut in ein Loch springen wollte, erwischte ihn der Dackel mit seinen spitzen Zähnen, und der Dachs wurde zum Mann, der eine Maske trug. Er steckte nun mit dem Oberkörper im Loch, und nur sein Becken hing samt den Beinen aus diesem heraus. Er war gefangen.

Allerdings konnten sie ihm so nicht die Marke ins Ohr stanzen. Aus diesem Grund begannen sie, an den Beinen des Spanners zu ziehen. Marianne und Fabio zogen und zerrten, und plötzlich schafften sie es, ihn mit einem Ruck ganz herauszuziehen. Sofort warfen sie sich auf ihn, und Fabio schoss ihm die Marke ins Ohr. Dann riss er dem Dachsmann die Maske vom Gesicht und prägte sich dieses ein. Es kam ihm nicht bekannt vor. Sofort danach standen sie auf, und Fabio holte das Blatt mit dem Hurrikan aus seiner Tasche. Marianne, Fabio und der Hund verschwanden wieder im

Sturm, und Fabio schrie im tosenden Wind so laut, dass sogar Marianne, die ein Stück weit weg war, ihn hören konnte:

„Wir sind ein gutes Team. Vielleicht sollten wir in der richtigen Welt Kopfgeldjäger werden. Nun müssen wir aber nach Hause. Du hast schon wieder zugenommen, und das heißt, dein richtiger Körper verbrennt Fett. Du musst essen. Ich besorge uns in der Zwischenzeit einen neuen Spitznamen. Heute bin ich so gut drauf, dass ich mir vorstellen könnte, noch mehr Pädophile zu jagen. Ob Franzi irgendetwas von unserer Jagd mitbekommen hat? Wenn, gibt ihr das vielleicht ein kleines Stückchen Hoffnung zurück, dass doch noch alles gut wird!"

Marianne flog näher zu Fabio, um nicht ganz so laut schreien zu müssen, und antwortete ihm:

„Du hast Ideen! Aber vergiss nicht, in der richtigen Welt funktionieren meine Beine nicht. Ich könnte einen Kriminellen nur stellen, indem ich über ihn darüberrolle, und ob das einen Nutzen hätte, weiß ich nicht! Übrigens hast du Recht. Ich muss nun nach Hause, um etwas zu essen!"

Dann flog sie immer weiter nach unten, um ins Auge des Hurrikans zu gelangen. Fabio folgte ihr samt Dackel unter dem Arm, und dann standen sie bereits am

Boden in der windstillen Zone. Die Tür war auch hier, und nun hieß es, erneut Abschied zu nehmen. Marianne küsste Fabio kurz, aber innig, und dann verschwand sie auch schon durch die Türe und befand sich sofort wieder in ihrem Körper.

Sie sah sich einen Moment verwirrt um, fand sich aber zugleich wieder zurecht. Blümchen schien von ihren Reisen in den Sandsturm nie etwas mitzubekommen, oder zumindest interessierte es sie nicht, wohin Frauchens Geist reiste, während sie selbst von saftigen Steaks träumte, an die ein Hund normalerweise nicht kam. Sie beschloss nun, Fabio zu schreiben, obwohl sie eben erst auseinandergegangen waren. Sie musste unbedingt darüber reden, was sie bezüglich der entlarvten Spanner unternehmen würden, wenn auch der letzte gefasst war. Immerhin hatte sie erfahren, dass auch ein Polizist unter ihnen war, und das änderte alles. Sie konnten nicht einfach zur Polizei gehen, ohne damit zu riskieren, dass die Beweise von Polizisten irgendwie entwendet und vernichtet werden würden.

Marianne öffnete die Singlebörse und begann, ihre Nachricht zu schreiben. Zuerst schrieb sie von ihrer Entdeckung in der Zeitung von gestern, was sie bisher nicht getan hatte, weil sie sich voll und ganz auf ihre Mission hatte konzentrieren wollen, aber nun hatte sie endlich Zeit dazu. Sie schrieb auch, was Egon Burgherr über seinen Kollegen erzählt hatte und wie er diesen einschätzte. Dann ließ sie sich es nicht nehmen, ihm etwas Honig ums Maul zu schmieren. Sie machte ihm Komplimente, die allesamt ehrlich gemeint waren, und auch sonst schrieb sie, wie Verliebte es nun einmal tun.

Als sie die Nachricht abschickte, war sie zufrieden. Sie schloss das Programm und rollte nun zum Esszimmertisch, auf dem noch immer alles stand, was sie brauchte, um satt zu werden. Während sie aß, dachte sie nach. Wie kam der Polizist aus der Zeitung in den Streichelzoo? Kannten sich die Mitglieder etwa untereinander, oder noch schlimmer, waren sie alle Arbeitskollegen? Daran durfte sie nicht denken. Egon zumindest schien nicht mit jedem seiner Kollegen gut Freund zu sein und das wahrscheinlich nicht ohne Grund.

Wieder wunderte sie sich darüber, dass der Polizist so offenherzig mit ihr redete. Er hatte, aus welchem Grund auch immer, Vertrauen zu ihr. Nun würde es nicht mehr lange dauern, und er würde kommen, um mit Blümchen eine Runde zu drehen, denn es war schon Mittag vorbei. Während sie auf ihn wartete, dachte sie an Franzi. Wie viel Leid erträgt ein Mädchen in diesem Alter? Und was, wenn sie es schaffen würden, sie zu retten? Würde sie jemals wieder ein normales Leben führen können? Die einzige Hoffnung bestand darin, dass ihr ihr Bewusstsein helfen und die schrecklichen Erlebnisse wahrscheinlich hinter einer Mauer verstecken würde. Kinder, die dem Bösen schutzlos ausgeliefert sind, tendieren dazu, sich in Fantasiewelten zu flüchten, in denen es nichts Böses gibt. Machte Franzi etwa genau das, wenn sie abwesend zu sein schien, während sie Besuch von einem der Streichelzoo-Tiere hatte?

Als Marianne fertig gegessen hatte, dachte sie bewusst an etwas anderes, denn allein die Vorstellung schmerzte, dass derartige Scheußlichkeiten einem Kind widerfuhren. Um sich abzulenken, öffnete sie bewusst den Laptop und schaute nach, ob Fabio bereits geantwortet hatte. Wieder hatte sie Glück, denn eine Antwort seinerseits war eben eingetrudelt. Sie öffnete diese und begann zu lesen:

>> Liebste Marianne! Es schockiert mich zutiefst, dass ein Polizist am Streichelzoo beteiligt ist. Du hast Recht, das ändert alles. Wir können nicht mehr so einfach zur Polizei gehen und dieser die Beweise

übergeben. Aber was ist mit dem Polizisten, der zu dir kommt, um mit Blümchen spazieren zu gehen? Wie du mir erzählt hast, macht er einen sympathischen und ehrlichen Eindruck. Vielleicht ist es von Vorteil, wenn du die Beziehung zu ihm vertiefst! Es kann nie schaden, Freunde bei der Polizei zu haben. Fürs Erste jedoch müssen wir es schaffen, alle Mitglieder des Zoos zu enttarnen. Was das betrifft, würde ich sagen, wir sollten auch sofort damit weitermachen. Ein neuer Spitzname ist auf dem Laufwerk gespeichert, und ich bin schon neugierig, welches Tier sich hinter diesem verbirgt. Ach ja, ich muss dich darum bitten, nicht mehr allein ins Internet zu gehen, weil dies zu gefährlich ist. So wie du Jennifer beschrieben hast, bin ich mir selbst nicht mehr sicher, ob sie nicht vielleicht wahnsinnig und gefährlich geworden ist. Ich weiß einfach nicht, was mit ihr los ist. Sie tut fast so, als hättest du wirklich ihr gesamtes Leben versaut, dabei kennt sie dich erst seit einem Jahr. Nein, irgendwie muss da mehr dahinterstecken. Ich würde sagen, wir treffen uns in exakt einer halben Stunde beim Baum. Dann können wir Näheres besprechen. Einstweilen verbleibe ich in Liebe und freue mich schon darauf, dich zu sehen! <<

Kapitel 24

Als Marianne fertig gelesen hatte, klappte sie den Laptop zu, denn anstatt ihm schriftlich zu antworten, wollte sie lieber persönlich mit ihm reden. Verdammt, sie kamen einfach nicht dazu, Gespräche zu führen, wie sie Verliebte nun einmal führten. Klar taten sie das in ihren Nachrichten, aber dabei sah sie nicht Fabios wundervolles Gesicht. Sein Avatar wurde zwar so wie der ihre immer fetter, aber seine Augen blieben die gleichen, selbst wenn diese immer mehr in Fett eingebettet waren. Er hatte wunderschöne Augen, die von seiner Sanftmut zeugten und die zweifellos Fenster zu seiner Seele waren. Einer wunderbaren Seele, die dennoch öfters mit Absicht verletzt worden war.

Sie sah auf die Uhr und stellte fest, dass es nun an der Zeit war, die Elektrodenkappe erneut aufzusetzen. Gesagt, getan, und schon ging sie durch die Türe in den Sandsturm. Wieder konnte sie kaum etwas sehen. Gott sei Dank trug sie auch heute Taucherbrille und Schnorchel, denn sonst würden ihr bereits die Augen schmerzen, und ihre Bronchien würden voller Sand sein. Heute konnte sie kaum bis zum Baum sehen, und es schien so, als würde der Wind besonders viel Sand aufwirbeln, aber dennoch erkannte sie, dass eine Person beim Baum stand. War das wieder Jennifer, oder war es Fabio, der bereits auf sie wartete?

Egal, sie würde sich der Person beim Baum auf alle Fälle stellen, und zu diesem Zweck marschierte sie los. Sie kämpfte sich durch den Sand und kam dem Baum immer näher. Schon bald erkannte sie den massigen Körper von Fabio und fing an, schneller zu laufen. Zumindest so schnell, wie ihr eigener Körper es zuließ, der schon wieder fetter geworden war. Da hatte Jennifer einen guten Einfall gehabt, indem sie sich selbst eine Magensonde verpasst hatte und Flüssignahrung über diese aufnahm. Leider hatte Marianne keinen Zugang zu Magensonden und Flüssignahrung, und außerdem würde sie es nicht schaffen, einen Schlauch zu schlucken, auch wenn dieser noch so dünn und weich war. Nein, leider musste sie immer wieder nach Hause zurückkehren, um zu essen.

Als sie ein paar Minuten später beim Baum ankam, fiel sie Fabio erleichtert um den Hals und ließ ihn eine ganze Weile nicht mehr los. Sie beide hatten bereits anständig an Gewicht zugelegt, weswegen es ihr so vorkam, als würden ihre Arme immer kürzer werden, wenn sie sich hielten. Egal. Marianne sagte zu ihm:

„Wie versprochen komme ich pünktlich. Meinst du wirklich, ich sollte nicht mehr allein hier sein? Was kann mir Jennifer in dieser Welt schon antun? Mein Körper ist virtuell, also könnte sie mir höchstens einen Virus verpassen, wozu ihr bestimmt das Können fehlt. Sie ist nicht wie du Erfinderin. Sie kann keine Programme schreiben, die in der Lage sind, mir einen Virus in meinen Körper einzuspeisen. Eigentlich kann sie mir nur etwas antun, wenn sie vor meinem richtigen Körper steht, und der wird von Polizisten bewacht, die vor meiner Wohnung nach dem Rechten sehen. Allerdings bin ich mir mittlerweile sicher, dass sie und der Horrorclown unter einer Decke stecken. Zu groß müsste der Zufall sein, von zwei Irren zeitgleich heimgesucht zu werden... Nun sollten wir aber alles tun, um Franzis Rettung ein Stück näherzukommen!"

Fabio sah ihr wieder voller Güte und Liebe ins Gesicht, und nun war er es, der sie umarmte. Dann sagte er:

„Zuerst muss ich dich noch einmal halten. Dafür muss einfach Zeit sein! Du bist einer der stärksten Menschen, die ich kenne. Du verkriechst dich nicht, wenn es an der Zeit ist, das zu tun, was das Richtige ist, sondern packst die Dinge beim Schwanz. Apropos Schwanz. Du hast Recht... Lass uns nun wirklich nachsehen, welches Tier der nächste Spanner ist."

Dann küsste er sie noch einmal und marschierte danach los, während der Dackel neben ihm herlief und bellte.

Als sie dem Hurrikan immer näher kamen, stellte sich Marianne die Frage, ob der Adler Erfolg haben würde bei dem, was er tat. Noch fetzte er durch den Wirbelwind, denn Marianne hatte ihn für einen kurzen Moment darin entdeckt. Dann war er auch schon wieder fort gewesen. Der Wind wurde nun immer stärker, und schon bald flogen auch sie im Hurrikan. Fabio verlor keine Zeit, sondern rief den Spitznamen, den das Laufwerk zuletzt ausgespuckt hatte, und fing kurz darauf das richtige Blatt.

Zwei Minuten später befanden sie sich wieder im dunklen Keller, und Fabio schaute durch das Guckloch zu Franzi hinein. Wieder sah er, wie ein Mann in einer Ecke des Raumes saß und onanierte. Es war hier immer das Gleiche. Er trug die Maske eines Ziegenbockes, der lächelte und dabei seine Zähne zeigte. Es war ein breites Lächeln, auch wenn ihm das bald vergehen würde. Außerdem sah er, wie Franzi vor sich hin murmelte. Wenn er richtig von ihren Lippen las, sagte sie unentwegt:

„Die Muh! Die Muh kommt!"

Wen oder was meinte sie damit? Meinte sie den Inhaber der Seite, der als Kuh auftrat, oder meinte sie etwa den Schatten, der über jede Sexseite kroch? Konnte sie diesen wahrnehmen? Fabio zählte nun mit den Fingern bis drei, und dann stürmten sie wie auch die Male davor in den Raum. Wieder erkannte sie der Wichser sofort, und er sprang erschrocken auf. Nur Franzi ließ sich nicht anmerken, ob sie sie ebenfalls sehen konnte. Der Ziegenbockmann ging zum Angriff über und lief auf Marianne und Fabio zu. Diese ließen ihn passieren und nahmen dann sofort mit dem Dackel die Verfolgung auf.

Der nackte Mann lief hastig über die Treppe und riss oben angekommen die Türe auf. Dann verschwand er in der Welt dahinter, und das Dreiergespann lief ihm hinterher. Sie fanden sich augenblicklich in einer Welt wieder, die aus Steinen, Felsen und Bergen bestand. Der Mann war nun wirklich ein Ziegenbock, und genau dieser Bock kletterte geschickt wie eine Gämse auf den riesigen Steinen umher. Nun hatten sie ein Problem. Der Dackel konnte den Bock nicht erreichen, und Fabio konnte nicht mit dem Hund unterm Arm klettern. Es schien fast so, als würde sie das Tier auf dem gewaltigen Felsbrocken auslachen.

Dieser Fels war mindestens sechs Meter hoch, aber das Gute an der Sache war, dass der Bock zumindest keine Ausweichmöglichkeit nach oben haben würde. Aus diesem Grund tat Fabio das einzig Logische. Er begann, selbst auf den Felsen zu klettern, um den Bock einfach nach unten zu stoßen. Dann konnte der Dackel auf ihn losgehen. Er wies Marianne an, hier zu warten, und begann dann den Aufstieg.

Wenn er es sein würde, der vom Felsen fiel, hatte er ein Problem, denn dann würde er sich vermutlich den Kopf einschlagen, was in diesem Teil der Welt möglich war. Marianne sah ihm zu, wie er sich langsam nach oben vortastete, und er fand kontinuierlich Felsvorsprünge, an denen er sich mit den Füßen abstoßen konnte, und auch seine Finger ertasteten Felsspalten, in denen sie sich festklammern konnten.

Stück für Stück arbeitete er sich nach oben, und als er es geschafft hatte, stand der Ziegenbock mit leuchtend roten Augen vor ihm, und Rauch tänzelte aus seinen Nasenlöchern. Er neigte seinen Kopf nach unten, scharrte mit den Vorderbeinen am Fels, und Marianne wusste, dass der Bock gleich versuchen würde, Fabio von diesem hinunterzustoßen. Dieser ging selbst in Angriffsstellung, und fast gleichzeitig liefen die beiden aufeinander zu.

Millisekunden, bevor es knallte, stieß sich Fabio mit den Händen vom Kopf des Tieres ab und machte genau im richtigen Moment, ach wie passend, einen Bocksprung über den Paarhufer. Der Ziegenbock konnte nicht mehr bremsen und fiel über den Rand des Felsens sechs Meter in die Tiefe. Er knallte auf den Boden und blieb dort liegen. Fabio warf Marianne vom Felsen aus die Zange und die Ohrmarke zu, und der Dackel verbiss sich im Ohr des Bockes, was ihn wieder zu einem Menschen machte. Gerade noch rechtzeitig, bevor sich der Spanner aufrappeln konnte, warf sich Marianne auf ihn und schoss ihm die Marke ins Ohr. Dann riss sie ihm die Maske herunter, wie es normalerweise Fabio tat, und er, der nach unten geklettert war, stand in diesem Moment wieder neben ihr und prägte sich das Gesicht des Pädophilen ein. Dann ließen sie zu, dass der Spanner davonlief, und sie selbst begaben sich wieder in das Blatt, das den Hurrikan zeigte. Fürs Erste hatte Marianne genug von der Jagd, aber das würde sich bald wieder ändern.

Fatso lag nun wieder zuhause in seinem Bett und zwar mit seinem Körper und seinem Geist, der den Körper in diesem Moment wieder bewohnte. Er schaute sich im Raum um, und sein Blick blieb an seiner neuesten Errungenschaft hängen. Neben seinem Bett stand nun ein Rollator, der ihm als Gehilfe dienen würde. Diesen hatte er Pfleger Klaus bringen lassen gemeinsam mit dem Futter von Chamberlain. Die Heuschrecken hatte er dem Waran bereits zum Verzehr gereicht. Jedoch einen Gehversuch mit dem Rollator zu tätigen, hatte er bis jetzt unterlassen. Die Jagd nach den Pädophilen war wichtiger gewesen.

Heute hatte er dem Pfleger mitgeteilt, dass er von nun an nicht mehr kommen müsse. Er hatte gelogen und ihm gesagt, dass er nun eine ausländische 24-Stunden-Hilfe habe, die billiger sei als der Pflegedienst, für den Klaus arbeitete. Dieser hatte die Lüge nicht entdeckt, da es immer häufiger der Fall war, dass ausländische Pfleger die Arbeit von den inländischen Pflegehelfern übernahmen.

Diese Lüge hatte sein müssen, denn der Pfleger hätte mitbekommen, wie schnell er abnahm, und hätte hinter diesem Vorgang eine Krankheit vermutet. Dann hätte er einen Arzt gerufen, der gekommen wäre und ihm zumindest Blut abgenommen hätte. Zwar hätte der Arzt ein völlig normales Blutbild, das zu einem adipösen Patienten passte, vorgefunden und auch einen Cholesterinspiegel, als würde Fatso sich von reinem Fett ernähren, denn so schnell konnte man sein Blut nicht reinigen. Selbst wenn man jeden Tag zig Kilos verlor.

Dass der Pfleger, der die Vertretung von Jennifer war, nicht mehr kam, hieß aber auch, dass er sich in Zukunft selbst waschen musste, und dazu musste er trainieren. Wieder schaute er auf die Gehhilfe und beschloss, sofort mit dem Üben anzufangen.

Er hievte seine Beine aus dem Bett, die schon weit weniger fett waren als noch vor kurzem, und setzte sich an den Rand des Bettes. Dann zog er den Rollator herbei und klammerte sich an diesem fest. Mit einem Ruck erhob er den Arsch von der Matratze, und nun stand er aufrecht auf die Gehilfe gestützt und konnte beginnen zu trainieren. Schritt für Schritt entfernte er sich vom Bett und hielt genau auf das Terrarium zu. Es war anstrengend für ihn, denn er besaß keinerlei Kondition, aber er würde üben, bis sich das wieder geändert haben würde.

Ganz langsam erkundete er die Wohnung, getragen von seinen eigenen Beinen. Das löste in ihm ein Glücksgefühl aus. Wenn er noch schlanker werden würde, konnte er es vielleicht auch bald in Angriff nehmen, selbstständig die Stufen nach unten zu steigen, die ihn ins Freie bringen würden. Dann konnte er

Marianne besuchen. Natürlich war ihm klar, dass seine Haut nicht so schnell schrumpfen konnte, wie er abnahm, was hieß, dass sie lose wie ein leerer Sack herabhängen würde, was bestimmt keinen schönen Anblick darstellte, aber dieses Gebrechen konnte er im Gewand verstecken.

Während er Schritt für Schritt weiter in die Wohnung vordrang, dachte er nun wieder an die Tatsache, dass ein Polizist Mitglied im Streichelzoo war. Hoffentlich würde der Polizist, der Marianne bewachte, bereit sein, ihnen zu helfen. Dazu musste ihn Marianne aber erst davon überzeugen, dass es ein schwarzes Schaf unter seinen Kollegen gab. Ganz langsam bewegte sich Fatso nun wieder auf sein Bett zu, und mit jedem Schritt wurden seine Beine ein Stück lahmer, und schon bald würden sie ihren Dienst völlig versagen.

Gerade rechtzeitig kam er beim Bett an und setzte sich erleichtert auf den Rand der Matratze. Dann legte er sich als Ganzes auf diese und schnaufte tief durch. Er dachte darüber nach, dass er heute so lange im Internet verbleiben würde, bis er auch sein restliches Übergewicht verloren haben würde, aber da gab es das Problem, dass sein virtueller Körper immer fetter wurde, und schon bald würde dieser sich nicht mehr im Schnee seines Desktops vorwärtsbewegen können, aber er musste noch die restlichen Pädophilen auffliegen lassen.

Er steckte nun das Laufwerk an seinem Laptop an, um nachzusehen, ob es denn bereits einen neuen Spitznamen ausgespuckt haben würde, und er sah sofort, dass es das hatte. Aber dieses Mal war etwas anders. Cowboy1976 war auf dem Bildschirm zu lesen und der Name, der am Monitor stand, blinkte in einem fort, und Fatso wusste, was das bedeutete. Sie hatten nun tatsächlich den Spitznamen des Mannes, der die Website betrieb, was hieß, dass ihre Jagd bald enden würde. Wenn sie dann den Standort seines Computers entlarven würden, konnten sie das Treiben der lustigen Streichelzoo-Tiere endgültig beenden.

Plötzlich hatte Fatso eine Eingebung, der er sofort nachging. Er öffnete die Website des Streichelzoos und sah sofort, dass der Kuhmann etwas geschrieben hatte, was für die anderen Tiere bestimmt war. Auf einer weißen Seite, die die eigentliche Webseite verbarg, lief ein Countdown ab, und darunter stand:

„Wenn der Countdown zu Ende ist, lade ich alle Tiere ein, die kleine Franzi zu Tode zu ficken!"

Der Countdown lief unerbittlich weiter, und Fatso rechnete aus, wann der Zeitpunkt da war, an dem das grausige Treiben beginnen würde. Das war übermorgen der Fall um genau zwölf Uhr in der Nacht.

Nun wusste Fatso, wie dringend sie handeln mussten. Er wollte jetzt selbst mit dem freundlichen Polizisten reden, weil dieser einfach mit ihnen zusammenarbeiten musste. Nun war es allerdings bald Abend. Beim Gedanken an den Polizisten hatte er eine weitere Idee. Da er gut zeichnen konnte, war er in der Lage, jedes einzelne Gesicht der Streichelzoo-Tiere aus seinem fotographischen Gedächtnis heraus zu zeichnen und Phantombilder anzufertigen. Dann würde der Polizist sagen können, ob sich noch mehr Polizisten unter den Kinderschändern befanden. Noch waren alle bis auf den Kuhmann selbst nur Beobachter des Geschehens. Aber das würde sich am Ende des Countdowns ändern.

Das Ganze hatte allerdings auch etwas Positives. Wenn sie alle Männer gemeinsam im Keller, in dem Franzi gefangen war, auffinden würden, würde sich jeder von ihnen einer schweren Straftat schuldig gemacht haben. Und zwar der, an einer Geiselnahme beteiligt zu sein, denn keiner von ihnen half Franzi. Im Gegenteil, sie hatten eine Schandtat geplant, die das Kind endgültig töten würde. Das hieß, sie würden für lange Zeit hinter Gittern sein, wenn sie nicht sogar ihr ganzes Leben in einer psychiatrischen Einrichtung für Schwerverbrecher verbringen würden. Ja, genau so musste es ablaufen.

Aber wie sollten sie das schaffen? Eines war schon einmal klar. Er und der Polizist Egon Burgherr mussten sich treffen. Aber ein Schritt nach dem andern. Er dachte nun darüber nach, ob er Marianne von seinem Plan schreiben sollte, entschied aber, damit bis morgen zu warten, weil sie dringend eine Pause von der Jagd benötigte. Heute wollte er einfach nur noch Phantombilder zeichnen, damit er diese dem Polizisten zeigen konnte, der darauf vielleicht weitere Kollegen entdecken würde. Dann würden sie wissen, mit wem sie es zu tun hatten.

Mehrere Polizisten hieß aber auch viele Waffen und eine Ausbildung, die ihnen im Nahkampf zugutekommen würde. Während Fatso alles fürs Zeichnen herrichtete, dachte er nebenbei bereits darüber nach, wie sie mit solchen Menschen fertig werden konnten, aber zu diesem Thema hatte er im Moment keine Idee. Wichtig war, dass Marianne und Fatso so schnell wie möglich den guten Polizisten auf ihre Seite ziehen mussten. Das würde Fatso morgen tun, denn er hatte vor, diesen über Marianne zu sich einzuladen. Das

hieß, dass Marianne ihn bereits einweihen musste,
denn sonst würde der Polizist wohl nicht kommen.

Aber zuerst mussten sie den Kuhmann ebenfalls markieren. In welche Welt sie bei seiner Verfolgung gelangen würden, wusste Fatso noch nicht, und wenn er
es sich aussuchen könnte, würde er die Jagd von jemand anderem anführen lassen. Aber es gab nur ihn.
Ihn, Marianne und eventuell einen ehrlichen Polizisten.

Kapitel 25

Gedankenverloren zeichnete er das erste Bild, und er wusste bereits jetzt, dass er sich vermutlich die ganze Nacht damit um die Ohren schlagen würde, denn die Bilder mussten bis morgen fertig sein. Noch einmal ging er im Geist die Reihenfolge der auf sie zukommenden Tätigkeiten durch. Erstens: Sie mussten Egon Burgherr einweihen. Zweitens mussten sie den Kuhmann enttarnen Und zu guter Letzt mussten sie alle Mitglieder des Streichelzoos verhaften und Franzi aus ihrer Qual befreien.

Die Stunden krochen dahin, und es war immer noch mitten in der Nacht. Fatso hatte nun schon die Hälfte der Gesichter, die er im Geiste gespeichert hatte, gezeichnet, und auch die restlichen würden noch folgen. Er arbeitete wie besessen und gönnte sich keine Pause. Je länger er zeichnete, umso klarer wurden seine Gedanken. Wieder dachte er daran, wie es wäre, schlank zu sein. Dann könnte er den Polizisten bei seiner Aufgabe unterstützen, und außerdem würde er dann endlich Marianne real sehen können.

Als es bereits fünf Uhr morgens war, hatte er endlich auch das vorletzte Gesicht, hinter dem sich ein Monster verbarg, gezeichnet. Nur eines fehlte noch. Das

vom Kuhmann selbst, aber dieses würde er erst sehen
müssen, um es auf Papier zu verewigen.
Nun war er aber müde und geschafft. Er hatte nicht
geschlafen und konnte sich das zurzeit auch nicht leis-
ten. Zu sehr drängte die Zeit, denn der Countdown
lief unerbittlich weiter. Übermorgen in der Nacht
würde er enden. Nun hatte er Zeit, Marianne zu
schreiben. Er begann mit den Worten:

>> Liebe Marianne. Ich habe die ganze Nacht gearbei-
tet und Phantombilder angefertigt, und nun bist du
es, die etwas zu erledigen hat. Du musst dem Polizisten Egon Burgherr alles erzählen, was wir in der
jüngsten Vergangenheit erlebt haben. Ich glaube fest
daran, dass du in der Lage bist, ihm alles so zu beschreiben, dass er die Dringlichkeit versteht, gegen
das Verbrechen, das geplant ist, vorzugehen. Marianne, es gibt nun einen Countdown auf der Strei-
chelzoo-Seite, dessen Ende den Mord an Franzi markiert. Schreckliches ist geplant, und die Zeit drängt
mehr denn je. Wenn du deinem Freund und Helfer
alles erklärt hast, musst du ihn noch dazu bringen,
mich zu besuchen, damit ich ihm die Bilder der Kinderschänder zeigen kann. Außerdem muss ich einen
Plan mit ihm schmieden mit dem Ziel, dass jeder ein-

zelne der Straftäter eingesperrt wird und nicht mehr frei kommt. Dann würden sie verstehen, wie es ist, eingesperrt zu sein. Das Laufwerk hat nun den Namen des Inhabers der Seite ausgespuckt, wenngleich es wieder nur der Spitzname ist, was heißt, dass wir auch noch ins Internet müssen, um diesen zu stellen. Ich vertraue auf deine Fähigkeiten und verbleibe in Liebe, dein Fabio! PS: Komm ins Internet, sobald du kannst. Ich werde dort auf dich warten! <<

Dann schloss er die Singlebörse und lehnte sich zurück. Entspannen konnte er sich allerdings nicht, denn das, was auf ihn wartete, beschäftigte ihn in einem fort. Hauptsächlich stellte er sich weiterhin die Frage, wie sie gegen so viele Gegner kämpfen konnten. Im Internet hatten sie es mit jedem einzeln zu tun gehabt, aber das waren nur virtuelle Personen gewesen. Was würde geschehen, wenn die richtigen Männer eine Allianz gründeten, die sich mit aller Kraft wehren würde?

Eines stand fest, er musste sich bewaffnen. Marianne hatte das Schrotgewehr, was ihn etwas beruhigte. Der Polizist hatte sowieso seine Handfeuerwaffe, und nur er stand völlig unbewaffnet dar. Wie gerufen, dachte er an eine seiner Erfindungen. Er hatte in seiner Vergangenheit eine Waffe entwickelt, die zur Kampfunfähigkeit eines Gegners beitrug. Sie sah aus wie ein Phaser einer Science-Fiction-Figur, nur dass vorne eine Art Schüssel angebracht war. Diese leitet einen Ton weiter, der zielgerichtet dazu führt, dass der Gegner völlig wahnsinnig wird, weil der Ton ihn mitten ins Gehirn sticht. Das macht ihn so lange kampunfähig, bis man damit aufhört, auf ihn zu schießen.

Ein Problem war, dass man damit im Freien immer nur einen Menschen in Schach halten konnte, denn die Schallwelle musste konzentriert auf einen Punkt gerichtet werden, weil sie sonst zu schwach war, etwas auszurichten. Eigentlich hatte er die Waffe zum Schutz vor wilden Tieren gebaut, und daher musste er fast über die Ironie lachen, dass er menschliche Tiere damit treffen wollte. Wie die Waffe allerdings in dem engen Kellerraum funktionieren würde, wusste er nicht. Vielleicht würden die Schallwellen von den Wänden zurückgeworfen werden und alle Gegner in den Kellerräumen kampfunfähig machen. Eines stand fest. Er würde dabei Ohrstöpsel tragen und der Polizist, sofern er mit ihm zusammenarbeiten wollte, ebenfalls.

Da er ja den Entschluss gefasst hatte, auch die letzten überflüssigen Kilos abzunehmen, beschloss er, gleich ins Internet zu gehen, um dort auf Marianne zu warten. Er wollte nicht auf eine Antwort ihrerseits warten. Wenn sie hier war, war sie hier. Er warf noch einen Blick auf Chamberlain, der glücklich zu sein schien, weil er vollgefressen war.

Fatso richtete alles her, was er mitnehmen musste, und präparierte sein Gesicht mit Tuch und Arbeitsbrille. Das Laufwerk würde er aber inzwischen in seiner Tasche lassen, weil er sich in der anderen Welt nicht auch noch auf den Hund konzentrieren wollte. Wenn die Zeit gekommen war, würde er ihn hervorholen und seine letzte Mission mit ihm erfüllen. Auch den GPS-Sender steckte er ein. Dann setzte er die Elektrodenkappe auf und wartete mit geschlossenen Augen, dass die Tür vor ihm erschien.

Als dies der Fall war, öffnete er sie und ging durch die Öffnung. Er hatte vor, zum Baum zu stapfen, um dort langsam fetter zu werden. Beim Baum konnte er jederzeit an ein Blatt gelangen, das ihn in eine andere Welt bringen würde, aus der er danach in den Hurrikan fliegen konnte, wo sich der Ausgang befand. Damit würde er der Welt entkommen, egal wie fett er war, und hoffentlich in einem schlanken Körper aufwachen. Er begann, durch den Sturm zu laufen, und je näher er dem Baum kam, desto fetter und schwächer wurde er. Mit letzter Kraft schleppte er seinen virtuellen Körper zum Baum und sank dann an dessen Stamm wie gelähmt zu Boden.

Nun musste er sich zuerst einmal erholen. Hier würde er nun so lange wie möglich bleiben und auf Marianne warten. Auf den vielen kahlen Ästen, die der Baum noch hatte, lag weißer Schnee und bildete somit einen Kontrast zur dunklen Rinde des Baumes, die verbrannt aussah. Dennoch trug er auch schon einige Blätter. Blätter, die großteils zeigten, wie sich Männer selbst befriedigten, während sie sich an der Angst anderer labten.

Aber auch das Blatt von Marianne hing am Baum, und dieses war es, in das er nun schlüpfen wollte. Er musste sehen, ob es noch das schreckliche Video beinhaltete. Er rappelte sich vom Boden auf und pflückte das Blatt vom Baum. Er sah auf das bewegte Bild und schaute Marianne dabei zu, wie sie am Computer arbeitete. Das war aber nicht das Video, das ihn interessierte, weswegen er die Hand ins Blatt tauchte und hineinschlüpfte.

Zu seiner Enttäuschung existierte das Video immer noch. Aber da er schon einmal hier war, wollte er sich die Szenerie nochmals genau ansehen. Er befand sich auf einer Schnellstraße, und vor ihm lag ein Autowrack. Ein paar Meter weiter lag Marianne und kam nicht vom Boden auf. Das Auto lag am Dach und Flüssigkeit tropfte aus der Motorhaube. Fatso lief nun zu diesem Blechhaufen und ging vor der Fahrerseite auf die Knie. Nun konnte er ins Innere des Wagens sehen.

Am Autohimmel, genau unter dem Kopf von Markus, hatte sich auch bereits eine Lacke gebildet, die aus derselben Flüssigkeit bestand wie die, die aus dem Motorraum tropfte, und seine Haare hingen in die Flüssigkeit und saugten diese auf.

Fatso konnte sowieso nicht helfen, aber er sah sich den am Kopf stehenden Markus nochmals genau an. Irgendetwas am Gesicht von ihm kam ihm bekannt vor, aber es fiel ihm einfach nicht ein, was es war. Vielleicht hatte er schon einmal jemanden gesehen, der ihm ähnlich sah. Aber wo?

Plötzlich sah er, wie aus dem Motorraum Flammen schossen. Die Flüssigkeit hatte sich entzündet. Von einem Moment zum anderen begann auch die Pfütze unter Markus zu brennen, und es waren seine Haare, die zuerst Feuer fingen. Markus schrie und zappelte, aber er konnte sich nicht aus dem völlig deformierten Auto befreien.

Ganz plötzlich war er dann still, während er wie ein Osterfeuer loderte und verschmorte. Warum existierte das Video immer noch, und warum hatte der Adler noch nicht alle Blätter zerstört und gefressen? Waren es so viele? Schon erstaunlich, wie sich gewisse Dinge im Internet verbreiten.

Fatso hatte genug gesehen. Immer noch dachte er daran, dass ihm das Gesicht von Markus bekannt vorkam, aber er konnte sich noch immer nicht erinnern, wo er es gesehen hatte. Gedankenverloren griff er in seine Tasche und holte das Blatt mit dem Hurrikan hervor und tauchte in den Wind ein. Er rief nun den Spitznamen des Kuhmannes, der zuletzt erschienen war und geblinkt hatte, und ein Blatt klatschte ihm ins Gesicht. Auf diesem war der „Cowboy" zu sehen, wie auch er onanierte. Er musste einfach in das Blatt eintauchen, nur damit dieses am Baum hängen würde, denn bald würde er zu fett sein, um zu laufen. Wenn dann Marianne käme, konnten sie direkt vom Baum weg starten und mit der Jagd des Kuhmannes beginnen.

Er tauchte in das Blatt ein und stand sofort im Keller. Unverzüglich zog er aber das Blatt mit dem Hurrikan aus der Tasche und tauchte erneut in diesen ein. Nun würde am Baum ein neues Blatt wachsen. Noch konnte er ja laufen, auch wenn es ihn unheimlich anstrengte.

Wie geplant schlüpfte er deswegen aus dem Hurrikan, was in der richtigen Welt nicht funktionieren würde. Hier war der Geist aber stärker als die Naturgesetze. Wieder fing er an, durch den Schnee zu stapfen, um erneut zum Baum zu gelangen, und wieder brachte ihn dies ans Ende seiner Kräfte. Er konnte nun ganz gleich fühlen wie in der richtigen Welt, was hieß, dass ein Teil von ihm sich hier immer mehr materialisierte. Plötzlich sah er eine Person beim Baum. War das Marianne oder gar Jennifer? Er würde es in einer Viertelstunde wissen, denn so lange würde er sich durch den pulvrigen Schnee kämpfen müssen. Insgeheim begann er zu hoffen, dass die Person Jennifer war, denn dann konnte er auf sie einreden, sie solle ihr Vorhaben bleiben lassen, was auch immer sie geplant hatte. Bis jetzt hatte sie ein paar Mal damit gedroht, dass Marianne brennen würde. Warum ihr das so ein Anliegen war, wusste er nicht.

Als er endlich beim Baum ankam, stellte er fest, dass die Person tatsächlich Jennifer war. Sie studierte interessiert die Bilder, die ihr Baum schon trug, die Fatso aber nicht sehen konnte. Er sah nur die Blätter, die er besucht hatte. Jennifer machte keinerlei Anstalten, flüchten zu wollen. Im Gegenteil, sie stand breitbeinig da wie ein Cowboy, der gerade nach einem langen Ritt vom Pferd gestiegen war. Sie sagte:

„Hallo, Dickerchen. Ich habe befürchtet, dass wir uns hier einmal treffen würden. Ich weiß, dir liegt viel an Marianne, aber ich hasse sie wie die Pest. Also versuch erst gar nicht, mich umzustimmen!"

Das sagte sie so entschlossen, als gäbe es daran nichts mehr zu rütteln. Dennoch fing Fatso sofort damit an, genau dies zu tun.

„Jennifer, bitte tu das nicht, was du vorhast. Ich will nicht mit ansehen, wie du dein Leben ruinierst. Ich mag dich sehr, und der Gedanke, dass du hinter Gittern sitzen könntest, schmerzt mich. Marianne ist ein besserer Mensch, als du es glauben magst. Was stört dich so an ihr?"

Und dabei schaute er sie völlig verständnislos an. Jennifer überlegte einen Moment und sagte:

„Diese Bombe werde ich erst platzen lassen, wenn sich Marianne Goldblum bereits in meinen Fängen befinden wird. Wenn du Lust hast, kannst du zusehen, aber ihr helfen wirst du nicht können, denn bald bist du hier so fett, dass du dich nicht mehr bewegen kannst. Das kennst du doch aus der richtigen Welt, oder? Es tut mir leid, aber ich lasse mich nicht umstimmen. Außerdem bin ich nicht allein daran beteiligt. Jemand hilft mir und wechselt meine Päckchen mit Flüssig-nahrung. Aber bis ich so fett bin wie du, wird es trotzdem noch etwas dauern. Daran denke ich nicht einmal, denn ich habe nicht vor, weiterhin in diese Welt zu schlüpfen. Deine Erfindung ist ja ganz nett, aber ich befinde mich lieber in der Wirklichkeit und nicht in einer virtuellen Welt!"

Fatso entgegnete:

„Ist nicht alles wirklich, was wir erleben?"

Für einen Moment lang sah sie nachdenklich aus, aber dann schüttelte sie plötzlich den Kopf, als wollte sie einen Gedanken aus ihm herausbeuteln. Sofort war sie wieder gefasst und lächelte Fatso an, wie sie es früher immer getan hatte. Dann sagte sie:

„Immer noch ein schlaues Bürschchen, hä? Weißt du, ich mag dich. Aber du hast dir die falsche Peron als Freundin ausgesucht, weswegen du nun auch zu mei-nen Feinden zählst! So, nun muss ich aber los. Bleib du ruhig noch hier, bis du so fett bist, dass du platzt. Dann habe ich eine Sorge weniger!"

Dann ging sie zum Baum, pflückte ein Blatt, das Fatso nicht wahrnehmen konnte, und verschwand einen Augenblick später in eine andere Welt. Was tat sie nur? Sie hatte bereits verstanden, wie das hier ablief. Der virtuelle Körper nahm zu, während der richtige

Körper Fett und Kalorien verbrannte. Er erlebte das gar nicht so langsam am eigenen Leib. Sein Fetthaushalt wuchs immer mehr. Hoffentlich würde er den richtigen Moment abschätzen können, in dem er wieder nach Hause switchen konnte, um nicht zu dünn zu werden.

Er saß nun wieder an den Baum gelehnt da und dachte nach. Wann würde Marianne kommen? Hatte sie ihm vielleicht zurückgeschrieben und wartete nun auf seine Antwort? Aber sein Entschluss, in der realen Welt schnell sein Idealgewicht zu erreichen, stand fest. Er würde so lange hier bleiben, bis dies der Fall war, und nicht nach Hause zurückkehren, um eventuell einer Nachricht von Marianne zu antworten.

Die Zeit verrann nun langsam und zäh, aber er kämpfte sich von Stunde zu Stunde. Nach einer gefühlten Ewigkeit näherte sich dann durch den Sturm eine Person. Wieder wusste er nicht, ob es Marianne oder wieder Jennifer war. Dieses Mal hoffte er auf Marianne, denn sie mussten endlich den Kuhmann markieren. Den Drahtzieher der scheußlichsten Verbrechen, die man sich vorstellen kann.

Die Person kam immer näher, und bald erkannte er, dass es Marianne war, weil diese in dieser Welt bereits dicker als Jennifer war. Er schaffte es irgendwie, auf die Beine zu kommen, aber entgegenlaufen konnte er ihr nicht mehr. Dazu wog er bereits zu viel.

Als sie bei ihm ankam, warf sie sich ihm an den Hals, wozu ihre Arme nun fast zu kurz waren. Sie küsste das Mastschwein, das vor ihr stand, und ließ sich nicht anmerken, ob sie sich vor ihm ekelte. So wie sie ihn ansah, konnte das fast nicht möglich sein, außer sie war eine Schauspielerin, die ihm alles nur vortäuschte. Aber warum sollte sie das tun?

Auch Fatso hatte die Arme um sie geschlungen, und es vergingen Minuten, bevor sie sich wieder losließen. Fatso erzählte ihr nichts von seiner Begegnung mit Jennifer, und stattdessen sagte er zu ihr:

„Ich habe ewig auf dich gewartet. Gott sei Dank bist du nun hier. Hast du schon mit Egon Burgherr sprechen können? Wird er uns helfen?"

Marianne begann nun zu reden. Sie sagte:

„Ja, das habe ich schon erledigt. Ich habe lange mit ihm geredet und ihm alles erzählt. Er ist gespannt auf die Phantombilder und wird später zu dir kommen. Ich gebe dir seine Telefonnummer. Dann kannst du ihn nachher anrufen und Genaueres mit ihm besprechen. Aber so viel sei bereits verraten. Er war nicht sonderlich überrascht, dass es unter seinen Kollegen auch ein perverses Schwein gibt. Das dieses genau der

Mann ist, der sich sonst gerne feiern lässt und im Mittelpunkt steht, ist ein Zufall. Aber er traut ihm die Tat sehr wohl zu. Außerdem war er auch offen für deine Erfindung. Er hat gesagt, am liebsten würde er ebenfalls eine Elektrodenkappe aufsetzen, um die Welt hier zu erkunden!"

Fatso war für den Augenblick zufrieden.

Nun mussten sie aber auch noch den letzten Pädophilen des Streichelzoos jagen, dann würden sie wissen, wo sie Franzi befreien mussten. Fatso sagte zu Marianne:

„So, meine liebste Marianne auf der ganzen Welt! Lass uns noch einmal losziehen. Ich hoffe, alles klappt so gut, wie es auch die letzten Male der Fall gewesen ist. Ich kann nur hoffen, dass wir es schaffen, den „Cowboy" zu fangen. Bist du bereit?"

Sie antwortete ihm:

„Ja, ich bin es!"

Das war alles, was Fatso hören wollte. Er pflückte das neueste Blatt vom Baum, dem er bereits früher einen kurzen Besuch abgestattet hatte, und schaute auf das bewegte Bild. Der letzte aller Wichser vom Streichelzoo hatte auch jetzt die niedliche Kuhmaske auf und sonst nichts. Er saß vor dem Computer und onanierte, und Fatso fühlte Ekel und Abneigung dem

Cowboy gegenüber. Was sich dieser auf dem Bildschirm ansah, war für Fatso völlig klar. Er war ein Pädophiler, und Pädophile können nicht anders, als sich Pornos mit Kindern reinzuziehen.

Auch Marianne sah voller Ekel auf das Blatt. Fatso zog nun das Laufwerk aus seiner Tasche, und dieses zeigte sich sofort als der Dackel, der freudig über Fatsos Gesicht schlabberte. Nun freute sich Fatso aber, den bellenden Hund zu sehen, und er streichelte ihn und begrüßte ihn wie einen alten Freund. Auch Marianne streichelte ihn eine Zeit lang, und dann klemmte Fatso den Hund unter seinen Arm. Marianne und Fatso klammerten sich aneinander fest und tauchten samt Hund in das Blatt ein.

Kapitel 26

Wie immer befanden sie sich sofort vor der Tür mit dem Guckloch. Fatso ließ keine Zeit verstreichen, sondern sah sofort durch das Guckloch. Er schaute in den Raum, der als Verließ für Franzi diente. Der „Cowboy" stand vor Franzi und verpasste ihr gerade eine Ohrfeige. Franzi sah völlig verängstigt aus und weinte die Tränen eines geschändeten Kindes.

Sofort stieg Wut in Fatso hoch, die heißglühend in ihm brannte. Er konnte nicht mehr klar denken. Etwas voreilig riss er die Türe auf und stürmte in den Raum. Dann machte er einen Hechtsprung, und der Cowboy, der sich erschrocken umdrehte, bekam Fatsos Ellbogen in die Kehle gerammt. Das hatte zur Folge, dass er sofort umfiel, und Fatso in der schlanken Version landete auf dem Cowboy.

Er prügelte sofort auf ihn ein, und seine Fäuste hagelten auf dessen muskulösen Körper herab. Plötzlich begann sich dieser zu wehren, und er warf Fatso von sich, als bestände dieser aus Fiberglas. Sofort rappelte sich der Cowboy vom Boden auf, während er eine Hand schützend auf seine Kehle presste. Dann befand er sich in aufrechter Position, und jetzt stand nur noch Marianne im Weg. An ihr musste er vorbei, um flüchten zu können und um Fatso und Marianne in die Welt seines tierischen Ichs zu führen, was ihm in diesem Moment wohl nicht klar war.

Er verpasste Marianne mit der Faust einen Schlag in den Magen, und diese klappte augenblich zusammen. Fatso handelte sofort. Er lief zu Marianne hin und beugte sich zu ihr. Der Dackel war in der Zwischenzeit bei Franzi und leckte ihr die salzigen Spuren der Tränen, die sie vergossen hatte, vom Gesicht. Das entlockte dem kleinen Kind ein unsicheres Lächeln, das fast nicht wahrzunehmen war. Dieses blitzte aber nur einen Moment auf, dann war es wieder verschwunden.

Marianne ging es schnell besser, was wohl an der virtuellen Welt lag, in der sie sich befand und in der man sich von körperlichen Gebrechen schneller erholte, und sie rappelte sich vom Boden auf.

Sofort begann sie immer noch leicht gebückt stolpernden Schrittes hinter Fatso herzulaufen, der nun mit dem Hund die Verfolgung des Cowboys aufnahm. Er lief hastigen Schrittes über die Treppen, die nach oben führten, und stellte fest, dass die Kellertüre immer noch offen stand. Er tauschte einen Moment einen Blick mit Marianne, und dann betraten sie die Welt außerhalb des Kellers.

Zu ihrer Enttäuschung standen sie vom Cowboy, der nun ein Wiederkäuer war, weit weg. Sie befanden sich auf einem Hügel, an dessen Fuß ein Bauernhof stand. Der Hof war groß, und die Kuh stand auf einer nicht eingezäunten Fläche und schien zu ihnen heraufzustarren. Fatso sagte zu Marianne:

„Verdammt! Ich glaub, wir werden lange brauchen, um die Kuh zu fangen und zu markieren. Sie kann uns jederzeit ausweichen und uns tagelang davonlaufen. Trotzdem sollten wir anfangen, genau das zu tun!"

Er drückte Marianne noch einen Kuss auf die Lippen, und dann begann er, den Hügel nach unten zu laufen. Er fühlte sich wie ein Indianer, der einem Cowboy den Garaus machen wollte. Das Gras auf dem Hügel war kniehoch, und Fatso durchquerte es, als würde er durch Wasser waten, nur eben um ein Vielfaches schneller, weil die Grashalme weniger Widerstand boten als Wasser.

Zwischendurch sah er zurück, um zu sehen, ob Marianne noch hinter ihm war. Vom Dackel sah er überhaupt nichts, aber er nahm wahr, wie sich das hohe Gras bewegte, während sich der Hund durch dieses vorwärtspflügte. Wie befürchtet, begann die Kuh, die ein weißes Fell mit großen schwarzen Flecken besaß, in die Gegenrichtung davonzulaufen. Sie lief noch näher zum Hof und steuerte geradewegs auf den Misthaufen zu. Dann blieb sie stehen und sah sich um.

Eigentlich war Fatso ja nicht der Typ, der eine Idylle zerstören wollte, aber die Welt hier kotzte ihn an. Der blaue Himmel störte ihn und auch der liebevoll gestaltete Hof mit Blumen vor den Fenstern und altmodischen grünen Fensterläden, die zur Seite geklappt waren, um den Sonnenschein ins Haus zu lassen.

Aber was ihn am meisten störte, war das süße Gesicht der Kuh mit ihren großen braunen Augen, die den Eindruck vermittelten, die Kuh wäre lieb. Fatso jedoch wusste es besser. Auch wenn die Kuh lieblich aussah, so war sie doch vom Bösen erfüllt. Er war jetzt zirka zwanzig Meter von der Kuh entfernt und ging nun langsam auf sie zu. Marianne schlich ebenfalls neben ihm her, und für den Moment blieb die Kuh stehen, jedoch nicht ohne Fatso, Marianne und dem Hund einen argwöhnischen Blick zuzuwerfen. Ihre Augen begannen rot zu leuchten, und Rauch kringelte sich aus ihren Nasenlöchern.

Als sie nur noch fünfzehn Meter von ihr entfernt waren, setzte sich das Rindvieh wieder in Bewegung. Sie steuerte nun auf den überdachten Abstellplatz landwirtschaftlicher Geräte zu und verschwand einen Augenblick später hinter einem Heuwender. Zwischen den dutzenden Geräten gab es genug Platz, dass auch eine Kuh zwischen ihnen durchgehen konnte, und Fatso und Marianne befanden sich nun auch vor diesem riesigem Carport.

Sie besprachen sich flüsternd, was sie nun tun sollten. Der Plan war, dass sie der Kuh jeglichen Fluchtweg verwehren würden, indem sie von allen Seiten kamen. Es gab drei Fluchtwege, und der Dackel hatte den in der Mitte über. Fatso kam von rechts und Marianne von links. Nun hatten sie die Kuh eingekesselt. Diese machte keinerlei Anstalten, als ob sie versuchen wollte, die Barrieren zu durchbrechen, ganz anders als früher. Sie stand einfach nur da und glotzte abwechselnd von einem zum anderen, während sich immer noch Rauch aus den Nasenlöchern kräuselte, und auch ihre Augen leuchteten nach wie vor rot.

Der Dackel lief nun ganz plötzlich und schnell zur Kuh und biss ihr ins Hinterbein. Anders als sonst bissen seine Zähne jedoch ins Leere und konnten die Kuh nicht fassen. Immer wieder versuchte der Dackel, die Kuh zu beißen, doch er schaffte es einfach nicht. Dann setzte sie sich doch in Bewegung und kam nun direkt auf Fatso zu. War vielleicht er in der Lage, die Kuh zu markieren? Möglicherweise war ja nur der Dackel machtlos gegen sie.

Aber was würde es bringen? Wie er wusste, musste er ja den Menschen, der in der Kuh steckte, markieren. Den Cowboy sozusagen. Jegliche weitere Überlegung zu diesem Thema wurde sinnlos, denn die Kuh lief einfach durch Fatso durch, als wäre er ein Geist. Das Ganze verursachte in ihm keinerlei Gefühle, es wurde ihm also in diesem Moment nicht kalt oder heiß.

Enttäuscht wurde ihm klar, dass sie nun gar nichts vom Standort Franzis wussten. Sie hatten nur einen Spitznamen und wussten, welche Webseite von ihm betrieben wurde.

Dieser Name allein brachte ihnen aber nichts, weil sie nicht die Koordinaten des Standortes seines Computers kannten, der irgendwo existierte, wo auch Franzi untergebracht war. Der Cowboy musste einen Weg gefunden haben, seine eigene Identität derart zu verschleiern, dass nicht einmal Fatsos Programm, also der Dackel, sie herausfinden konnte.

Marianne kam nun ebenfalls aus dem Carport und stand geknickt neben Fatso. Die Kuh war schon längst über alle Berge. Sie sahen sich an und keiner von ihnen sagte ein Wort, aber beide hatten einen Gesichtsausdruck, als wären sie gerade Zeuge einer Naturkatastrophe geworden.

Fatso zog wortlos das Blatt mit dem Hurrikan darauf aus seiner Tasche und gab Marianne die Hand. Der Dackel wuselte um sie herum, und obwohl dieser die Kuh nicht hatte verwandeln können, hob ihn Fatso hoch und klemmte ihn sich unter den Arm. Dann tauchten sie alle in das Blatt ein und fetzten wieder durch den Wind wie Papierflieger, die spitz genug waren, um einem ein Auge auszustechen.

Plötzlich sah Fatso auch den Weißkopfadler. Er flog ein Stück über ihnen und steuerte direkt auf sie zu. Fatso streckte seinen wieder fetter gewordenen Arm aus, und der Vogel landete mitten im Wind darauf. Fatso war nun im Internet so dick, wie er es gewesen war, als er Marianne zum ersten Mal geschrieben hatte. Der Adler schien um einiges schwerer zu sein, als er es in Erinnerung hatte. Irgendwie machte er einen besonders wohlgenährten Eindruck. Lag das daran, dass er vielleicht schon unzählige Blätter gefressen hatte?

Marianne sah Fabio fragend an, während sie neben ihm herflog, und dieser sagte zu ihr:

„Marianne, ich hab heute schon einen Blick in dein Blatt geworfen. Leider existiert das Video noch immer. Wir müssen dem Vogel einfach mehr Zeit geben. Anscheinend gibt es von deinem Video mehr als gedacht. Das Internet kann echt grausam sein. Was im Moment aber viel wichtiger ist, wie finden wir heraus, wo sich Franzi befindet? Nun ist alles umsonst gewesen. Wir haben nur die Koordinaten von den restlichen Computern der Tiere des Streichelzoos. Dir ist schon klar, was das heißt, oder? Ich muss morgen den Polizisten verfolgen, der so lobend in der Zeitung erwähnt worden ist, weil er der Einzige ist, von dem Egon Burgherr weiß, wo er sich aufhält, und nicht nur, wo sein Computer steht. Zumindest wahrscheinlich..."

Dieser war es, der sie zu Franzi führen konnte. Fatso flog wie ein großer dicker Ballon umher und stellte fest, wie schrecklich es sich anfühlte, derart dick zu sein. Wenn ihn nicht der Wind durch die Lüfte tragen würde, wäre er nicht mehr in der Lage, auf dem Boden zu stehen. Er musste nun aber nach Hause, um nicht zu viel abzunehmen. Zu diesem Zweck näherte er sich dem Auge des Hurrikans und kam am Boden zu liegen, etwa einen Meter von der Tür entfernt.

Der Dackel wuselte um seinen massigen Leib herum, und Marianne stand nun ebenfalls vor ihm. Auch sie hatte zugelegt, aber im Vergleich zu Fatsos Körper war sie direkt schlank. Er blieb einfach liegen, sagte aber vom Boden aus zu ihr:

„Ich muss dringend heim, um etwas zu essen. Wenn ich das getan habe, werde ich gleich Egon Burgherr anrufen und ihn zu mir einladen. Und danach werde ich vielleicht versuchen, ob meine Beine nun stark genug sind, um meinen irdischen Körper über die Treppe nach unten zu tragen. Wenn das gelingt, sehen wir uns bald persönlich!" Dann küsste er sie zärtlich und rollte zur Tür. Er öffnete diese und kroch schwerfällig wie eine vollgefressene Made durch die Öffnung.

Sofort befand er sich wieder in seinem Körper und stellte fest, dass er nun jegliches Fett verloren hatte. Dafür hing seine Haut lose herab, und er stellte sich die Frage, ob er denn nun besser aussah als in der Zeit, in der die Haut noch mit Fett gefüllt gewesen war. Jetzt erst nahm er seinen Hunger wahr.
Sofort griff er zum Handy und bestellte sich eine Pizza. Wohlgemerkt eine und nicht mehrere wie früher. Er würde sie wieder mit Majonäse bestreichen, was die Kalorienanzahl noch einmal kräftig erhöhen würde. Er stand vom Bett auf und stützte sich auf den Rollator. Mit diesem begann er nun, in der Wohnung umherzulaufen. Er musste dringend üben sich fortzu-

bewegen, denn er würde schnell sein müssen, wenn sie Franzi befreiten.

Erfreut stellte er fest, dass er rascher vorwärts kam als geplant. Langsam ließ er den Rollator los, und nun lief er, ohne sich irgendwo anzuhalten. Seine Beine jubelten, weil sie nicht mehr das irrsinnige Gewicht tragen mussten, das er am Ende seiner Mobilität auf den Knochen gehabt hatte. Er begann sich immer mehr zu freuen, aber diese Freude wurde stets davon getrübt, dass sie nicht wussten, wo sich Franzi aufhielt. Fatso hatte immer noch das Nachthemd an, das hinten offen war, auch wenn ihm dieses nun viel zu groß war. Seine Haut passte zum Hemd, denn sie hing ebenfalls schlaff herab.

Er beschloss, sich etwas überzuwerfen, um den Lieferjungen nicht mit seinem Anblick zu strafen. Er ging zu einem der Regale, in denen sein weniges Gewand verwahrt war, fand dort aber nichts, was ihm passte. Aus diesem Grund nahm er lediglich den Morgenmantel aus dem Regal und streifte sich diesen über. Verdammt, er brauchte Gewand, das ihm passte. So konnte er Marianne nicht unter die Augen treten. Aber woher sollte er Gewand bekommen?

Er sah auf die Uhr. Es war nun bald Abend, und er hatte noch nicht den freundlichen Gesetzeshüter angerufen, und das wollte er sofort nachholen, denn bis die Pizza geliefert wurde, dauerte es noch. Er wählte die Nummer und hielt sich das Smartphone zum Ohr. Schon nach dem dritten Rufzeichen erklang eine Stimme. Diese gehörte zu Egon Burgherr, denn er meldete sich mit seinem Namen.

Er und Fatso besprachen sich kurz, und der Polizist versprach, in der nächsten halben Stunde vorbeizukommen, weil er sowieso Dienstschluss hatte. Er wollte nur noch warten, bis seine Vertretung vor dem Haus von Marianne Wache halten würde. Fatso legte auf und war zufrieden. Nachdem weitere fünf Minuten vergangen waren, klingelte es an der Tür. Das musste sein Essen sein.

Fatso ging zwar vorsichtig, aber dennoch ohne Gehhilfe zur Tür und begrüßte dort den Lieferjungen, der gerade mit dem Schlüssel aufgesperrt hatte. Dieser staunte nicht schlecht, als er Fatso sah. Seine Augäpfel fielen ihm fast aus dem Kopf, so überrascht riss er die Augenlider auf. Dann sagte er:

„Es hat mich schon gewundert, weil Sie so lange nichts bestellt haben, und noch mehr war ich darüber verwundert, dass Sie heute nur eine Pizza bestellt haben. Aber das erklärt einiges. Gut sehen Sie aus,

wenngleich ich nicht weiß, wie sie den Gewichtsver-
lust so schnell bewerkstelligt haben!"

Dann bezahlte Fatso den Jungen, ohne sich zu erklären, und dieser verschwand wieder aus der Wohnung.
Er hatte gemerkt, dass dem Jungen die Frage auf den
Lippen gelegen war, wie er es geschafft hatte, so
schnell so viel abzunehmen, aber höflicherweise war
dieser nicht neugierig gewesen. Nun freute sich Fatso
aber aufs Essen. Später würde er dann wieder Marianne anrufen oder ihr zumindest schreiben. Gleich
würde auch der Polizist kommen, und bis dahin wollte
er die Pizza verdrückt haben. Er quetschte eine ganze
Tube Majonäse darauf und begann zu essen, als gäbe
es nichts, worüber er sich Sorgen machen musste.

Kapitel 27

Marianne stand mit ihrem Rollstuhl vor ihrer Wohnungstüre, die sie gerade hinter Egon Burgherr abgesperrt hatte. Dieser war eben noch eine Abendrunde mit Blümchen gegangen und hatte ihr danach mitgeteilt, dass er sich nun auf den Weg ins Präsidium machen würde, um sein Privatfahrzeug zu holen und um anschließend mit dem eigenen Auto zu Fabio zu fahren. Er war schon äußerst darauf gespannt, ob er die anderen Männer auf den Phantomzeichnungen kennen würde.

Marianne war immer noch darüber enttäuscht, dass sie es nicht geschafft hatten, den Cowboy zu markieren. Das hätte einiges leichter gemacht. Wenn es geklappt hätte, wären sie dazu in der Lage, Franzi bereits jetzt aus ihrem Verlies zu befreien. So mussten sie auf den nächsten Tag warten und würden sich an die Fersen des pädophilen Polizisten heften müssen, wie es ihr bereits Fabio gesagt hatte, damit der Kinderschänder sie zu Franzi führen würde, wie auch Egon der Meinung war. Der Kinderschänder-Polizist war der einzige, von dem Egon wissen würde, zu welcher Zeit er sich wo aufhalten würde. Von den anderen Pädophilen wussten sie nur, wo deren Rechner standen, aber nicht, ob deren Besitzer auch zuhause beim Computer waren. Wenn sie es schafften, den Polizisten zu verfolgen, würde er sie direkt zu den anderen Tieren des Streichelzoos führen.

Wie sollten sie diese besiegen? Hoffentlich würde Fabio einen Plan haben, was das betraf. Würde sie ihn bald persönlich sehen? Wenn sie daran dachte, fing ihr Körper wieder an zu vibrieren. Aber nicht aus einem sexuellen Hintergedanken heraus, sondern nur, weil die Liebe, die sie ihm gegenüber verspürte, derart mächtig war. Es war alles so schnell gegangen. Was würde morgen sein, wenn Fabio und hoffentlich Egon Burgherr die Verfolger spielen würden? Sie konnte nicht mitkommen, denn sie wäre keine wirkliche Hilfe gewesen. Nein, sie würde zuhause bleiben und hoffen, dass alles gut ging.

Wenn sie doch nur auch einen Teil zur Befreiung beitragen könnte, würde sie sich etwas weniger unruhig fühlen. Marianne saß nun wieder beim Esstisch und trommelte nervös mit den Fingern auf die Tischplatte. Da der Tisch aus Glas bestand, hinterließ sie dabei fettige Abdrücke der Fingerspitzen auf der kalten glatten Oberfläche. Sonst war sie penibel, was den Tisch betraf, aber heute war ihr das egal. Die Zeit kroch langsam dahin, und gerade als sie dachte, sie würde wahnsinnig werden, läutete ihr Handy. Sofort sah sie am Display, dass es Fabio war, der sie anrief.

Als die Verbindung zustande gebracht war, sagte Fabio ohne Umschweife:

„Hallo, mein Goldschatz! Ich hoffe, du hast nichts vor, denn Egon und ich kommen in zwanzig Minuten zu dir. Bitte pack alles zusammen, was du für ein paar Tage woanders benötigst, denn wenn du einverstanden bist, bleibst du morgen bei Egons Frau Helene, während er und ich den Kinderschänderring ausheben. Egon hat uns zu sich zum Essen eingeladen, weswegen wir uns schon heute auf den Weg zu ihm machen werden. Dann haben wir die ganze Nacht Zeit zu planen, wie morgen alles ablaufen soll. Schon bald wirst du wissen, wie schrecklich ich in der Realität aussehe! Ich finde, ich habe jetzt etwas von einem Gürteltier. Also bis bald, meine wunderschöne goldene Blume!"

Dann legte er ohne Umschweife und, ohne eine Antwort ihrerseits abzuwarten, auf. Nun war Marianne endgültig völlig aufgeregt. Gleich würde sie Fabio sehen. Und war das nicht die Entschädigung für alles, was sie jemals an schlechten Erfahrungen gemacht hatte? Es schien, als hätte sie ihr ganzes Leben nur auf Fabio vorbereitet, damit sie zum richtigen Zeitpunkt diejenige war, die er suchte.

Mit zitternden Fingern steuerte sie ihren Rollstuhl ins Schlafzimmer, um zu packen. Sie warf in Windeseile Gewand in eine Tasche und auch ihre Toiletteartikel, die sie brauchte. Dann packte sie noch alles zusammen, was Blümchen benötigte, denn diese würde natürlich mitkommen. Draußen war es dunkel, und hätte sie die Zeit gehabt, darüber nachzudenken, hätte sie so etwas wie Unruhe beim Blick aus dem Fenster verspürt. Zumindest würde der Horrorclown nicht wissen, wo sie sich aufhielt, und das war ein weiterer Pluspunkt, der dafür sprach, bei Egon und seiner Frau zu schlafen.

Gerade als sie sich die Jacke anzog, läutete es an der Tür. War das etwa Fabio, der zum ersten Mal vor ihrer Wohnung stand? Sie öffnete die Tür und stellte enttäuscht fest, dass es nur Egon allein war, der sie an der Tür abholte. Fabio musste wohl draußen im Wagen sitzen. Egal, gleich würde sie ihn sehen, da kam es auf die paar Minuten auch nicht mehr an. Egon lächelte sie an und sagte zu ihr:

„Fabio sitzt im Auto. Er hat nicht das passende Gewand an, um auf der Straße eventuell gesehen zu werden!"

Dann nahm er Blümchen an die Leine, während Marianne mit der Tasche am Schoß die Wohnung verließ. Als sie draußen waren, sperrte sie doppelt ab und fuhr hinter Egon und Blümchen her. Während sie auf Egons Wagen zusteuerten, stellte Marianne erfreut fest, dass es sich bei ihm um einen großen Van handelte. Genug Platz für ihren Rollstuhl und auch Blümchen.

Egon half ihr dabei, sich auf die Rückbank zu wuchten, und dann war es so weit. Sie schaute Fabio in die Augen von Angesicht zu Angesicht. Dieser lächelte sie an, und seine Augen wirkten noch wärmer und liebevoller als im Internet. Die beiden fielen sich um den Hals und ließen sich eine ganze Weile nicht mehr los. Sie hatten Schreckliches zusammen erlebt, und das hatte sie zusammengeschweißt. Jetzt erst fielen Marianne Fabios Körper und seine lose, schlaffe Haut auf. Zumindest den Teil, den sie sehen konnte, denn der Rest war gut unter Fabios Kleidung versteckt. Er hatte nicht übertrieben. Seine Haut hing in mächtigen Falten herab und zeichnete sich unter seinem Gewand ab. Dieses bestand aus einem Nachthemd und einem Morgenmantel.

Plötzlich konnte Marianne nicht anders als zu lachen. Sie prustete los, und Fabio sah für einen Moment etwas unsicher aus. Dann stimmte er jedoch ins Lachen mit ein, weil die Situation ja wirklich eine gewisse Komik hatte, wie er so dasaß, eingewickelt in Hautfalten und einem Nachthemd, und das Lachen steckte nun auch noch Egon an. Alle drei hatten einen Lachkrampf, bei dem es sich wohl um Galgenhumor handelte.

Als sie sich wieder beruhigt hatten, kehrte wieder Ruhe ein. Marianne und Fabio saßen dicht aneinander gedrängt da und genossen die körperliche Nähe zueinander. Marianne schaute aus dem Fenster. Sie fuhren gute zwanzig Minuten, bis sie ankamen. Dann standen sie vor Egons und Helenes Haus. Es handelte sich dabei um einen Bungalow mit einer Veranda mit einem Flair, wie man ihn normalerweise in der Toskana vorfindet.

Egon parkte nah bei der Haustüre und sprang als Erster aus dem Auto, um den Rollstuhl von Marianne auseinanderzufalten. Dann half er ihr dabei, sich in diesen zu setzen, und auch Fabio stieg aus. Er bot wahrlich ein Bild für Götter, wie er so dastand in seinem viel zu großen Morgenmantel. Welche Konfektionsgröße mochte er nun wohl haben?

Egon sperrte die Türe auf und wurde gleich von Helene begrüßt, die bereits hinter der Tür auf ihn gewartet hatte. Neben ihr stand Jana, seine vierjährige Tochter, als die Egon sie vorstellte. Diese sah neugierig ins Gesicht von Fabio, und danach musterte sie den Rollstuhl von Marianne und sagte:

„Du hast aber einen lustigen Stuhl. Wie schnell fährt der, und darf ich damit fahren? Ich könnte auf deinem Schoß sitzen, während wir die Einfahrt hinunterrollen!"

Sofort ergriff Helen das Wort und sagte:

„Der ist nur für eine Person gemacht, mein Schatz!"

Erst dann begrüßten Fabio und Marianne Helene. Sie war eine Frau von fünfunddreißig Jahren, konnte aber genauso gut erst dreißig sein. Sie hatte eine reine strahlende Haut, und Marianne verstand sofort, was Egon an ihr fand. Ihre braunen Haare hingen ihr locker über die Schultern, und sie trug ein Lächeln im Gesicht, das sie auch an ihre Tochter weitervererbt hatte.

Helene bat sie alle herein, nachdem sie Egon geküsst hatte, und sagte:

„Das Essen ist schon fertig. Es gibt Hackbraten mit Röstkartoffeln!"

Dann wuselte sie davon, wahrscheinlich in die Küche, und nun stand nur noch Jana da. Sie lächelte immer noch wie mit den Lippen ihrer Mutter, und Marianne rollte zu ihr hin. Dann forderte sie Jana auf, sich auf ihren Schoß zu setzen, und drehte mit ihr eine Runde durchs Wohnzimmer. Das kleine Mädchen gluckste vergnügt, und ihr Lachen steckte auch Marianne an. Sie fuhren nun hinter Egon und Fabio her und fanden in der Küche einen reich gedeckten Tisch vor. Egon forderte Fabio auf, ihm zu folgen, denn er hatte vor, ihm Gewand von sich zu geben. Die beiden gingen weiter in einen Gang, der zu den Schlafgemächern führte.

Nun war Marianne mit Helene und Jana allein. Das kleine Kind fing schon einmal zu essen an und hielt dabei den Löffel, als wollte sie sich selbst damit erstechen. Helene zeigte zum hundertsten Mal, wie man den Löffel wirklich hielt, und das Kind, dem das schon oft gezeigt worden war, korrigierte auch heute wieder einsichtig die Handhabung des Bestecks. Dann aß es weiter, und Marianne staunte nicht schlecht, wie groß die Portionen waren, die es sich in den Mund steckte.

Marianne sah ins freundliche Gesicht von Helene, und diese sagte zu ihr:

„Heute Nacht können sie beruhigt schlafen, denn der Clown, der sie martert, weiß nicht, wo sie sind. Nun bin ich aber gespannt, was mein Mann und ihr Freund morgen vorhaben. Egon hat mir bereits die Kurzfassung erzählt, aber ich hätte auch nicht dagegen, die lange Version zu hören!"

Jetzt erst fiel Marianne auf, dass sie noch gar nicht wusste, was die Männer besprochen hatten. Sie war zu sehr von der Frage abgelenkt gewesen, weil sie die Nähe zu Fabio derart genossen hatte. Aus diesem Grund entgegnete sie Helene:

„Ich muss zugeben, dass ich das noch nicht einmal weiß. Wir werden auf die Männer warten müssen, um mehr zu erfahren!"

Jana sah vom Teller auf und wiederholte die Worte: „Auf die Männer warten müssen!", was ihr anscheinend gefiel, und dann aß sie unbekümmert weiter. Ein paar Minuten später erschienen Fabio und Egon wieder auf der Bildfläche. Fabio sah nun aus wie ein neuer Mensch. Er trug eine blaue Stretchjeans, die ihm passte, und auch ein rotes Sweatshirt, das seinen Hautfalten genug Platz bot. Fabio setzte sich neben Marianne, und Egon nahm Platz neben seiner Tochter, die zwischen ihm und Helen saß und unbekümmert weiteraß. Es war Egon, der nun etwas sagte:

„Lasst uns das Essen genießen. Wir können später besprechen, was es zu besprechen gibt!"

Dann nahm er sein Besteck in die Hand und begann ebenfalls zu essen. Während sie aßen, unterhielten sie sich über völlig unverfängliche Dinge, aber als sie alle mit der Nahrungsaufnahme fertig waren, sagte Helene:

„Ich bring nun schnell Jana ins Bett, und dann bin ich aber wirklich neugierig, was los ist!"

Dann verschwand sie mit Jana in dem Gang, der zu den Schlafgemächern führte, und Egon faltete die Hände und stützte seine Ellbogen auf der Tischfläche ab. Dann sagte er zu Marianne:

„Da hast du dir ja einen tollen Freund geangelt. Einen Erfinder, der noch dazu gegen das Perverse kämpft, und das in einem Körper, der noch nicht einmal trainiert ist. Und zeichnen kann er auch noch hervorragend. Die schlechte Nachricht ist, dass ich alle Phantombilder erkannt habe, und sie alle sind Polizisten. Kollegen von mir, die allesamt unter einer Decke stecken. Wenn ich an die kleine Franzi denke, wird mir schlecht, vor allem, weil ich selbst eine Tochter in ihrem Alter habe! Nun müssen wir nur noch einen Plan schmieden, wie wir morgen vorgehen. Also Fabio und ich, denn du, liebe Marianne, bleibst bei meiner Frau, damit ihr euch gegenseitig den Rücken stärken könnt. Aber mehr sage ich noch nicht! Warten wir auf Helene, damit auch sie die Geschichte mitbekommt!"

Als Helene gute 25 Minuten später zu ihnen zurückkehrte, sah sie äußerst neugierig aus und erkundigte sich, ob die Männer bereits irgendetwas erzählt hatten. Marianne konnte Helene gut verstehen, denn auch sie besaß einen Mann, der morgen in Gefahr sein würde. Da sie nun komplett waren, fing Egon an zu erzählen. Dabei übernahm er auch den Part von Fabio, der ihn in seiner Wohnung über alles unterrichtet hatte.

Als er bei dem Teil ankam, was sie morgen tun würden, zeigte er sich etwas ratlos. Er erklärte, dass sie wohl nicht den Kollegen verfolgen würden, der gerne im Mittelpunkt der Presse stand, weil dieser das Auto von Egon kannte und die Gefahr so zu groß war, dass er seine Verfolger erkennen würde, wenn er in den Rückspiegel sah, und dann würde er eventuell nicht zu Franzis Verlies fahren, sondern sie in die Irre leiten. Und er sagte weiters, er wisse auch noch nicht, wen von den Kollegen sie stattdessen verfolgen sollten. Es musste einer sein, der Egons Auto nicht kannte, also kamen eigentlich nur Mario oder Stephan in Frage, die beide bei der Verkehrspolizei arbeiteten. Ob sie morgen Dienst hatten, wusste er nicht. Deswegen war es klug, ihren Autos, welche Egon beide kannte, oder zumindest einem davon, bereits bei ihnen zuhause einen GPS-Sender anzuheften. Dann konnten sie einen von ihnen verfolgen und hoffen, dass er sie zu Franzi und dem Kuhmann führen würde.

Insgeheim wünschten sich die beiden Verkehrspolizisten wahrscheinlich, einmal einen Mord aufzuklären und im Rampenlicht zu stehen. Sollten sie doch gleich einmal mit dem Mord beginnen, den sie bald gemeinschaftlich begehen würden. Und wer, wenn nicht Egon oder Fabio, konnten dagegen etwas tun, wenn sie es nicht schafften, eines dieser beiden Streichelzootiere zu verfolgen, um hoffentlich zum Verlies von Franzi geführt zu werden?

Egon zückte nun sein Handy und rief in der Wache an, um zu sagen, dass er den nächsten Tag Urlaub machen wolle. Das konnte er so einfach tun, weil er über sehr viel Eigenverantwortung verfügte und seinen Dienstplan eigentlich selbst erstellte.

Als das erledigt war, widmete er sich wieder dem aktuellen Thema. Sein Plan war, gleich morgen früh zu den Koordinaten aufzubrechen, an denen die Computer von Mario und Stephan standen. Das sollte im Idealfall auch ihre Wohnadresse sein. Mehr konnten sie eigentlich nicht planen. Alles hing davon ab, dass sie rechtzeitig bei Franzi waren, bevor ihr Schlimmes widerfuhr.

Hoffentlich würden Mario oder Stephan einer der Ersten sein, die bei der unbekannten Adresse ankommen würden. Dann konnten Fatso und er weit weg parken und würden dennoch von irgendeinem der später ankommenden Streichelzootiere zum Versteck von Franzi geführt werden. So der Plan, und was dann?

Nun übernahm Fatso die Rolle des Redners und fing an, seinen Plan zu erklären. Er wollte warten, bis auch das letzte Mitglied, bei dem es sich wohl um den unbekannten Cowboy handeln würde, zum Kellerverlies von Franzi schleichen würde. Dann erzählte er von seiner Erfindung. Also von der Schallpistole, die den Gegner kampfunfähig macht. Er packte diese aus seiner Tasche aus und sagte zu ihnen, dass sie alle nun an einem eventuell schmerzhaften Experiment teilnehmen würden, dessen Folgen nicht absehbar waren. Er wollte den längst überfälligen Versuch starten, den er bisher immer gemieden hatte, weil er Angst hatte, seine Trommelfelle könnten platzen. Wie verhielt sich der Schall, den die Pistole produzierte, in geschlossenen Räumen? Dazu drückte er den Abzug der Pistole und schon schoss einen Ton durch die Küche. Dieser prallte von Wänden ab, flog wieder auf einen zu, und sie alle waren bewegungsunfähig.

Als der Ton verklungen war, weil Fatso den Abzug der Waffe nicht mehr betätigte, waren sie alle noch damit beschäftigt, sich die Hände auf die Ohrmuscheln zu pressen, was nur bedingt geholfen hatte. Diesen Ton konnte man nicht einfach aussperren. Er stach einem direkt ins Hirn, und man wurde dabei halb wahnsinnig.

Aber nun wussten sie, dass die Pistole wahrscheinlich den Zweck erfüllen konnte, der gefragt war. Wenn Egon damit im Keller schießen würde, wäre hoffentlich jeder der Polizisten kampfunfähig, und Fatso konnte zu Franzi laufen, sie hochheben und dann mit ihr flüchten. Gott sei Dank besaß Fabio geräuschunterdrückende Kopfhörer, die so weit helfen sollten, dass der Träger nicht bewegungsunfähig sein würde. Dieser würde den Ton zwar ebenfalls gedämpft hören, aber zumindest würde er sich bewegen können.

Sobald Fatso mit Franzi geflüchtet sein würde, war wieder Egon an der Reihe, etwas zu tun, wie er sagte. Und zwar musste er die Türe des Verlieses absperren, indem er den Riegel vorschob. Dann konnten sie in Ruhe die Polizei, die wirklich dein Freund und Helfer ist, anrufen und dabei zusehen, wie lauter nackte Männer verhaftet wurden von Männern, die nun ihre ehemaligen Kollegen waren.

Zuerst aber würde Egon einen Freund von der Presse anrufen. Wie Egon nämlich wusste, war die Presse immer geil darauf, vor Ort zu sein, wenn etwas passierte. Und diese Sache war umso größer, weil die Polizei darin verwickelt war. Sobald die Öffentlichkeit mit einbezogen war, konnte man die Beweise nicht mehr einfach verschwinden lassen. Das war der Plan, sagte Fabio, und jedem leuchtete ein, dass er einfach funktionieren musste. Niemand getraute sich daran zu denken, was geschähe, wenn etwas Unerwartetes auftreten sollte. Irgendetwas, das vom Plan abwich.

Fabio sagte nun:

„Ich werde Egon, mich und das Auto eines Tieres mit einem GPS-Sender ausstatten, damit ihr uns findet, wenn wir verschollen sein sollten. Sollte das der Fall sein, kauft euch bitte eine Bazooka und eilt zu unserer Rettung herbei!"

Dabei zwinkerte er vor allem Marianne zu und lächelte auf die Art und Weise, die Marianne fast verrückt machte. Immer wieder blieb ihr Blick an seinen Dackelaugen hängen. Im Moment erzählte er davon, was zu tun war, wenn der Plan schiefging. Egon konnte nicht einfach seine Kollegen um Hilfe rufen. Er musste vorsichtig sein. Dennoch sagte er auch, dass die Frauen Hilfe rufen sollten, wenn er und Egon sich nicht mehr bewegen würden, und das für eine lange Zeit. Ob es besser war, die Polizei oder die Rettung zu rufen, wusste er laut eigener Aussage selbst nicht. Aber er gab ihnen die Nummer eines Kollegen, der bestimmt nichts mit der Sache zu tun hatte.

Nun versuchten die Männer bewusst, das Thema zu wechseln, was die Frauen widerwillig begrüßten. Es war nötig, dass sie sich nicht zu sehr aufpeitschten, denn später würden sie schlafen müssen, um morgen halbwegs ausgeruht zu sein. Sie führten noch etwas Small Talk, aber dann verspürten sie alle, dass sie müde waren. Egon fragte, ob es für Marianne o.k. wäre, wenn sie mit Fabio im Gästezimmer schlief. Das tat er, weil sie noch nicht laut ausgesprochen hatten, dass sie zusammen waren. Nachdem sie etwas rot angelaufen war, sagte sie:

„Natürlich schläft Fabio bei mir, dann hab ich endlich einen Heizkörper unter der Decke. Mir ist eh viel zu oft kalt. Außerdem sollte ein Mann bei seiner Frau schlafen. Und genau das ist er...mein Mann. Zwar sind wir nicht verheiratet, aber was noch nicht ist, kann ja irgendwann noch werden!"

Dann zwinkerte sie Fabio zu, und nun war er es, der etwas rot wurde. Danach gingen sie alle schlafen. Fabio schlich hinter Marianne her wie ein junger

Hund, der auch im Bett des Frauchens schlafen wollte, und schien aufgeregt zu sein. Was würde im Bett passieren? Sex kam schon einmal nicht in Frage, denn den wollten sie beide nicht haben. Aber was taten Verliebte sonst miteinander? Sie konnten sich streicheln und küssen, und darauf freute sich Marianne.

Kapitel 28

Fatso stand im Gästebadezimmer und überlegte und überlegte. Er hatte irgendwie den Drang, Marianne seinen verunstalteten Körper zu zeigen. Er wollte, dass sie alles von ihm kannte, jede kleinste Hautfalte, die schlaff und ohne Spannung war. Er wusste bereits jetzt, dass das nur in Ordnung kommen würde, wenn er die überschüssige Haut wegschneiden ließe. Das war heute eine sehr häufige Operation, die weitgehend ohne Nebenwirkungen verlief.

Trotzdem, er musste Marianne zeigen, wer er war. Langsam öffnete er die Türe, und das weiße Licht, das darin die Wände bestrahlte, kroch nun auch durch die offene Tür ins Schlafzimmer und erhellte auch diesen Raum ein klein wenig. Fatso betrat nun in seiner Boxershort das Schlafzimmer, und Marianne sah ihn im gedämpften Licht. Wieder merkte er kein bisschen, dass sie bei seinem Anblick Ekel empfand. Im Gegenteil. Sie sagte zu ihm:

„Nun komm schon ins Bett. Für mich siehst du perfekt aus. Deine schlaffe Haut zeigt nur deinen Erfolg, gegen massives Übergewicht angekämpft und gewonnen zu haben. Du kannst stolz auf dich sein. Ich bin es jedenfalls. Schon seltsam, wir haben uns heute zum ersten Mal persönlich gesehen, und schon schlafen wir zusammen im gleichen Bett, und das ist nur deshalb nicht anstößig, weil wir beide keusch leben. Aber kuscheln will ich noch!"

Nun gab Fatso jegliche Unsicherheit auf und legte sich zu Marianne ins Bett. Diese kuschelte sich sofort zu ihm und lag nun in seinem Armen. Fatso verspürte wieder dieses wunderschöne Gefühl und war in diesem Augenblick verletzlicher denn je. Wenn Marianne jetzt der Teufel ritte und sie etwas Unbedachtes zu ihm sagte, würde ihm das einen Stich mitten ins Herz versetzen, denn er war gerade besonders verletzlich.

Nun war es aber langsam wirklich an der Zeit zu schlafen. Fatso versuchte, seine Gedanken zu verlangsamen und sie dann völlig auszusperren. Dabei wurde das Schwarz seiner geschlossenen Augen immer schwärzer, und seine Atmung verlangsamte sich. Wie er mitbekam, war Marianne bereits eingeschlafen, denn sie atmete tief, und ihr Atem kitzelte seinen nackten Hals. Dann schlief er endgültig ein.

Seine Träume waren wirr und von der Art, an die man sich am nächsten Tag nicht erinnert. Dennoch schlief er bis fünf am Morgen, und als er aufwachte, bemerkte er sofort, dass Marianne nicht neben ihm lag. Hatte sie die Meinung über ihn nun geändert und war aus dem Bett geflüchtet, oder war sie lediglich süchtig nach Kaffee, und der Wunsch danach war stärker gewesen als ihr Bedürfnis nach Schlaf? Fatso stand auf und zog das Gewand des Vorabends an. Dann versuchte er, möglich leise zur Küche zu schleichen, in der Licht brannte.

Als er diese betrat, lächelte ihm bereits Marianne entgegen. Sie trank Kaffee und hatte die Zeitung gelesen, und ihr Lächeln verriet, dass sie ihre gute Meinung über ihn keineswegs geändert hatte. Blümchen schlief noch immer und zwar im Zimmer von Jana. Der Hund hatte einen Narren an dem Kind gefressen und wich ihr seit gestern Abend nicht von der Seite. Das tat sie aber nur, weil Marianne ihr dazu die Erlaubnis erteilt hatte, denn in Wirklichkeit war sie es, der der Hund gehorchte und die er liebte.

Fatso setzte sich erleichtert zu ihr an den Tisch, und die beiden fingen an, miteinander zu tuscheln, um die anderen nicht aufzuwecken. Sie redeten, wie Verliebte es nun einmal tun, und Fabio war es, der immer wieder betonte, wie glücklich er sei, dass sie sich kennen gelernt hatten. Nun stand plötzlich aber auch Egon in der Küche, denn wie besprochen wollte er sich so früh wie möglich mit Fabio auf den Weg machen, damit sie das Auto markieren konnten,, bevor der Besitzer damit wegfuhr. Dann war die Chance am größten, einen der zwei Polizisten zuhause zu erwischen bevor diese wegfuhren.

Würden sie später kommen, bestände die Gefahr, vor einem verlassenen Haus stehen zu kommen. Das durfte nicht passieren.

Aus diesem Grund frühstückte Egon und verdrückte gleich drei Semmeln mit Butter und Marmelade, und Fatso wurde bei deren Anblick daran erinnert, wie auch er noch vor kurzem Nahrung in sich hineingeschaufelt hatte. Und alles nur wegen der gähnenden Leere, die in ihm geherrscht hatte. Einzig und allein Marianne hatte diese ausfüllen können, und nun fühlte er sich voller Liebe, und das war ein gutes Gefühl.

Als auch Egon gefrühstückt hatte, sagte er zu Fatso, dass sie in zwanzig Minuten aufbrechen würden. Das hieß, es blieben ihm noch ein paar Minuten mit Marianne. Diese verbrachten die beiden mit liebevollen Blicken, die sie sich zuwarfen.

Als Egon aus dem Bad zurück in die Küche ging, waren die beiden damit beschäftigt, sich nochmals zu küssen, bevor es für Egon und Fatso Zeit war zu gehen. Vorsorglich hatte Fatso bereits zehn Minuten vor dem Verlassen des Hauses angefangen, sich von Marianne zu verabschieden. Dann ging auch er ins Bad und legte letzte Hand an seinem gürteltierähnlichen Körper an, wie er fand.

Nun war ebenso Helene munter und wünschte Fatso einen guten Morgen. Allmählich wurde er nun doch etwas nervös. Was passierte, wenn sie sich eine Verfolgungsjagd liefern mussten? Fatso wurde beim Autofahren leicht schlecht. Würde er gewappnet sein für solche Eventualitäten? Wie lange würden ihn seine untrainierten Beine tragen? Würden sie genau im unpassendsten Moment ihren Dienst verweigern?

Dann war der Moment da. Egon verabschiedete sich liebevoll von Helene, und auch Fatso gab Marianne noch einen letzten Kuss. Dann verließen sie das Haus und setzten sich in den Van. Sie stellten beide fest, dass es klirrend kalt war, und dass es besser gewesen wäre, sie hätten auch an Handschuhe gedacht, aber schon bald würde die Heizung das Innere auf eine angenehme Temperatur erwärmt haben.

Egon ordnete sich in den Verkehr ein. Er hatte die Koordinaten der beiden Polizisten, die Fatsos Computerprogramm herausgefunden hatte, lokalisiert und kannte nun die Adresse von beiden. Zuerst wollte er schauen, ob Mario noch zu Hause war, denn dieser war nicht der Hellste. Das würde ihnen bei der Observierung seines Autos zugutekommen, denn es war ein heller Geist notwendig, um sie zu enttarnen. Vielleicht konnte sich Mario nicht einmal über einen längeren Zeitpunkt merken, welches Auto hinter ihm herfuhr.

Als sie bei seiner Adresse ankamen, stellte Fatso fest, dass im Haus kein Licht brannte. Entweder schliefen seine Bewohner noch, oder aber sie hatten bereits ihre Wohnungen verlassen. Zumindest erkannte Egon jedoch das Auto, das Mario gehörte, denn darauf klebte ein großer Aufkleber, auf dem stand:

„Ich war ein Eliteschüler!",

was er bestimmt nicht gewesen war. Aber es zählte ja nur, wie man sich selbst sah. Egon parkte den Van an einem Platz, von dem aus er das Haus gut im Überblick hatte, und schaute danach Fatso an. Dieser wusste, was der Blick bedeutete, und was nun zu tun war. Er griff in seine Jackentasche, in der ein GPS-Sender verstaut war. Gut, er war noch hier. Zwei Sender hatte er bereits Egon gegeben. Fatso und er hatten miteinander ausgemacht, dass dieser erste Teil ihrer Mission von Egon ausgeführt werden sollte. Deswegen hatte dieser zwei Sender. Einen für sich und einen, den er am Auto von Mario anbrachte. Der Platz dafür bot sich unter dem Auto, und da der Sender magnetisch war, würde er am Metall des Unterbodens haften bleiben.

Egon tauschte nun einen letzten Blick mit Fatso und öffnete dann die Autotür. Er schlug sie so leise zu, dass nur ein kurzes „Blob" ertönte, und schlich dann wie ein Ninja zum Auto mit dem selbstverliebten Aufkleber.

Als er es erreicht hatte, ging er sofort dahinter in die Hocke und tastete nach einer geeigneten Stelle, an der er den Sender anbringen konnte. Er wurde schnell fündig, und schon hatte er erledigt, was zu tun gewesen war. Erneut lief er geduckt, aber dieses Mal zu seinem eigenen Auto, um wenig Fläche zu bieten, die erkannt werden konnte, und setzte sich wieder neben Fatso ins Wageninnere. Erleichtert atmete er auf und schaute Fatso mit einem Blick des Triumphes an. Fatso klopfte dem Polizisten auf die Schulter, sagte aber kein Wort. Nun fing die anstrengende Zeit der Observierung an.

Egon war so etwas ja gewöhnt, aber je mehr Stunden sie vor dem Haus standen, umso mehr sehnte sich Fatso danach, ein paar Schritte zu gehen. Das konnte er erst wieder seit Kurzem, und er wollte nicht schon wieder an ein und denselben Fleck gefesselt sein. Egon und Fatso vertrieben sich die Zeit, indem sie sich genseitig erzählten, was sie so in ihrem Leben getrieben hatte. Zum Beispiel erzählte Egon Fatso, dass er der beste Schütze aus dem ganzen Bundesland gewesen war. Dieses Jahr spekulierte er sogar damit, Gewinner der ganzen Republik zu werden. Er konnte schießen, wie es die Polizeibeamten gelehrt bekamen, er konnte aber auch aus der Hüfte schießen wie zwei sich duellierende Cowboys.

Dann redeten sie lange Zeit über die Erfindung von Fatso, mit der man seinen Geist ins Internet schicken konnte. Egon zeigte daran wieder reges Interesse, und Fatso versprach, wenn alles vorbei war, mit ihm eine Führung in der virtuellen Welt zu machen. Dann würde er mit eigenen Augen sehen, wie seine Welt aussah. Fatso konnte ihm allerdings nicht sagen, wie sie genau aussehen würde.

Als es schon fast Mittag war, passierte es. Mario kam aus dem Haus und hatte ein unauffälliges Gewand an und eine Schildkappe auf. Diese hatte er sich so weit ins Gesicht gezogen, dass seine Augen verdeckt wurden. Er steuerte direkt auf seinen Wagen zu und setzte sich in diesen. Dann startete er den Motor und fuhr los. Er fuhr auf direktem Weg ins Industriegebiet von Villago, und Egon verfolgte ihn unauffällig. Er hielt zu ihm einen großen Abstand ein, weil er wusste, dass sie ihn wieder finden würden, wenn er tatsächlich verlorenginge.

Mario, der Polizist, der eigentlich rechtsschaffen sein sollte, bog nun auf den Parkplatz eines Sexshops. Egon bog auf einen Parkplatz auf der anderen Straßenseite ein und stellte den Motor ab. Mario ging ohne Umwege direkt in den Laden, und Egon und Fatso schauten sich an. Was wollte der geile Hund in dem Geschäft? Sich Pornos kaufen? Das wohl eher nicht, denn die Pornos, die ihm gefielen, konnte man nur illegal herunterladen. Aber was war dann der Zweck seines Einkaufes?

Es verging gut eine halbe Stunde, dann kam er aus dem Geschäftslokal und hatte eine große blaue blickdichte Einkaufstüte in der Hand, die prall gefüllt war. Fast schon auffällig schnell ging er zum Wagen und warf die Tüte in den Kofferraum. Dann setzte er sich ins Auto und fuhr wieder los. Zu Egon und Fatsos Enttäuschung schien er wieder nach Hause zu fahren.

Wieder verfolgten sie ihn unauffällig und steuerten bald erneut den Parkplatz an, auf dem sie auch früher gestanden waren, direkt im Blickfeld des Hauses. Wieder stieg Mario unbekümmert aus dem Auto und merkte erneut nicht, dass er beobachtet wurde. Er holte die Einkaufstüte aus dem Kofferraum und verschwand damit in seinem Haus.

Nun waren es nicht einmal mehr 12 Stunden, bis Franzi in Gefahr sein würde. Bis dorthin mussten alle direkten Mitglieder des Streichelzoos gefangen sein. Hoffentlich würde ihr Plan aufgehen. Fatso sagte nun zu Egon, der ebenfalls gut schweigen konnte:

„Wieso hast du dich eigentlich dazu entschieden, mir zu helfen, denn ich bin mir bewusst, dass du mir eigentlich nicht auf die Art und Weise hilfst, wie das ein Polizist im Normalfall in einer solchen Situation tut. Ein Polizist, der mit einer Zivilperson auf die Jagd geht, verstößt dabei mit Sicherheit gegen mehrere Gesetze.“

Egon überlegte einen Moment, was er sagen sollte, und antwortete dann:

„Ich weiß, dass ich gegen das Gesetz verstoße, aber das ist die einzige Möglichkeit, die Pädophilen zu stellen. Vergiss nicht, es sind Polizisten. Deswegen rufe ich auch zuerst die Presse an. Wenn die erst einmal Wind von der Sache bekommt, kann man das Geschehen nicht mehr verschleiern. Aber zurück zu deiner Frage. Es leuchtet mir einfach ein, dass ich ohne deine Hilfe aufgeschmissen wäre. Vergiss nicht deine Erfindung, die Schallpistole. Sie ist der Grund, warum wir alle Streichelzootiere zugleich kampfunfähig machen können. In diesem Fall ist es gut, noch jemanden an seiner Seite zu haben, der sich nützlich machen kann, denn das kommt alles nur Franzi zugute! Es könnte theoretisch auch meine Tochter sein, die entführt worden ist, und das lässt mir einen kalten Schauer über den Rücken kriechen! Allerdings werde ich der Presse nicht verraten, dass ich Hilfe hatte. Das bleibt unser kleines Geheimnis!"

Dann hüllten sich beide wieder in Schweigen. Die Stunden verkrochen, und langsam wurde es später Nachmittag und dann Abend. Die Beleuchtung der Straßenlaternen war bereits eingeschaltet, und Fatso und Egon tat vom Sitzen schon der Arsch weh. Ihnen war langweilig, und bis Mario wieder auftauchen würde, das konnte noch dauern. Was, wenn er das Haus erst wieder verließe, wenn er zur unbekannten Adresse aufbräche?

Fatso dachte nun an Marianne und Helene. Ob sie wohl immer noch die Webseite der Tiere beobachteten? Sie hatten ihnen gesagt, dass sie darauf eventuell würden verfolgen können, wie Fatso und Egon die kleine Franzi befreiten. Hoffentlich würde alles gut gehen. Wenn Fatso auf die Uhr sah, wurde er immer unruhiger. Verdammt noch mal, wieso konnte Mario nicht einfach jetzt schon zu Franzi fahren? Je später sie dort ankamen, desto höher das Risiko, dass schon jemand anderer damit begann, Franzi zu schänden. Das musste mit aller Macht verhindert werden.

Nach weiteren drei Stunden tat sich dann endlich etwas. Mario kam aus dem Haus. Er hatte eine Tasche in der Hand, deren Inhalt Fatso interessiert hätte. Hatte er darin etwa das Equipment, das er im Sexshop gekauft hatte, und was wollte er damit anfangen? Er ging zu seinem Auto und warf die Tasche auf den Beifahrersitz. Dann setzte er sich hinein und startete den Motor. Er fuhr los, und Fatso und Egon sahen am Bildschirm des Handys, wie sich der Punkt, der Marios Wagen darstellte, bewegte.

Kapitel 29

Er fuhr gemächlich, und Egon nahm seine Verfolgung auf. Ihre Herzen schlugen schneller als gewöhnlich, und langsam hatten sie das Gefühl, auf einer heißen Herdplatte zu sitzen. Mario steuerte den Wagen durch den geringen Verkehr, und Fatso und Egon folgten ihm in einem Abstand von mehreren Wagenlängen. Er fuhr nun schon dreißig Minuten, und der Abstand zwischen Egon und Mario war noch größer als zuvor. Dann bog Mario plötzlich von der Bundesstraße auf einen Feldweg ab.

Egon wartete einen Moment und fuhr ihm dann nach. Aber so, dass er nicht zu entdecken war. Der Weg war eine Sackgasse und endete vor einem alten Bauernhof. Dort stellte Mario den Wagen ab, und Egon begann rückwärts zu fahren, weil er vorhatte, an der Hauptstraße zu parken. Leider hatte er festgestellt, dass schon mehrere Autos vor dem alten Bauernhof abgestellt waren. Wo waren die Insassen im Moment? Befanden sie sich schon bei Franzi? Hoffentlich würde noch jemand kommen, der sie zum Eingang von Franzis Verlies führen würde, denn der Bauernhof war groß und der Eingang zum Versteck bestimmt nicht beschildert.

Als sie geparkt hatten, stiegen die zwei aus ihrem Wagen und sahen sich an. Der Polizist hatte seine Pistole dabei und Fatso seine Schallkanone. Mehr brauchten sie nicht. Nur das und eine gehörige Portion Mut. Sie liefen am Straßenrand entlang, neben dem ein Acker lag. Wenn nun ein Auto käme, würden sie sich in die gefrorene Erde legen und hoffen, dass ihr dunkles Gewand sie vor fremden Blicken schützen würde.

Sie hatten nun ungefähr einen Kilometer Weg vor sich, und je näher sie dem Bauernhof kamen, desto unruhiger wurden sie. Fatso sah mit der Schallkanone aus wie ein Außerirdischer oder wie jemand, der versucht, mit einem Richtmikrophon andere Leute zu belauschen. Schon bald würde er die Schallkanone ebenfalls an Egon weitergeben, da dieser derjenige war, der abdrücken würde. Fatso würde der sein, der Franzi aus dem Kellerraum holen würde.

Plötzlich hörten sie, wie sich von hinten ein Motorengeräusch näherte. Wie geplant warfen sich die beiden in den Acker, und ein paar Sekunden später fuhr ein Auto an ihnen vorbei. Gott sei Dank lagen sie nicht dort, wo die Lichtkegel, welche die Scheinwerfer warfen, die Straße erhellten, sondern außerhalb ihres Scheins. Der Fahrer schien sie nicht entdeckt zu haben, denn er fuhr unbekümmert weiter und parkte ebenfalls vorm Bauernhaus. Es war seltsam. Als Eigentümer des Hofs war laut Egons Polizeicomputer ein gewisser Oliver Meschnig eingetragen. Das hatte er noch überprüft, bevor sie den Wagen verlassen hatten, um zum Hof zu laufen.

Dieser Name sagte Egon aber gar nichts. Es blieb weiterhin ein Geheimnis, wer der Drahtzieher der Gruppenvergewaltigung war. Sie mussten ihn kurz vor der Tat ertappen und die Maske vom Gesicht reißen. Nun waren die beiden bereits beim Hof angekommen, kauerten sich hinter einem Traktor hin und sahen sich um. Der Traktor war so geparkt, dass ihr Versteck im Dunkeln lag, und ihre schwarze Kleidung steuerte ihr Übriges bei, sich erfolgreich zu verstecken. Der Mann, der vorhin an ihnen vorbeigefahren war, stieg erst jetzt aus dem Wagen aus und sah sich einen Moment um. Dann ging er rasch am Gebäude vorbei und bog in die Scheune ab, wo das Heu gelagert wurde.

Nun befand er sich ebenfalls außer Sicht, weil es auch in der Scheune dunkel war. Auch dieser Mann hatte eine Tasche dabei gehabt. Was war in den Taschen? Auf alle Fälle die Tiermasken, die der Verschleierung der Identität dienten. Im Moment befanden sie sich wohl alleine hier in der Kälte, denn kein neues Auto kam an. Vor dem Wirtschaftsgebäude parkten nun genau vier Autos. Wenn eines davon dem Cowboy gehörte, hieß das, dass sich bereits drei Tiere bei Franzi im Keller befanden. Es fehlten also noch zwei Autos. Dennoch beschlossen Egon und Fatso, die Scheune genauer zu mustern. Wohin liefen die Männer? Was befand sich in der Scheune? Wo war der Eingang zum Kellerverlies?

Jetzt bereits die Scheune zu erkunden, war allerdings keine gute Idee. Es sollten noch drei Personen kommen, was bedeutete, dass es ein dreifaches Risiko geben würde, entdeckt zu werden. Nein, sie mussten warten, bis auch der letzte Mann in der Scheune war. Um sich genau zu vergewissern, wie viele Personen sich bereits im Keller befanden, rief Egon nun seine Frau an. Diese beobachtete die Webseite und was sich darauf tat. Er wählte ihre Nummer, und sofort war Helene in der Leitung. Sie wusste, dass Egon nicht reden konnte, und sagte ihm deshalb wie besprochen eine Zahl. Es war die Nummer drei. Also kamen noch wie bereits vermutet drei Menschen, die in der Scheune verschwinden würden.

Egon legte wieder auf und beobachtete wie auch Fatso genau den Bauernhof. Es vergingen weitere fünf Minuten, als sich dieses Mal zwei Autos näherten. Waren die Männer darin etwa im Konvoi hierher gefahren und kannten sich, weswegen es sinnlos war, ihre Identität voreinander zu verschleiern? Die zwei Autos wurden zu den anderen geparkt, und ein paar Sekunden später stiegen die Fahrer aus.

Der Schein der Laterne, die an der Hausmauer angebracht war, schaffte es nicht, den Hof so weit zu erhellen, dass Egon und Fatso die Männer erkannt hätten. Sie schlichen in die schützende Dunkelheit der Scheune. Nun fehlte nur noch der Cowboy selbst. Neben der Scheune im selben Gebäude gab es noch einen kleinen Raum. Die Tür war offen, und genau in diesen Raum mussten sie laufen. Wenn dann der Cowboy an ihrem Versteck vorbeigehen würde, waren sie nah genug, um ihn gleich verfolgen und beobachten zu können, wo der Eingang zum Verlies in der Scheune war. Sie spurteten los und hasteten über den Platz direkt zur Scheune. Dort angekommen schlüpften sie sofort in den kleineren Raum, der wohl als Werkstatt diente, wie Fatso feststellte.

Jedoch war die Werkstatt alles andere als aufgeräumt, denn der Boden war übersät mit Gegenständen. Ein wirres Gemisch aus Werkzeug, Werkstücken und leeren Farbdosen. Egon sah sich den Raum genauer an, während Fatso das Wirtschaftsgebäude beobachtete. Gleich würde der Cowboy kommen.

Und dann war es soweit. Ein Mann mit aufgesetzter Kuhmaske kam aus dem Haus und ging über den Platz auf die Scheune zu. Er kam immer näher zu ihrem Versteck, und Fatso wurde mulmig zumute. Er zischte Egon, der immer noch herumspionierte, an, dass er zur Türe kommen solle, was dieser auch tat. Dabei trat er aber eine Farbdose um, die danach über den Boden rollte. Fatso konnte es nicht fassen. Der Cowboy verlangsamte nun einen Moment seinen Schritt, ging aber an der Werkstatt vorbei. Anscheinend hatte er das Geräusch doch nicht gehört.

Egon stand nun neben Fatso, und als der Cowboy in der Scheune verschwand, schlichen sie ihm wie Indianer hinterher. Schnell erreichten sie den Eingang der Scheune und spähten hinein. Der Cowboy war bereits verschwunden. So ein Mist. Das hieß aber auch, dass sich der Eingang zum Verlies irgendwo barrierefrei befinden musste, denn sonst hätte er länger beim Betreten gebraucht, und sie hätten ihn noch dabei beobachten können.

Egon gab Fatso ein Zeichen, und die beiden betraten das Heulager. Getrocknetes Gras lag hier in riesigen Haufen herum. Wo befand sich der verdammte Eingang? Sie mussten nun schnell handeln, denn in fünf Minuten war es zwölf Uhr. Dazu teilten sie sich auf und fingen an, Heu umherzuwerfen, um den Boden nach einer Luke zu durchsuchen. Diese musste hier irgendwo sein, denn das Verlies befand sich im Keller, und der Cowboy war äußerst schnell verschwunden.

Aus diesem Grund untersuchten sie vor allem die Stellen, wo nur sehr wenig Heu lag. Die Minuten verstrichen langsam, und Franzi war noch immer nicht gerettet. Und dann wurde Fabio fündig. Unter einer dünnen Schicht Heu führte eine Falltür in den Boden. Es handelte sich darunter um ein Loch, in das eine Leiter, die im Finsteren verschwand, führte. Zuerst begann Egon hinunterzuklettern, dicht gefolgt von Fatso. Noch vor kurzem wäre er zu fett gewesen, um im Schacht durchzupasssen. Welch ein Glück, dass dies nun nicht mehr der Fall war.

Nach dreißig Sekunden fanden sie den Boden, und nun standen beide in der Finsternis. Egon hatte ein Feuerzeug dabei und zündete dieses an. Nun erkannten sie, dass in der Wand eine Tür eingelassen war. Das musste die Pforte zum Keller sein. Die Türe, die man öffnen musste, um in die Welt der Streichelzootiere zu gelangen. Das Feuerzeug brannte immer noch, und dann reichte Fatso seine einzige Waffe an

Egon weiter. Seine Erfindung, die Schallkanone. Egon hielt nun in der rechten Hand seine eigene Waffe und in der linken die Schallkanone.

Er öffnete mit dem Ellbogen die Türe und schlich mit Fatso in den beleuchteten Gang, den dieser schon kannte. Sie stiegen leise über die Treppe und schlichen sich, an die schwach erleuchtete Wand gedrückt, in Richtung von Franzis Verlies. Im Gang standen die Taschen, die die Männer mitgebracht hatten, und Fatso inspizierte den Inhalt einer dieser Taschen. Sie war vollgepackt mit Sexspielzeug und Gegenständen, die vom Inhaber gebraucht wurden, um irgendwelche spezielle Neigungen auszuleben. Fatso und Egon stöpselten nun ihre Ohren zu und setzten zusätzlich noch einen geräuschunterdrückenden Kopfhörer auf. Alle Tiere waren im Verlies von Franzi, denn der Gang davor war leer bis auf die Taschen und das Gewand, das die Männer ausgezogen hatten, bevor sie sich zur kleinen Franzi begeben hatten.

Als sie bei der Türe ankamen, fingen Fatso und Egon an, wild durcheinander zu schreien:

„Hände hoch, Ihr seid umstellt. Nieder auf den Boden mit euch Schweinehunden!"

Natürlich taten die maskierten Männer das nicht. Nun zog Egon den Abzug der Schallkanone. Der Ton prallte wie erhofft von den Wänden ab und wurde durch den Raum geschleudert. Obwohl alles so schnell ging, prägte sich das fotographische Gedächtnis von Fatso alles ein. Er sah, dass Franzi auf einem Obduziertisch lag. Sie weinte bitterlich, und die Tiere standen um sie herum. Als der Ton der Pistole in ihre Ohren drang, gingen sie alle zu Boden und begannen sich zu winden wie Würmer. Leider auch die kleine Franzi, aber das konnte nicht verhindert werden.

Sie alle hielten ihre Hände auf die Ohrmuscheln gepresst und schrien, als würden sie unmenschliche Schmerzen ertragen. Auch Franzi schrie, und Fatso tat das, was sie besprochen hatten. Er lief zu Franzi und hob sie hoch. Danach hastete er zu Egon und stellte sich samt Franzi hinter ihn. Egon schlug nun die Türe zu und schob den Riegel vor, während Fatso mit Franzi bereits über die Treppe lief. Die Türe stand noch offen, und das schwache Licht der Glühbirne im Gang leuchtete in den dunklen Raum.

Fatso begann mit Franzi im Arm die Leiter nach oben zu steigen. Ihr Plan hatte funktioniert, aber irgendetwas störte Fatso. Irgendetwas stimmte nicht. Gerade als er mit Franzi aus der Luke im Boden in die Scheune kletterte, fiel ihm auch ein, was es war. Es waren nur fünf Männer unten gewesen. Der Cowboy hatte gefehlt. Im selben Moment, in dem er diese Erkenntnis hatte, bekam er auch schon eine Schaufel mit voller Wucht auf seinen Kopf geschlagen. Gott sei Dank mit der Fläche und nicht mit der Kante, was wohl seinen Kopf gespalten hätte. Er ging zu Boden und die Welt verschwamm vor seinen Augen. Er bekam noch mit, wie der Cowboy ihm Franzi aus den Armen riss, und dann war er wohl kurz bewusstlos.

Als er wieder zu sich kam, bekam er mit, dass Egon mit gezogener Waffe vor dem Cowboy stand und ihn damit bedrohte. Dieser hielt Franzi im Arm und verwendete sie als lebendiges Schutzschild. Ganz langsam begann der Cowboy, mit Franzi rückwärtszugehen, und riskierte damit, dass das Kind eventuell von Egon erschossen werde würde. Aber solange er Franzi vor sich hielt, würde Egon das wohl unterlassen, obwohl er ein Meisterschütze war.

Als er an der rückwärtigen Wand ankam, hatte er sein Ziel erreicht. In die Bretterwand war ein riesiges Loch gesägt, das aussah wie ein großer Bullenschädel. Der Cowboy begann nun, durch dieses Loch zu klettern. Draußen musste es eine Art Mauervorsprung geben, denn der Cowboy stürzte nicht in die Tiefe. Er hatte nun aber das Problem, dass er Franzi nicht mehr halten konnte. Aus diesem Grund ließ er sie zurück und begann, sich am Vorsprung voranzutasten.

Fatso war es ein Rätsel, was er vorhatte, aber er war schon erleichtert, dass er nun Franzi im Arm hielt, denn er war sofort zu ihr gelaufen, als der Cowboy aus dem Fenster geklettert war. Egon lief nun ebenfalls zum Kuhfenster und wollte die Verfolgung des Cowboys aufnehmen. Einholen konnte er ihn erst, wenn die Mauer zu Ende war.

Plötzlich sprang der Cowboy einfach sechs Meter in die Tiefe und landete in der Jauchengrube. Egon machte kehrt, denn denselben Weg wie der Cowboy würde er sicher nicht nehmen. Er hatte vor, um die Scheune herumzulaufen, und hoffte, dass der Cowboy noch hier war. Er lief wie ein Weltklassesprinter ums Haus, doch als er bei der Jauchengrube ankam, lag diese stinkend und einsam verlassen da. Kein Cowboy war da. Verdammt, sie hatten versagt! Der wichtigste Mann war ihnen entkommen, und sie wussten noch immer nicht, wer er war. Egon kehrte zu Franzi und Fatso zurück, und auch dieser zeigte sich darüber enttäuscht, dass der Cowboy entkommen war. Egon rief dennoch die Presse und beorderte ein Sondereinsatzkommando an den Ort des Geschehens.

Dann setzte er sich mitten auf den Boden und umarmte seine Beine, wie Franzi es in letzter Zeit so oft getan hatte. Fatso redete mit Franzi, führte dabei aber nur einen Monolog aus. Er versuchte, das Kind zu trösten, es zu halten und ihm die Liebe zu geben, die es verdiente. Keine schmutzige von Sex belastete Liebe, sondern eine reine, unschuldige Liebe. Es dauerte ganze zwanzig Minuten, bis die Presseleute eintrafen.

Fatso hatte Franzi nun an Egon übergeben, weil er ja in die Geschichte der Rettung nicht mit einbezogen werden wollte. Er schlich sich stattdessen über den Acker zu ihrem Auto und wartete darin, denn Egon hatte ihm den Schlüssel zum Wagen ausgehändigt. Auch die Einsatzwagen der Polizei fuhren nun an ihm vorbei. Es verkrochen mindestens zwei Stunden, bis Presse und Polizei den Hof wieder verließen. Dann aber kam eine Gestalt durch den Nebel, der aufgezogen war, auf das Auto zu, in dem Fatso saß. Je näher die Gestalt kam, desto sicherer war er sich, dass dies Egon war. Und er hatte Recht. Es war Egon.

Dieser setzte sich hinters Steuer und atmete tief durch. Dann fing er an, während sie heimfuhren, Fatso alles zu berichten. Er erzählte ihm, dass ihn die Presseleute trotz des Entwischenlassens des Cowboys wie einen Helden behandelt hatten. Sie hatten nicht verstanden, dass alles sinnlos sei, solange der Cowboy noch frei umherlief. Außerdem erzählte er Fatso, dass die kleine Franzi ins Krankenhaus gebracht worden sei, wo sie untersucht werden und auch auf ihre Eltern treffen würde.

Als er auch noch die Verhaftung und das Abführen der Streichelzootiere geschildert hatte, kamen sie schon beim Haus von Egon an. Im Haus brannte noch Licht, obwohl es schon drei Uhr morgens war. Das hieß, die Frauen waren noch wach. Egon parkte den Wagen in der Einfahrt und sperrte danach die Haustüre auf. Sie gingen hinein und wurden sofort von den Frauen belagert. Sie wurden umarmt und geküsst und behandelt wie Helden. Sie hatten Franzi befreit, und das war das wichtigste.

Aber würde der Cowboy nicht gleich ein neues Kind kidnappen? Die beiden Frauen hatten live miterlebt, wie Egon und Fatso fünf der Streichelzootiere gefangen hatten, und das genau im richtigen Moment, bevor Schlimmes passiert wäre. Aber eben nur fünf, und die Frauen wollten nun unbedingt wissen, was aus dem sechsten Mann geworden war. Wieder erzählten Egon und Fatso ihre Geschichten, und so war es schon vier Uhr morgens. Nun wollten die Männer noch etwas schlafen, denn sie waren unheimlich müde. Es war ein anstrengender Tag gewesen, auch wenn sie den Großteil davon im Auto gesessen waren.

Fatso lag eine Viertelstunde Später neben Marianne im Gästebett und hatte die Augen geschlossen. Marianne schien nie Schwierigkeiten beim Einschlafen zu haben, denn sie rüsselte bereits gemütlich und schnarchte ganz leise. Auch Fatso glitt langsam in die Welt des Schlafes, und gerade als er an den Punkt kam, wo man die Grenze zwischen Wachsein und Schlafen überschreitet, fiel ihm ein Geruch auf. Irgendetwas stank hier bestialisch. Hatte Marianne etwas gefurzt?

Plötzlich war er hellwach, denn er wusste, woher der Geruch kommen konnte. Er stieg aus dem Bett, bewaffnete sich mit der Schallkanone und verließ leise das Zimmer. Gerade als er zum Kinderzimmer ging, hörte er plötzlich Blümchen. Sie knurrte und bellte auf eine Art und Weise, die furchteinflößend war. Dann im nächsten Moment hörte er, wie der Hund auf jemanden losging.

Nun mischten sich unter das Gebell auch schmerzerfüllte Schreie, die menschlichen Ursprungs waren. Fatso stürmte in das Kinderzimmer und sah sofort den Cowboy, der Jana in den Händen hielt. Diese schrie nun ebenfalls, und dann stürmte auch schon

Egon in das Zimmer. Sofort erfasste er die Lage und drückte seine Dienstwaffe ab. Er schoss dem Cowboy mitten in die Genitalien, was er als Unfall bezeichnen würde, wenn ihn jemand danach fragte. Der Cowboy krümmte sich vor Schmerzen auf dem Boden, und Egon drehte ihm zusätzlich noch den Arm auf den Rücken und zog ihn dann hoch. Dann führte er ihn aus dem Kinderzimmer, um die Handschellen zu holen. Der Cowboy stank wirklich widerwärtig, und sie alle würden froh sein, wenn sich der Kerl hinter Gittern befand.

Als die Handschellen angelegt waren, riss Egon die Kuhmaske vom Kopf des Stinkers, und er staunte nicht schlecht. Sein eigener Partner war der Cowboy.

Kapitel 30

Ein paar Tage später hatte sich der Trubel bereits wieder gelegt. Die Presse tauchte nicht mehr mit dem Wunsch nach exklusiven Interviews auf, und sie alle waren froh, dass sie es geschafft hatten, einem kleinen Mädchen die Freiheit zu schenken. Aber der Schock steckte immer noch tief in ihren Knochen. Fast hätte der Cowboy oder besser gesagt Ferdinand Glockner Jana entführt. Bei diesem Thema spannte sich Egon immer noch an und signalisierte damit, dass das erneute Erleben der Erinnerung ihn immer noch aufwühlte und stresste. Nun wussten sie auch, dass Ferdinand Glockner bei seinem Großvater gelebt hatte, jedoch ohne dort gemeldet zu sein. Der alte Mann war bereits derart senil, dass man sich praktisch nicht mehr mit ihm hatte unterhalten können. Der Kellerraum, in dem Franzi gefangen gewesen war, war bereits so alt wie die Scheune und hatte im Krieg als Versteck gedient, wenn wieder eine Meute Soldaten gekommen war, die ein Haus und deren Bewohner auseinandernehmen wollten.

Fatso und Marianne hatten noch ein paar Tage im Haus der Burgherrs verbracht, und langsam war es für die beiden Zeit, nach Hause zurückzukehren. Marianne hoffte, dass der Clown in der Zwischenzeit sein

Interesse an ihr verloren haben würde, und freute sich bereits wieder auf ihre eigenen vier Wände. Aber sie gingen nicht für immer, denn nun waren sie mit Egon und Helene befreundet, und auch Jana zählte zu diesen besonderen Menschen.

Als Marianne und Fatso fertig gepackt hatten, riefen sie ein Taxi, denn sie wollten zusammen fahren. Sie würden sich die Kosten des Weges teilen, und außerdem konnten sie so noch etwas Zeit miteinander verbringen. Zuerst chauffierte der Taxilenker Marianne nach Hause.

Als sie dort angekommen waren, verabschiedete sie sich mit einem innigen Kuss von Fatso, und dann erst fuhr auch Fatso heim. Dort angekommen begann er, die Treppen zu seiner Wohnung nach oben zu steigen. Er ging langsam, um nicht gleich außer Puste zu geraten, aber er ging kontinuierlich Schritt für Schritt aufwärts, ohne anzuhalten. Bei der Rettung von Franzi war er zwar auch nicht außer Puste geraten, aber da war er auch voller Adrenalin gewesen.

Als er bei der Wohnungstür ankam, waren seine Beine völlig lahm, und er musste sich an der Wand abstützen, während er aufsperrte. Er hatte Heuschrecken für Chamberlain dabei, die ihm Egon von einem seiner Einkäufe mitgebracht hatte, und diese wollte er sofort an die Echse verfüttern, weil diese bestimmt hungrig war. Während er das tat, streifte sein Blick das Bett, in dem er so lange gelegen war. Nun hatte er zwar Unmengen von überschüssiger Haut, aber dafür war er auch nicht mehr gefesselt.

Er ging in die Küche, und sofort sah er den Kühlschrank. Auch dieser war von seiner Fresssucht Zeuge geworden. Fatso ging nun ins Schlafzimmer, um sauberes Gewand zusammenzupacken. Er hatte mit Marianne vereinbart, dass er ein paar Tage zu ihr kommen würde, damit sie noch mehr Zeit miteinander verbringen konnten. Er wartete nur auf ihren Anruf, dann war er sofort startklar. Der Taxilenker hatte ihm eine Visitenkarte von sich gegeben, und Fatso würde wieder genau ihn zu sich beordern.

Aber er hatte noch Zeit. Er sah auf die Uhr. Es war erst früher Abend. Was sollte er nun in der Zwischenzeit tun, bis sich Marianne melden würde? Normalerweise hätte er jetzt den Kühlschrank geplündert, aber er hatte sich geändert. Nie wieder Majonäse auf der Pizza, denn diese passte dort einfach nicht hin. Er ging nun langsam in sein Schlafzimmer, wo auch im Moment das Bett stand, denn er hatte beschlossen, sich etwas hinzulegen.

Als er flach auf der Matratze lag, verschränkte er seine Arme hinter dem Kopf und dachte nach. Er dachte an „die Muh", wie es Franzi von sich gegeben hatte. Natürlich meinte er damit den Schatten, den das Rindvieh warf, ohne dass man dabei die Kuh selbst sah. Was konnte er anstellen, damit diese aus dem Internet verschwand? Konnte er etwa ein Programm entwickeln, das speziell auf diese Erscheinung ausgerichtet und auch in der Lage war, diese zu löschen? Dazu musste er aber wissen, woraus sie bestand. Es war so eine Sache mit dem Internet. Einerseits eröffnete es unbegrenzte Möglichkeiten, und andererseits lebten darin Schmarotzer, die nur Müll produzierten. Müll, der gefährlich war. Müll, der verletzte, missbrauchte, schädigte und vieles mehr, das Menschen nicht am eigenen Leib erfahren wollten.

Er dachte nun daran, wie die Welt wäre, wenn es das Internet nicht gäbe. Vieles, woran sich die Menschen bereits gewöhnt hatten, würde nicht mehr vorhanden sein. Zwar wäre der Horizont der Menschen wieder auf ihre direkte Umgebung beschränkt, aber es gäbe auch nicht mehr Böses, das Perverse, Mörder, Vergewaltiger anfeuerte, Schandtaten zu begehen und sich die Gräueltaten anderer anzusehen, um geil zu werden.

Auch Fatso hätte dann einen Haufen Erfindungen produziert, die von da an nutzlos wären. Aber war nicht der Lohn größer, wieder den direkten Umgang miteinander erneut zu erlernen? Und wieder richtige zwischenmenschliche Beziehungen zu führen? Was das betraf, haderte er mit sich. Er wusste selbst nicht, was gescheiter wäre, aber eines stand fest. „Die Muh" hinterließ Spuren im Netz, die nicht mehr zu löschen waren.

Diese Erfahrung machte wohl auch der Adler, der im Hurrikan Blätter fing. Bei diesem Gedanken wurde er neugierig. Wie ging es dem Adler? Fatso beschloss, die Zeit nun zu nutzen und einen Blick ins Internet zu werfen, das er eben erst verteufelt hatte. Er setzte sich die Elektrodenkappe auf und schaltete den Computer ein.

Als dieser hochgefahren war, schloss er die Augen und ging durch die virtuelle Türe. Während er im Schneesturm stand, stellte er fest, dass sein Körper überaus fett war. So fett, wie es in der realen Welt auch sein richtiger Leib gewesen war. Mit diesem Körper konnte er sich nicht vorwärtsbewegen, schon überhaupt nicht auf einer Strecke von gut einem Kilometer. Was sollte er tun? Wenn er nach Hause zurückkehren wollte, würde er zum Hurrikan gelangen müssen. Er tat das einzig Logische. Er fing ein Blatt aus dem Wind, das sich außerhalb des Hurrikans befand.

Auch hier flogen Blätter umher, wenn es auch nicht sehr viele waren. Das Blatt, das er gefangen hatte, zeigte einen jungen Mann, der auf der Tastatur Buchstaben zu Worten formte. Es handelte sich wohl um eine Art Blog, den er da festhielt. Uninteressant für Fatso, aber es erfüllte seinen Zweck. Er tauchte in das Blatt ein, um auf der anderen Seite das Blatt mit dem Hurrikan aus der Tasche zu ziehen und sich sofort in diesen zu begeben.

Als er wieder im Hurrikan umherflog, wusste er, was zu tun war. Er würde nach Hause zurückkehren, um mit Egon zu reden. Er hatte vor, wenn er im Internet war, dass Egon die Elektrodenkappe abstöpseln sollte. Dann würde sein fetter Körper vielleicht auf eigene Reserven zurückgreifen, um zu überleben. Er flog im Hurrikan, und über ihm segelte der Adler. Er war immer noch unermüdlich damit beschäftigt, Blätter zu fangen und zu zerreißen, bevor er sie fraß. Aber ein Ende seiner Arbeit schien nicht in Sicht zu sein.

Fatso hatte genug gesehen. Er steuerte auf das Auge des Hurrikans zu und stand schon bald vor dem Ausgang. Dann verließ er diese Welt und befand sich wieder zuhause in seinem schlanken Körper. Er durfte nicht vergessen zu essen, wenn er mit dem Computer verbunden war, denn sonst würde er wohl zu dünn werden. In diesem Moment dachte er aber nicht an Essen, sondern ihn interessierte, warum Marianne noch nicht angerufen hatte.

War es möglich, dass sie eingeschlafen war? Das konnte gut sein, denn auch sie hatte auf dem Bett in Egons Haus nicht sehr erholsam geschlafen. Es war einfach eine ausziehbare Couch gewesen, auf der sie da genächtigt hatten. Fatso beschloss, Egon anzurufen, um ihm zu sagen, dass er ihm helfen müsse. Er musste die Verbindung zum Laptop kappen, um sie ein paar Stunden später wieder herzustellen. Das konnte er gleich morgen machen, denn heute war es dafür zu spät. Fatso wollte schlafen. Er stieg aus dem Bett und löschte alle Lichter, bevor er sich wieder hinlegte. Er rechnete nicht mehr damit, dass Marianne noch anrufen würde, und war sich mittlerweile sicher, dass auch sie schlief. Wieder schloss er die Augen, aber keine Tür erschien. Dafür wurde er bald in Schwärze gehüllt in einem tiefen traumlosen Schlaf.

Er erwachte erst am nächsten Morgen und stellte fest, dass Marianne nicht angerufen hatte, aber er war sich sicher, dass sie das tun würde, sobald sie munter war.

Aber einer war bereits munter, und das war Egon. Fatso wählte seine Nummer, und dieser meldete sich keineswegs verschlafen, sondern er klang fit wie ein Turnschuh. Gut gelaunt sagte er zu Fatso:

„Guten Morgen! Na, habt ihr gut geschlafen?"

Fatso entgegnete:

„Ich hab gut geschlafen. Wie Marianne geschlafen hat, weiß ich nicht, denn sie hat sich gestern nicht mehr bei mir gemeldet. Ich glaube, sie ist einfach eingeschlafen und wird sich hoffentlich bald rühren, sobald sie munter ist. Aber vielleicht könntest du einen Kollegen vorbeischicken, der nach dem Rechten sieht. Nur zur Sicherheit!"

Egon sagte:

„Wird erledigt, Boss!",

und klang dabei immer noch gut gelaunt. Dann sagte Fatso noch zu ihm, dass er zu ihm kommen solle, um ihm zu helfen, im Internet abzunehmen, wozu sich dieser bereit erklärte. Dann legte Fatso auf und war wieder allein mit seinen Gedanken. Egon würde sicher bald hier sein, denn sein Dienst fing gerade an. Es war der erste Tag, an dem er wieder arbeitete, und er würde das erste Mal auf der Polizeiwache als Held gefeiert werden, was ihm eigentlich unangenehm war. Er wusste, dass er es alleine nicht geschafft hätte,

Franzi zu retten, aber davon durfte er der Öffentlichkeit nichts erzählen.

Fatso schaute auf die Uhr. Nun war es bald acht Uhr. So lange schlief Marianne normalerweise nicht. Was würde eher geschehen? Der Anruf von Egon, dass bei Marianne alles o.k. war, oder sie persönlich, die endlich anrief. Unruhig begann er auf und ab zu gehen, und nebenbei beobachtete er die Echse, die sich unter der Glühbirne aufwärmte. Es dauerte fast eine Stunde, in der nichts passierte, aber dann läutete es an der Tür. Fatso öffnete, und es war Egon, der nun aber nicht mehr gut gelaunt war. Im Gegenteil, er hatte einen besorgten Gesichtsausdruck aufgesetzt. Fatso ließ ihn ein, und ihm schwante Böses. War etwas mit Marianne?

Er lud den Polizisten ein, sich zu ihm an den Esstisch zu setzen, und Egon begann unverzüglich davon zu berichten, was es Neues gab. Er sagte:

„Ich habe eine schlechte Nachricht für dich! Marianne ist weg und hat keine Nachricht hinterlassen, auf der zu lesen ist, wo sie sich befindet. Ich hoffe, dass sie nur eine Runde mit Blümchen dreht, aber ich habe Sorge, dass es der Clown ist, der für ihr Verschwinden verantwortlich ist! Ihre Terrassentüre war geöffnet, als ich die Wohnung durchsucht habe, wodurch es möglich ist, dass man sie und Blümchen entführt hat."

Nun war Fatso sprachlos. Allein der Gedanke daran, dass es stimmte, was Egon vermutete, machte ihn fast wahnsinnig.

Plötzlich dachte er an Jennifer, und seine Gefühle ihr gegenüber waren mittlerweile gemischt. Zwar hegte er immer noch Vatergefühle für sie, aber nun war er sich fast sicher, dass sie mit dem Clown zusammenarbeitete. Vielleicht war ihr Freund der Clown. Fatso fand seine Sprache wieder und sagte:

"Dann werde ich wohl bald ins Internet gehen müssen, denn irgendetwas sagt mir, dass ich sie dort treffen werde. Jennifer und Marianne! Vorerst muss mein virtueller Körper aber abnehmen, und dazu brauche ich deine Hilfe!"

Er erklärte dem Polizisten, was er tun müsse, und dann betrat Fatso erneut das Internet und wusste noch nicht, was er dort vorfinden würde. Er konnte sich noch lange nicht ausruhen, auch wenn er es gern getan hätte.

Marianne hatte die ganze Nacht geschlafen. Nun war es bereits Morgen, und sie dachte allmählich daran aufzustehen. Sie hatte ein schlechtes Gewissen, weil sie gestern eingeschlummert war und Fabio nicht mehr angerufen hatte. Sie fand, noch wäre es zu früh, um ihn anzurufen, also beschloss sie, eine Zeitung von einer nahegelegenen Laterne zu holen, um sich die Zeit zu vertreiben. Außerdem musste Blümchen hinaus, und sie wollte allmählich wieder beginnen, solche Dinge selbst zu erledigen.

Vom Clown hatte sie nichts mehr gehört, gelesen oder gesehen, weswegen ihre Angst, von ihm überfallen zu werden, allmählich verschwand. Sie setzte sich in ihren Rollstuhl und begrüßte Blümchen, die nun schwanzwedelnd vor ihr stand. Dann fuhr sie zur Garderobe und zog sich die Jacke an. Draußen im Freien drehte sie ihre Runde und kam unversehrt mit einer Zeitung im Gepäck in die Wohnung zurück. Nichts war ihr passiert. Rein gar nichts, und allmählich wurde sie wieder mutig.

Sie fuhr zur Terrassentüre, um zu lüften, denn die Luft war abgestanden und verbraucht. Sie öffnete zu diesem Zweck die Schiebetüre und fuhr dann zum Esstisch, wo sie ihre Zeitung las. Von hier aus sah sie nicht zur Terrassentüre, was an sich ja nichts ausmachte. Wenn jedoch ein Clown in die Wohnung schlich, was er gerade tat, dann konnte es brenzlig werden.

Plötzlich nahm sie den Geruch von einem bekannten Aftershave wahr, aber noch bevor sie sich mit dem Rollstuhl umdrehen konnte, presste ihr bereits jemand ein Tuch oder dergleichen auf Mund und Nase. Alles verschwamm plötzlich vor ihren Augen, und dann war sie bewusstlos.

Als sie wieder erwachte, befand sie sich in einem Raum mit dem Horrorclown und auch Jennifer. Langsam nahm sie ihre Umgebung wieder wahr, und sie prägte sich alles genau ein. In einem Eck lag Blümchen, und ihre Läufe waren mit einem Seil miteinander verschnürt worden, wodurch sie weder aufstehen noch laufen konnte. Mariannes Herz schlug bereits schnell, aber es begann noch stärker zu pochen, als sie sich weiter umsah.

Sie befand sich in dem Raum mit der grünen Couch, auf der der Clown wiederholt gestanden war, wenn er nicht gerade darauf gesessen war. Auf dieser saß Jennifer und hatte die Beine übereinandergeschlagen. Sie sah zufrieden aus. Zum ersten Mal sah sie vor Marianne zufrieden aus. Sie hatte bereits mitbekommen, dass Marianne wieder wach war, ließ sich aber damit Zeit, irgendetwas zu sagen.

Auf dem Boden, nicht weit entfernt, stand eine Art lange große Kiste, die an einen Sarg erinnerte. Diese

war an den Innenwänden mit Schrumpffolie ausge-
kleidet, und Marianne konnte sich nicht vorstellen,
was der Grund dafür war, aber sie hatte da so eine
Vorahnung, dass diese Kiste ohne Deckel für sie bestimmt war. Würde man sie lebendig begraben? Dazu
hätte die Kiste aber einen Deckel haben müssen, weil
Marianne sonst sofort von Erde bedeckt werden würde, was zur Folge hätte, dass sie sofort ersticken würde und nicht erst nach einem langen Kampf, den sie
nur verlieren konnte.
Sie traute Jennifer und dem Clown alles zu. Jennifer
fielen Mariannes Blicke in Richtung der Kiste auf, und
deshalb brach sie ihr angsteinflößendes Schweigen,
welches unangenehmer war, als wenn sie Marianne
verbal drohte. Sie sagte:
„Ja, mein Goldschatz, die Kiste ist für dich gedacht,
aber wir wollen dir ja nicht alles verraten. Du wirst
noch etwas warten müssen, bis du erfährst, was ich
vorhabe. Gut, dass du deine Elektrodenkappe so offen
herumliegen hattest, denn schon bald werden wir zusammen ins Internet gehen. Du wirst also noch auf die
Folter gespannt, wann dein Todeszeitpunkt geplant
ist. Aber nur so viel, ... den heutigen Tag überlebst du
nicht!"

Mit so etwas hatte Marianne gerechnet, aber sie glaubte noch nicht daran, dass sie sterben würde, weil der Tod etwas für sie war, das ihr so eine Heidenangst einjagte, dass sie überhaupt nicht in der Lage war, über das Sterben und was es bedeutete nachzudenken. Mariannes Geist war geschärft. Wann würde Fabio merken, dass etwas nicht stimmte? Würde er sie retten können? Jennifer stand nun von der Couch auf und ging zu einem riesigen Bottich, der auf dem Herd stand und alle vier Herdplatten verdeckte. Was sie wohl darin brauten? Marianne hörte nun, wie Blümchen winselte, und das war für sie fast noch schlimmer als die Tatsache, dass auch ihr Leben ein Ablaufdatum hatte.

Was würde mit den Hund geschehen, wenn sie nicht mehr war. Sie zwang sich, positiv zu denken, und klammerte sich an die Hoffnung, dass sie gerettet werden würde. Der Horrorclown nahm nun gemeinsam mit Jennifer den Bottich vom Herd und schleppte ihn zur Kiste. Dann lehrte er den Inhalt, bei dem es sich um eine Flüssigkeit handelte, in die Kiste, und danach stopfte er Unmengen von weißen Blöcken, die in Schachteln gelagert waren, in den Topf und stellte ihn wieder auf den Herd. Was waren das für Blöcke,

die da schmolzen, während der Bottich von unten er-
wärmt wurde. Es war wieder Jennifer, die etwas sagte:
„Ja, mein Schatz, schau nur zu, wie wir dir ein warmes
Bad bereiten!"

Kapitel 31

Jetzt erst erfasste Marianne die Warmhalteplatten unter der Kiste, die man normalerweise in Kantinen vorfand. Die Kiste war aus Metallplatten zusammengeschweißt und leitete die Wärme wunderbar zu ihrem Inhalt. Marianne beschloss, weiterhin nichts zu sagen, weil sie nicht zeigen wollte, dass sie Angst hatte. Den Gefallen wollte sie Jennifer nicht tun. Aber was hatte diese gemeint, als sie sagte, dass sie ihr ein warmes Bad einlassen würden? Was für einen Sinn machte das?

Marianne saß gefesselt auf dem Rollstuhl und versuchte dahinterzukommen, was man mit ihr vorhatte. Stunden vergingen, und der Clown schleppte Bottich um Bottich zur Kiste, und allmählich füllte sich diese. Die Warmhalteplatte unter der Kiste, die gut 2 Meter lang war, sorgte dafür, dass das Wachs nicht erneut hart wurde.

Als die Kiste endlich voll war, waren bereits gut vier Stunden vergangen, in denen es Marianne vorgezogen hatte, weiter nichts zu reden. Mittlerweile hatten sich Horrorszenarien in ihrem Kopf aufgetan, die ihr Angst einjagten. Die Kiste mit dem Wachs, welches sie am Geruch erkannt hatte, dampfte, und Marianne stellte sich die Frage, wie heiß es war. Würde sie sich

Verbrennungen zuziehen, wenn man sie tatsächlich hineinlegte?

Nun kam Jennifer zu ihr, stellte sich hinter sie und tat etwas, das Marianne ebenfalls ein Rätsel war. Sie kämmte ihre Haare derart, dass sie sie oben am Kopf zusammenfassen konnte. Wären ihre Haare kürzer gewesen, hätte man die Frisur als „Palme" bezeichnet, wie kleine Mädchen sie häufig trugen. Dann fing Jennifer an, die Haar dreizuteilen, und begann damit, sie zu flechten, wie Marianne im einzigen Spiegel an der Wand sah. Dabei flocht sie aber noch eine Art Kordel mit ein. Das Ganze schaute nach Arbeit aus, aber Jennifer wirkte fast manisch, während sie den Zopf flocht, der immer länger wurde. Zum Schluss dieser Arbeit hatte sie oben am Kopf einen Zopf, der dick und gut 50 cm lang war.

Dann beendete sie ihre Arbeit und sah Marianne direkt in die Augen. Sie sagte:

„Ich hab etwas für dich. Etwas, das du eigentlich nicht brauchen kannst, weil du bereits etwas in dieser Art besitzt, aber das hast du ja leider nicht mit."

Als Erstes setzte sie Marianne nun die Elektrodenkappe auf. Dann platzierte sie eine Taucherbrille darüber und steckte zu guter Letzt noch das Mundstück eines Schnorchels in Mariannes Mund und fixierte diesen unter dem Gummiband der Taucherbrille. So hatte Marianne auch immer ausgesehen, wenn sie im Internet gewesen war. Allmählich bekam sie eine Ahnung davon, was man mit ihr vorhatte. Wollte man eine lebende Kerze aus ihr bauen? Das war die einzige Antwort, die Marianne logisch vorkam, wenn sie betrachtete, was man hier aufgebaut mit ihren Haaren angerichtet hatte.

Als wüsste Jennifer, welche Erkenntnis Marianne gerade gehabt hatte, schob sie Marianne nun zur Kiste. Diese war bis unter den Rand gefüllt, und das Wachs würde überschwappen, wenn man sie in die heiße Masse hineinlegte. Gott sei Dank hatte Jennifer die Warmhalteplatten bereits vor einiger Zeit ausgeschalten, und das Wachs würde nicht mehr ganz so heiß sein. An den Innenwänden der Kiste begann es sogar wieder hart zu werden, und diese Schicht war bereits gute 10 Zentimeter dick. Nun kam der Horrorclown zu Hilfe, und er und Jennifer packten sie unter den Armen. Dann legte sie sie mit dem Gesicht nach unten in das flüssige Wachs.

Nun stand nur noch der Schnorchel aus der Masse, wodurch Marianne atmen konnte. Sie wollte schreien, durfte den Schnorchel aber keinesfalls aus dem Mund verlieren, denn das wäre ihr Todesurteil gewesen. Das

Wachs brannte im Gesicht auf der Haut, und sie erfuhr Schmerzen, wie sie sie noch nie erlebt hatte. Nicht einmal nach dem Unfall, als ihr Kreuz gebrochen gewesen war, hatte sie solche Schmerzen ertragen müssen.

Alles in Marianne schrie, sie solle aus der Masse heraus springen, und dennoch wusste sie, dass sie das nicht konnte. Sie war gelähmt und lag mit den Händen auf dem Rücken gefesselt am Bauch. Irgendjemand packte sie am Zopf, und sie vermutete, dass er nun über den Kistenrand des Kopfteils des sargähnlichen Objektes gelegt wurde. So zumindest war ihr Gefühl.

Gott sei Dank war sie angezogen, denn sonst hätte das Wachs ihre Haut am ganzen Körper verbrannt. Die Temperatur lag sicher immer noch bei 45 Grad Celsius, und die war eindeutig zu hoch eingestellt für die menschliche Haut. Ganz langsam merkte sie, wie die Temperatur sank, und sie wunderte sich, dass sie noch nicht bewusstlos war. Je mehr die Temperatur im nassen Grab sank, umso zähflüssiger wurde das Wachs. Weitere Stunden vergingen, und nach gefühlten Tagen war das Wachs völlig ausgehärtet. Im Inneren des Wachsmantels war gerade noch Platz genug, um zu atmen, wobei sich der Brustkorb hob und senkte.

Marianne litt bereits unter Klaustrophobie. Zwischendurch versuchte sie, sich zu schütteln, aber nun schien ihr ganzer Körper gelähmt zu sein. Sie sah nichts außer der dicken Schicht Wachs, die auf der Taucherbrille klebte, merkte aber plötzlich, dass sich ihr Gefängnis bewegte. Sie wurde aus der Kiste gehoben, was die Schrumpffolie ermöglichte, und wurde auf die Beine gestellt. Obwohl sie querschnittsgelähmt war, stand sie nun aufrecht und stramm da. Stramm wie eine Kerze, und genau eine solche stellte sie dar.

Plötzlich spürte sie, wie sich jemand am Wachs zu schaffen machte. Dieser jemand kratzte mit einer Spachtel die dicke Wachsschicht von der Taucherbrille, sodass Marianne endlich wieder sehen konnte. Warum man ihr diesen Gefallen tat, wusste sie nicht. Nun sah sie wieder den Horrorclown vor sich und auch Jennifer, die beide zufrieden ihr Werk betrachteten.

Marianne erblickte sich selbst im Spiegel und sah, wie hoffnungslos es war, aus diesem Verlies flüchten zu können. Sie wusste nicht, womit sie das verdient hatte. Was hatte sie Jennifer angetan, das solch eine Tat provozierte? Schade, dass sie nicht reden konnte. Zumindest bekam sie immer noch Luft über das Mundstück des Schnorchels. Erneut erfasste sie eine Welle der Panik. Sie wollte nicht brennen. Ihre Haare würden die Flammen direkt zu ihrem Kopf leiten. Da waren die Schmerzen, die das heiße Wachs verursacht hatten, lächerlich, dessen war sie sich bewusst.

Marianne stand da, und nun passierte wieder etwas. Jennifer nahm die Elektrodenkappe, die sie von Marianne gestohlen hatte, und setzte sich diese auf. An der Wand stand ein Schreibtisch, und darauf lagen zwei Laptops. In einen davon steckte sie den Stecker der Kappe. In ihre Nase führte nun wieder die Sonde, die sie mit Flüssignahrung versorgte. Marianne wurde mittels einer Sackrodel ebenfalls zu diesem Tisch befördert, und man steckte auch das Kabel ihrer Kappe in den zweiten Laptop. Wenn sie nun die Augen schließen würde, könnte sie die Tür sehen, die in den Sandsturm führte.

Aber sie hatte nicht vor, das zu tun. Da hatte sie sich aber geirrt, denn einen Moment später sah sie, wie der Horrorclown mit einem Messer vor Blümchen stand. Hören konnte Marianne nichts, denn das Wachs verstopfte auch ihre Gehörgänge. Damit hatte der Clown anscheinend gerechnet, denn er schrieb groß auf einen Block:

>> Geh durch die Tür, oder ich schlitze deinem Hund die Kehle auf! <<

Das war ein Argument, das zu tun, was man von ihr verlangte. Sie schloss die Augen und ging durch die Tür. Auf der anderen Seite wartete schon Jennifer auf sie. In Mariannes Kopf ging es rund. Jennifer war mit der Sonde in der Nase vor dem Laptop gesessen. Sie wurde mit Flüssignahrung versorgt, was es ihr ermöglichte, so lang, wie sie wollte, hierzubleiben. Aber bei Marianne war das nicht der Fall. Was würde nun passieren? Würde ihr richtiger Körper zuerst verhungern oder würde er verbrennen? Das einzig Gute war, dass sie jetzt auch eine Taucherbrille aufhatte, und somit war sie vor dem Sand so weit geschützt.
Wie die Welt hier wohl für Jennifer aussah? Diese trieb Marianne nun an, sie solle zum Baum gehen, und Marianne kam der Aufforderung widerwillig nach. Sie kämpfte sich durch den Sand, Düne über Düne, und je näher sie dem Baum kam, desto sicherer war sie sich, dass sie dort jemanden an den Baum gelehnt sitzen sehen konnte. Wer war das? Fabio konnte es nicht sein, denn dafür war die Gestalt zu schlank. Würde dieser Jemand sie retten? Auch wenn die Logik dagegen sprach, es musste Fabio sein. Er war der Einzige,

der noch eine Elektrodenkappe besaß, aber war es möglich, dass ihm diese gestohlen worden war?

Mariannes Körper war so fett, wie es auch der von Fabio vor Kurzem noch gewesen war, und sie kam nicht so schnell vorwärts, wie es die etwas schlankere Jennifer es gern gehabt hätte. Immer wieder trieb sie Marianne an, und diese kam immer öfter ins Straucheln und fiel mehrmals fast auf die Nase. Nun konnte sie die Silhouette der Person beim Baum schon deutlich erkennen, und auch Jennifer hatte sie bereits längst entdeckt. Das hielt sie aber nicht davon ab, weiter auf den Baum zuzusteuern.

Als sie endlich dort ankamen, wurden Mariannes Fragen endlich beantwortet. Es war Fabio, der dort saß, nur eben in einer schlanken Ausgabe seiner selbst. Anscheinend war er von seinem Körper in der richtigen Welt getrennt, denn das war die einzige Möglichkeit, warum er hier abnehmen konnte, wie er es ihr vor Kurzem selbst erzählt hatte, wenngleich dies nur eine Theorie gewesen war. Sofort fiel Marianne auf, dass etwas seltsam war. Fabio rührte sich nicht. War sein virtueller Körper bewusstlos? Oder passierte das mit dem Geist, wenn man vom Körper getrennt war? Alle Hoffnung, die Marianne gehegt hatte, verpuffte von einem Moment zum anderen. Fabios Geist konnte ihr nicht helfen. Und nun sagte Jennifer zu ihr:

„Welche Ironie des Schicksals. Dein Freund ist auch hier, um mitzuerleben, wie dein Geist seinen Körper verliert. Aber wie es aussieht, hält Fatso mit geöffneten Augen ein Nickerchen. Soweit, so gut, helfen kann er dir schon einmal nicht!"

Marianne, die verzweifelt war, entgegnete:

„Was hast du vor? Kannst du mich nicht einfach mit einem Kopfschuss töten? Dann könnten wir uns das ganze Theater sparen. Oder spielst du gerne Spielchen?"

Das sagte sie mit fester entschlossener Stimme, denn sie hatte beschlossen, sich zusammenzureißen und in Würde zu sterben, wenn sie das denn schon musste. Jennifer ging nun zum Baum und pflückte ein Blatt von einem der Äste. Sie zeigte es Marianne, und diese konnte es nur sehen, weil es sich auch auf ihrem Baum befand. Es war ihr Blatt, und Jennifer kannte dessen Inhalt. Sie kannte ihr Kryptonit. Das, wofür sie sich am meisten schämte, holte sie erneut aus ihrer Vergangenheit ein.

Sie sah auf dem Blatt, wie sie als Kerze vor dem Laptop stand. Enttäuscht stellte Marianne fest, dass auch der Schatten immer noch über das Blatt wanderte, was bedeutete, dass das Zeugnis ihrer Schandtat noch immer nicht aus dem Internet verschwunden war. Jennifer, die ihr das Blatt immer noch vor die Nase hielt, sagte nun zu ihr:

„Nun gut. Dann lass uns einmal nachsehen, welche Geschichte sich in deinem Blatt befindet."

Sie fasste Marianne an der Schulter und tauchte gemeinsam mit ihr ins Blatt ein. Marianne bekam, als sie sich erneut in ihrem persönlichen Albtraum befand, wie immer ein Gefühl, als hätte man ihr einen Schlag in den Magen verpasst. Da lag es wieder vor ihr. Das Auto, das völlig zerbeult auf dem Dach lag. Warum hatte Jennifer sie hierher gebracht? Jennifer schleppte sie nun zur Fahrerseite des Autos, wo sich Markus befand, und ging gemeinsam mit ihr in die Hocke, um einen Blick ins Wageninnere zu werfen. Marianne brauchte es sich eigentlich nicht mehr anzuschauen, denn sie kannte bereits das Geschehen in diesem Teil ihrer Erinnerung, aber dennoch tat sie Jennifer den Gefallen. Und dann traf sie plötzlich fast der Schlag. Sie wusste nun, wem das Gesicht von Markus ähnlich sah. Es war Jennifer.

Sofort rotierte es im Kopf von Marianne, und ihre Gedankenmaschine kam in Fahrt. War Jennifer etwa die Tochter von Markus? Konnte das sein? Sie rechnete aus, wie alt Jennifer nun sein musste, denn damals als der Unfall passiert war, war sie gerade einmal sechs gewesen. Es konnte stimmen. Es waren vierzehn Jahre vergangen, und nun musste sie zwanzig sein. Jetzt war Marianne völlig aufgelöst, und noch dazu sagte Jennifer zu ihr:

„Ich sehe, du kannst dir langsam denken, wer der Mann im Auto ist. Es ist mein Vater. Er war es, der deinetwegen verbrannt ist. Aber das ist nicht das Einzige, was passiert ist. Das verdammte Video, das dich bei deiner Gräueltat gefilmt hat, ist irgendwie außerhalb des Gerichtes gelandet. Vier Jahre hat es mich in der Schulzeit verfolgt. Immer wieder wurde es geteilt, und die Kinder haben mich deswegen verspottet. Sie haben gesungen:

„Jennifers Vater ist 'ne Sau und betrügt seine Ehefrau! Ihre Mutter zerbricht daran, und das treibt sie in einen Wahn. Kann nicht mehr reden, nicht mehr sprechen und kann sich auch dafür nicht rächen. Und Jennifer, die bleibt allein und lebt nun in 'nem Kinderheim!"

Als sie den Reim vortrug, wirkte Jennifer plötzlich einen Moment, als befände sie sich in einer anderen Welt. Es zogen mit Sicherheit Bilder vor ihrem geistigen Auge vorbei, die sie an die Zeit von damals erinnerten. Plötzlich schüttelte sie den Kopf und sagte: „Aber das ist noch nicht alles, mein Goldschatz. Wie du es bereits im Kinderreim gehört hast, ist meine Mutter wegen 'deines Videos endgültig wahnsinnig geworden. Sie befindet sich immer noch in der Nervenheilanstalt und vegetiert vor sich hin. Sie besteht nur noch aus Haut und Knochen und nimmt nicht einmal mich, ihre Tochter, wahr. Wäre sie nicht im Heim, würde sie irgendwann verhungern, denn sie isst nichts. Aus diesem Grund hab ich mir etwas überlegt. Du wirst sterben, aber es ist noch ungewiss, welche Ursache für den Tod zuerst eintritt. Du wirst entweder zuerst brennen wie eine Kerze, so wie es auch mein Vater getan hat, oder du wirst verhungern, wie meine Mutter es täte, wenn sie nicht zwangsernährt würde. Was davon passiert, ist noch ungewiss, aber bald ist es Zeit, dass mein Freund den Docht deiner Kerze anzündet. Zuerst will ich aber, dass du vor Angst verrückt wirst. Und dann, wenn dein Körper stirbt, wird dein Geist hier gefangen sein und ewig existieren, wie es auch das Video von dir tut. Mein Vater ist darin auf ewig gefangen. Dazu verdammt, immer wieder zu brennen! Weißt du was? Wenn ich es mir aussuchen kann, wünsche ich mir, dass auch du zuerst brennst. Na gut, wir werden sehen aber deine Zeit läuft definitiv ab!"

Dann packte sie Marianne an der Schulter und zog sie mit in das Blatt, das den Hurrikan zeigte. Eingeschlossen in diesem riesigen Wirbelwind flogen sie umher, und Marianne konnte das Auge des Hurrikans sehen. Dort unten befand sich der Ausgang. Jennifer packte sie erneut an der Schulter und zog sie nun mit in Richtung Boden, um aus dem Hurrikan auszusteigen.

Kapitel 32

Als sie sich eine halbe Stunde später wieder beim Baum befanden, hatte Marianne ihre Stimme noch immer nicht wiedergefunden. Dennoch fiel ihr Blick auf Fabio, der immer noch regungslos an den Baum gelehnt dasaß. Er wusste noch nichts von der schrecklichen Wahrheit, die ihr Jennifer soeben offenbart hatte. Aber Marianne wusste es, und nun verstand sie, warum Jennifer sie hasste. Ihre Schuldgefühle, die Marianne deswegen hatte, trugen ihr Übriges dazu bei, dass sie nun bereit war zu sterben. Sollte Jennifer ihren irren Plan doch in die Tat umsetzen.

Dennoch hoffte sie auf einen gnädigen Tod, und deswegen wünschte sie sich, dass ihr Körper zuerst verhungern würde. Sie schaute auf ihr Blatt, das sie nun wieder vom Baum gepflückt hatte. Noch brannte sie nicht. Das hieß, sie hatte noch Zeit, ihre Sicht der Dinge loszuwerden. Aus diesem Grund fing nun sie an zu reden und sagte:

„Jennifer, mein Kind. Es tut mir leid. Nun weiß ich, wieso du mich hasst!"

Jennifer fuhr sie sofort scharf an und entgegnete:

„Ich bin nicht dein Kind. Ich war immer auf mich allein gestellt. Zumindest seit ich sechs war. Weißt du, wie es ist, ständig in irgendwelchen Heimen und Pflegefamilien untergebracht zu sein? Nein, das weißt du nicht. Du weißt nur, wie oft du deine Haare kämmen musst, damit sie glänzen und damit sie noch verführerischer auf Männer wirken. Du bist darauf ausgerichtet, Männer sexuell zu erregen. Mit Sicherheit warst es du, die meinen Vater verführt hat. Sag mir, wie lange ist die Geschichte zwischen euch gelaufen?"

Marianne beschloss, gnadenlos ehrlich zu sein. Denn nun brachte es nichts mehr, zu lügen und zu versuchen, Dinge zu verschleiern, und sie antwortete:
„Wir waren ein Jahr zusammen oder besser gesagt wir hatten eine Affäre. Klar hat es mich irgendwie angemacht, einen verheirateten Mann zu verführen, aber der wahre Grund, warum ich das gemacht habe, war der, dass ich Markus geliebt habe. Er hat mir mit all seiner Macht, die er besaß, den Kopf verdreht, weil ich mich immer nach einem autoritären starken Mann gesehnt habe. Gott allein weiß, wie sehr ich ihn geliebt habe. Weißt du, er hat zu mir gesagt, dass seine Frau ihn schon seit Jahren nicht mehr ranlassen und dass er sie sowieso bald verlassen würde. Ganz egal, ob er etwas mit mir anfangen würde oder nicht. Bitte vergiss nicht, ich war jung. Jung und dumm. Hätte ich gewusst, wie die Dinge laufen würden, hätte ich erst

gar nichts mit ihm angefangen. Hast du denn in deinem Leben nie eine Dummheit begangen?"

Darauf sagte Jennifer nichts, aber dafür starrte sie bockig auf den Fleck Boden, der sich vor ihr befand. Wieder schüttelte sie den Kopf, und dann sagte sie: „Klar hab auch ich schon Dummheiten begangen, aber ich habe damit keine Familie zerstört. Ich habe nie jemandem geschadet außer mir. Und dann nimmst du mir auch noch den Mann weg, der ein bisschen wie ein Ersatzvater für mich war. Fatso hat einfach noch nicht erkannt, wie falsch und berechnend du bist. Erzähl mir nichts von Fehlern, die jeder einmal begeht. Man hat immer die Möglichkeit, anders zu handeln, zumindest wenn man versuchen will, ein anständiger Mensch zu sein. Das willst du aber nicht. Zumindest hast du aber schon einen Teil deiner Strafe erhalten. Du sitzt im Rollstuhl und bist gelähmt, und das ist auch gut so. Und nun sieh dir den armen Fatso an. Er ist sicher zu deiner Rettung gekommen, und ganz langsam verschwindet sein Geist. Wenn er nicht bald wieder zu sich kommt, befürchte ich, dass auch er verhungert und dass sein wirklicher Körper dann ohne Geist vor sich hin vegetieren wird. Dazu verdammt, körperlich zu bestehen, aber keinen Geist mehr zu besitzen, der ihn bewohnt."

Als Marianne wieder auf ihr Blatt sah, stellte sie fest, dass ihre Haare, die zu einem Docht geformt waren, angezündet worden waren. Wie lange würde es dauern, bis die Flamme ihren Kopf erreichen würde? Sie würde es herausfinden, sobald die Wachsschicht, die über ihrem Kopf bestand, geschmolzen war. Dennoch konnte das noch dauern, und die Chancen standen nicht schlecht, dass ihr Körper zuerst verhungern würde. Marianne fasste den Entschluss, nun wieder zu schweigen. Sie würde nicht um ihr Leben betteln, dafür war sie zu stolz. Und Jennifer nahm ihre Entschuldigung nicht an. Warum auch? Es war einfach unentschuldbar, wie sie sich verhalten hatte. Ganz langsam befasste sie sich in Gedanken damit zu sterben. Was sollte sie auch anderes tun?

Fatso erwachte gute fünf Stunden, nachdem die Verbindung zur Kappe getrennt worden war, was hieß, dass er nun wieder mit der Kappe verbunden war. Dafür hatte Egon gesorgt. Es dauerte einen Moment, bis er seine Umgebung im Internet wahrnahm. Er saß an den Browser-Baum gelehnt, und nicht weit entfernt von ihm standen Jennifer und vor ihr Marianne. Als diese sah, dass er erwacht war, stapfte sie sofort zu Fatso und fiel ihm um den Hals. Das ließ Jennifer zwar fürs Erste zu, aber sie sagte nach ein paar Sekunden zu Marianne:

„Komm sofort wieder her, du Miststück. Fabio kommt auch ohne dich zurecht!"

Und dann wandte sie sich an Fatso und fügte noch hinzu:

„Wer hat dir geholfen beim Abnehmen? Von meinem einstigen Kuschelbär ist ja nichts mehr übrig! Sieh dir an, was deiner Freundin passieren wird!"

Und dann kam sie zu Fatso und zeigte ihm das Blatt von Marianne, auf dem er die lebende Kerze sehen konnte, die sie in der richtigen Welt darstellte. Obwohl sie einen brutalen Mord geplant hatte und diesen nun in die Tat umsetzte, musste sie Fatso dennoch ein Lächeln zuwerfen, wie sie es immer getan hatte, wenn sie ihn gesehen hatte. Dieses Lächeln war es, das Fatso die Hoffnung gab, es wäre noch nicht alles verloren. Das Lächeln zeigte eine Seite von Jennifer, die gut und rein war. Er konnte sich einfach nicht vorstellen, dass sie zu einem Mord fähig wäre.

Aus diesem Grund packte er sie nun an dieser empfindlichen Stelle und sagte zu ihr:

„Jennifer, bist du sicher, dass du einen Mord begehen willst? Mir ist schon klar, dass du bei dieser Tat nicht direkt die ausführende Hand bist, aber dennoch wirst du Mitschuld haben am Tod von Marianne. Denn dieser ist nichts anderes als ein fieser, wenn auch wohldurchdachter Mord! Jennifer, ich weiß, dass das Gute in dir überwiegt!"

Jennifer verzog ihr Gesicht für einen Moment zu einer Fratze, als wollte sie gleich losheulen. Jedoch hatte sie sich schnell wieder unter Kontrolle und wirkte wieder eisern, als hätte sie ein Herz, das aus einem Klumpen Blei bestand. Fatso wusste aber auch, dass noch eine andere Gefahr bestand, nämlich die, dass Marianne verhungern würde, wenn sie nicht bald wieder in ihrem Körper wäre. Jennifer sagte nun zu Fatso:

„Sie hat es nicht anders verdient. Sie hat mein Leben zerstört. Ich halte so wenig von mir, dass ich mich mit einem Mann wie meinem Freund eingelassen habe, damit mich wenigstens irgendjemand liebt. Er ist auf die Idee des Mordes an Marianne gekommen. Der ganze Plan, alles stammt von ihm. Er ist gefährlich, und ich würde niemandem raten, sich mit ihm anzulegen. Selbst wenn ich es anders wollte, Fakt ist, dass Marianne stirbt. So oder so, wir können es nicht verhindern!"

Fatso gab es einen Stich ins Herz, als er hörte, dass Jennifer nichts von sich hielt. Eigentlich war sie ein so gutes Mädchen, aber auch die besten Mädchen lassen sich manchmal mit den schlimmsten Männern ein. Mit sanfter Stimme sagte Fatso nun zu Jennifer:

„Jennifer, du brauchst mir nur die Adresse des Ortes bekanntzugeben, an dem sich Mariannes Körper befindet. Den Rest erledige ich mit einem Freund. Komm schon, wie lautet die Adresse? Beenden wir dieses Spiel, bevor jemand ernsthaft verletzt wird"
Nun begann Jennifer, auf ihrer Unterlippe herumzu kauen, und sah dabei ratlos aus. Was ihr wohl durch den Kopf ging? Fatso hatte genug von Jennifer erfahren, um zu erkennen, dass sie selbst vielleicht nicht unumstößlich davon überzeugt war, das Richtige zu tun. Sie war ein Mädchen von zwanzig Jahren und hatte ihr Leben noch vor sich. Heute war sie aber nahe daran, sich alles zu versauen. Er sagte nun zu ihr, während Marianne dick wie eh und je herumkugelte und es vorzog zu schweigen:
„Jennifer, willst du wirklich ins Gefängnis? Überall existieren Fingerabdrücke von dir. Du wirst zumindest wegen Beihilfe zum Mord angeklagt. Das gibt viele Jahre hinter Gittern. Willst du dir das wirklich antun?"

Dann schaute er sie voller Gefühl an und wartete auf eine Antwort von ihr. Diese kam erst nach einer satten Bedenkzeit und lautete:

„Nein, das will ich nicht. Aber ich will, dass Marianne so leidet, wie meine Eltern es getan haben oder immer noch tun. Ich glaube nicht, dass sie eine Wandlung erlebt hat. Der Mensch ändert sich nicht so einfach!"

Nun meldete sich Marianne doch zu Wort. Sie sagte zu Jennifer:

„Doch, Jennifer, ich habe mich geändert, aber ich verstehe, warum du das nicht sehen willst. Du begegnest mir mit Rachegefühlen, und diese hast du nicht einmal zu Unrecht. Es ist unentschuldbar, was ich getan habe. Aber wenn ich dich jetzt ansehe, sehe ich das Gesicht von Markus, weshalb ich nun auch dich auf eine gewisse Art und Weise liebe. Du bist sein Spross und der Teil von ihm, der immer noch lebt. Klar liebe ich jetzt Fatso, aber dein Vater wird dennoch immer in meinem Herzen einen Platz haben. Auch wenn er damit deine Mutter zerstört hat. Ich wusste es nicht besser. Ich hab ihn einfach bewundert und geliebt, auch wenn er mir diese Gefühle vielleicht nicht gleichermaßen entgegengebracht hat. Dennoch war er meine erste Liebe, die so stark war, dass ich nicht einfach die Finger von ihm lassen konnte. Und wenn ich getrennt von ihm war und wusste, dass er wieder bei dir und deiner Mutter zuhause ist, habe ich ihn derart vermisst, dass ich fast verrückt geworden bin. Du kannst mir vieles anlasten, aber nicht, dass ich ohne Grund eine Familie zerstört habe!"

Beim letzten Satz zitterte die Stimme von Marianne, und sie schaute Jennifer nun schuldbewusst in die Augen. Diese schwieg, aber man sah ihr an, dass es in ihren Kopf rotierte. Ängstlich warf Marianne zwischendurch einen Blick auf ihr Blatt. Das Wachs war bereits einige Zentimeter heruntergebrannt, und die Flamme war riesig. Anscheinend gab es an diesem Ort keine Feuermelder, denn sonst würden diese bereits ihr Warnsignal ertönen lassen. Vielleicht taten sie das auch, denn sie konnten ja nicht hören, was in dem Raum passierte, in dem sich der Körper von Marianne und der gefährliche Clown befanden.

Nun war es Jennifer, die mit zittriger Stimme sprach. Sie sagte:

„Hast du meinen Vater wirklich derart geliebt? Ich weiß, dass die Liebe nicht zu unterdrücken ist. Manchmal bricht sie aus wie ein Hurrikan und reißt alles mit sich, das sich in ihrer Nähe befindet. Aber ich habe auch herausgehört, dass du der Meinung bist, mein Vater hätte die Liebe nicht erwidert. Das würde heißen, er kam nicht von uns los, denn eines weiß ich. Wenn er auch fremdgegangen ist, er hat uns geliebt, denn sonst hätte er meine Mutter verlassen, wie er es dir versprochen hatte. Natürlich weiß ich nicht, ob er das vielleicht auch getan hätte, wenn ihm nicht sein vorzeitiger Tod dazwischengekommen wäre. Sicher ist jedoch, mich hat er geliebt und ich ihn auch. Deshalb tut es so weh, dass er nun nicht mehr hier ist. Aber das ist nicht mehr von Bedeutung. So gesehen habe ich keine Eltern mehr!"

Fatso sagte nun zu ihr:

„Jennifer, ich liebe dich, als wärst du mein Kind. Und auch Marianne ist dir wohlgesonnen, wo sie jetzt weiß, warum du sie so sehr hasst. Keiner von uns will dich verraten, aber du musst dich jetzt entscheiden. Willst du hinter Gitter gehen oder nicht? Ich für meinen Teil bevorzuge es, nicht eingesperrt zu werden. Bitte sag mir die Adresse, damit der ganze Wahnsinn ein Ende findet. Bitte mach dich nicht unglücklich ..."

Wieder kaute Jennifer an ihrer Unterlippe und dachte augenscheinlich angestrengt nach. Von einem Moment zum anderen brach sie in Tränen aus. Fatso ging zu ihr und nahm sie in seine virtuellen Arme. Nun brach Jennifer völlig zusammen. Ihr Freund wollte den tatsächlichen Mord sogar noch filmen, damit man danach das Video ins Internet stellen konnte, wie sie schluchzend erklärte. Vielleicht würde es sich ja zum Video vom Tod von Markus gesellen und auf ewig im Netz bestehen.

Sie weinte immer noch, aber sie sagte Fatso unter Tränen und heftigem Schluchzen die Adresse, wo sich Mariannes Körper befand. Nun musste Fatso handeln. Etwas ungern ließ er Jennifer los und erklärte, dass er sofort los müsse, um das Schlimmste zu verhindern. Davor streichelte er aber noch einmal über Jennifers Kopf und flüsterte:

„Du bist ein gutes Kind!"

Dann sagte er noch zu Marianne:

„Bleib mit Jennifer so lange hier, bis ich euch hole. Wenn alles gut geht, sollte das bald der Fall sein! Ich weiß, Marianne muss dringend etwas essen, aber ich bin guter Dinge, dass sie das auch bald können wird."

Er pflückte sein persönliches Blatt vom Baum und schlüpfte in dieses. Sein Aufenthalt darin war aber sehr kurz, weil sein eigentlicher Plan war, in den Hurrikan zu schlüpfen, um den Ausgang zu finden. Wie lange würde es noch dauern, bis die Flamme Mariannes Kopf erreichen würde, und wenn das nicht der Fall war, wann würde sie verhungern? Er musste sich beeilen, und das tat er auch.

Als er etwas später im Auge des Hurrikans durch die Türe ging, befand er sich sofort wieder in seinem Körper. Der Polizist saß neben ihm und atmete hörbar erleichtert auf, als Fatsos Körper wieder von seinem Geist besetzt war. Sofort fragte er Fatso, was los sei, denn er merkte, dass irgendetwas passiert war. Fatso riss sich die Kappe vom Kopf und erklärte Egon, dass sie sofort los mussten. Während er über die Treppe nach unten polterte, erklärte er Egon alles, und auch als sie mit dem Auto zur Adresse fuhren, die ihm Jennifer genannt hatte, redete er immer noch weiter.

Als Egon völlig im Bilde war, gab dieser noch mehr Gas, denn nun wusste er, dass ihnen die Zeit davonlief. Er raste über rote Ampeln und hatte dabei das magnetische Blaulicht auf dem Dach befestigt und eingeschaltet. Die Adresse führte sie zu einem Lagerhallen-Distrikt. Hier reihte sich Lagerdepot an Lagerdepot, und in einem von diesen brannte eine Kerze, die gelöscht werden musste. Egon und Fatso stiegen aus dem Auto. Fatso hatte nun wieder seine eigens erfundene Schallkanone in der Hand, und Egon war mit seiner Dienstwaffe ausgestattet.

Im Eiltempo liefen sie auf die Lagerräume zu. Wie Jennifer es ihnen verraten hatte, war die gesuchte Halle die dritte von rechts. Noch wusste Stephan, so hieß Jennifers Freund, noch nicht, dass er gleich Besuch bekommen würde. Fatso stand nun rechts neben dem Rolltor und Egon links davon. Dann schauten sie sich noch einmal an, und Egon nickte Fatso zu. Das war das Zeichen. Egon trat vor das Rolltor und verpasste dessen Schloss eine Kugel aus der Handfeuerwaffe. Dann schob er das Tor rasend schnell nach oben und stand nun in einem Raum, der ca. sieben Meter breit und fünf Meter tief war. Darin stand Marianne als Kerze, und Stephan merkte man an, dass er völlig überrumpelt war. Dennoch schaltete er schnell und lief mit gezogenem Messer zu der Kerze und schrie:

„Weg mit den Waffen, oder ich schneide der Kerze den Kopf ab!"

Das schrie er so eindringlich, dass man ihn einfach ernstnehmen musste. Wäre nicht Fabio mit einer Schallkanone ausgestattet gewesen, wäre die Geschichte bestimmt anders verlaufen. So aber drückte er einfach auf den Abzug und schickte die akustischen Wellen, die einen wahnsinnig machten, in den Raum. Sofort ließ Stephan sein Messer fallen und hielt sich die Ohren zu. Egon lief schnurstracks zu ihm hin und verpasste seinen Händen Armschellen. In der Zwischenzeit lief Fatso zu Mariannes Körper und hatte einen kleinen Feuerlöscher in der Hand, der sich in Egons Auto befunden hatte. Mit diesem löschte er die Flamme der riesigen Kerze. Nur noch 15 Zentimeter, und die Flamme wäre bei Mariannes Kopf angelangt.

Jennifers Körper saß vor dem Schreibtisch, und plötzlich kam Leben in diesen, denn sie hatte es nicht mehr ausgehalten und war deshalb in ihren Körper zurückgewandert, um eventuell helfen zu können. Das konnte sie zwar nicht, aber allein mit ihrem Erscheinen hatte sie bereits geholfen, denn so konnte Fatso sich die Kappe aufsetzen, bevor er Marianne aus dem Internet holen würde. Die Zeit drängte, denn bald schon würde sie verhungern.

Mit aufgesetzter Kappe betrat er das Internet. Was für ein Glück, dass nun auch sein virtueller Körper schlank war, denn so war er in der Lage, schnell zu laufen. Und das tat er auch. Direkt zum Baum hin, vor dem Marianne rund wie ein Luftballon am Rücken lag. Marianne war nicht mehr ansprechbar. Brach die Verbindung zu ihrem Körper langsam ab? Das hieß, sie würde jeden Moment sterben.

Das wollte Fatso mit aller Macht verhindern, und er pflückte ein Blatt vom Baum, ohne dabei irgendein spezielles auszuwählen. Es würde sie in den Hurrikan bringen und ansonsten unbeachtet bleiben. Fatso kniete sich neben Marianne. Er legte den Arm um sie, und dann tauchte er gemeinsam mit ihr ins Blatt ein. Sie flogen zusammen durch den Hurrikan, aber es schien bereits jegliches Leben aus ihr verschwunden zu sein.

Als sie bei der Türe ankamen, durch die sie gehen mussten, um in die richtige Welt zu gelangen, wachte Marianne einen Moment lang auf. Mit schwacher Stimme sagte sie irgendetwas, das Fatso nicht verstand. Sie durfte nicht sterben. Anstatt zu versuchen, Marianne zu verstehen, rollte er sie durch die Türe, und dann war sie verschwunden. Sofort ging er ebenfalls durch die Türe und befand sich wieder in seinem Körper. Er sah, dass Egon und Jennifer damit begonnen hatten, Marianne aus dem Wachs zu befreien, und Fatso lief zum Ständer mit der Flüssignahrung. Den Inhalt der Infusion drückte er Marianne in den Mund und diese schluckte ihn Schluck für Schluck. Ganz langsam kam sie wieder zu Bewusstsein. Sie hatten es geschafft. Nun musste Marianne vor niemandem mehr Angst haben.

Kapitel 33

Nach der Befreiung von Marianne verstrichen die Tage rasend schnell, und Fatso bekam vieles nicht mehr bewusst mit. Er hatte immer wieder das Internet besucht, um zu sehen, wie weit der Adler mit seiner Aufgabe gekommen war, aber dieser musste weiterhin Blatt für Blatt finden und vernichten, ohne dass dies ein Ende fand. Schon erstaunlich, wie oft Mariannes Video bereits heruntergeladen worden war. Gut, es existierte schon sehr lange, aber irgendwann sollte es doch in Rente geschickt werden, oder etwa nicht? In letzter Zeit dachte Fatso oft an den Paarhufer, der auf Mariannes Desktop Spuren hinterließ, und letzte Nacht war ihm diesbezüglich eine Idee gekommen. Er musste „die Muh" oder wie immer man das Tier auch nennen mochte, auf seinen Desktop locken, und das konnte er nur, wenn er schmutzige Pornos auf seinen Computer lud. Etwas, das er noch nie getan, sich aber immer gefragt hatte, was in den Videos, die er zu ignorieren versuchte, vorkam. Nun hatte er die Möglichkeit, nach Lust und Laune Sexvideos auf seinen Computer zu laden, ohne dass er sich dafür schämen musste.

Im Moment saß er bei sich zuhause beim Esstisch. Ja, er hatte nun einen Esstisch. Vor ihm am Tisch lag sein Laptop, und Fatso begann, Pornos zu laden. Die Bilder, die er sah, ekelten ihn an, anstatt ihn zu erregen. Dennoch lud er Video um Video herunter, bis er das Gefühl hatte, dass der Browserbaum nun genug Blätter trug, die mit Sex zu tun hatten. Dann überlegte er, was er machen würde, wenn er „die Muh" nun auch auf seinem Desktop finden würde. Um das herauszufinden, setzte er sich die Elektrodenkappe auf und steckte das Laufwerk ein, das in der virtuellen Welt ein Dackel war. Dann schloss er die Augen und ging wie so häufig in den Schneesturm.

Er lief mit seinem schlanken Körper, bis er beim Baum ankam. Auf diesen hingen nun wirklich unzählige Videos, die Mensch beim Sex zeigten. Fatso untersuchte die Stellen rund um den Baum, und siehe da, er wurde fündig. Vor ihm waren Spuren zu sehen, die zeigten, dass „die Muh" bereits hier gewesen war. Leider verloren sich diese im Schnee und wurden sehr schnell mit neuem Schnee bedeckt. Aber Fatso hatte einen Plan.

Er holte das Laufwerk aus der Tasche, das sofort wieder einen Dackel verkörperte, und dann pflückte er von seinem Baum ein Pornoblatt und noch ein anderes, das er brauchen würde, wenn sie „die Muh" gefunden haben würden. Dieses schob er nun in seine

Tasche. Wie erwartet sah er einen Schatten über das Pornoblatt wandern. Schatten existieren aber nur, weil es das Licht gibt. Fatsos Plan war der, „die Muh" zu töten in der Hoffnung, dass dann alle Schatten verschwinden würden. Er ließ das Blatt vom Dackel beschnüffeln, und plötzlich begann dieser hoch zu bellen. Er hatte wohl eine Spur aufgenommen, denn er begann Fatso anzubellen, als wolle er ihm sagen, dass er ihm folgen solle.

Fatso lief nun dem Hund nach, der auch alle Pädophilen entlarvt hatte. Mit der Zeit wurde das Laufen anstrengend, aber der Hund wurde nicht langsamer. Und dann begann Fatso allmählich Spuren im Schnee zu sehen, die noch nicht verschneit waren und von „der Muh" stammen mussten. Das hieß, sie waren ihr nahe. Je deutlicher die Spuren wurden, desto unruhiger wurde Fatso. Würde sein Plan funktionieren? Und dann war es soweit. Er stand nur einige Meter entfernt von dem Rindvieh, denn genau um solch eines handelte es sich. Die Kuh war schneeweiß und dadurch in Fatsos Winterlandschaft gut getarnt. Jedoch sah sie völlig unterernährt aus, als würde sie jeden Moment sterben nach einer langen schweren Krankheit.

Hatte zum Beispiel die Kuh auf Mariannes Desktop die Farbe des Sands um sie herum? Fatso stand da und rührte sich nicht, was er mit der Kuh gemeinsam hatte. Diese stand da und sah ihn mit milchigen Augen an. Jeder einzelne ihrer Knochen stand spitz aus dem Körper der Kuh hervor. Fatso atmete noch einmal tief durch, und dann begann er, sich auf „die Muh" zuzubewegen. Diese schien keine Anstalten zu machen, dass sie flüchten wolle, und dann war es bereits so weit. Fatso zog das Blatt, das er vom Baum gepflückt hatte, heraus und machte dann einen Hechtsprung auf den Rücken der Kuh und tauchte gemeinsam mit ihr in das Blatt ein.

Sofort befanden sie sich in der Arena, in der die Menge tobte. Er war wieder in der Geschichte des Schriftstellers, die er ganz am Anfang seiner virtuellen Reise betreten hatte. Zehn Meter vor ihm stand der Torero und nahm die Kuh, die Fatso mitgerissen hatte, wahr. Hier war sie nun aber ein Stier, der wohlgenährt aussah und neben Fatso stand, während er mit seinen Füßen scharrte. Fatso wusste nicht, ob der Torero auch ihn sah, aber das war eigentlich nicht von Belang. Die Spannung stieg. Wann würde der Stier den Torero attackieren?

Als hätte er Gedanken gelesen, lief der Stier nun auf den Stierkämpfer zu. Dieser zeigte die rote Seite seines Umhangs, und der Stier versuchte, diese mit seinen Hörnern zu durchbohren. Geschickt sprang der Torero zur Seite, und der Stier setzte erneut zu einer Attacke an. Wieder verfehlte er den Torero knapp. Dieses Schauspiel wiederholte sich immer wieder, aber dann hatte der Stier anscheinend genug, denn er ging vor dem Torero zu Boden und atmete dabei stoßweise. Der Torero hatte gesiegt, und um das zu verdeutlichen, stellte er seinen rechten Fuß auf den Körper des Stieres. Dann schaute er in die Menge und schrie:

„Daumen hoch oder Daumen runter?" Die Menge schrie und zeigte nun zum Großteil mit dem Daumen nach unten. Was das hieß, wusste der Stierkämpfer. Er nahm seinen Degen und stach dem Tier mitten ins Herz. Nun war „die Muh" tot. Sein Plan hatte funktioniert.

Jetzt war er aber neugierig, ob der Schatten „der Muh" auch aus dem restlichen Internet verschwunden war. Zu diesem Zweck schlüpfte er ins Blatt mit dem Hurrikan. Er flog durch den Wind und schaute, ob der Adler noch etwas zu fressen fand oder nicht. Der Vogel segelte geschickt im Wind und fraß immer noch. Enttäuscht bewegte sich Fatso auf die Türe im Auge des Hurrikans zu.

Als er direkt davorstand, kam ihm ein neuer Gedanke. Das Internet war voller Gewalt und Sex, auch wenn es genauso sein Gutes hatte. Er beschloss, doch nicht durch die Türe zu gehen, sondern erneut zum Browserbaum zu laufen. Das hatte zwei Gründe. Einerseits wollte er nachschauen, ob nun alle Schatten „der Muh" verschwunden waren, und außerdem musste er noch einmal in ein bestimmtes Blatt schlüpfen. Die Welt dahinter konnte ihm bieten, was er brauchte. Er schlüpfte aus dem Hurrikan und kämpfte sich wieder durch den Schneesturm.

Als er endlich beim Baum ankam, begann er unverzüglich ein gewisses Blatt zu suchen und wurde bald fündig. Nun schlüpfte er in genau dieses und befand sich wieder im Computer Spiel, in dem sich der Mann im Lager eine Kugel in den Kopf gejagt hatte. Fatso lief zur Lagerhalle und schlüpfte durch das offene Rolltor. Der Mann, der sich bei seinem letzten Besuch selbst gerichtet hatte, lag immer noch leblos im Büro, und sein Kopf ruhte auf der Holzplatte eines Schreibtisches.

Der Mann war aber nicht der Grund, warum er hier war. Dieser war ein anderer. Er ging unverzüglich zur

Kiste, die er geöffnet hatte, als er das letzte Mal hier gewesen war. Darin befand sich immer noch die Atombombe. Er setzte sich in die Kiste und umklammerte mit den Beinen die Bombe, und dann tauchte er in das Ahornblatt mit dem Sturm darauf ein. Wie erhofft zog er die Bombe mit, und nun ritt er darauf, als handle es sich bei ihr um ein Pferd. Er bewegte sich samt Bombe immer weiter nach unten.

Als er endlich unten im Auge des Hurrikans angekommen war, ließ er die Bombe fürs Erste am Boden liegen. Es handelte sich um ein Modell, das dazu gedacht war, aus einem Flugzeug geworfen zu werden, und besaß daher den falschen Zünder. Was das betraf, hatte Fatso aber auch eine Idee gehabt. Er brauchte eine Art Zeitschaltuhr, und er wusste, woher er diese im Internet bekam. Während er die Bombe geritten hatte, hatte er angestrengt versucht, ihr mittels seines Geistes eine Steckdose einzuprogrammieren, was funktioniert hatte, wie er nun sah. Er war Programmierer, und hier in dieser Welt brauchte er dazu keinen Computer. Sein Geist war hier der Computer. Er hatte außer der Steckdose noch den Inhalt der Bombe so umprogrammiert, dass sie hier im Internet ihren Dienst tun würde, und er war bereits gespannt, ob das funktioniert hatte.

Er schlüpfte nun wieder in den Hurrikan und schrie seinen eigenen Namen. Ein Blatt klatschte ihm ins Gesicht, und er sah es sich an. Er war darauf zu sehen. Es zeigte ihn, wie er auf den Bildschirm seines Laptops starrte. Genau in dieses Blatt tauchte er nun ein. Sofort befand er sich in dem Lichtraum, in dem sich an den Wänden Bilder, die seine Erfindungen zeigten, befanden. Er schlenderte an der Wand entlang und wurde bald fündig. Es war die Zeitschaltuhr, die er erfunden und die er nun gesucht hatte. Vielleicht konnte er mit ihr die Bombe auslösen, wenn er bereits aus dem Internet weg war. Er bewegte seine Hand zum Bild an der Wand und tauchte in diese ein. Er griff nach der Zeitschaltuhr und konnte sie tatsächlich aus dem Bild herausnehmen. Geschafft. Nun musste er wieder zurück in den Hurrikan, um zur Bombe zu gelangen.

Er schlüpfte in das richtige Blatt und steuerte wieder auf das Auge des Hurrikans zu. Schon stand er vor der Bombe. Natürlich war seine Zeitschaltuhr eigentlich für Terrarien gedacht, aber das wusste die Bombe ja nicht. Die Uhr verfügte über eine eingebaute Batterie, falls es einen Stromausfall geben sollte, und konnte deswegen programmiert werden.

Fatso gab der Uhr eine Zeit von zehn Minuten ein und steckte sie dann in die dafür vorgesehene Steckdose an der Bombe. Die Zeit lief nun gnadenlos ab. In nicht ganz neun Minuten würde es knallen, und dann würde das Internet

hoffentlich zur Gänze zerstört sein. Fatso wollte nicht so lange warten, sondern ging nun durch die Türe, über der „Exit" geschrieben stand.

Sofort befand er sich wieder in seinem Körper. Nachdem bereits zehn Minuten vergangen waren, versuchte er, erneut mit seiner Kappe ins Netz zu gehen, aber die Tür, die er normalerweise gesehen hatte, war verschwunden. Es herrschte nur noch Schwärze. Das Internet und „die Muh" waren tot. Welche Folgen das haben würde, wusste Fatso nicht. Die Welt funktionierte eigentlich fast nur noch online. Wie würde sie jetzt aussehen, wo das Internet zerstört war? Klar würde man das Netz wieder neu aufbauen, aber dann gab es darin keine „Muh" mehr.

Auch Fatso musste Verluste hinnehmen, denn die meisten der Programme, die er am Computer geschrieben hatte, brauchten ebenfalls das Internet. Aber er würde neue Ideen für neue Erfindungen haben, dessen war er sich sicher. Nun war es aber an der Zeit, Marianne zu besuchen und ihr zu erzählen, was er gerade getan hatte. Natürlich durfte er das sonst niemandem mitteilen, denn die Welt würde ihn dafür hassen, dessen war er sich bewusst. Aber war nicht der Lohn größer, die Welt im Internet von jeglichem Schmutz befreit zu haben? Außerdem mussten die Menschen nun wieder miteinander reden.

Sechs Monate später schaute Fatso auf das Erlebte zurück. Das Internet war bereits wieder von Personen aufgebaut worden, die darauf achteten, dass es keine Schlupflöcher und kein Darknet mehr haben würde, durch die schlimme, den Geist verderbende Bilder und Videos schlüpfen konnten. Auch Mariannes Video war endlich getilgt. Alles im allem passten sich die Menschen bereits an die neuen Gegebenheiten an. Fatso hatte sich auch angepasst und arbeitete nun an etwas, das kein Internet benötigte.
Sowie er damit fertig war, freute er sich wie ein kleines Kind und brach damit sofort zu Marianne auf. Auch Jennifer würde dort sein, denn sie kam nun regelmäßig zu Fatso, aber auch zu Marianne.
Als Fatso bei ihr ankam, war er schon gespannt wie ein Flitzbogen. Marianne und Jennifer begrüßten ihn bereits an der Tür, und er folgte ihnen in die Wohnung. Er hatte etwas dabei, das in eine Decke einge-

wickelt war. Drinnen wickelte er es aus. Marianne wusste nicht, worum es sich dabei handelte, und Fatso begann, die Erfindung an Marianne anzubringen. Sie reichte von den Füßen bis über das Becken hinauf.

Als er damit fertig war, sahen Mariannes Beine und ihr Unterleib aus, als wären sie halb Maschine, halb Mensch. Nun setzte Fatso Marianne eine Elektrodenkappe auf, die mit seiner Erfindung verbunden war, und sagte zu Marianne, dass sie nun daran denken solle aufzustehen. Sie tat, wie geheißen, und plötzlich stand sie tatsächlich auf. Die Arbeit dabei erledigte Fatsos Erfindung und stützte Marianne so, dass diese tatsächlich aufstehen und auch gehen konnte, wie sie kurz darauf feststellte. Mariannes Augen leuchteten vor lauter Begeisterung, was auch Fatso freute. Er hatte ihr nun zum zweiten Mal die Fähigkeit verliehen zu laufen, und das würden noch viele Menschen wollen, die gelähmt waren. Mit dieser Erfindung hatte er für Lebzeiten ausgesorgt, und er freute sich darauf, das Geld, das er verdienen würde, zum Teil in ein Projekt zu stecken, das missbrauchten Kindern die richtige Hilfe zukommen ließ.

Ende

www.ingramcontent.com/pod-product-compliance
Lightning Source LLC
Chambersburg PA
CBHW051552100726
47898CB00001B/61